책벌레의 하극상

사서가 되기 위해서라면 뭐든지 할 수 있어

제 3 부 영주의 양녀 II

카즈키 미야
miya kazuki

길찾기

등장인물

2부 줄거리

청색 견습 무녀가 된 마인은 신전에 공방을 만들어 굶주리는 고아들에게 일자리와 식사를 제공하는 한편, 구텐베르크 동지들을 모아 시행착오를 거듭하며 인쇄술에 매진하는 매일을 보낸다. 하지만, 신전장이 데려온 다른 영지의 귀족이 마인을 습격한다. 가족과 주변 사람들을 지키는 데 도움을 받기 위해 마인은 상급 귀족의 딸, 로제마인이 되고 영주의 양녀가 될 결심을 굳힌다.

영주 일족

로제마인
주인공. 병사의 딸에서 영주의 양녀가 되며 이름을 바꿨다. 하지만 알맹이는 그대로이다 보니 책을 읽기 위해서라면 수단 방법을 가리지 않는다.

페르디난드
질베스타의 이복동생. 신전에서 로제마인의 보호자 역할을 하고 있다.

질베스타
에렌페스트의 아우브(영주). 페르디난드의 이복형이자 로제마인을 양녀로 맞아들인 양아버지.

플로렌치아
질베스타의 부인이자 세 아이의 어머니. 로제마인의 양어머니이기도 하다.

빌프리트
질베스타의 장남이자 차기 아우브. 로제마인에게는 의붓오빠가 된다.

칼스테드
에렌페스트의 기사단장이자 빌프리트와 페르디난드의 사촌형. '귀족' 로제마인의 호적상 아버지.

엘비라
칼스테드의 제1부인. '귀족' 로제마인의 호적상 어머니.

기사단장 일가

에크하르트
칼스테드의 장남. 페르디난드의 호위 기사였다. 기사단 소속.

램프레히트
칼스테드의 차남. 빌프리트의 호위 기사.

코르넬리우스
칼스테드의 삼남. 로제마인의 견습 호위 기사.

안게리카
견습 호위 기사. 말수가 적고 가냘퍼 보이는 미소녀.

오틸리에
시종. 엘비라와 친분이 있는 상급 귀족.

로제마인의 측근

리카르다
수석 시종. 세 보호자의 어린 시절을 꿰고 있는 상급 귀족.

브리기테
호위 기사. 기베 일크너의 여동생으로 중급 귀족.

다무엘
호위 기사. 무녀 시절부터 호위 역을 맡고 있는 하급 귀족.

평민 마을의 가족

귄터 — 마인의 아버지

에파 — 마인의 어머니

투리 — 마인의 언니

카밀 — 마인의 남동생

평민 마을의 상인

벤 노	....	길베르타 상회의 주인
마르크	....	벤노의 오른팔
루 츠	....	견습 다프라
구스타프	....	상업 길드장
프 리 다	....	길드장의 손녀

신전의 시종

프 랑	....	신전장실 담당
길	....	공방 담당
빌 마	....	고아원 담당
모 니 카	....	신전장실과 요리 조수
니 콜 라	....	신전장실과 요리 조수

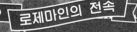

로제마인의 전속

엘 라	....	전속 요리사	로지나 .... 전속 악사	

그 외의 귀족

오 즈 발 트	....	빌프리트의 수석 시종
모 리 츠	....	빌프리트와 로제마인의 교사
유 스 톡 스	....	리카르다의 아들로 수확제에 동행한 징세관

그 외의 인물

푸 고	....	이탈리안 레스토랑의 요리사
핫세 촌장	....	전 신전장과 친분이 있다
리 히 트	....	핫세 촌장의 친척, 촌장 보좌
칸 토 나	....	핫세의 인쇄업 담당 문관

제3부 **영주의 양녀 II**

일러스트 시이나 유우 **지도제작** 후지시로 요 **번역** 김 봄 **디자인** 백진화

편집 정성학 김일철 **마케팅** 이수빈 **주간** 조성길

제 3 부 영주의 양녀 II

프롤로그

에파는 투리에게 방해되지 않는 곳에 찻잔을 놓고, 의자에 앉아 투리의 손끝을 바라보았다. 꽃은 물론, 가을의 결실도 느껴지도록 만들어 달라는 고객의 까다로운 요청에 응하려고 투리는 퇴근하자마자 일심불란하게 머리 장식을 만들기 시작했다. 작업은 저녁을 먹고도 계속되었다. 에파는 차를 홀짝이며 투리의 손이 멈출 타이밍을 엿보다가 화제를 던져 보았다.

"투리, 너도 들었니? 꼬맹이 신전장님이 어제 성인식에서 한 일."

"직장에서 라우라한테 자세히 들었어. 라우라네 언니도 그날 성인식이었대."

에파도 우물가에서 딸을 여름 세례식에 보낸 이웃 부인에게 듣고 온 참이었는데, 투리도 직장에서 듣고 온 모양이다.

"우리도 마인을 보러 신전까지 갔지만, 식이 진행되는 동안에는 문이 닫혀 있었잖아? 오늘 얘기 듣고 깜짝 놀랐어. 마인도 참, 별 축제 때는 안 그러더니 다들 진지하지 않다고 기도를 다시 시켰다며?"

투리의 말에 에파는 쓴웃음을 지으며 끄덕였다. 신전장이 된 로제마인을 보려고 에파 가족은 별 축제에 이어 여름 성인식도 신전 문 앞에까지 찾아갔다. 하지만 식이 진행되는 동안 문이 굳게 닫혀 있어 안을 볼 수 없었다. 문이 열리고, 퇴장하는 새내기 성인들의 물결에 카밀이 짓눌리지 않게 조심하면서 로제마인을 보는 데 집중하느라 주변 얘기가 귀에 들어오지 않았다. 신전까지 간 에파 가족은 아무도 알아채지 못했지만, 오늘은 성인식 얘기로 마을이 종일 떠들썩했다.

"기도가 다를 뿐인데 축복의 양이 천지 차이라면서 라우라 언니가 깜짝 놀랐대."

투리는 작업을 적당히 마무리하고는 자리에서 일어나 차가 있는 곳으로 자리를 옮기면서 웃었다. 그렇지 않아도 별 축젯날 결혼식에서 진짜 축복을 내렸다고 하여 마을에 소문이 파다했던 꼬맹이 신전장이 여름 성인식에서는 기도를 다시 시켰다는 것이다. 여태껏 신전의 일이 이렇게까지 사람들 입에 오르내린 적이 있었을까. 의아해질 정도로 신전장을 둘러싼 소문이 무성했다.

"별 축제 소문을 들은 사람들이 어제 성인식에서 진짜 축복을 보겠다고 너무 들떴던 모양이지."

"그래도 그렇지, 귀족님인 신전장이 '진지함이 없으니까 다시!' 라고 말하면 누구든 무서워서 오줌을 지릴걸? 그 정도는 마인도 알 텐데, 참."

투리가 볼을 부풀리며 말했다.

"그러네. 그래도 어린 나이에 진짜 축복을 내리는 신전장님을 평민들이 호기심 어린 눈으로 쳐다보거나 깔보면 신관장님이 용서하지 않으셨을 거야."

멀리 떨어진 제단 위에 있던 신전장은 정말 마인이 맞는지 순간 의심할 정도로 귀족처럼 보였다. 머리 장식 의뢰로 고아원에 면담을 갔다 온 투리가 "마인이 깜짝 놀랄 정도로 움직임이 아름다워져서 몰라볼 뻔했어." 라고 말한 것처럼 부모의 눈에도 마치 다른 사람처럼 변한 듯했다. 귀족이 되기 위해 너무 무리하는 건 아닐까, 에파는 걱정되어 미칠 것 같았다.

"분명 마인이 귀족으로 살아가려면 축복을 다시 시켜야 했던 상황이었을 거야."

"음~, 내 눈에는 꼭 이상한 꿍꿍이가 있는 것처럼 보였단 말이지. 여태까지는 딱히 진지하게 기도하지 않아도 괜찮았잖아."

투리가 입술을 삐죽이며 말했다. 하긴 그럴지도 모르겠네, 하고 에파는 무심코 웃어 버렸다.

"원래 영문 모를 이유를 대며 이상한 행동을 저지르는 아이잖니. 귀족님이 되어서까지 똑같은 행동으로 주변을 곤란하게 하진 않을 거야."

"루츠 말로는 알맹이는 안 변한 것 같다던데? 마인이 다시 시키는 바람에 완벽하게 기도하지 않으면 진짜 축복을 못 받을 거라고, 가을에 세례를 받는 애가 잔뜩 겁을 먹었대나 봐. 앞으로는 다들 제대로 기도를 올리게 되겠네."

차를 다 마신 투리는 다시 의자에 앉아서 머리 장식 만들기를 시작했다. 좀처럼 마음에 들지 않아서 몇 번이고 다시 만든 머리 장식이지만, 이제 완성이 코앞이다.

"제법 괜찮아지는구나."

"……짜는 방법을 마인이 편지에 써 줬거든. 나 혼자서는 나무 열매를 몇 종류나 못 만들어."

"저런 선만 그은 편지로 방법을 이해한 투리라서 가능한 거란다."

마인의 편지를 노려보면서 시행착오를 반복하는 투리를 봐 온 엄마로서 완성이 가까워질수록 가슴이 벅차올랐다. 투리는 몇 종류의 나무 열매부터 시작해서 세밀하고 고급스러운 실로 꽃잎을 한 장씩 떴다. 그리고 완성된 꽃잎에 아교로 부드러운 곡선을 만들면서 화심에 둘러 감아 입체적으로 표현했다. 길베르타 상회에서 이 머리 장식을 위해 새로운 금속 코바늘도 줘서 첫 작품보다 꼼꼼하고 아름답게 완성되어 갔다.

"사흘 뒤에 납품하는 마지막까지 힘낼 거야. 마인이 쓸 머리 장식만큼은 절대 누구에게도 뺏기고 싶지 않아. ⋯⋯유일하게 마인과 만나는 시간이 될 것 같거든."

성에서 지내는 비중이 커지면 얼굴도 못 보게 될 거라고 길베르타 상회에서 들은 모양이다. 투리는 파란 눈동자에서 결의로 찬 강한 빛을 뿜으며 머리 장식을 노려보듯이 바라보았다.

그날 밤, 에파는 반주를 마시는 귄터에게 투리와 대화한 내용을 말했다.

"⋯⋯신전에 있는 시간이 점점 짧아져서 얼굴도 못 보게 된대. 의식 때 멀리서 보는 것도 못 하게 될지도 몰라⋯⋯. 가뜩이나 가을 세례식은 이웃 아이들이 많이 참가해서 못 가잖아."

마인은 이웃과 교류가 거의 없었고, 장례식도 이미 끝난 데다 제단 위와 아래는 꽤 거리가 있다. 투리나 루츠의 말을 들어 보면 마치 다른 사람처럼 행동이 변한 것 같다고 하니 마인과 꼬맹이 신전장이 동일인물이라는 사실은 들통나지 않겠다고 생각했다. 하지만 에파 가족이 신전에 들락거리면 얘기는 달라진다. 의식이 끝난 신전 안을 기웃거리면 누구나 이상하게 생각할 테고, 누가 이유라도 묻는다면 난처해진다.

"계약 마술 조항도 있으니까 충분한 거리를 둬야겠지만, 나도 마인의 얼굴을 가까이서 보고 싶어. 역시 걱정돼."

"하긴 당신은 마인을 가까이서 볼 기회가 없지."

문의 병사인 귄터는 에렌페스트의 신전에서 핫세 신전으로 신관들을 이송할 때 호위를 맡게 되어 핫세에서 마인을 만날 수 있다. 상당히 들떠 있는 귄터가 지금은 조금 부럽다.

"투리가 머리 장식을 가져갈 때 함께 가는 건 어때?"

"난 카밀을 돌봐야 하잖아."

"내가 동료한테 휴일을 교대해 달라고 부탁해 볼 수도 있어. 지금 저런 투리도 들어가는데 당신이라고 못 들어가겠어?"

에파는 과거에 문의 병사장이던 아버지를 도우며 귀족 몇몇이 출석하는 병사 회의에 차를 내기도 했다. 그때 배운 몸짓이나 말투는 지금의 투리나 루츠와 다르지 않을 터였다. 지금이라면 길베르타 상회에 부탁해서 훈련 중인 투리와 함께 신전에 갈 수 있을지도 모른다. 하지만 루츠나 투리가 귀족에게 통하는 행동거지를 완벽히 익히게 되면 그때는 에파가 아무리 부탁해도 귀족 앞에 내세우기에 형편없다고 거절당하리라.

'애들은 성장이 빠르지. 정말 지금뿐이야.'

에파의 마음에 형용할 수 없는 초조함이 떠올랐다.

"기회가 지금뿐인 건 예절만이 아니야. 마인이 영주의 성으로 생활 기반을 옮기면 더 가망이 없어. 우린 성은커녕 귀족 마을에도 못 들어가니까. 게다가 지금은 당신이 카밀을 돌보느라고 직장을 쉬니까 내가 휴일을 교대하면 어떻게든 되지만, 당신이 일을 시작하면 잘 쉬지도 못하잖아?"

'귄터의 말이 맞아.'

에파는 앞섶을 꼭 쥐었다. 귀족이 되어 버린 딸을 만날 기회는 정말 지금뿐이다.

"여보, 사흘 후에 다른 사람과 휴무일을 바꿔 줘."

머리 장식을 납품하는 날, 길베르타 상회에 동행하게 해 달라고 끈질기게 부탁한 끝에 에파는 고아원 원장실에 올 수 있게 되었다.

"엄마, 여기서는 꼭 로제마인 님이라고 불러야 해."

"알았단다."

카밀을 임신했을 때 되도록 고아원 원장실의 출입을 자제해 달라는 프랑의 부탁이 있었기에 에파에게는 이번이 첫 방문이다.

'이런 방이었구나.'

투리와 루츠에게 얘기는 들었지만, "입구 홀이 우리 집보다 넓고, 본 적 없는 화려한 가구들이 수두룩해." 라는 말로는 도무지 방을 머릿속에 그릴 수가 없었다. 주변을 둘러보면서 프랑의 안내를 받으며 2층으로 올라갔다. 방 안에 계단이 있는 것도 에파에게는 낯설고 이상하게 보였다.

"로제마인 님, 길베르타 상회가 도착했습니다."

"고마워요, 프랑."

장식이 새겨진 화려한 의자에 앉은 로제마인이 집에서는 한 번도 본 적 없는 우아한 미소를 지으며 뒤돌아본다. 그 순간, "엑!?" 하고 얼빠진 목소리를 감추듯 입가를 막고 눈을 동그랗게 떴다. 금방 얼버무리며 미소를 지었지만, 여전히 변함없는 자기 딸이라고 실감했다.

에파도 웃음을 터트릴 뻔했지만, 그건 루츠나 투리도 마찬가지인 듯하다. 터질 듯 말 듯한 웃음을 참으며 벤노의 인사를 듣는다.

"항상 투리와 함께 비녀를 만드는 장인입니다. 오늘은 인사차 데리고 왔습니다."

미리 말을 맞춘 대로 벤노는 에파를 비녀 장인이라 소개했다. 로제마인이 싱긋 웃으며 자리에서 일어났다.

"그대들이 만든 비녀는 항상 애용하고 있답니다. 저쪽 방에서 새 비녀를 보여 주세요."

그렇게 말한 로제마인은 기사와 시종에게 지시를 내리면서 커다란 침대 뒤에 있는 문을 열었다. 이 넓은 방에 또 방이 있다니. 에파는 놀라면서 방으로 들어갔다.

문이 닫히자, 로제마인은 에파가 알던 마인이 되어 루츠를 노려봤다.

"루츠! 왜 말 안 해 줬어? 깜짝 놀라서 심장이 떨어지는 줄 알았잖아!"

"귄터 아저씨가 휴일을 바꾸고 카밀을 맡으셨어. 또 페이 여동생이 가을에 세례식이라 신전에는 갈 수 없으니까 대신 가게 해달라고, 나도 갑작스럽게 부탁받았어. 싫으면 이제 안 데려올게."

"미안. 놀라긴 했지만 기뻐서 그랬어. 사정이 된다면 데려와 줘."

루츠와 스스럼없이 대화하는 모습을 보면 아무리 화려하게 차려입어도 알맹이는 마인과 다르지 않았다. 하지만 계약 마술이 가족의 접촉을 어디까지 허용하는지 에파는 알 수 없었다. 로제마인에게 어떻게 말을 걸어야 할지 몰라 입을 옴짝달싹하며 할 말을 찾았다. 엄마가 딸에게 건네는 듯한 말은 조심해야 한다. 이 방에 함께 들어온 기사, 다무엘을 보고 그렇게 판단했다.

다무엘은 견습 무녀 시절부터 호위를 해 주던 기사로 에파와도 면식이 있다. 온화하고 좋은 사람이지만, 그래도 귀족이다. 여기서 뭔가 실수라도 하면 두 번 다시 딸의 얼굴을 볼 수 없게 된다.

"……건강해 보이셔서, 안심했습니다."

곰곰이 생각한 끝에 에파가 오랜만에 눈앞에서 만난 딸에게 건넨 첫 마디는 그런 어색한 말이었다. 그래도 로제마인은 기쁜 얼굴로 수줍게 웃었다. 어리광을 부리고 싶은 표정이라고 에파는 느꼈다. 하지만 이곳에서 그러도록 허락해 주지 않으리라.

"투리, 로제마인 님께 비녀를 보여드려라."

벤노의 목소리에 투리는 조그맣게 고개를 끄덕이고, 조심스러운 동작으로 비녀를 꺼냈다. 집에서 몇 번이고 연습하던 움직임이다. 처음에는 어색하던 동작이 매우 부드러워졌다. 투리는 "마인은 훨씬 더 대단했어." 하고 분한 듯이 말했다. 로제마인의 몸짓을 보니 투리의 말을 인정할 수밖에 없었다.

"로제마인 님, 이쪽이 새로운 머리 장식입니다."

큼지막한 연노랑 꽃송이는 한 장씩 정성 들여 짠 꽃잎에 아교를 발라 진짜 꽃처럼 곡선을 만들고, 화심에 돌돌 말아서 매우 화사했다. 거기에 가을이 물씬 느껴지는 주황색 이파리나 빨갛게 물든 나무 열매가 귀엽게 달렸다. 투리가 혼신을 다한 작품이다.

"꽂아 주겠어요?"

로제마인은 그렇게 말하며 에파에게 등을 돌렸다. 에파는 시선으로 벤노와 투리에게 확인을 받고, 마지막으로 다무엘에게 시선을 돌렸다. 그가 허가한다는 듯이 턱을 살짝 움직였다.

에파는 투리가 만든 머리 장식을 손에 들고 로제마인에게 다가갔다. 예전보다 윤기가 흘러 더 아름답고, 복잡하게 땋은 머리에 긴장해서 떨리는 손으로 머리 장식을 꽂아 넣었다. 그리고 다무엘의 시야에서 가려진 곳을 찾아 살짝 어루만졌다. 엄마에게 어리광 부리고 싶어 하는 딸에게 지금 에파가 해 줄 수 있는 최대한의 애정 표현이었다.

"어울리나요?"

속삭이는 작은 목소리가 울먹이는 것처럼 들렸다. 이런 작은 애정에도 굶주린 딸의 마음을 생각하면 가슴이 찢어질 듯 아파서 눈시울이 뜨거워졌다.

"네, 매우. ……매우 잘 어울리셔요."

에파의 목소리도 떨렸다. 로제마인이 뒤돌아보았지만, 자신이 잘 웃고 있는지 어떤지도 모르겠다. 하지만 자신을 올려다보는 금색 눈동자가 흔들렸다. 당장에라도 "엄마." 하고 부르며 안길 것 같은 눈이다. 가끔 자신이 있을 곳을 찾는 사람처럼 불안정해져서 가족의 온기를 찾던 눈이다. 잠깐 응석꾸러기 마인의 얼굴이 스친 로제마인은 갑자기 깜짝 놀라더니 체념을 머금은 쓸쓸한 미소를 지었다.

"정말 잘 어울리십니다. 로제마인 님."

서로 손을 뻗고 싶어도 뻗을 수 없는 애달픈 분위기를 일부러 걷어내려는 듯한 벤노의 목소리에 로제마인이 뒤돌아본다. 그때는 이미 귀족님다운 우아한 미소로 변해 있었다.

"훌륭해요, 투리. 제 예상보다 훨씬 뛰어난 머리 장식이에요."

장사 협상이 시작되면 에파가 할 수 있는 일은 없다. 한 걸음 뒤로 물러선 에파는 그저 로제마인의 모습만 바라보았다. 손을 뻗으면 닿을 수 있는데 뻗을 수 없는 현실이 답답했다.

……지금 마인을 따뜻하게 보듬어 줄 귀족이 있을까? 너무 걱정돼.

수확제 회의

엄마와 투리가 만들어 준 비녀를 꽂고 나는 가을 세례식에 힘썼다.

여름 성인식에서 진지하게 기도하지 않으면 축복을 못 받는다고 한 말이 퍼졌는지, 내 또래의 어린아이들이 진지한 얼굴로 기도를 올렸다. 이대로 신앙심을 키워 주기를 바라면서 나는 축복을 내렸다. 가족의 얼굴을 보지도 못해 가라앉은 기분으로 가을 세례식이 끝났다.

"오늘은 세 점 종부터 회의가 시작되니 회의실로 가셔야 합니다."

세례식 다음 날, 프랑에게 예정을 듣던 나는 고개를 갸웃거렸다.

"지금까지 회의라는 말을 신전에서 들은 적이 없는데, 어떤 회의죠?"

"그러고 보니 로제마인 님은 처음이시군요. 세례식 다음 날에는 회의를 열어서 귀족 마을의 세례식을 언제 어디에서 열지, 누구를 파견할지를 정합니다. 가을에는 수확제 파견지를 정해야 하고, 봄이라면 기원식 파견지를 정해야 하죠."

프랑의 대답에 나는 손뼉을 딱 쳤다. 미성년자라느니, 평민에게 자기들의 짭짤한 수입을 나누고 싶지 않다는 이유로 나를 끼워 주지 않던 회의다. 올해부터는 신전장으로서 매년 출석해야 한다고 한다. 작년의 난 정말 이름뿐인 껍데기 청색 견습 무녀였다고 실감했다.

"프랑, 난 영지에 대한 지식이 전혀 없는데 회의 전에 가볍게 가르쳐 줄 수 있나요?"

빌프리트가 글을 익히면 지리와 역사를 가르쳐 줄 교사를 붙여 주기로 약속했지만, 어디의 수확제에 가는지도 모른 채 출발할 수도 없는 노릇이다.

"……영지를 설명하려면 지도가 필요한데 지금은 신관장님께 지도를 빌릴 여유가 없습니다. 지도는 차차 준비하기로 하고, 지금은 수확제에 관해 설명해 드리겠습니다."

수확제는 농촌의 한 해 수확을 축하하고, 신들에게 감사를 올리는 축제다. 청색 신관과 문관이 한 명씩 참가하는 것이 관례인데 문관은 세를 걷고, 신관은 제사를 올린다. 특별히 농촌에서는 수확제 때 세례식과 성인식, 결혼식을 동시에 올린다고 한다.

"농촌에 거주민이 적어서 한 번에 해결한다고 합니다."

봄의 기원식은 긴 겨울을 거친 뒤라서 식량이 적은 시기다. 게다가 모두 여름 주거지로 돌아갈 준비를 하느라 축하 잔치를 벌일 시기와 맞지 않는다고 했다. 참고로 기베라 불리는 귀족이 다스리는 농촌에서는 의식은 물론이고 작은 성배까지 회수해야 한다고 한다. 농촌에 가서 축복만 내려 주면 끝인 기원식과 달리 수확제는 의외로 바쁠지도 모르겠다.

"로제마인 님, 세 점 종입니다. 회의실로 가시지요."

회의가 열리는 방은 교실만 한 크기였고, 직사각형으로 테이블을 길게 이어 붙여 놓았다. 청색 신관을 쭉 둘러보니 모두 앉아 있는데도 자리의 절반이 비어 있다. 얼마나 신관이 부족한지 직접 확인할 수 있었다.

모두의 시선이 내게 쏠리는 가운데 나는 긴 테이블 옆을 지나쳐서 프랑이 당겨주는 의자에 앉는다. 긴 테이블의 상석에 혼자 앉으니 꼭 대단한 사람이라도 된 것 같았지만, 잘 생각해 보면 신전장인 내가 여기서 가장 지위가 높았다.

'더 잘나신 신관장님 때문에 최고책임자가 나라는 걸 깜빡깜빡해.'

"지금부터 가을 세례식 및 수확제에 관한 회의를 시작하겠다."

사회를 맡은 페르디난드가 결정 사항만 말하면서 회의가 척척 진행되었다. 도중에 에그몬트가 작년과 배분이 다르다며 불만을 토로했지만, "왜 작년과 다른 대우를 받는다고 생각하나?"라며 진심으로 깔보는 듯한 페르디난드의 눈빛 한 번에 입을 꾹 닫았다.

아무래도 전 신전장이 교체되어도 신전에서 청색 신관의 대우가 변하지 않자, 조마조마하던 청색 신관들은 지금까지처럼 버젓이 대우받으며 생활할 수 있으리라고 멋대로 착각했던 모양이다. 단순하기 짝이 없다.

"로제마인 신전장이 엄격하게 처벌하지 않았다고 해서 자네들의 행동을 용서했다고 생각하지 마라. 신전장과 신관장의 결정에 따르지 못하겠다면 신전을 떠나도 좋다."

본가에도 갈 곳 없는 청색 신관에게 '불만이면 나가'라고 단언한 페르디난드는 청색 신관들에게 한껏 겁을 준 뒤, 귀족 마을의 세례식 배정을 발표했다.

"신전장님과 신관장님은 왜 세례식에 참여하지 않으십니까?"

"나와 신전장은 귀족 신분으로서 해야 할 임무도 있고, 기사단의 소집도 있다. 이런 임무는 다른 청색 신관이 대신할 수 있는 일이 아니다. 그대들은 그대들의 능력에 맞게 임무를 다해라. 그리고 신전에 공헌하는 자세를 보고 앞으로 임무를 배정할까 한다."

"그렇군요. 잘 알겠습니다."

페르디난드는 전 신전장이 통째로 떠맡긴 서류 업무도 나중에는 다른 청색 신관에게 넘기겠다고 했지만, 꽤 먼 나중의 일이 될 듯하다.

"……이상이다. 각자 맡은 예정을 확인하고 준비를 게을리하지 말도록."

결국, 수확제에서 파견되는 지명을 들어도 나만 전혀 이해하지 못한 채 회의가 끝났다. 프랑이 열심히 서자판에 기록했으니까 나중에 지도와 맞춰 보면서 배워야겠다. 그렇게 생각하는데 페르디난드가 자리에서 일어나는 나를 불러 세웠다.

"로제마인, 오후부터 자세히 설명하마. 방에서 대기하라."

점심을 먹고 조금 뒤, 페르디난드가 잠을 데리고 찾아왔다. 잠은 품에 안고 온 여러 가지 자료를 테이블 위에 차례로 펼치기 시작했다. 페르디난드가 지도의 위치나 자료 순서를 지시하면서 "수확제에 관해서 어디까지 알고 있나?" 하고 물어 왔다.

"회의 전에 프랑에게 조금 들은 게 다예요. 거의 몰라요."

"문관은 징세를, 신관이나 무녀는 의식을 지낸다. 그리고 시주 대신 그해 수확한 작물을 받게 되지. 이 수확물은 겨울 식량으로 써도 좋다."

프랑과 비슷하게 설명하며 시주 대신 식량이 들어온다고 알려주었다. 고아원 입장에서는 매우 고마운 일이지만 농촌을 돌 때마다 늘어나는 수확물을 어떻게 처리한다는 걸까?

"수확제는 한 사람이 50군데는 돌아야 하잖아요? 짐이 늘어나면 그만큼 고생이고, 이동 중에 상하지 않나요?"

"문관이 왜 함께 가겠는가? 당연히 전이 마법진으로 옮기기 위해서지."

전이 마법진이란 발송용 마법진과 수령용 마법진이 세트로 구성된 마술구라고 한다. 문관은 발송용 마법진을 들고 수확제에 가서 징세한 수확물을 성에 설치된 수령용 마법진으로 보낸다. 청색 신관이 거둔 식량도 동시에 옮기면 나중에 각자 성에 찾으러 가면 된다고 한다.

"그, 그런 편리한 마술구가 있는 줄 처음 알았어요."

"편리하지 않은 마술구에 무슨 가치가 있겠는가? 당연한 말은 가려 해라."

귀중한 마력을 쓰는 만큼 편리하고, 되도록 많은 사람에게 이익이 될수록 좋은 마술구인 모양이다.

"그 마술구를 상인이 쓰면 유통이 더 활발해지겠어요."

농촌 수확물을 한 번에 보낼 정도다. 유통에 사용하면 상인이 위험을 감수하면서 마을 외곽으로 나갈 필요가 없어지고, 유통 비용이 절감되어 상품 단가도 떨어질 터이다 페르디낭드는 "음, 그렇겠지." 차고 내 의견에 적당히 동의했다.

"상인에게 마력이 있었다면 이미 썼겠지."

"윽. ……신관장님, 마력 없이도 쓸 수 있는 마술구를 갖고 싶어요."

"그건 애초에 마술구가 아니다. 그나저나 그대가 수확제에 가야 할 곳은……."

페르디낭드는 단호하게 마술구 얘기를 끊어 버리고, 얼른 화제를 돌렸다.

"전 어딜 가야 하나요? 농촌 이름을 들어도 뭘 알아야 말이죠."

세례식 전에 교육받은 내용은 친척 관계와 그 영지에 관해서였다.

내가 알고 있는 지명은 다른 청색 신관이 배정받았고, 이번에 내가 가게 될 곳에는 들어가 있지 않았다.

"지금부터 설명하마. 이 지도를 보거라."

잠이 테이블에 펼친 지도는 기원식 때 페르디난드와 칼스테드가 들여다보던 것과 똑같이 빨강과 파랑으로 나눈 지도였다.

"이 빨간 부분이 영주 직할지다. 이 파란 부분은 기베 귀족이 지배하는 땅이다. 그대에게는 첫 수확제이니 되도록 에렌페스트에서 가까운 이 주변으로 배정해 뒀다."

프랑이 말하는 농촌 이름을 따라 페르디난드가 지도 위를 손가락으로 훑으며 첫째 날, 둘째 날, 하며 코스를 그려 갔다.

"가까운 곳치고는 의외로 남북으로 긴데요?"

"이 기회에 소재 채집도 겸할 생각이다."

페르디난드의 손가락이 도르방을 가리켰다. 내가 가게 되는 범위에서 가장 남쪽에 있는 마을이다.

"도르방의 변두리 숲에는 만월의 밤에 열매가 열리는 루엘이라는 마목이 있다. 슈첼리아의 밤은 가을의 마력이 가장 강력해진다고 전해지는데 실제로 이날 바람의 속성치가 높은 소재를 얻기 쉬워지지."

"슈첼리아의 밤? 생명의 신 에이비리베가 부활해서 흙의 여신에게 접근하지 못하도록 바람의 여신 슈첼리아가 가장 강력한 힘을 방출한다는 가을 끝 무렵의 만월 밤 말인가요?"

성경에서 읽은 신화를 떠올리며 확인하자, 페르디난드가 고개를 끄덕였다.

"잘 이해했구나. 그대가 먹을 약, 유레베의 소재에는 '슈첼리아의 밤'에 딴 루엘 열매가 필요하다. 루엘 열매는 에렌페스트 영지 내에서 채집할 수 있는 가을 소재 중에서 가을 속성인 바람의 순도가 높고, 마력 함유량이 많아 최고 품질로 평가되는 소재다."

"속성의 순도가 뭔가요?"

"한 속성치가 높고, 다른 속성치가 낮을 때 속성 순도가 높다고 표현한다. 반대로 한 소재에 여러 속성의 속성치가 비슷할 때는 속성수가 많다고 하지."

유레베라는 약은 각 계절에서 순도가 높은 소재를 모아야 해서 아무리 빨리 모아도 1년은 걸린다고 한다. 그리고 내 기억에도 없을 정도로 오래전에 굳은 마력에는 품질이 가장 높은 소재가 필요하다고 한다.

"나도 따로 수확제에 가야 하니 그대와 동행하지는 못해."

"기원식에는 함께 가셨잖아요."

"기원식은 여러 가지로 위험했고, 조사할 일이 있었거든."

이번에는 별도 행동을 해야 하나 보다. 수확제는 처음인데 혼자서 괜찮을까? 불안감에 표정이 어두워지는 내게 페르디난드는 "걱정 마라." 하고 가볍게 말했다.

"호위 기사로 에크하르트와 유스톡스를 붙여 주마. 그들이 하는 말을 잘 들어라."

처음 듣는 이름에 나는 고개를 갸웃거렸다.

"에크하르트 오라버니는 아는데, 유스톡스는 누구예요?"

"그대와 동행할 징세관이고, 리카르다의 아들이다."

리카르다의 아들이라면 왠지 믿음직스러울 것 같다. 아마 내게 위험이 없는 인물을 골라 주었으리라. 에크하르트도, 유스톡스도 영주와 관계가 깊은 사람들이다.

"채집도 수확제도 그들이 하는 말만 잘 따르면 문제는 없을 것이다. 채집에 필요한 도구는 수확제가 다가오면 주마."

"역시 빈틈이 없으시네요. 감사하게 생각합니다."

페르디난드의 용의주도함에 놀라면서 나는 감사의 말을 건넸다. 이 모든 준비에서 소재를 반드시 채집해 오라는 페르디난드의 의욕이 엿보였다.

"수확제는 가을 중순부터니까 아직 시간은 있다. 그때까지 기수 연습을 많이 해 놓도록. ……아아, 그리고 며칠 전에 벤노에게 연락이 왔는데 고아원에 회색 신관을 보내 달라고 하더구나."

"네. 저도 들었어요."

고아원에 문을 설치하고 생활에 필요한 물건을 어느 정도 옮겨 뒀으니 회색 신관과 회색 무녀를 보내 생활 기반을 다지면서 수확제 전까지 부족한 부분을 메꾸고 싶다고 했다.

"회색 신관을 보낼 때 식량과 물자도 대량으로 보내야 하니까 문의 병사를 호위로 동원해 달라고 하더군."

식량과 공방 도구 등, 옮겨야 할 짐이 산더미다. 핫세는 반나절 정도년 노착해서 그리 멀지 않지만, 대량의 짐을 여러 번 옮기다 보면 도둑의 표적이 되기 쉽고, 실제로도 당한 적이 있다고 들었다. 호위는 필요하지만, 일반 상인의 이동에는 병사가 동원되지 않는다. 병사가 움직이는 건 마을을 지킬 때와 영주에게 명령을 받았을 때뿐이다.

"길베르타 상회는 영주의 지시로 움직이는 셈이니까 병사도 동원할 수 있죠?"

"그래. 개인적으로는 동문 병사장에게 그 역할을 맡길까 하는데……."

페르디난드가 나를 힐끗 쳐다보며 그렇게 말했다. 동문 병사장은 아빠다. 나는 아빠를 만난다는 기대감에 손을 번쩍 들었다.

"저도 마차로 같이 움직일게요!"

'기수로 갈 생각이었지만 아빠를 만날 수 있다면 아무리 마차가 불편해도 참겠어!'

"바보 같으니! 영주의 딸이 마차로 마을을 나가게 되면 호위하는 건 기사단이다. 그럼 평민 병사가 나설 자리가 없어지겠지."

"에엑!? 그럴 수가!"

'어떻게 찾아온 기회인데 얼굴도 못 보다니……. 충격이야.'

희망이 절망으로 뒤바뀌었다. 내가 풀이 죽어 어깨를 축 떨구자, 페르디난드는 "얘기는 끝까지 들어라." 하고 관자놀이를 눌렀다.

"그대는 나나 호위 기사와 함께 영주의 딸로서 기수로 이동하겠지만, 마차를 호위하는 병사에게 체류 중에도 임무를 맡길 생각이다. 적어도 현지에서 몇 번 마주칠 기회는 있겠지."

페르디난드가 질린 표정으로 "못 말리겠군." 하고 귀띔해 준 말에 내 마음은 다시 들뜨기 시작했고, 활짝 웃으며 신에게 기도를 올렸다.

페르디난드와 대화가 끝나고, 고아원 원장실에 가기로 했다. 모니카에게 루츠와 길을 공방에 부르게 하고, 안절부절못하며 두 사람을 기다렸다. 루츠와 길이 도착하자, "또 그걸 봐야 하다니." 라며 중얼거리는 다무엘을 호위로 임명하고, 즉시 비밀의 방으로 들어갔다.

"루츠, 루츠~~!"

나는 콧노래를 부르며 루츠의 품에 '폴짝!' 뛰어들었다. 루츠는 나의 격한 흥분에 적응이 안 되는지 피곤한 목소리로 주의를 주면서 껴

안아 주었다.

"이러다 열 나겠어."

"우후후~, 있지. 핫세 고아원에 회색 신관들을 보낼 때 아빠가 호위로 따라간대. 오랜만에 아빠를 만나게 됐어."

꼭 덩실거릴 것처럼 흥분 기미로 보고하자 루츠가 몇 번 눈을 끔뻑이고, 의아한 표정을 지었다.

"……어라? 귀족은 기수로 이동하니까 호위랑 못 만날 거라고 주인님이 그러셨어. 그 이야기를 귄터 아저씨가 듣고 엄청 풀이 죽어서 손에 일이 안 잡힌다고 했다고 투리랑 오토 씨가 그러던데?"

들어 보니 이미 문에 전달된 호위 얘기를 듣고 아빠가 신이 나서 떠맡았다고 한다. 그런데 그 뒤에 귀족은 기수로 이동한다는 사실을 알고, 요즘 부쩍 일하러 가기 싫다며 답답할 정도로 매일 푸념만 늘어놓는다고 한다. 누가 부모 자식 아니랄까, 기수로 이동하면 못 만난다고 둘 다 똑같이 풀이 죽은 셈이다.

'뭐지? 이 묘한 유대감은.'

나는 키득키득 웃으며 루츠에게 전했다.

"맞아. 하지만 기수로 이동해도 우리가 핫세에 머무는 동안 호위를 맡길 예정이라 몇 차례 마주칠 기회가 있을 거라고 신관장님이 말씀하셨어."

"정말이야!? 그럼 귄터 아저씨한테 전해야겠네. 너무 생기가 없으셨는데 그 말을 들으면 이제 일할 의욕이 생기실 거야."

"응, 나도 기대하고 있다고 전해 줘! 아, 편지 써 줄게."

나는 서둘러 '핫세에서 만나길 기대할게. 일 열심히 해.'라는 편지를 써서 루츠에게 건넸다.

다음 날 편지를 전해 준 루츠가 웃으면서 보고해 주었다. 아빠가 편지를 읽자마자 보기에도 재미있을 정도로 의욕이 돌아왔다고 한다. 엄마와 투리가 "우리 말은 귓등으로도 안 듣더니 편지 한 장으로 생기가 도네."라며 웃었다고 했다.

핫세의 작은 신전

오늘은 회색 신관과 회색 무녀가 이동하는 날이다. 평민촌으로 통하는 신전 뒷문 쪽에 벤노가 보내 준 마차 두 대가 나란히 정차해 있다. 고아원 사람들 모두가 배웅하러 모인 가운데 회색 신관과 무녀가 각각 세 사람씩 마차에 올랐다. 회색 무녀가 타는 마차에는 루츠가, 회색 신관이 타는 마차에는 마르크가 탄다고 한다.

"그럼 조심히 이동하세요."

"네. 로제마인 님의 소중한 신관들을 맡아 두겠습니다."

고아원 대표인 나는 무릎 꿇으며 인사하는 마르크에게 귀족스럽게 끄덕이며 대답했다. 그러면서도 내 시선은 자꾸만 마르크 뒤를 향했다. 마르크와 루츠는 하는 수 없다는 듯이 미소 지으며 나와 같은 방향을 쳐다보았다.

그 시선 끝에는 무릎을 꿇은 한 병사가 있었다. 본래는 동문에서 핫세까지 호위를 맡기로 한 아빠가 혼자만 회색 신관들이 타는 마차를 맞이하러 신전까지 온 것이다. 저도 모르게 히죽이게 되는 웃음을 참으며 나는 아빠에게도 인사의 말을 건넸다.

"저도 나중에 핫세로 출발하겠습니다. 이송 호위를 잘 부탁합니다."

"맡겨 주십시오."

그렇게 말하며 일어난 아빠는 씩 웃으며 오른손으로 가슴을 두 번 두드렸다. 나도 같은 동작으로 대답하고, 신전을 출발하는 마차를 배응했다.

우리가 핫세로 출발하는 날은 사흘 뒤다. 모두가 핫세에 도착해서 짐 정리가 끝날 때까지 최소한 사흘은 필요해서였다. 나는 핫세에 갈 날만 손꼽아 세면서 아빠와 조금이라도 얼굴을 마주칠 날을 기대하며 보냈다.

"로제마인, 정말 괜찮은가? 브리기테의 기수를 타고 가는 편이 좋지 않겠느냐?"

내가 신전 정문 현관 앞에 기수를 꺼내자, 페르디난드가 미심쩍은 얼굴로 레서버스를 보았다. 나는 성실하게 기수 타는 연습을 했고, 웬만큼 실력도 늘어서 전혀 문제가 없을 터였다.

"핫세처럼 가장 가까운 마을도 제대로 못 날면 수확제 같은 긴 여행은 무리인걸요. 연습 삼아 레서버스로 갈게요."

"연습이 필요한 건 이해한다만……."

스스로 연습의 필요성을 인정하면서도 페르디난드는 끝까지 체념하지 못했다.

"페르디난드 님, 그렇게 걱정되신다면 제가 로제마인 님의 기수에 타면 어떻겠습니까? 마력을 다루는 자가 함께라면 유사시에 제 기수로 탈출하면 되니 덜 위험할 겁니다."

"그건 그렇다만…… 브리기테, 정말 괜찮겠는가?"

"로제마인 님의 실력이 많이 좋아지신 걸 제 눈으로 확인했습니다. 부디 맡겨 주십시오."

딱 부러지는 표정으로 말하는 브리기테의 자수정색 눈동자가 평소보다 더욱 반짝여 보였다. 혹시 브리기테는 레서버스에 흥미가 있는 걸까.

자기 기수를 사라지게 하고 다가온 브리기테에게 조수석 쪽 문을 열어 탈 수 있게 해 주었다. 페르디난드는 포기했는지 시선을 피했다.

"그럼 브리기테에게 맡기마."

페르디난드의 말에 고개를 끄덕인 브리기테는 레서버스에 올라탔다. 나도 운전석으로 올라타고 문을 닫았다.

"브리기테, '안전띠'를 매 주세요. 이걸 쭉 잡아당겨서 여기에 탁 끼우면……."

실제로 안전띠를 매는 시범을 보여주면서 브리기테에게도 안전띠를 매게 했다. 안전이 제일이다. 운전석만 내 사이즈에 맞춰 둔 터라 조수석이 매우 높고 커 보였다.

"정말 귀엽네요."

"그죠? 귀엽죠?"

페르디난드에게는 이상한 물건 취급당했지만, 레서판다는 귀엽다고 생각했다. 여자끼리라면 이 귀여움을 공유할 수 있을지도 모른다. 그렇게 생각한 내가 기뻐하며 브리기테를 올려다보자, 브리기테가 순긴 '아차' 싶은 표정을 싯더니 얼버무리듯 헛기침을 했다.

"……크흠! 아, 그, 로제마인 님께는 아주 잘 어울린다는 의미입니다."

"후후. 감사하게 생각합니다. 그럼 출발할게요."

하늘로 올라가는 페르디난드의 기수를 쫓기 위해 나는 레서버스의 핸들을 쥐고 마력을 흘려 보내면서 액셀을 밟았다. 다다다다닷 하고 레서판다의 짧은 다리가 움직였고, 핸들을 몸 쪽으로 잡아당기자 하늘로 달리기 시작했다.

"기수 안에 탄다는 생각은 전혀 해 보지 못했습니다. 꽤 부드럽고 편안하네요. 기수용 옷으로 갈아입을 필요도 없어서 여성들이 너도나도 따라할지도 모르겠군요."

기수는 걸터앉듯 타야 해서 귀부인이 기수를 탈 때는 전용복으로 갈아입어야 한다고 한다. 레서버스는 그럴 필요가 없다.

"기수로 마차를 만드는 사람은 없었나요?"

"기수는 동물로 만드는 것이라 말이라면 몰라도 마차는……. 동물 속에 올라탄다는 발상을 하시다니 훌륭하십니다."

확실히 유원지 버스나 유치원 버스, 애니메이션 등을 보지 않으면 동물 속에 탄다는 발상은 바로 나오기 어렵다. 하지만 아무리 훌륭하다고 칭찬해도 원래 생각해 낸 사람이 내가 아니라서 모호한 표정밖에 나오지 않았다.

"신관장의 언짢은 표정을 보면 여성들한테 유행할지는 잘 모르겠네요."

페르디난드가 탄 사자의 뒤를 레서버스가 종종걸음으로 따라간다.

'내 레서판다, 너무 귀여워. 우후후.'

우리가 탄 기수가 작은 신전 위에 도착하자, 누군가가 망을 봤었는지 벤노 일행이 신전 안에서 하나둘 나오기 시작했다. 길베르타 상회 관계자, 회색 신관, 그리고 호위로 동행한 병사까지 모두가 무릎을 꿇었다. 기수에서 내린 나는 기수를 마석으로 돌리고, 허리춤에 찬 마석 주머니에 집어넣었다. 페르디난드와 다무엘보다 시간은 걸렸지만, 확실히 운전 실력이 늘었다고 생각했다.

나는 페르디난드보다 반걸음 앞으로 나왔다. 솔직히는 페르디난드 뒤에 숨고 싶지만 신관장이 신전장보다 앞에 나와 있으면 안 되었다.

페르디난드는 앞에서 나란히 무릎 꿇은 자들을 쭉 둘러보고, 천천히 고개를 끄덕였다.

"마중 나와 줘서 고맙다. 어서 안으로 안내해라."

모두가 몸을 슥 일으켰다. 나는 병사 속에서 가장 앞에 있던 아빠와 눈이 마주쳤다. 우리는 씩 웃으며 미소를 교환했다. 페르디난드와 다른 사람까지 있는 자리에서 우리가 할 수 있는 건 이게 전부였다.

"여자동부터 안내해 드리겠습니다."

안내하는 벤노의 뒤를 따라서 고아원 여자동으로 들어갔다. 입구가 뻥 뚫려 있던 고아원 방에 문을 달고, 개인 물품을 보관할 나무상자와 이불을 준비해서 고아원에서 살 수 있게 갖춰 놓았다.

"침대는 겨울 전까지 준비해 놓겠습니다. 급하다고 하셔서 우선은 생활할 수 있는 곳으로 정비했습니다."

벤노의 말에 나는 재차 고개를 끄덕였다. 일단 살 수 있는 것이 중요했다. 애초에 개인 물품 따위 없는 고아의 방이므로 수납은 이 정도로 충분했다.

"여기는 시류 직입을 하는 방입니다. 똑같은 방을 남자동에도 준비해 뒀습니다."

여자동의 한 방에는 서류 작업을 하는 책상과 의자, 그리고 문구 세트가 갖춰져 있다. 회색 무녀에게는 식비나 생활비에 관련한 서류 작업이, 회색 신관에게는 공방 관련 서류 작성이 의무였기 때문이다.

식당은 나무상자 두 개 위에 판자를 설친 간이 테이블이 전부였지만 조만간 새로 들여놓을 예정이라고 했다. 작은 신전 공사에 참여한 목공 장인들도 지금껏 불편 없이 식당으로 이용했으니 문제는 없을 듯하다.

이미 오후가 된 시각이라 병사나 길베르타 상회 관계자들도 작은 신전에서 하룻밤을 더 묵어야 했다. 다 함께 저녁을 먹기 위해 오늘은 테이블을 한두 개 더 늘리겠다고 한다.

여자동 지층은 신전과 마찬가지로 주방이었다. 냄비, 철판, 오븐 등, 내 방의 주방과 비슷한 설비가 마련되어 있다. 나무 접시나 식기도 준비해 두어서 신전과 다름없는 식사를 할 수 있을 듯하다.

"고아원에는 과분한 설비 같겠지만, 로제마인 님께서 방문하시는 점도 고려하여 준비했습니다."

"감사하게 생각합니다. 제 요리사들도 기뻐하겠네요."

여자동 지층에서 밖으로 나오는 구조도 신전과 마찬가지였고, 남자동 역시 바깥에서 지층으로 이동할 수 있다. 남자동 지층은 로제마인 공방으로 운영할 수 있게끔 신전 공방과 거의 똑같은 도구가 준비되었다.

"인원수가 늘어나면 인쇄기를 도입하기로 했으나, 현재는 이것으로 충분할 겁니다."

위층으로 올라갔다. 남자동에도 문을 설치해 두었고, 생활용품들이 갖춰져 있었다. 이곳에서 병사와 길베르타 상회 관계자도 묵었던 모양이다.

"고아 주제에 우리보다 잘 사는구먼."

함께 고아원을 돌아보던 병사가 인상을 찌푸리며 내뱉었다.

"그럼 당신도 신관이 되겠어요? 자유롭게 결혼도, 신전 밖을 나가지도 못한 채 청색 신관의 말 하나하나에 휘둘리며 사는 신관의 삶이 정말 부러우시다면 기꺼이 환영할게요."

세례를 받기 전까지 고아원 바깥으로 나가지도 못하고 돌봐 주는 자도 없어 죽어 갔던 고아들이나, 불필요하다며 쉽게 처분 대상이 되어 버리는 그들의 사정도 모르고 제멋대로 말하는 것을 가만히 듣고 있을 수 없었다.

울컥한 나를 눈치챈 병사는 얼굴이 새파랗게 질려서 "딱히 그럴 의도는……" 하고 무릎을 꿇으며 변명했다.

"로제마인 님, 지금 생활만 본다면 그렇게 생각해도 어쩔 수 없습니다. 저희 생활 수준이 높아진 건 전부 로제마인 님께서 신전에 오신 후부터입니다. 로제마인 님께서 오시지 않으셨다면 지금 같은 생활이 없었으리라는 사실을 이들은 모를 테지요."

나를 치켜세우며 달래려는 회색 신관의 말에 아빠가 '우리 딸, 정말 대단하지?' 라고 말하고 싶은 표정으로 만족스럽게 연신 고개를 끄덕인다.

'팔불출처럼 끄덕이지만 말고 새파랗게 떨고 있는 병사 좀 돌봐요!'

팔불출 같은 아빠의 모습에 어이가 없어진 나는 어깨에 힘이 쭉 빠졌다.

"생각 없이 튀어나온 말이겠지만, 앞으로는 넘대로 추측하고 비난하지 말아 주세요."

"대단히 죄송합니다."

병사가 사죄했고, 내가 용서하면서 훈계를 마무리했다.

이번에는 예배실로 향했다. 조각을 새긴 훌륭한 양여닫이문에서 예배실다운 위엄이 느껴졌다. 회색 신관이 문을 세게 밀어서 열자, 새하얀 공간이던 그곳은 카펫을 깔고, 정면에 신상을 올리는 제단을 설치한 예배실로 변해 있었다. 그렇게 넓지는 않지만, 분위기는 신전 그대로다.

"벤노, 신상은 언제쯤 완성되지?"

텅텅 빈 제단을 본 페르디난드가 벤노를 돌아보았다.

"약 한 달이라고 들었습니다."

"흠. 수확제에는 맞출 수 있겠군. 그럼 됐다. ……로제마인, 이쪽에 오거라. 그대의 방을 만드마."

페르디난드는 마석을 꺼내어 벽의 자기 허리쯤 오는 높이에 밀어 넣듯이 갖다 대고 슈타프를 꺼내서 어떤 말을 외쳤다.

그러자 마석에서 나온 붉은 빛이 위를 향해 **뻗어** 나갔다. 페르디난드의 머리 위에서 15센티미터 정도로 쭉 **뻗어** 올라간 붉은 빛이 좌우로 나뉘어 나아갔다. 그러다 이번에는 90도로 휙 꺾어서 바닥까지 일직선으로 **뻗어** 간다. 바닥에 닿기 직전에 다시 90도로 각도를 바꾼 두 개의 빛줄기가 다시 하나로 합쳐졌다. 그리고 그대로 **뻗어** 올라와서 마석으로 돌아갔다. 마석이 번쩍이며 강렬한 빛을 발했고, 그곳에 **빨**간 마석이 박힌 비밀의 방으로 통하는 문이 생겼다.

"로제마인, 마력을 등록해서 방을 만들어라."

"네."

나는 내 방에서 마력을 등록했을 때처럼 마석에 손을 대고 마력을 등록했다. 방에서 등록했을 때는 마석의 위치가 너무 높아서 의자가 필요했는데, 이번에는 손을 뻗으면 닿을 위치에 있다. 페르디난드가 내 키에 맞춰 조절해 줬다는 사실을 알 수 있었다.

신전의 방을 떠올리면서 마력을 흘려 보낸 뒤, 등록을 완료하고 문을 열자 그곳에 신전의 내 방과 크기가 비슷한 방이 나왔다.

"가구나 필요한 물건은 또 주문해서 옮기면 된다."

페르디난드가 그렇게 말하며 벤노를 보았다. 나도 덩달아 벤노와 마르크를 쳐다보았다. 두 사람은 웃고 있었지만, '또 일거리를 늘릴 셈이냐?'라고 말하는 눈빛이다.

'미안해요. 진짜 미안해요.'

"아, 그리고 이 색이 완전히 바뀔 때까지 마력을 담아라."

예배실의 가장 구석 벽에 박힌 마석처럼 생긴 물건을 가리키며 페르디난드가 내게 명령했다.

"이게 뭔가요?"

"이 작은 신전을 지킬 때 필요한 물건이다. 지금은 아직 창조 마력이 남아 있지만, 봄까지 견디지는 못하겠지. 이것을 지키는 것이 그대의 임무다."

방호 마술구를 작동시키기 위해 나는 계속해서 마력을 흘려 보냈다. 작은 신전을 지키는 마력이라기에 얼마나 필요할지 걱정됐지만 의외로 마력이 적게 들었다.

작은 신전을 한 바퀴 돌아본 우리는 현관으로 돌아왔다.

신전을 생활할 공간으로 갖추는 작업도 아직 남았고, 지금부터 저녁 준비를 해야 하는 모두를 위해 귀속은 얼른 철수해 줘야만 했다.

"생활에는 문제가 없어 보이네요."

내가 회색 무녀에게 말을 걸자, 회색 무녀가 싱긋 웃었다.

"네. 괜찮을 것 같습니다."

"며칠 지내 보고 문제 없을 것 같다고 판단되면 고아들을 데리러 갈 테니까 사흘 후에 또 상황을 보러 올게요. 그때 부족한 물건이 있으면 말해 주세요."

나는 그렇게 말하며 생활에 필요한 물자로 벤노에게 부탁한 서자판을 신관과 무녀에게 하나씩 건넸다.

"이름을 새겨 뒀으니까 그건 공용이 아니라 당신들 개인 물건이에요. 앞으로 작은 신전에서 힘낼 여러분께 선물로 드릴게요. 유용하게 쓰도록 해요."

"대단히 감사합니다."

신전 안에서 오직 내 시종만 들고 있는 서자판을 손에 든 신관들이 기쁜지 환하게 웃으며 서자판에 새겨진 자신들의 이름을 하염없이 바라봤다.

"루츠, 준비는 됐나요?"

루츠가 "물론입니다." 라고 말하며 찰랑거리는 천주머니를 내게 살짝 내밀었다. 그걸 들고 이번에는 병사들 쪽으로 몸을 돌렸다.

"이 중대한 호위 임무를 하느라 수고 많았습니다. 이건 얼마 안 되지만 감사의 마음입니다. 부디 받아 주세요."

거의 마을에서 나가 본 적이 없는 병사들을 며칠씩이나 바깥을 돌아다니게 했으니 가족도 걱정했으리라. 즉 줄장비나 보너스인 셈이다. 앞으로도 벤노가 물자를 옮길 때 호위를 부탁하고 싶은 나는 최대한 그들에게 좋은 인상을 남기고 싶었다.

"앞으로도 호위를 부탁할지도 모릅니다. 그때도 잘 부탁해요."

한 사람에 한 닢씩 소은화를 직접 건네주었다. 눈이 반짝이며 서로 눈빛을 교환하는 병사들을 곁눈질로 보면서 나는 아빠 앞에 섰다. 아빠한테는 몰래 대은화 한 닢을 건넸다. "모두의 노고를 치하해 주세요." 하고 속삭이자, 아빠의 입꼬리가 씩 올라갔다.

"전 이제 실례하겠지만 여자동은 남자 출입 금지입니다. 여러분 중에 무녀들에게 발칙한 짓을 하는 자가 없을 거라 믿습니다. 그래도 책임자는 꼭 주의하세요. 무슨 일이 생기면 절대 용서 못 합니다."

도열한 병사들을 가볍게 노려보며 강하게 쐐기를 박았다. 길베르타 상회 관계자나 아빠는 그렇다 치더라도, 다른 평민은 고아원 출신을 하찮게 여기는 구석이 있다. 귀족의 점검이 끝났다고 긴장이 풀려서 제멋대로 굴다가 내가 모르는 곳에서 회색 무녀가 우는 일이 생기면 곤란하다. 또 고아원에 남은 회색 무녀는 미인들뿐이라 강하게 쐐기를 박아 두는 편이 좋다.

기수를 꺼낸 페르디난드에 이어 나도 레서버스를 꺼냈다. 브리기테와 함께 올라타고 출발했다. 다음에 핫세에 오는 건 사흘 뒤다.

마을에 돌아온 아빠나 벤노에게 보고를 받거나, 다음 인쇄물인 그림책 제3탄, 불의 신 라이덴샤프트와 그 권속에 관한 본문을 완성하거나, 빌마에게 그림을 부탁하는 사이 사흘째가 되었다. 회색 신관들이 지내는 데 불편하지 않았다면 이번에는 고아를 인수할 생각이다. 드디어 핫세 마을의 유력자를 만나러 갈 차례가 왔다.

"로제마인, 정말 시종을 거기에 태울 생각이냐?"

"그러려고 레서버스로 한 건데요?"

봉고차 크기가 된 레서버스를 페르디난드가 기이한 물건 바라보듯 손가락질하며 경악했지만, 상관없다. 적어도 내 시종들은 기뻐했다.

"로제마인 님, 입구가 출렁이면서 열렸어요! 죽이는데!"

"와, 의자가 폭신폭신해요."

너무 흥분한 탓에 말투가 험해진 사실조차 눈치 못 챈 길과 새로운 것에 흥미를 느끼는 니콜라는 레서버스에 짐을 싣고는 좋아하며 승차

했다. 즐거워 보이는 두 사람과 달리 프랑 혼자만 비장하게 결의를 다진 표정이다.

"전 로제마인 님과 끝까지 함께할 겁니다."

"프랑, 그렇게 죽음까지 각오한 표정을 지을 만큼 위험하지 않아요. 저번에 브리기테도 함께 탔는걸요."

브리기테가 "이번에도 타겠습니다. 안심하십시오." 라고 말하며 조수석에 올라탔고, 프랑은 중대결심을 한 듯 이빨을 꽉 깨물며 긴장한 표정으로 뒷좌석에 올라탔다.

"안전띠는 맸나요? 출발합니다."

혼자만 불안하게 안전띠를 꽉 쥔 프랑을 바라보면서 출발했다. 레서버스가 하늘을 날기 시작하자 길과 니콜라가 환성을 질렀다.

"우와! 높아!"

"로제마인 님, 마을이 엄청 콩알만 하게 보여요. 저기 봐요! 프랑도 보세요!"

"길, 니콜라. 로제마인 님은 집중하셔야 하니까 말을 설면 인 됩니다."

프랑의 지적에 나는 피식 웃었다.

"프랑, 운전하면서 대화 정도는 해도 되는걸요?"

"안 됩니다. 운전에만 집중해 주십시오."

그런 대화를 나누는 동안 핫세 마을에 도착했다. 작은 신전에 착지하자 시종들이 짐을 내리고 옮기기 시작했다. 신전 안에서 회색 신관도 나와서 짐을 함께 옮겨 주었다.

나는 예배실 안쪽에 있는 비밀의 방에 짐을 옮기고, 방을 정리하게 했다. 오늘은 카펫과 태피스트리만 들어와서 시간도 오래 걸리지 않는다. 침대는 내가 언제 쓰러져도 괜찮도록 신전에 있는 여분을 조만간 옮길 예정이다.

방이 정리되는 동안 나와 페르디난드는 식당에서 회색 무녀가 끓여 준 차와 가져온 과자로 한숨 돌렸다. 나는 차를 한 모금 마시며 신관에게 질문했다.

"지내기는 어때요?"

"아무 탈 없습니다. 숲과 강도 근처에 있어서 종이를 만들 때도 제법 편합니다."

페르디난드를 앞에 둔 회색 신관이 긴장한 목소리로 대답해 주었다. 나는 차를 끓여 준 회색 무녀를 쳐다보았다.

"고아들을 데려와도 생활할 수 있겠어요?"

"네. 데리고 오셔도 괜찮도록 점심을 준비해 두겠습니다."

페르디난드와 시종과 함께 마차 대신 기수를 타고 핫세 마을 유력자에게 향했다. 핫세의 유력자는 촌장이라고 부르는 듯했다.

그런데 전언을 넣었는데도 맞을 준비가 전혀 되지 않았는지 하인이 하얗게 질려서 허둥댔다.

"시, 신전장님과 신관장님이시라고요!? 그 상인이 아니라?"

오늘 고아를 데려가겠다는 전갈은 벤노를 통해서 전달했다. 그런데 그는 신전장과 신관장이 함께 찾아오기로 한 소식을 전달받지 못한 듯한 태도였다. 촌장이 깜짝 놀란 표정으로 헐레벌떡 뛰어나왔다. 그 모습을 보아하니 벤노는 매번 제대로 환영받지 못했을 거라는 생각이 들었다.

"고아는 어디에 있지? 이미 전갈도 받았을 것 아니냐. 전부 데려와라."

페르디난드의 눈빛에 숨을 들이마신 촌장이 얼른 하인에게 고아들을 불러오게 했다. 하인이 더러운 몸에 꾀죄죄한 머리, 삐쩍 마른 아이들을 데려왔다. 예전 고아원을 방불케 하는 그 모습에서 지금 생활이 얼마나 지독한지 한눈에 알 수 있었다.

눈앞에 나란히 선 열네 명의 아이들을 세던 나는 의아해져서 고개를 갸웃거렸다.

"……이 아이들이 전부는 아니죠? 보고받은 인원수와 다른데요?"

"보고한 자가 잘못 봤겠지요."

촌장이 무릎 꿇은 채 씩 웃으며 말했다. 그러자 그를 날카롭게 노려보던 소년이 고개를 세차게 저으며 부정했다.

"아니야! 거짓말이야! 누나랑 마르타를 팔려고 숨겨 놨어!"

"닥쳐, 토르!"

촌장이 눈을 부릅뜨며 토르라는 고아를 때리려고 벌떡 일어서자, 재빠르게 움직인 다무엘이 촌장을 제압하고 슈타프를 꺼냈다.

"페르디난드 님께서 전부라고 말씀하셨을 텐데? 명령이 들리지 않느냐?"

기껏해야 평민인 촌장이 영주의 이복동생인 페르디난드의 명령을 어긴다면 그 자리에서 처형당해 마땅하다. 아무런 망설임 없이 무기를 꺼내든 다무엘의 모습에 촌장이 '히익' 하고 숨을 삼켰다.

"누, 누가 좀! 누구라도 좋으니 노라와 마르타를 데려와!"

팔려고 한다는 말이 이해될 정도로 예쁘게 치장한 두 소녀가 끌려왔다. 벤노에게 보고받은 대로 모두 모인 것을 확인한 나는 고아에게 말을 걸었다.

"당신들 중에 제 고아원에서 살고 싶은 사람은 있나요? 언젠가 신관과 무녀가 되어야 하니 강제는 아닙니다. 작은 신전에는 잘 곳도, 식사도 보장하지만 일도 해야 하고, 이쪽 규칙에 따르면서 생활해야 합니다."

겁에 질린 눈으로 나와 촌장을 번갈아 보는 고아원 아이들 사이에서 토르만이 나를 똑바로 응시했다.

"누나를 팔지 않겠다고 약속한다면 누나랑 같이 갈게."

"토르……."

데려온 두 소녀 중에 나이가 더 있어 보이는 소녀가 누나이리라. 걱정스럽게 토르를 바라본다.

그러자 그들을 막으려는 듯이 촌장이 손을 뻗었다.

"잠깐, 노라는 안 돼……."

"닥쳐라. 로제마인 님께서 네게 발언을 허락하지 않으셨다."

다무엘이 무릎 꿇은 촌장의 머리를 잡고 꾹 눌렀다. 페르디난드는 차갑게 식은 눈을 가늘게 뜨며 촌장을 노려보았다. 속에서 화가 부글부글 끓을 때의 얼굴이다. 페르디난드의 주변으로 싸늘하게 식어 가는 공기를 느낀 나는 보른 체하고 노라에게 물었다.

"노라의 의견은 어때요? 이쪽 고아원에서는 절대 당신을 팔지 않아요. 하지만 신관이나 무녀가 되면 결혼도 할 수 없습니다."

"고아가 제대로 된 결혼을 할 수 있겠어?"

"토르가 아니라 노라에게 물었어요."

노라는 한 번 눈을 내리뜨더니 "갈게. 어차피 이곳에서도 결혼은 못 하고, 팔려 가면 토르와도 헤어지게 되는걸." 하고 슬프게 웃었다.

"그럼 환영하겠습니다."

"토르가 간다면 나와 마르타도 가겠어!"

한 소년이 노라와 함께 데려온 소녀의 손을 덥석 잡았다.

"릭, 너······."

"여기에 있으면 다음 차례는 마르타야."

다른 고아들은 촌장에게 저항할 의사가 없는 듯 지금 이대로도 좋다며 고개를 저었다. 바뀌는 환경이 무서운 건지, 아니면 자신들을 지배하는 촌장에게 폭력을 행사한 다무엘이 무서운 건지, 정확히는 잘 모르겠다. 하지만 나도 억지로 데려갈 생각은 없다.

"그럼 이 네 사람을 데려가겠습니다. 신관장, 괜찮은지요?"

"그래. 전갈도 해 두었으니 딱히 문제는 없다. 가자."

팔기 위해 숨겨 뒀던 두 소녀를 뺏기게 된 촌장은 자리를 뜨는 우리를 망연자실한 표정으로 바라보았다.

새로운 고아들

고아를 데려오면 우선은 목욕부터다. 여자동과 남자동으로 나누어서 비누로 씻는다. 그리고 준비된 회색 신관복과 무녀복으로 갈아입어야 점심을 먹을 수 있다.

레서버스를 마석으로 되돌리면서 나는 시종들을 바라보았다.

"니콜라는 여자동, 길은 남자동을 담당해서 아이들을 씻겨 주세요. 비누와 옷은……."

"신전과 똑같습니다. 이미 준비해 뒀습니다."

프랑의 말에 두 사람이 "알겠습니다." 라고 대답하고 움직였다. 나는 불안해 보이는 얼굴로 경직된 네 사람에게 싱긋 웃어 보였다.

"깨끗하게 씻으면 점심 먹어요. 배고프죠?"

고아들은 점심이라는 단어에 꼴깍 침을 삼키면서도 서로 떨어지기 두려운 표정으로 시선을 교환했지만 결국 남녀로 나뉘어서 씻으러 갔다.

나와 페르디난드는 식당에 가서 자리에 앉았다. 가장 끄트머리가 귀족 자리다. 프랑이 가져온 천을 나무상자와 테이블 위에 씌워 둬서 그렇게 초라해 보이지는 않았다. 그래 봤자 나무상자에 판자만 걸친 간이 테이블과 나무의자지만.

신전에서는 주인이 먹으면 다음에 시종이 먹고, 마지막으로 신의 은총으로 고아원에 돌아간다. 우리가 먹어야 다른 이들도 밥을 먹는다. 회색 무녀와 프랑의 시중을 받으며 우리는 식사를 시작했다. 귀족인 다무엘과 브리기테도 함께 식사했다. 호위 기사와 식사 시간과 장소를 나눌 만큼의 여유는 이곳에 없다.

"……로제마인, 그대는 회색 무녀에게도 요리를 가르치나?"

돈을 내고 레시피를 산 페르디난드가 음식을 먹으며 울컥한 표정을 지었다.

"원래는 동면 때 신전에 있어 주는 요리사가 한 사람뿐이었어요. 그래서 회색 견습 무녀를 조수로 쓰기 시작했죠. 스스로 맛있는 요리를 만들 수 있게 되면 고아원에 돌아가서도 똑같이 만들 수 있잖아요? 그렇게 퍼진 것뿐이에요. 가르칠 의도로 가르친 건 아니에요."

청색 신관은 고아원에 흥미를 느낀 사람이 아무도 없었으니까 몰랐던 거예요, 라고 덧붙이자 페르디난드의 표정이 굳어졌다.

"글자나 계산뿐만 아니라 레시피까지 알고 있다니. 이 사실이 귀족에게 알려지면 고아들을 사겠다는 의뢰가 쇄도하겠군."

"우리 애들은 비싸요. 특수 능력이 한둘이 아니잖아요. 인쇄업을 넓히는 과정에도 필요하고, 앞으로 교육 환경 향상 계획에도 필요하니까 아무리 귀족이라도 쉽게 살 수 없어요. 지금 제게는 그만한 권력이 있고요."

전 신전장이라면 다짜고짜 팔았겠지만, 나는 인쇄업을 보급해서 서점과 도서관을 세우려는 장대한 계획이 있고, 그 계획을 위해 육성 중인 신관과 무녀를 내놓을 생각이 전혀 없다.

"교육 환경 향상 계획은 뭐지? 그런 계획 얘기는 처음 듣는다만."

"책을 읽는 사람이 늘어야 책을 쓰는 사람도 늘지 않겠어요? 즉 영지 내의 문맹률을 낮추는 장대한 계획이에요. 아직 자세하게 정하진 않았지만요."

몇 가지 생각해 놓은 것은 있지만 인쇄업이 어느 정도 확대되고 궤도에 오른 후에 고민할 일이다.

페르디난드는 입가를 닦으면서 나를 날카롭게 노려보았다.

"신전에 돌아가면 계획서를 제출하도록."

"네? 그렇지만 방금 말씀드렸듯이 아직 자세하게 정한 건……."

"그대가 자세히 정하기도 전에 충동적으로 돌진하기 때문이다. 대략 언젠가 이렇게 하고 싶다는 희망이라도 좋으니 그 계획을 보고해라."

"네."

나는 반론도 못 한 채 조그맣게 대답했다. 전적으로 동의한다는 듯이 끄덕이는 다무엘과 루츠를 울컥한 눈빛으로 노려보면서.

"……그나저나 예상외로 성가시겠구나. 이제 어쩔 셈이냐, 로제마인?"

페르디난드의 한숨 섞인 말에 나는 "뭐가요?" 하고 눈을 끔뻑거렸다.

"자신이 권력자인 양 착각하는 그 소인배 말이다. 그놈은 혼자 원한을 품고 서머리저럼 성가시게 굴 거다."

페르디난드의 말을 듣고 나는 납득하는 한숨을 쉬었다.

"아아, 전 신전장과 닮았네요. 여자애를 팔아서 장사하는 점도, 배후 세력의 힘을 자기 권력인 양 착각하는 점도, 고작 우물 속 우두머리 주제에 제멋대로 행동하는 점도……."

내가 공통점을 손가락으로 세자, 페르디난드가 피식 웃었다.

"배후 세력은 규모가 차원이 다르다만, 그대의 말대로 소인배인 점은 아주 비슷하군."

"반대로 신전장과 달리 배후의 소재가 불분명해서 얼마나 영향력이 있을지 가늠이 안 가네요. 어디까지 배제해야 영향력이 없어질지, 배제한 뒤에 마을이 어떻게 변할지……. 작은 신전에 좋은 방향으로 변하면 좋을 텐데."

사실상 전 신전장의 권력은 신전 한정이었고, 배제해도 그 자리를 메꿀 페르디난드가 있어서 딱히 문제가 없었다. 하지만 이번 상대는 징세와 기원식 외에는 귀족이 공공연하게 간섭하지 않는 평민촌 촌장이다. 신분 차를 들면서 배제하면 간단하지만, 배제한 뒤에 마을이 어떻게 될지 전혀 알 수가 없다.

"로제마인, 막연하게 잘 됐으면 좋겠다는 생각 자체가 쓸모없는 짓이다. 잘 되길 바란다면 네 뜻대로 움직여야지 않겠는가."

"……그래서 신관장님은 다 자기 뜻대로 만들려고 계획을 짜시는 거고요?"

"다 내 능력과 노력이다."

사람 말이란 게 '아' 다르고 '어' 다르지. 내가 살짝 입술을 삐죽이며 페르디난드를 노려보자 페르디난드는 시치미 뗀 얼굴로 "세상만사 허울 좋은 말만으로 해결되진 않는다." 라고 중얼거렸다.

허울 좋은 말만으로는 살 수 없는 귀족사회에서 자신의 몸을 지키기 위해 신전에 들어온 페르디난드의 말에는 반론할 수 없는 무게가 있었다.

"로제마인 님, 목욕이 끝났습니다."

회색 무녀들이 요리하는 식당에서 맛있는 냄새가 풍길 무렵, 니콜라가 회색 견습 무녀복을 입은 노라와 마르타를 데리고 보고하러 왔다. 깨끗이 몸을 씻고 옷을 갈아입은 덕분에 때 구정물로 색을 알아볼 수 없던 두 사람의 선명한 머리카락과 아름다운 용모가 두드러져 보인다.

"이름과 나이를 알려줄래요?"

내가 말을 걸자 마르타가 노라의 뒤로 몸을 숨겼다. 그 모습을 본 노라가 '못 말리는 아이야'라고 말하고 싶은 듯한 표정으로 마르타를 돌아본다. 푸른 기가 도는 연보라색 머리카락이 살랑이며 흔들렸다. 노라는 가볍게 마르타의 얼굴을 쓰다듬은 뒤, 파란 눈동자로 부드럽게 미소 지으며 나를 보았다.

"난 노라, 14살이야. 성인이 되자마자 팔릴 **뻔**했는데 정말 다행이야. 받아 줘서 고마워."

나는 노라의 말에 웃으며 고개를 끄덕였다. 하지만 페르디난드는 불쾌한 듯 입을 꾹 다물었다.

"말투가……."

"신관장. 교육을 받지 않은 자에게 그런 말 마세요. 평민촌은 이보다 더 심하답니다. 앞으로 배우면 돼요."

같은 고아일지라도 신전 출신 고아와 다른 고아는 차이가 나기 마련이다. 청색 신관이 없는 핫세 마을에서는 아무도 보기 흉한 말투나 행동거지를 교정해 주지 않는다. 귀족 마을이 뒤쪽에 있는 에렌페스트 평민촌처럼 귀족을 대하는 예절조차 배우지 않았을 터이다.

"등 뒤에 숨은 아이는 이름과 나이가 어떻게 되죠?"

마르타는 노라의 뒤에 숨은 채 도리질하듯 짙은 녹색 머리를 흔들었다.

"이 아이는 마르타라고……."

"잠깐, 노라. 그 아이가 직접 대답하게 하세요. 지금까지는 낯을 가리느니, 부끄럼쟁이라느니 하며 그냥 넘어갔겠지만, 신전 고아원에서 귀족의 질문에 대답하지 않으면 반항한 것으로 간주합니다. 귀족에게 반항하면 그 자리에서 처벌당하죠. 그것이 신전의 관습입니다."

"세상에……."

깜짝 놀란 얼굴로 노라가 주변을 두리번거렸다. 하지만 지금 이 주변에는 아이들의 말투로 불쾌해져서 인상을 찌푸린 페르디난드와 귀족을 대하는 불성실한 태도가 짜증스럽지만 내 앞이라 입을 다물고 꾹 참는 호위 기사 두 사람뿐이다. 프랑과 니콜라는 급하게 식사 중이라 귀족에 대한 예의가 전혀 없는 노라와 마르타를 도와줄 수가 없다.

"전 평민촌에 사는 평민들과 교류가 있어서 당신들의 마음을 충분히 이해합니다. 하지만 저 역시 귀족으로서 당신들의 지금 모습을 수용할 수 없어요. 귀족에게는 무조건 복종하세요. 이 점을 머릿속에 새겨 두지 않으면 언젠가 목숨을 잃을 겁니다. 자, 이름과 나이를 알려 줘요."

완전히 악역을 맡았구나, 라고 생각하면서 나는 마르타의 얼굴을 빤히 바라보았다. 노라에게 등을 떠밀려 앞으로 나온 마르타는 울먹이는 얼굴로 조그맣게 목소리를 쥐어짰다.

"……마르타, 8살."

"잘했어요. 지금까지 생활과 전혀 다른 생활이 될 테니까 익숙해지기까지 힘들겠지요. 하지만 아무도 당신들을 팔지 않고, 당신들에게 식사도 준비해 줍니다. 생활은 최대한 보장할 테니 두 사람도 노력해 줘요."

"네."

이해해 준 듯한 두 사람의 모습에 안도의 한숨을 내쉰 그 순간, 토르와 릭이 새파래져서 달려왔다.

"누나와 마르타한테 무슨 짓이야!?"

"아무것도 하지 않았어요. 거기 서세요."

이쪽을 향해 돌진해 오는 두 사람을 다무엘과 브리기테가 거뜬히 밀어냈다. 공중을 날아 데굴데굴 구른 둘은 의자용으로 놔 둔 나무상자에 요란하게 부딪혔다.

"토르! 릭!"

"귀족을 향해 돌진해 오다니…… 목숨 아까운 줄 모르는 것도 정도가 있습니다. 다른 귀족이었다면 두 사람 다 죽은 목숨입니다."

아무리 주변에 귀족이 없었다고 해도 이런 무모한 행동은 위험하다. '아차' 하는 순간에 죽었을지도 모른다.

"아무리 불합리한 일이 있다 하더라도 귀족 앞에서는 무조건 참아야 합니다. 당신들과 똑같은 평민 촌장에게 대항해서 맞고 끝나던 때와 사정이 달라요. 단칼에 죽습니다."

나를 지키듯이 가로막고 무기를 꺼낸 호위 기사의 모습에 네 사람의 안색이 씩 변했다.

"노라와 마르타에게도 물었는데 당신들도 이름과 나이를 알려주세요."

"난 토르, 11살이다."

누나인 노라를 지키는 위치에서 꿈쩍도 하지 않는 토르가 누나와 똑같은 파란 눈으로 나를 노려본다. 노라와 토르는 색채도 생김새도 아주 비슷했다. 예쁘장한 얼굴 때문에 지금까지 여러 남자의 표적이 된 노라를 지켜 왔으리라. 그 정의감과 흐뭇한 가족애를 지켜 주고 싶었다.

'내 호위와 시종의 심기를 건들지 않는 한에서지만.'

"릭, 12살. 마르타의 오빠다."

릭과 마르타도 색채는 비슷했다. 짙은 녹색 머리에 회색 눈동자였다. 다만 용모는 다르다. 릭은 눈썹도 두껍고 사내다운 늠름한 얼굴이지만, 마르타는 내성적인 성격이 그대로 드러나는 얌전하고 귀여운 인상이다.

"저는 로제마인. 며칠 전에 세례를 받았고 에렌페스트의 신전장이 되었습니다. 앞으로 잘 부탁해요. 그럼 방은 나중에 안내하기로 하고, 우선 점심부터 먹읍시다. 길은 이쪽에서 식사해 줘요. 수고했어요."

식사를 끝낸 프랑이 자리에서 일어났고, 그 자리에 길이 앉는다. 그리고 회색 무녀가 가져온 요리를 서둘러 먹기 시작했다.

길이 다 먹기를 기다렸다는 듯이 회색 신관들이 먹기 시작했다. 오늘 데려온 고아들의 수가 적어서 요리는 아직 한가득 남아 있다.

"우린 언제쯤 먹을 수 있는데?!"

"……배고파."

꼬르륵거리며 바라보는 네 사람에게는 미안하지만, 신전의 방식에 익숙해져야 한다.

"길, 신전 내에서 정해진 순서를 가르쳐 주세요."

시종 중에서 평민촌을 가장 잘 아는 길에게 설명을 맡겼다. 길은 고개를 끄덕이고 네 사람에게 설명을 시작했다.

"신전에서는 식사를 신의 은총이라고 부릅니다. 귀족인 청색 신관이 먹고, 그들이 남긴 음식을 시종이 먹고, 또 거기서 남은 음식이 고아원에 들어옵니다. 고아원에서도 순서가 있는데, 먼저 성인이 된 신관과 무녀, 그다음이 견습생, 마지막으로 세례 전 아이들이 먹도록 정해져 있습니다."

"네 사람은 견습할 나이니까 당분간은 따로 떨어져서 먹을 일은 없을 테니 그 점은 안심하세요."

견습생들의 식사 시간이 돌아왔고, 네 사람 앞에도 요리가 놓였다. 원래라면 스스로 상을 차려야 하지만, 상식이 없는 아이들은 무슨 행동을 벌일지 예상할 수 없으므로 우선 교육부터 하기로 했다.

"좀 더 기다리세요. 먼저 신에게 감사의 기도를 올립시다."

우걱우걱 먹는 네 사람을 제지하고, 기도를 복창하게 했다. 신전에서는 당연한 이 기도도 익숙해질 수밖에 없다. 나도 거쳐 온 길이다.

네 사람은 초롱초롱한 눈망울로 아무 말 없이 걸신들린 듯 입속에 음식을 집어넣었다. 손으로 음식을 움켜쥐고 연신 입속에 집어넣는 모습에는 예절도 뭐도 없었다.

나를 제외하고 모두가 깜짝 놀란 표정으로 바라보았다. 페르디난드는 불쾌한 표정을 대놓고 드러냈다. 나도 처음에 이웃들이 우물 주변에 모여서 먹을 때 식사 예절이라고는 눈 씻고 찾아볼 수 없는 상황에 실려 버린 기억이 떠올랐다.

"많이 배고팠나 보죠. 신관장님은 불쾌하시겠지만 원래 교육을 받지 않으면 다 이래요. 천천히 가르칠 수밖에요. 청색 신관이 불쾌해하지 않도록 교육받은 고아들이 얼마나 우수했는지, 또 교육이 얼마나 중요한지 새삼 깨달았어요."

"……그렇군. 솔직히 이렇게 심할 줄은 몰랐다. 내가 아는 평민은 길베르타 상회 관계자 정도이니."

나직이 중얼거린 페르디난드의 말에 나는 가볍게 한숨을 쉬었다.

비교 대상이 잘못됐다. 빈민가에서는 이것이 일상이다.

몇 접시를 더 덜어 먹고, 볼록하게 부푼 배를 괴롭게 누르면서도 만족스러운 미소를 짓는 아이들에게 고아원을 안내했다. 식당에 있었으니 먼저 가까운 여자동 방부터다. 보통은 남자의 출입이 금지된 곳이지만, 남녀 대우에 차별이 없는 사실도 알릴 겸 서로의 환경을 보여주는 편이 좋다고 생각했다.

계단을 올라가서 가장 가까이에 있는 문을 열었다.

"이곳은 견습이 지내는 방이에요. 성인이 된 무녀는 안쪽의 개인실을 쓰고, 견습은 여러 명이 한방을 쓰죠."

"이만한 넓이면 다 같이 잘 수 있겠네."

미소 짓는 토르에게 나는 고개를 저었다.

"다 같이 잘 수는 없어요."

"어째서!?"

토르와 릭이 자신의 혈육을 지키려고 앞으로 나왔다. 동시에 시종과 호위가 경계 태세를 취했다. 나는 양쪽을 제지하듯 팔을 들어 설명했다.

"여자동은 남자 출입 금지입니다. 남자가 들어올 수 있는 곳은 식당뿐이에요. 오늘은 남성동과 여성동의 시설에 차이가 없다는 점을 보여주려고 안내했지만, 원래 이곳에 남자는 들어올 수 없습니다."

토르의 파란 눈동자가 분노로 번뜩였다.

"우리는 남매야!"

"알아요. 하지만 그것과 이건 얘기가 다릅니다. 이곳은 여자동이니까 아무리 가족이라도 남자의 출입은 인정할 수 없습니다."

이 두 쌍의 남매는 최대한 떨어지지 않게 서로의 존재에 의지하며 살아 왔으리라. 가슴은 아프지만 허가할 수는 없다.

"토르도 릭도 다른 회색 무녀에게는 가족도 아닌 남이에요. 토르가 노라를 지키고 싶듯이 전 제 무녀를 지키고 싶습니다."

"토르와 릭은 그런 짓 하지 않아."

내 말에 노라가 연보라색 머리를 살랑이며 고개를 좌우로 저었다. 제발 알아 달라는 듯 열심히 두 사람을 변호한다.

"네. 제 회색 신관들도 나쁜 짓을 할 사람은 없어요. 하지만 제가 그렇게 말한다 해도 노라는 그들과 같은 방을 쓸 수 있어요?"

할 말을 잃은 노라는 숨을 삼키며 천천히 고개를 숙이더니 가볍게 저었다.

나도 형제를 지키고 싶어 하는 토르와 릭의 마음은 이해하지만, 그래도 안 되는 건 안 된다.

"꼭 함께 지내야겠다면 식당 한구석에서 자는 방법밖에 없어요."

"그래도 상관없어. 식당 한쪽에 우리 방을 만들자."

밝아진 토르의 말에 노라와 마르타가 걱정스럽게 나를 보았다. "방을 만들 수 있나요?" 라고 묻자, 나는 고개를 저었다.

"잘 때만 빌려줄 뿐이죠. 식당은 모두가 출입하는 장소니까 토르와 릭이 출입하듯이 다른 남자도 드나들어요. 당신들의 개인 방이 아니라서 출입을 제한할 수는 없어요."

이것도 안 된다, 저것도 안 된다고 거절만 하자, 짜증을 참지 못한 토르가 버럭 성을 내며 분노의 이빨을 드러냈다.

"이 넓은 식당 안에 우리 방 정도는 만들 수 있잖아! 네가 가족과 떨어지고 싶지 않은 우리 마음을 알아!?"

내가 가슴께를 꽉 누름과 동시에 철썩! 하고 따끔한 소리와 함께 누군가가 토르의 뺨을 때렸다. 신전에 살면서 어떠한 상황에서도 폭력은 안 된다고 주장하던 프랑이 따귀를 때린 것이다. 나는 깜짝 놀라 프랑을 올려다보았다.

"……프랑?"

프랑은 분노 서린 짙은 갈색 눈동자로 차갑게 토르를 내려다보았다. 화를 내면 주변 공기가 싸해지는 건 페르디난드와 똑같다.

"로제마인 님만큼 그 마음을 아는 사람은 없습니다."

분노로 이글거리는 눈으로 프랑이 한 발짝 앞으로 나아갔고, 기가 눌린 토르는 "뭐, 뭐야……." 하고 한 발짝 뒷걸음질 쳤다. 그러면 프랑은 또 한 걸음 다가갔다.

"로제마인 님은 능력을 인정받아 세례식 때 가족과 헤어질 결심을 하고 영주의 양녀가 되셨습니다. 그리고 지금은 신전장직을 맡게 되시면서 성과 신전을 오가며 가족과 만나지 못하는 외로움을 견디며 지내고 계십니다."

깜짝 놀라 눈이 휘둥그레진 네 사람이 일제히 나를 보았다. 프랑은 그 시선에서 나를 지키려는 듯, 살짝 몸을 움직였다.

"팔릴 뻔한 당신 누나를 구하고, 비록 침실은 달라도 같은 고아원에 살게 해 주신 분이 로제마인 님이십니다. 이 이상 무례하게 굴면 로제마인 님께서 용서하셔도 수석 시종인 제가 용서 못 합니다."

'어떡해. 프랑의 인내심이 폭발했어.'

델리아에게 무르다고 혼날 때도, 길과 지나치게 가까운 거리감 때문에 혼날 때도 이렇게까지 화내진 않았다. 프랑은 이미 나를 충실하게 섬기지만, 그래도 아직 프랑에게 페르디난드가 더 소중할 거라는

생각이 마음 한구석에 있었다. 그래서 내게 무례하게 구는 고아들에게 이렇게까지 화낼 줄은 몰랐다. 토르의 얼굴에 서린 공포를 본 나는 서둘러 프랑을 제지했다.

"프랑, 됐어요. 이제 충분해요."

"하지만 로제마인 님."

내가 둘 사이에 끼어들어도 아직 화가 누그러지지 않은 프랑이 한 발짝 앞으로 나서려고 했다.

"나를 위해 화내 준 거 잘 알아요. 고마워요. 손바닥 아프죠?"

여태까지 주먹을 휘둘러 본 적도 없는 프랑이 손찌검하게 한 내 잘못이다. 나는 프랑의 소매를 꼭 잡으며 막았고, 빨개진 프랑의 손바닥을 양손으로 감쌌다.

프랑의 시선이 내 손으로 옮겨 오자, 나는 프랑에게 맞은 뺨을 누르는 토르와 모두를 지키려는 릭에게 말을 걸었다.

"토르, 릭. 가족을 지키고 싶은 당신들의 마음은 가슴 시릴 정도로 잘 알아요. 그리고 상식이 전혀 다른 세계에 와서 걱정되고 불안한 마음도 전 이해할 수 있어요."

우라노 시절과 이 세계의 차이, 장인과 상인의 차이, 평민촌과 신전의 차이, 평민과 귀족의 차이, 신전과 귀족 마을의 차이. 상식과 견해가 다른 세계를 나는 몇 번이고 봐 왔다. 무엇을 어찌해야 좋을지 전혀 모르는 깜깜한 상태가 얼마나 불안하고, 새로운 가치관과 기존의 가치관을 조절해 나가는 과정이 얼마나 힘든지 잘 안다.

"하지만 당신들은 혼자가 아니잖아요? 함께 잘 수는 없어도 함께 살 수는 있잖아요. 노라와 마르타가 팔려 나갈 일은 없을 테니까요."

이어지는 내 말에 토르가 고개를 들었다. 그 말을 이제야 실감한 듯 토르가 파란 눈을 서서히 깜박였다.

"그래도 같이 있고 싶다면 식당에서 자도 돼요. 하지만 모두가 드나드는 식당보다 남자는 절대 들어올 수 없는 여자동 방에서 쉬는 편이 지금 노라와 마르타가 안심할 수 있지 않을까요? 둘은 어떻게 생각해요?"

토르는 누나를 지키려고 기를 쓰며 주장했지만, 정작 중요한 노라와 마르타의 의견은 듣지 못했다. 내가 두 사람을 바라보자, 노라가 기다란 속눈썹을 내리깔았다.

"토르, 나 여자동에서 잘 테니까 둘은 남자동에 가."

"누나!?"

"식당은 싫어. 모르는 남자가 돌아다니는 곳에서는 못 자. ……오랜만에 마음 놓고 자고 싶어. 이해해 줘."

노라의 희미한 웃음 속에 보이는 축적된 피로를 보면 그동안 얼마나 긴장된 나날을 보내 왔는지 금방 알 수 있었다. 토르가 조금 분한 듯 입술을 깨물었다.

"나도…… 노라랑 잘게, 오빠."

마르타가 릭의 소매를 꾹꾹 잡아당기며 필사적인 얼굴로 그렇게 말했다. 자기주장을 잘 내세우지 않는 마르타의 말에 릭이 깜짝 놀라 휘둥그레진 눈으로 마르타를 내려다본다.

"괜찮겠어?"

"……응, 여기는 그렇게 무섭지 않아."

마르타는 조그맣게 웃으며 릭의 소매에서 손을 뗐다. 노라와 마르타가 여자동에서 자고 싶다고 하자, 토르와 릭도 더는 말하지 못하고 순순히 납득한 듯하다.

"그럼 다른 시설을 설명⋯⋯."

원만하게 해결되어서 다행이라 생각하면서 내가 여자동 지층으로 가려고 할 때 "기다려 주십시오."라고 프랑의 손이 내 말을 가로막았다.

"우선 사죄부터 하십시오."

"뭐?"

"로제마인 님은 신전장이십니다. 신전장님께 무례하게 굴었으니 사죄하세요."

'으아, 아직도 화 안 풀렸어!?'

프랑은 화나면 조용하게 오래 가는 모양이다. 솔직히 나는 이제 그만 넘어가고 싶었다. 하지만 프랑의 표정과 태도에서 절대로 그냥 넘어가지 않겠다는 의지가 엿보였다. 이런 프랑은 처음이라 막을 수도 없었다.

프랑의 분노에 새파랗게 질린 건 나만이 아니었다. 깜짝 놀라 노라가 토르의 머리를 억지로 꾹 눌렀다. 그 자리에 무릎 꿇게 한 동생 옆에서 무릎 꿇은 노라가 내게 사죄했다.

"죄송합니다. 토르도 어서 사과해!"

"⋯⋯죄송합니다."

사과도 받았으니까 이제 됐지? 하고 마음속으로 빌면서 나는 프랑을 올려다보았다.

나와 눈이 마주친 프랑이 희미하게 미소를 지었다. 평소처럼 부드러운 미소가 아니라 좀 더 쌀쌀맞게 느껴지는 그런 미소였다.

"로제마인 님, 시설 안내는 길과 니콜라에게 맡기시죠."

"응? 왜요?"

"로제마인 님께 긴히 드릴 말씀이 있습니다. 길, 니콜라, 네 사람을 데려가십시오."

프랑의 재촉에 길과 니콜라가 "아, 옛!" 하고 또랑또랑하게 대답하고 도망치듯 네 사람을 재촉하며 계단을 내려갔다.

'잠깐만. 날 두고 가지 마!'

마음속으로 소리쳐 봤지만, 그들은 프랑의 냉기에 얼른 뒤돌아 자리를 떠 버렸다. 남은 사람은 프랑과 나, 호위 기사 둘, 페르디난드. 페르디난드도 프랑과 비슷하게 차가운 미소를 짓는다. 갑자기 식은땀이 온몸에서 뿜어져 나왔다.

"자, 로제마인 님. 방에서 천천히 대화를 나눠 볼까요."

"그래, 똑똑히 훈계해 둬야지."

"예…… 예이."

'이 전 주인과 시종은 너무 닮아서 진짜 무서워. 누가 좀 도와 줘!'

물론 도와 줄 사람이 있을 리 만무하다. 이럴 때야말로 지켜 줘야할 두 호위 기사는 오로지 시선만 피했다.

고아의 대우와 마을 조사

원장실에 있는 마력으로 열리는 비밀의 문 근처에는 절대 가려고
도 하지 않는 프랑인데, 머릿속이 분노로 가득 찼는지, 아니면 장소가
달라서 괜찮은지, 한 치의 망설임도 없이 태연한 얼굴로 방 안에 들어
왔다.

그리고 엄격한 얼굴로 입에서 나온 첫마디.

"무례하게 구는 고아는 절대 용서하시면 안 됩니다."

가뜩이나 어려서 얕보이기 일쑤인데 무례한 태도를 용서하면 더더
욱 쉽게 본다고 했다. 그 말은 두 호위 기사도 같은 의견인지 살짝 턱
을 당기며 동의를 표했다.

"영주의 양녀이신 료제마인 님께서 무례를 용서하시면 상대방이
더욱 우쭐해져서 결국 로제마인 님의 기분을 상하게 할까 봐 너무 두
렵습니다."

"그대가 화나면 마력을 폭주시키기 때문이지. 그러면 주변 피해가
커져."

프랑의 말을 뒷받침하는 페르디난드에게 나는 반론도 못 하고 고개
를 푹 떨구었다. 신입에게 친절하게 대해 줄 생각이었는데 그래서는
안 되는 모양이다.

"무슨 일이든 처음이 제일 중요합니다. 상냥함은 로제마인 님의 장
점이지만, '지나친 관대함'과 착각하시면 안 됩니다."

"……앞으로 조심할게요."

앞으로 프랑이 다른 누군가에게 손찌검하는 상황이 일어나지 않게, 두 페르디난드에게 무시무시한 분노를 뒤집어쓰지 않게 조심해야겠다고 다짐했다.

"로제마인도 앞으로 물렁한 대응을 고쳐야겠지만, 우선은 저 고아들 교육이 급선무다. 그 말투는 도무지 듣고 있을 수가 없더군. 식사 예절도 눈 뜨고 찾을 수가 없어."

아이들이 먹는 모습이 떠올랐나 보다. 불쾌한 듯 페르디난드가 미간을 찌푸렸다. 평민촌 중에도 빈민가에서는 흔한 광경이지만, 이해해 달라고 할 수는 없었다. 신전에 들어온 아이들이 교육을 받아야 한다.

"저렇게나 심각하면 어디서부터 손을 대야 하는지 눈앞이 깜깜하군. 뭔가 따로 교육 방침이 있는가? 길베르타 상회에서는 어떻게 하지?"

페르디난드는 자기가 아는 평민촌 얘기를 꺼내며 질문했다. 하지만 길베르타 상회는 평민촌 내에서도 큰 상점이며 대체로 귀족과 접촉하는 상점 집안 자제만 일한다. 이번에 데려온 고아들과 같은 레벨이라지면 부츠 정도인데 목적 의식과 학습 능력이 높은 루츠를 기준으로 평가해 버리면 고아들이 불쌍하다.

프랑이 뭔가 생각났는지 고개를 홱 들었다.

"소수 인원이니 신전에 데려가면 어떠시겠습니까?"

이곳이 아니라 신전 고아원에 데려가면 주변 사람의 평소 행동을 전부 익힐 수 있지 않을까 하는 제안이었다. 하지만, 교육 환경이야 좋을지 몰라도 조금 더 신전의 특이성에 익숙해진 후가 아니면 스트레스만 쌓일 뿐이다.

나도 신전에 들어왔던 무렵에는 너무 다른 상식에 골머리를 앓았지만, 돌아갈 집이 있었다. 불평불만을 들어 주고, 응석을 받아 준 가족과 루츠와 친구들이 있었다. 이해 못 하겠어! 하고 소리쳐도 내 편이 되어 주는 존재가 얼마나 중요한지 모른다. 도망칠 곳도 없고, 가족도 함께 바뀐 환경에 스트레스를 받았다면 과연 보듬어 줬을지 모를 일이다.

"신전에 데려가는 건 조금만 더 기다려요. 정든 마을에서 신전 방식에 조금 익숙해진 후가 좋을 것 같아요. 지금 이대로는 신전에 데려가도 충돌만 많아지겠죠. 도저히 못 하겠다면 촌장에게 돌아갈 길을 남겨 두는 편이 좋다고 생각하거든요."

"로제마인 님!?"

신전에서 나간다는 생각을 해 본 적이 없는 프랑은 의아한지 고개를 갸웃거렸다.

"모두가 신전 방식에 적응한다는 보장은 없잖아요. 여자아이들은 팔리고 싶지 않으니까 신전이 좋다고 해도 남자아이들은 촌장 곁이 자유로워서 좋다고 생각할지도 몰라요."

내가 고아원에 줄 수 있는 자유라면 숲으로 채집을 하거나 종이를 만들러 갈 때뿐이다. 아마 이곳 촌장이 운영하는 고아원이 자유롭게 움직이는 시간이 훨씬 많지 않을까 싶었다.

"수확제가 끝난 뒤에 모두가 남겠다고 하면 겨울에 신전으로 데려가면 돼요. 그 무렵에는 이곳 생활에도 익숙해졌을 테니까요."

"그럼 어떤 식으로 교육할까요? 어린아이라면 몰라도 저만큼 자란 후에 들어오는 고아는 거의 없어서 어떻게 교육해야 할지 모르겠습니다."

평민촌에서는 세례를 받은 아이라면 대부분 취직한 상태다. 견습생으로 일하면 부모가 세상을 떠도 더부살이 견습생으로 들어가 상점에서 돌봐 준다. 친척이 맡아 주지 않은 세례 전 어린아이가 고아원에 들어오는 일은 있어도 견습생이 될 만큼 큰 아이가 고아원에 들어오는 일은 거의 없다고 한다.

"이 주변 아이들은 견습생으로 일하지 않나요?"

"농민인 부모가 죽으면 밭은 즉시 나라에 귀속된다. 미성년자가 가진 농지만으로 먹고 살기는 힘들겠군. 자세히는 모르겠지만."

페르디난드는 그렇게 말하며 가볍게 한숨을 쉬었다. 세입 서류로만 봤을 뿐 실제로 농민의 생활을 본 적이 없으므로 고아들의 생활까지는 잘 모른다고 한다.

"……일단 아무것도 모르는 어린애를 가르친다고 생각하고 처음부터 차근차근 가르쳐 줘야죠."

"처음부터라면?"

"배식 방법도…… 아마 지금까지 해 온 방식과 전혀 다를 거예요. 신전은 귀족 방식을 기본으로 쓸 때가 많으니까. 나이프와 포크 쓰는 방법부터 가르치지 않으면 모를 거예요."

평민촌에서는 손으로 음식을 집어 먹는 일도 흔하다. 오히려 볼썽사납지 않게 식기 쓰는 방법을 가르치는 고아원 쪽이 이상한 셈이다.

"그리고 청소 방법도 가르쳐야죠. 신관들은 효율적으로 빠르면서도 깨끗하게 청소한다고 루츠가 절찬했어요. 그 촌장의 고아원에서 하던 청소 방법이 신전에서 통할 리도 없고."

루츠는 길에게 청소하는 방법을 배웠고, 그 방법을 길베르타 상회의 견습생들에게 가르쳤다고 했다.

"다만, 무엇을 가르치든 네 사람이 꼭 함께 배우도록 해 주세요. 숲에 채집하러 갈 때도, 종이 제작을 가르칠 때도, 요리를 가르칠 때도 떨어뜨리지 말고 꼭 함께 가르치세요."

"왜지?"

고아 넷에 신관과 무녀가 여섯이라 개개인에게 담당을 붙이려던 페르디난드가 내게 설명을 구했다.

"함께 배우는 편이 쑥쑥 성장하기 때문이에요. 함께 배우면 경쟁심도 싹트고, 서로 가르칠 수도 있어요. 집단의 힘은 무시할 수 없거든요."

아이들이 함께 경쟁하며 배운 카루타 얘기를 꺼내자, 페르디난드가 음, 하고 눈을 가늘게 뜨며 "귀족원에 가면 성장하는 것과 같은 이치인가……." 하고 중얼거렸다. 그리고 나를 보면서 불온한 웃음을 지었다. 이상한 계획을 세우는 느낌이 스멀스멀 들지만 내 착각일까.

"어쨌든 생활에 익숙해지는 것을 첫 번째로 생각합시다. 신전은 특수한 공간인 만큼, 외부인이 바로 적응하기 힘든 점을 염두에 두고 천천히 차근차근 가르쳐 주세요."

"알겠습니다. 회색 신관들에게 그렇게 전하겠습니다."

프랑의 표정이 다시 편안해졌다.

"그럼 신전에 돌아가서 핫세 마을을 좀 더 조사해 보도록 하마."

"네? 이미 조사했잖아요."

이미 문관과 길베르타 상회 사람들이 조사한 결과까지 보고받았을 터였다. 내가 그렇게 말하자, 페르디난드가 집게손가락으로 관자놀이를 톡톡 두드리며 나를 보았다.

"바보 같으니. 이전 조사는 공방 설립 타당성을 관점으로 토지와 인구, 주산업을 조사했을 뿐이지 않느냐. 이번에는 배후에 어떤 귀족이 있는지, 그 소인배가 다시 날뛰는지, 얼마나 영향력이 있는지, 관계자를 제거한다면 어디서부터 어느 범위까지, 또 어떤 식으로 제거할지, 제거한 뒤 구멍은 어떻게 메꿀지……. 공방 설립을 목표로 한 관점에서는 알아내지 못한 사실을 조사해야지."

블랙 페르디난드가 서서히 고개를 드는 모양이다. 잘 모르니까 맡겨 버리자. 이런 머리 쓰는 일은 내 소관이 아니다.

얘기가 끝나고 방을 나왔다. 방 밖에는 걱정에 표정이 어두워진 길과 니콜라가 이쪽 상황을 살폈다. 괜찮다며 웃어 보이자 안심한 둘의 표정이 풀어졌다. 눈치를 보는 건 고아 네 사람도 마찬가지인지 표정이 원래대로 돌아온 프랑을 보고 안심한 표정을 보였다.

"다음에는 닷새 후에 상황을 보러 올게요. 그때까지 이곳 촌장이 어느 귀족과 어떤 관계가 있는지, 그리고 얼마나 영향력이 큰지 조사해 오겠습니다. 식량은 벤노와 구스타프에게 부탁할 테니까 결과가 나올 때까지 작은 신전에서 나오지 말아 주세요. 새롭게 들어온 고아들은 물론 당신들도 충분히 주의해야 해요."

회색 신관들에게 뒤를 부탁하자, 그들은 "알겠습니다." 하고 무릎을 꿇은 채 정중히 대답했다. 이번에는 고아 네 사람도 얌전히 무릎을 꿇었다.

"……작은 신전은 방호 마술을 친 덕분에 촌장이 찾아와도 이곳에 있는 한 안전해요. 하지만 밖으로 나가면 지킬 수 없으니 조심하세요."

내 말에 실제로 촌장을 아는 고아들은 긴장감이 가득 찬 얼굴로 고개를 끄덕였다.

신전에 돌아오자마자 페르디난드는 벤노를 호출했다. 촌장을 비롯해 핫세 마을에 관해 자세히 묻기 위해서다. 호출이 오리라고 예상이라도 한 듯한 속도로 벤노가 신전에 찾아왔다.

"고아를 거둬 왔다. 대응이 참 기가 차던데…… 벤노, 그대는 이미 알고 있었지?"

"네. 항상 그렇게 대응했습니다. 핫세 마을이니까 가능했겠지요."

그렇게 말하는 벤노의 입꼬리가 올라갔다. 아무래도 신관장과 신전장이 고아를 데리러 간다는 말을 일부러 전달하지 않음으로써 이렇게 화제로 꺼낼 기회를 노렸던 모양이다.

벤노의 말을 듣자 하니 핫세 마을은 유달리 촌장의 권력이 막강하다고 한다.

에렌페스트에서 마차로 반나절도 채 걸리지 않는 거리라 에렌페스트를 출발한 귀족들은 핫세 마을을 지나쳐 딩켈 마을에서 숙박한다. 즉, 기원식과 수확제 외에는 귀족이 들르지 않는 것이다. 도보 여행객이면 몰라도 일반 귀족은 핫세 마을에 들르지 않는다.

또 에렌페스트와 가까워서 다른 마을에 비해 상인의 가치가 낮다고 한다. 마음만 먹으면 에렌페스트에서 열리는 장에 직접 갈 수 있고, 지방에서 에렌페스트로 향해 핫세 마을을 지나치는 상인에게 구매할 수도 있다. 더군다나 핫세에는 겨울 저택이 있어서 기원식이나 수확제가 열린다. 그래서 겨울이 되면 주변 농촌에서 사람이 모인다. 그만큼 많은 사람을 지휘하는 촌장인 만큼 주변 영향력이 크다고 한다.

"귀족은 기수로 문을 통과하지 않아도 지나다닙니다. 그 촌장이 어느 귀족과 어떤 식으로 내통하는지 잘 모르겠습니다만, 상당히 고위 귀족과 연관이 있을 듯싶습니다."

"흠. 전 신전장은 확실하겠지."

"또 그 신전장인가요?"

진저리가 난다. 마주치지 않으려고 신전에서 숨어 지내던 시절보다 전 신전장이 죽고 나서가 더 여기저기서 내 발목을 잡는 느낌이다.

"전 신전장은 기수가 없었으니 마차로 이동하는 범위 내에서 움직였다. 영주의 외숙부라는 지위를 이용해서 자기 마음대로 권력을 휘젓고 다녔을 게 분명하다. 하는 짓도 똑같고, 새로운 신전장과 신관장에게 반항하는 태도만 봐도 뻔하지. 무슨 일이 생겨도 전 신전장에게 애원하면 그만이라고 계산했겠지."

기원식 때 청색 견습 무녀로 겨울 저택에 들렀던 나와 페르디난드를 본 촌장은 우리를 전 신전장의 아랫사람인 줄 알았을 것이라고 페르디난드가 말했다. 신전장에게 빌붙은 청색 신관 중에도 호랑이 위세를 빌려 떵떵거리는 여우처럼 페르디난드를 얕잡아 보는 자도 있었다고 한다.

"그 촌장은 전 신전장이 잡힌 사실도 모르는 것 아닌가? 벤노, 평민존에 전 신전장의 정보가 얼마나 퍼져 있지?"

"전혀 없습니다."

벤노의 즉답에 페르디난드의 눈이 살짝 커졌다. 그리고 미간을 찌푸린 곤란한 표정으로 입을 벌린 채 망설이다 어렵게 다음 말을 내뱉었다.

"······아무리 그래도 전혀 없진 않겠지. 신전장이 교체된 사실은 알 텐데 조금이라도 뭔가······."

"새로운 신전장이 영주의 어린 딸이고, 진짜 축복을 내리는 성녀라는 소문은 퍼졌지만, 전 신전장에 관해서는 전혀 알려진 게 없습니다. 다들 나이가 많아서 은퇴했다, 혹은 보직이 바뀐 정도로만 생각할 겁니다."

정말 나의 성녀 전설이 방방곡곡에 퍼진 모양이다. 신전장에 취임할 명분이 필요해서라고 미리 전해 듣긴 했지만, 부끄럽고 오글거려서 참을 수가 없다.

"촌장과 연관이 있다고 의심되는 문관이 한 사람 있습니다. 저희가 촌장의 집을 나간 후에도 뭔가 밀담을 주고받는 듯했습니다."

벤노에게 자세한 이야기를 들은 페르디난드는 곰곰이 생각에 잠겼다. 미간에 또렷한 주름을 새기고, 관자놀이를 톡톡 두드리면서 침묵한 채 가만히 고민한다. 잠시 골똘히 생각하던 페르디난드가 입을 열고 나직이 중얼거렸다. "죽고 나서까지 성가신 인간이군……."이라고.

신전 방호

"빌마, 동면 기간에 고아가 늘어도 괜찮을까요?"

나는 노라를 포함한 열 명을 수용할 여유가 있는지 빌마에게 물었다. 그러자 빌마는 작년 자료를 꺼내어 넘겨 보며 말했다.

"글쎄요, 작년보다 준비량이 늘어나겠지만, 방은 여유가 있습니다. 다만, 이불이나 식기 같은 생활용품이 부족해요."

원래 에렌페스트 고아원에서 생활했던 회색 신관과 무녀 여섯 명은 둘째 치고, 새로 늘어난 네 사람 몫이 부족하다고 했다. 신전 생활과 교육 차원에서 올해만 동면을 함께 지내게 할 생각이었다. 어차피 내년부터는 핫세에서 보내게 될 테니 생활용품을 새로 사기보다 옮기는 편이 좋으리라.

"알았어요. 몇 명이 늘지 아직 정확하지 않지만, 열 명이 늘어난다고 생각하고 준비해 주세요. 올해는 돈도 시간도 여유가 있으니까 괜찮겠죠. 빌마 덕분이에요."

"신관장님께서 금지하셔서 안타깝긴 해요, 후후."

페르디난드의 자선 콘서트에서 올린 매출 덕분에 올해는 주머니도 두둑하고 내 마음도 뿌듯하다. 이게 다 빌마가 그린 페르디난드 일러스트가 매진된 덕분이다. 다른 마을에도 핫세처럼 고아원과 공방을 세울 계획이라서 펑펑 쓸 수는 없지만, 고아원의 겨울 준비에 쓸 정도라면 끄떡없다.

"그리고 여름 권속 그림은 어떻게 진행되고 있어요? 조만간 완성할 것 같나요?"

"네. 거의 완성했습니다. 마지막 한 장은 마무리가 좀 남았지만, 완성된 그림은 오늘부터 인쇄에 들어간다고 해요."

본문 인쇄가 끝났다는 보고는 길에게 받았고, 그림 인쇄도 막 들어갔다. 빠르면 며칠 내로 인쇄가 끝나고 제본에 들어갈 듯하다.

"……저기, 빌마. 겨울 사교회까지 가을과 겨울 권속 그림책도 만들 수 있겠어요?"

"그건 조금 어려울 것 같아요. 겨울 준비도 있어서 시간이 부족해요."

그림책의 주요 구매층은 갑부 귀족이다. 겨울 사교회에서 짭짤하게 팔아 볼까 생각했는데, 기간에 맞추지 못한다면 포기하는 수밖에. 딱히 전부 팔지 못하더라도 내년에 팔면 그만이다.

"로제마인 님, 겨울 수작업은 어쩌실 생각이세요? 올해도 작년과 똑같이 하면 될까요?"

"네. 목공 작업은 누구나 할 수 있으니까 아마 몇 년 내에 트럼프와 오셀로도 다른 사람들이 잔뜩 만들 수 있겠죠. 남들이 똑같이 베껴서 팔기 전에 대량으로 만들고 팔아서 또 다른 상품을 생각해 봐야죠."

내가 고안해서 만드는 상품은 전부 단순한 물건이다. 금방 남들이 따라 만든다는 가정하에 새로운 물건을 만들어 팔면 된다.

"로제마인 님은 신전장이 되셔도 돈을 마련하시느라 고생이 많으시네요."

보호자의 명예를 위해서도 스스로 생활비를 벌어야 했던 청색 견습 무녀 시절과 달리 지금은 먹고살기 충분한 예산을 받는다. 내가 자금을 마련하려고 고군분투하는 이유는 고아원을 위해서, 또 인쇄업을 보급하여 내 책을 만들기 위해서다.

"고아원 운영비는 고아원에서 벌어야 하는걸요. 귀족의 후원에만 매달리면 나중에 끊겼을 때 다시 시작해야 하잖아요. 제가 없어도 고아원 생활 수준이 이대로 유지되도록 기반을 다지는 일이 신전장인 제가 해야 할 일이에요."

"그 말씀을 들으니 제 마음이 든든해집니다. 정말 기쁘게 생각합니다."

"그래서 고아원에서는 수용할 수 있대요. 그리고 또 하나 상담이 있는데요……."

페르디난드에게 빌마에게 들은 얘기를 보고하는 김에 그림책을 성에서 팔 수 없는지 상담해 보기로 했다.

"신관장님, 성경 그림책을 성에서 팔아도 되나요?"

"……잠깐. 성의 어디에서 판다는 말이지?"

허가도 없이 일러스트를 판 탓에 판매와 관련된 일에 더욱 민감해진 페르디난드가 옅은 금색 눈동자로 날카롭게 나를 쏘아보았다

"그냥 성이면 어디든 상관없어요. 평민이라면 글자를 꼭 읽어야 하는 상인이나 부잣집에 구매층이 한정되지만, 귀족은 전부 포함되잖아요? 겨울 사교회에서 자제를 둔 귀족에게 팔 수 있지 않나 생각했거든요."

내 말에 페르디난드는 손끝으로 관자놀이를 두드렸다. 이상한 그림은 팔지 않는다는 전제하에 겨울 끝 무렵에 성내 판매 허가를 내어 주기로 약속해 주었다.

"영지에 돌아올 때 간단한 선물로 성에서 팔아도 좋다. 겨울 동안

에는 초반에 만든 대신(大神) 그림책과 카루타로 아이들의 흥미를 끌어 두고, 돌아갈 때 새 그림책을 보여주면 부모도 싫다고는 못 하겠지. 그대의 그림책은 내용도 좋고 제법 저렴하니까.”

설마 페르디난드에게 장사와 관련된 의견을 들을 줄은 꿈에도 생각 못 했다.

“겨울 사교회에 아이들도 오나요?”

겨울 동안에 그림책과 카루타로 흥미를 끌라고 했으니 아이는 있겠지. 부모를 상대로 그림책 영업을 뛸 생각이었는데 아이가 있으면 성공률이 쭉 올라간다.

“세례를 받은 아이는 오지. 어릴 때부터 교류를 쌓고 귀족의 서열을 가르치는 자리니까. 그대에게도 앞으로 곁에 둘 측근을 찾고 키우는 자리가 될 거다.”

‘으아, 엄청 귀찮은 시간이 되겠다.’

그림책 영업만 생각하고 있지만은 못할 듯하다. 겨울도 바빠지겠다고 생각한 순간, 작년 겨울에 했던 업무가 문뜩 떠올랐다.

“어? 겨울은 신전에서 봉납식이 있잖아요. 그럼 저랑 사교회는 관계가 없지 않나요?”

“둘 다 참가하는 거다. 나는 매년 그래 왔다.”

못하는 게 없는 페르디난드는 매년 성과 신전을 오갔겠지만, 체력이 없는 허약한 내게 똑같이 하라고 해도 난처하다. 작년에도 건강을 관리하는 프랑이 전력을 다해 지켜보는 가운데 신전에서 지냈는데도 불구하고 몇 번이나 약을 마시는 사태가 일어났다. 그런 내가 성과 신전을 왕복하다니 말도 안 된다.

“신관장님, 저 겨울 안에 죽을지도 몰라요.”

"걱정 마라. 약을 준비해 둘 테니 간단히 죽진 않아."

약은 준비해 줘도 스케줄을 줄여 줄 생각은 없는 모양이다. 지독한 사람.

"……너무 안 쓴 약으로 부탁해요."

페르디난드가 진지한 얼굴로 약이 얼마나 필요할지 검토하기 시작한 순간이었다. 갑자기 팔죽지 부근에 닭살이 돋았다.

"……꺅!?"

추운 건 아니었다. 찌릿찌릿한 무언가가 등줄기를 타고 올라오는 느낌이 들면서 왠지 갑자기 불쾌해졌다. 그와 동시에 머릿속에 핫세의 작은 신전이라는 단어가 갑자기 떠올랐다.

"신관장님, 방금 뭔가 이상한 느낌이……."

갑자기 일어난 이상 현상에 페르디난드를 돌아보았다. 페르디난드도 뭔가 느꼈는지 고개를 들어 몸을 일으켰다.

"……핫세의 작은 신전에 침입하려는 자가 있는 모양이다. 방호 마법진에 희미한 방해가 느껴지는군. 방호 마술구에 그대의 마력을 넣었으니 비슷한 느낌을 받았을 거다."

삭은 신전에 공격을 가하는 자가 있으면 창조 마술로 작은 신전을 세운 페르디난드와 방호 마석에 마력을 담은 내가 감지하게 되어 있는 모양이다.

"로제마인, 오거라."

페르디난드는 그렇게 말하며 침실 뒤에 있는 비밀의 방으로 걸어갔다. 핫세의 작은 신전이 공격을 받았다면 당장 달려가야 할 판에 대체 뭘 하려는 걸까.

"신관장님, 핫세에 가야 하는 거 아닌가요?"

"그리 대단한 방해는 아니니 먼저 상황을 살피자."

페르디난드가 그렇게 말하며 문을 열었고, 나는 서둘러 비밀의 방으로 들어갔다. 설교가 아닌 일로 들어가는 건 오랜만이다.

테이블 위에 너저분하게 늘어놓은 실험도구 같은 물건 속에서 페르디난드는 쟁반처럼 생긴 새까만 나무로 만든 팔각형 물건을 들고 와서 낮은 테이블 위에 올렸다. 여덟 개의 모서리에 달린 노란 마석과 마법진처럼 복잡하게 새겨진 문양으로 보아 마술구란 걸 알 수 있었다.

페르디난드가 마석 하나에 손을 얹고 마력을 흘려넣자 노란색 빛이 마석에서 뿜어져 나와 문양 위를 뻗어 나간다. 좌우로 나뉘어 흘러가는 빛은 마석과 마석을 이었고, 문양이 떠오르며 마법진이 완성되었다. 다음 순간, 쟁반 바닥에 정체 모를 액체가 일렁이며 솟아오르더니 속을 채워 간다.

페르디난드는 슈타프를 꺼내서 "슈피겔른." 하고 중얼거리고 일렁이는 수면에 갖다댔다. 그러자 수면에 영상이 떠오르며 핫세의 작은 신전이 보였다. 나는 평소처럼 소파에 앉지 않고, 몸을 일으켜서 쟁반 속을 들여다보았다. 마치 감시 카메라 같은 마술구다.

"……신관장님, 이건 어디든 들여다볼 수 있나요?"

"그럴 리가. 자기 마력을 담은 방호 마석이 있는 건물뿐이다. 보통 영주 일족이 마을과 영지를 지킬 때 쓰는 물건이지. 어디든 들여다보는 기능은 없다."

엿보기 취미라도 있는 줄 알았더니 아닌가 보다. 내가 휴 하고 가슴을 쓸어내리자, "대체 무슨 생각을 한 것이냐?" 하고 무서운 미소로 겁을 주었다.

"아무 생각도 안 했어요. 그보다 작은 신전을 자세히 보여주시지요."

수면에 비친 핫세의 작은 신전에는 열 명이 채 안 되는 남자들이 농기구를 들고 침입하려는 장면이 보였다. 아마 촌장에게 사주받은 남자들이리라. 촌장의 모습은 없고, 다들 꽤 젊은 남자들이다. 노라와 아이들을 잡으러 왔다는 생각에 등골이 오싹해졌다.

"신관장님, 당장 구하러 가요……."

"귀족은 없는 것 같군. 일부러 갈 필요는 없다. 가만히 지켜봐라."

남자들이 난폭하게 문을 열려고 손을 뻗은 순간, 놀란 얼굴로 뻗은 손을 뗐다. 그리고 여러 차례 손을 뻗었다 당기기를 반복했다. 마치 움직이는 장난감을 경계하면서 앞발로 톡톡 건드리는 고양이 같다. 아무리 보아도 공격하는 것 같지는 않았다.

"……저 사람들, 뭐 하는 거예요?"

"악의를 가진 자는 들어가지 못하도록 작은 신전에 방호 마력을 강화해 놓았다. 문을 만진 순간 격한 통증을 느끼게 되지. 몇 번 도전해도 결국 마찬가지인데 질리지도 않나 보군."

보안 깅도를 소설할 수 있다니. 상상 이상으로 편리하다고 생각하면서 영상을 들여다보는 내게 페르디난드가 창조 마술에 관해서 짧게 설명해 주었다.

"질베스타 대신 내가 작은 신전을 세운 건 마을과 작은 신전의 방호 강도를 따로 조절하기 위해서다. 영주가 세우면 작은 신전과 함께 마을의 방호까지 강화되어서 많은 지장을 초래하기 때문이지."

영주가 설정하는 에렌페스트의 방호는 마력 공격을 막기 위한 것이다. 악의를 가진 자를 건물 밖으로 튕겨내는 작은 신전과는 종류가 전

혀 다르다. 에렌페스트 마을 전체에 작은 신전과 똑같은 방호 마력을
걸면 부모와 자식 간에 싸웠거나 부부 싸움을 하고 숲에 채집하러 나
간 자가 마을에 못 들어올 가능성도 있다고 한다.

"부부싸움으로 집에 못 들어가는 정도면 웃고 넘기겠는데, 마을에
도 못 들어가면 큰 문제네요."

엄마와 싸운 아빠가 문에서 우왕좌왕하며 "일은 끝났는데 집에 들
어갈 수가 없어!" 하고 한숨짓는 모습을 상상하니 피식 웃음이 나왔
다. 하지만 그 웃음은 도중에 굳어졌다.

"······이젠 농기구를 휘두르네요."

문을 만지지 못한다고 깨달은 남자들은 손에 든 농기구를 치켜들
고, 문을 향해 크게 내리쳤다. 그 순간 모든 남자가 튕겨 날아가며 볼
썽사납게 데굴데굴 굴렀다.

"기원식 때 공격을 받은 마차를 그대가 바람의 방패로 지켜낸 상황
과 비슷해 보이지? 작은 신전에도 비슷한 방어 작용을 넣어 뒀다."

"프랑과 로지나한텐 상처 하나 없었죠. 바람의 방패라면 안심이
네요."

튕겨 나간 남자들은 경악하여 아연실색하면서도 다시 한번 문으로
돌진했다. 결과는 마찬가지였다. 몇 번 공격해도 작은 신전의 문에는
상처 하나 입히지 못했다. 오히려 다치는 건 본인들이다. 점차 공격할
힘도 빠지기 시작했고, 얼굴색도 점점 나빠졌다. 기분 나쁜 물건을 보
듯이 작은 신전을 올려다보던 남자들은 하나둘 도망치듯 발걸음을 돌
렸다.

"아무 문제 없이 방호가 작용했군."

흠, 하고 마치 실험 결과를 확인하듯 중얼거린 페르디난드는 목패

에 뭔가를 메모하기 시작했다. "조금 더 약하게 조절해도 되겠어." 하고 무시무시한 발언을 했다.

"강도는 지금 이대로가 딱 좋아요. 멋대로 건들면 안 돼요! 그것보다 다들 무사한지 작은 신전에 확인하러 가요."

내 말에 페르디난드는 계속 목패에 기록하며 "지금은 안 돼." 하고 즉답했다.

"선불리 움직이다간 볼프 때처럼 촌장도 살해당한다."

페르디난드의 나직한 말이 방을 나가려던 내 걸음을 멈춰 세웠다.

볼프는 잉크 협회의 회장이던 사람이다. 내가 전혀 모르는 곳에서 죽은, 얼굴도 모르는 사람이라 기억에서 희미할 법하지만, 귀족에게 평민의 가치가 얼마나 하찮은지를 내게 각인해 주며 깊은 인상을 남겼다. 볼프는 귀족과 구린 관계가 있었고, 페르디난드와 칼스테드가 그와 연관된 귀족을 캐려고 움직이자 입막음으로 살해당했다.

이번에도 그때처럼 선불리 움직이면 바로 살해당할 거라고 페르디난드가 충고했다. 귀족에게 평민의 목숨 따위 한낱 파리 목숨이라는 인식은 있었지만, 직접 들으니 심장이 떨렸다.

핫세의 촌장은 찌증을 유발하는 사람이지만 죽었으면 좋겠다고 생각하지는 않는다. 적어도 내가 움직임으로써 죽게 된다면 평생 죄책감에 시달릴 것 같다.

"……누구든 목숨은 소중해요."

"그래. 여러 증언을 쥐고 있을 것 같으니 숨은 붙은 채로 확보해 둬야지."

페르디난드에게 중요한 건 촌장의 목숨이 아니라 그가 쥐고 있는 정보인 듯하다.

단호하고 확고한 사고 회로가 정말 정치가 스타일이다. 나처럼 정에 휩쓸려서 빌빌거리거나 책 때문에 폭주해서 실패하지는 않겠지. 페르디난드와 나의 현격한 차이점을 느끼고 가벼운 한숨을 내쉬었다. 아무리 귀족처럼 행동한다 한들 나는 완벽한 귀족이 될 수는 없을 것 같다. 껍질을 벗기면 그냥 평범한 소시민이다.

"상황을 보기로 한 예정일까지 기다려라. 갑자기 공격당해도 문제가 없다는 건 알았을 테니."

나는 초조한 마음으로 기다렸다. 사흘만 더 지나면 약속한 날이다. 물론 그 사흘을 멍하니 보낼 수는 없었다. 빌마와 모니카에게 고아원의 겨울 준비에 필요한 물건과 수량을 계산하게 하고, 프랑에게는 내 방에 필요한 양을 계산하도록 했다. 길과 루츠에게는 작년 수작업 수량을 토대로 올해 목표량을 정해서 판자 제작을 인고 공방에 의뢰하고, 잉크 공방에는 잉크 제작을 준비하도록 했다.

리카르다가 올도난츠를 보내서 겨울 의상을 마련해야 하니 한 번 성에 돌아오라고 했고, 벤노한테는 이탈리안 레스토랑을 열고 싶으니 요리사를 돌려달라는 부탁을 받았다. 또 내친김에 올해는 악취가 덜한 양초를 쓰고 싶으니 밀랍 공방에 악취를 줄이는 염색 기술을 팔아 버리고 싶다고 했다.

그러는 중에 고아원에 있어야 할 모니카가 천 포대기를 들고 방으로 돌아왔다. 평민촌으로 통하는 뒷문 문지기가 전해 준 편지라고 했다. 종종 문지기가 맡은 물건을 고아원 소속 사람이 받아서 귀족 구역까지 가져다주기도 했다. 편지라고는 했지만, 모니카가 가져온 것은 목패였다.

"로제마인 님, 이 편지를 준 사람이 신전에 안 계신 줄은 알지만 전 신전장에게 꼭 전해 달라고 했답니다. 문지기가 고인 앞으로 온 편지를 어떻게 처리해야 하나 곤란해 하길래 제가 이곳으로 가져왔어요."

"전 신전장 앞이라고 대놓고 말하는 건 또 처음이네요."

신전장 앞으로 편의를 봐 달라는 의향을 넌지시 비추는 초대장은 간간이 들어왔다. 대개 에렌페스트에 장이 서는 날에 맞춰 찾아오는 농민이나 상인이 편지를 가져오는데, 장이 끝난 이 시기에 편지를 보내는 일은 드물다. 게다가 '신전장 앞'으로 오는 편지는 몇 번 받아도, '전 신전장 앞'으로 온 편지는 처음이다. 마을 밖에도 신전장이 교체된 소문이 퍼진 걸까.

신전장이 교체된 사실은 알아도 전 신전장이 죽은 사실을 모르는 누군가가 보낸 편지일 터였다. 귀족 마을에 사는 자라면 몰라도 다른 지방에서는 이 사실을 아는 자가 있을 리가 없다.

"전 신전장의 본가에 보낼까요?"

모니카의 질문에 나는 천천히 고개를 저었다. 원래라면 그 방법이 좋겠지만, 진 신전상에게는 사실상 본가가 없다. 전 신전장의 누이인 영주의 모친은 외부와 연락이 단절된 곳에 유폐되었고, 배다른 형제가 이어받은 생가가 있지만, 대가 바뀐 데다 옛날부터 사이가 안 좋다고 한다. 영주의 모친은 어쨌거나 세례식도 받지 못한 전 신전장은 가문의 일원이 아님을 당주가 언명했다고 페르디난드가 말한 적이 있다.

"전 신전장 앞에 온 편지는 이쪽에서 처리해야겠네요. 평소대로 처리할 테니 사자에게 내일 답장을 받으러 오라고 일러 주세요."

"알겠습니다."

모니카가 퇴실하는 모습을 보면서 나는 천에 싸인 편지, 목패를 손에 들었다. 천을 풀고 내용을 훑어보았다. 익숙지 않은 비뚤비뚤한 글씨로 편지를 쓴 사람은 다름 아닌 핫세의 촌장이었다.

페르디난드가 추측한 대로 촌장은 전 신전장이 실각한 뒤 바로 사망한 사실을 모르는지 '작은 신전을 어떻게든 처리해 달라' '당신의 부하가 횡포를 부린다' '문관 칸토나 님께 팔기로 계약한 고아를 빼앗겼다'는 내용을 구구절절 썼다. 찌질이인 줄은 알았지만 지지리 궁상이라 할 말을 잃었다. 입에서 한숨만 나왔다.

"프랑, 신관장님한테 가요."

나는 배후의 귀족이 적힌 유력한 증거가 되는 목패를 들고, 프랑과 함께 페르디난드의 방을 방문했다.

"신관장님, 이런 편지가 도착했어요. 답장은 어쩔까요?"

내가 목패를 건네자, 서투른 글자를 노려보며 해독한 페르디난드가 나와 똑같이 완전히 지친 표정을 지었다.

"……전 신전장은 죽었다고 써 보내면 된다. 그 뒤에 어떻게 움직이는지 보고 판단하자. 적대시하지만 않는다면 당분간 내버려 둬도 좋다. 이쪽에 큰 영향은 없겠지."

촌장이 앞으로 보일 태도와 행동으로 우리가 기원식 때 어떻게 움직일지 정하자고 페르디난드가 말했다.

"기원식이요? 수확제가 아니고요?"

"농업이 중심인 마을은 신의 가호를 얻지 못하면 수확이 눈에 띄게 줄어들지. 몇 년은 괜찮아도 땅이 점점 말라 갈 거다. 그럼 핫세를 지켜 줄 신전장을 찾을지, 아니면 악행을 저지르며 목돈을 챙겨 주는 귀족을 찾을지……. 결국 그 촌장이 고르게 되겠지."

페르디난드는 그렇게 말하며 가볍게 손을 저었다.

"잘못된 선택을 한다면 핫세 촌장은 나날이 먹고살기 힘들어지는 주민과 농부들의 손에 실각할 거다. 그것보다 친절하게 이름까지 적어 줬으니 우선 칸토나를 조사하자."

"잘 부탁합니다."

목패를 페르디난드에게 건네고, 나는 방으로 돌아와 핫세 촌장에게 답장을 썼다.

전 신전장은 이미 사망했으니 이곳에 없다. 앞으로 어찌할 생각이냐는 내용을 프랑의 지도에 따라 귀족스럽고 완곡한 표현으로 썼다. 과연 촌장은 이 말의 뜻을 알아챌 수 있을까.

새로운 과제와 겨울 준비 작업

핫세에 보낼 답장을 사자에게 건넸다. 핫세까지 반나절도 채 걸리지 않으니 내가 작은 신전에 도착하기 전에 도착하리라. 편지를 읽고, 상황을 파악한 촌장이 얌전히 있어 주면 좋으련만 과연 어떻게 될까.

"신관장님, 이대로 내버려 둬도 될까요?"

"지금은 그럴 수밖에. 배척은 간단하지만 문제는 그 이후다."

촌장 같은 소인배는 잡아넣든, 물리적으로 자르든 귀족의 권력을 사용하면 식은 죽 먹기다. 하지만 그 뒤의 핫세 마을을 고려하면 촌장만 쫓아내서는 충분하지 않다고 한다.

"하지만 나쁜 짓을 저지르는 피라미는 조금이라도 빨리 처리하는 편이 좋지 않나요?"

"로제마인, 나쁜 짓이라니 무엇 말이냐?"

"그러니까 고아를 팔거나, 전 신전장과 문관에게 '떡값' …… 그러니까, 뇌물을 바치거나……."

내가 손꼽으며 헤아리자 페르디난드가 의외라는 듯 한쪽 눈썹을 씰룩였다.

"그건 딱히 나쁜 짓이 아니지 않은가?"

생각지도 못한 말에 나는 눈을 깜빡였다. 서로 의아한 표정을 지으며 고개를 갸웃거린다.

"고아는 돌보는 자에게 소유권이 있다. 팔든 말든 촌장이 정할 일이야. 그리고 귀족에게 금품을 보내서 융통을 요구하는 건 자연스러운 일이다. 벤노도 나와 처음 만날 때 선물을 가져오지 않았더냐? 좋은 인상을 심으려면 선물이 기본이지."

고아의 소유권은 돌봐 주는 자에게 있고, 뇌물은 당연하니 나쁜 축에 들지 않는다고 한다. 상식이 너무 달라서 나는 혼란스러워진 머리를 싸맸다.

"잠깐만요? ……그럼 촌장이 저지른 나쁜 짓은 뭔데요?"

"귀족인 내 명령에 따르지 않은 죄, 허락도 없이 몸을 일으켜서 우리의 결정에 이의를 제기한 죄가 아니고 무엇이겠는가."

만약 약간의 부정을 저질러도, 아니면 고아를 팔아넘겨도 그것이 마을에 이익이 되는 일이라면 마을 주민들에게는 좋은 촌장이고, 고아를 판 돈으로 마을을 윤택하게 해 주는 한에는 핫세 사람들은 촌장을 지지할 거라고 했다.

"겨울 저택에 모이는 농민들까지 포함해서 약 천여 명의 핫세 주민과 소수에 불과한 고아 중에 지켜야 할 대상은 주민이다. 우리가 고아를 지킨다고 권력으로 촌장을 물러나게 한다면 주민들은 우리를 증오할 거다."

생각지도 못한 페르디난드의 말에 내 심장이 묘하게 펄떡거리며 뛰었다.

"그러니까 그 말은 핫세 입장에서는 우리가 악이라는 건가요?"

"지금 시점에서는 그렇다. 귀족에게 팔 예정이던 고아를 멋대로 낚아채서 손댈 수 없는 작은 신전에 넣었으니 주민들은 세를 내는 자신들이 아니라 고작 고아 몇 명만 보호한다고 받아들일 테지."

인신매매를 당할 뻔한 고아를 구하는 행동이 다른 사람에게 나쁘게 보일 줄은 생각도 못 했다. 어이가 없어 하는 내게 페르디난드는 덤덤

한 표정으로 말을 이었다.

"청색 견습 무녀 시절에는 모든 경비를 자비로 마련했겠지만, 지금 영주의 딸이 된 그대는 주민의 세금으로 살고 있다. 그럼 고아와 납세자. 어느 쪽을 중요시해야 하겠는가?"

새로운 인쇄업을 시작하려면 직업이 없는 사람이 필요했고, 그 조건에 고아원이 딱 들어맞았다. 그래서 각지에 고아원을 세워서 인쇄업을 발전시킬 계획을 짰고, 영주에게 허가도 받았다. 그런데 그 일이 그렇게 주민을 곤란케 할 줄은 전혀 생각도 못 했다.

"영주가 허가를 내린 이유는 지금까지 징세 대상자가 아니었던 고아를 정식으로 취직시킴으로써 그들에게도 세금을 걷을 수 있다고 판단해서다. 그냥 자비만 내린 줄 알았는가."

목덜미가 섬뜩했다. 내 생각이 얼마나 짧았고, 시야가 좁았는지 깨달았다. 내 안의 상식이 또 하나 무너져 내리자 눈물이 날 것 같았다.

"악행을 바라보는 시가이 이렇게 다를 줄이야. 그 소인배가 그대에게는 좋은 교재가 되겠군. 촌장에게 대항하는 반대파를 세우고, 세력을 키워서 촌장이 고립되게 해라."

"……네?"

"촌장을 제거해도 핫세 마을을 순조롭게 움직일 후임자를 키우란 말이다. 무조건 이쪽 말을 믿고 순종적인 장기말을 키운 후 촌장을 제거하면 만사가 원만하게 해결될 거다. 해 봐라."

어차피 처분해 버릴 자니까 마음껏 이용하라는 무시무시한 발언을 페르디난드가 태연스럽게 내뱉었다. 사람을 계략에 빠뜨리라는 과제를 받자, 어금니에서 따닥따닥 소리가 났다. 책에만 빠져 폭주한 끝에 여기저기에 피해를 준 적은 있어도 의도적으로 누군가를 위기에 빠뜨

리려고 행동한 적은 지금껏 없었다. 나는 남을 위험에 빠뜨리는 나쁜 행동은 하면 안 되는 일이라고 배우며 자라 왔다.

'무서워. 싫어. 그런 짓은 못 해. 하고 싶지 않아.'

내가 고개를 도리도리 흔들며 뒷걸음질을 치자, 페르디난드는 떼쓰는 아이를 달래듯 내 머리를 토닥거렸다.

"로제마인, 그대가 확실히 하지 않으면 작은 신전의 고아들은 숲에 나가지도 못해. 그러면 공방 작업도 못하는 주제에 신의 은총만 축내는 방해물이 되겠지. 핫세 마을뿐만 아니라, 고아원 안에서도 박대당할 건 누가 봐도 자명하다. 멋대로 데려와 놓고 냉대 받는 환경에 아이들을 내버려 두고 싶은 건 아니겠지?"

"……하지만 남을 위험에 빠뜨리는 방법은 몰라요."

내가 힘껏 저항하자 페르디난드는 그 자리에 무릎을 꿇고 나와 시선을 맞췄다. 그리고 섬뜩하리만큼 달콤한 미소를 지었다.

"처음이니 당연하지. 방법은 가르쳐 주마."

아름다운 미소에 가득 담긴 독기가 내 몸속으로 흘러들어 오는 느낌에 나는 어금니를 꽉 깨물었다.

그날 밤은 페르디난드의 독기에 취해 잠을 설쳤고, 수면 부족과 무거운 가슴을 안은 채 나는 성으로 가게 되었다. 치수를 재고, 하루빨리 겨울 의상을 주문해야 한다며 리카르다가 어제 하루 새에 세 번이나 올도난츠를 날려 보낸 탓이었다. 하도 독촉하는 통에 질려 버린 페르디난드가 나를 강제로 연행해 가기로 했다. 기분이 저조해서 쉬고 싶었지만, 허락해 줄 리 만무했다.

'악마 같은 신관장 녀석.'

하는 수 없이 성에 가는 김에 푸고를 돌려받기로 했다. 약속 기한은 넘었으니 문제는 없을 터이다.

"길, 오늘은 성에 다녀올게요. 푸고를 데려오겠다고 루츠에게 전해 주세요."

"알겠습니다. 오늘 그림책 한 권을 완성해 둘 테니까 기운 내십시오."

"고마워요, 길. 길은 이대로 바르게만 자라 주세요."

솔직하고 천진난만한 웃음을 보니 마음이 녹아 간다. 누구누구의 독살스러운 미소를 본 뒤라서 더욱 그랬다. 내 시종은 모두 다 사랑스럽다.

"로제마인, 왜 그런가? 안색이 안 좋다만."

"제가 누군가를 위험에 빠뜨려야 한다는 생각에 잠을 설쳤거든요."

대체 누구 때문인데, 하고 생각하면서 이 모든 일의 원흉을 노려보자, 페르디난드가 놀란 듯 눈을 깜빡였다. "그렇게 마음이 약해서야 영주의 딸로 살아갈 수 있겠는가?" 란다.

"신관장님한테는 초급 과제일지 몰라도 저한테는 너무 어려운 문제예요. 신관장님 말대로 과제를 달성한 날부터 전 불면증에 시달릴 거예요."

"고작 그 정도로 잠을 못 잔다니. ……그대도 참 너무 약하군."

육체도 정신도 취약한 건 자신도 잘 안다. 내가 고개를 끄덕이자 가볍게 한숨을 내쉰 페르디난드가 뭔가 생각하듯 눈을 내리깔았다.

"……지금 고민해도 어쩔 수 없다. 일단 출발하자."

레서버스로 성에 갔다. 나를 맞아주는 노르베르트의 흐뭇한 시선도 익숙해졌다.

페르디난드는 "그대는 바쁠 테니 요리사 일은 내가 아우브에게 전하고 오마." 하고 수상쩍으리만큼 상큼한 미소로 말하고는 망토를 펄럭이며 씩씩하게 자리를 떴다. 분명 리카르다에게서 도망치고 싶은 게다.

"로제마인 공주님, 어서 오세요. 재봉사는 이미 준비가 끝났습니다."

마중 나온 리카르다의 손에 이끌려서 서둘러 재봉사가 기다리는 응접실로 향했다. 따스해 보이는 천 묶음과 모피가 종류별로 풍부하게 갖춰져 있었다. 오늘처럼 옷감부터 골라서 마련하긴 처음이다. 가슴은 분명 두근거리는데 어째서 하나도 안 들뜨는 걸까.

"빌프리트 도련님도 로제마인 공주님도 올겨울이 첫 사교회 데뷔니까 어떤 의상을 맞출지 잘 생각하셔요."

뉘네낏 남자 옷만 맞춰 왔던 리카르다는 매우 의욕적이다. 엘비라와 플로렌치아와 함께 겨울옷 몇 벌은 이미 주문을 끝냈다고 했다.

"일단 여름에 잰 치수로 만들고는 있지만, 아이는 성장이 빠르니까 치수를 정확히 재는 편이 좋겠어요."

'그래 봤자 난 잘 크지도 않는걸, 뭐.'

내 몸은 항상 마력을 채워 둬야 해서 성장이 느릴 거라고 페르디난드가 진단했다. 최근에는 마력을 쓰는 기회도 늘었고, 밥도 든든히 먹는 덕분에 조금은 컸길 바랐다.

치수를 쟀더니 아주 약간 자랐다. 또래 아이와 비교하면 미미하지만.

"공주님은 어떤 의상으로 하시겠어요? 빌프리트 도련님이 입을 이

의상과 어울리는 의상으로 하도록 해요."

리카르다는 빌프리트의 의상 디자인을 자세히 적은 목패를 내게 보여주고, 세트가 되는 옷감과 색을 추천해 주었다. 어린 남매가 세트로 옷을 맞춰 입으면 흐뭇해 보이긴 하겠지만, 내가 입는다고 하니 기분이 미묘했다. 하지만 이미 리카르다의 마음속에는 옷감과 색을 꼭 맞추기로 결정을 내린 듯하다. 이제 디자인 결정만 남았다. 하지만 그것도 이미 후보가 정해져 있었다.

"이것과 이것 중에 공주님은 어느 쪽이 마음에 드시나요?"

나는 딱히 옷 취향이랄 게 없다. 주변이 기분 좋게 섬기고, 창피해하지 않을 만한 옷이라면 뭐라도 좋다.

"그럼 이쪽으로 부탁해요."

데뷔 의상도 정했고, 이제 끝인 줄 알았더니 겨울 평상복과 속옷, 구두 등 머리끝부터 발끝까지 모든 주문이 끝날 때까지 놓아 주지 않았다. 기왕이니 신전에서 입을 옷과 융단 등도 함께 주문해 두었다. 작년 겨울에는 옷을 마련하느라 고생했는데 덕분에 편해졌다.

"리카르다, 전 이만 양아버님과 요리사 건으로 할 얘기가 있는데요……."

"공주님께서 데려오신 요리사는 지금 성에서 인기가 아주 대단하답니다. 모두가 레시피를 궁금해하는데도 질베스타 님께서 허가를 내려 주시지 않는다더군요."

웬걸, 성에서 푸고의 인기가 꾸준히 올라가고 있단다. 나는 조금 자랑스러워졌고 "맛있는 요리는 다 함께 먹으면 좋을 텐데 그러네요." 라며 투덜거리는 리카르다에게 키득거리며 웃었다.

"양아버님도 돈을 내고 레시피를 사셨거든요. 쉽게 가르쳐 주시진 않을 거예요. 겨울 사교회에서 귀족들을 깜짝 놀라게 하실 거래요.”

“저도 질베스타 님께서 점심 자리에 초대해 주셨을 때 깜짝 놀랐답니다. 겨울이 기대되는군요.”

'그 요리사는 있지, 오늘 데리고 돌아갈 거야. 미안해.'

마음속으로 리카르다에게 사과하면서 나는 영주와 면담 시간을 잡아 달라고 부탁했다.

“갑자기 잡기는 어려울 듯합니다.”

“페르디난드 님께서 부탁해 주셨을 거예요. 양아버님께 여쭤봐 주세요.”

“알겠습니다, 공주님. 조금 시간이 걸리니까 이거라도 읽으면서 기다려 주시지요.”

리카르다가 책 한 권을 꺼내어 내 앞에 놓아 주었다. 내 얼굴이 활짝 펴지는 것이 느껴졌다. 돌덩이 같던 기분을 가장 구석으로 밀어내고, 책을 읽는다는 기쁨으로 가슴을 채워 갔다.

“고마워요, 리카르다.”

“착하게 기다리고 계십시오.”

나는 리카르다에게 미소 지으며 끄덕이고, 얼른 책을 집어서 읽기 시작했다. 페르디난드가 준 마술책 중에 마석의 색깔과 신의 관계를 자세히 설명한 책이었다. 마석의 색은 신의 귀색과 관계가 있고, 쓰기 쉬운 마술이 다르다고 한다. 물의 여신과 그 권속에 관련된 마술에는 녹색이 가장 마력 효과가 좋다는 설명이 실려 있다. 나는 이미 신의 이름과 권속신의 이름, 각각이 무엇을 담당하는 신인지 성경을 통해 배워서 큰 혼란 없이 읽었다. 하지만 어린아이가 모든 신과 그 권속에 관한 얘기가 한꺼번에 등장하는 이 책으로 배운다면 머리가 혼란스러워질지도 모른다.

아마도 이 책은 어른용일 것이다. 표현도 어렵고, 문장이 길어서 이해하기 어려웠다. 덧붙이자면 문장 자체가 오래되어서 읽기 어렵다. 예술적인 삽화도 내용과 크게 관계가 없어서 의미가 없어 보인다.

'이 책이 귀족에게 필수 과정이라면 내가 만든 권속 그림책은 제법 수요가 있지 않을까?'

겨울 장사의 성공을 확신하면서 책을 쭉쭉 읽어 나갔다. 리카르다가 내 어깨를 두드리며 다섯 점 종에 있을 다과 시간이라면 면담할 수 있다고 알려 주었다.

나는 리카르다가 잡아 준 면담 시간까지 책을 읽으며 보냈다. 질베스타와 면담하는 것보다 책을 읽고 싶다고 생각한 건 비밀이다.

다섯 점 종이 울리자, 나는 영주가 업무를 보는 본관 정문으로 향했다. 이동하는 중에 탈주하다가 램프레히트에게 붙잡혔는지 이쪽으로 끌려오는 빌프리트의 모습이 눈에 들어왔다.

"로제마인, 성에 왔었냐?"

"빌프리트 오라버니, 안녕하세요."

"어디 가는데?"

"……글쎄요? 저도 어디 가는지 모릅니다."

아버님과 대화하는 내가 치사하다던 빌프리트에게 '양아버님과 차를 마시러 간다'라고 말하지 못해 말끝을 흐렸다.

"본관 2층 휴게실에 가는 중입니다, 빌프리트 도련님."

"……어째서 로제마인만 아버님과."

빌프리트가 입술을 꾹 깨물고 미움에 찬 눈으로 나를 흘겨보았다.

"치사해! 바보! 로제마인 따위 싫어!"

평소라면 태연한 얼굴로 무시했다. 하지만 새로운 과제로 마음이 피폐해진 지금은 그냥 듣고 넘어갈 수 없었다. 공부에서 도망치고, 제멋대로 구는 빌프리트의 모습은 내 마음대로 행동했던 마인 시절을 떠올리게 했다. 그것만으로도 짜증스러운데 왜 내가 비난받아야 하지?

"바보는 빌프리트 오라버니예요. 오라버니는 책을 읽는 환경도 걷어차고, 공부하기 싫다고 도망 다니며 주변에 피해만 주면서 제가 치사하다니요? 얼른 기본 글자 정도는 외워 주세요. 전 공부할 날을 마음 졸이며 기다리고 있어요. 빌프리트 오라버니가 글자를 익혀서 제 공부 시간이 늘어났다면 페르디난드 님에게 지독한 과제도 받지 않았을 거라고요!"

마지막 말은 순전히 화풀이다. 하지만 되받아치지 않고서는 속이 풀리지 않을 만큼 짜증이 났다. 더는 내 신경을 건드리지 말았으면 했다.

설마 내가 말대꾸할 줄은 몰랐는지, 빌프리트가 짙은 녹색 눈동자를 휘둥그레 뜨고 나를 보았다. 호위로 빌프리트의 곁에 있던 램프레히트까지 깜짝 놀라 눈을 크게 떴고, 리카르다도 눈을 끔뻑거렸다.

"거, 거…… 건방지다!"

"영주의 자제로서 해야 할 공부도 하지 않고 도망칠 생각만 하는 비겁한 사람이 대체 누구죠? 제 입에서 건방진 말이 안 나오게끔 오라버니가 처신을 똑바로 하시면 됩니다."

특히 지금은 나를 옭아매는 지위를 혐오하고 싶어진 탓에 같은 영주의 자제이면서 멋대로 행동하는 빌프리트를 보면 후려갈겨 주고 싶었다. 그렇게 부러우면 내 과제는 네가 하라고 소리치고 싶었다.

"로제마인 님! 참으십시오!"

다무엘이 내 어깨를 흔들자 퍼뜩 정신이 들었다. 짜증이 폭발해서 빌프리트에게 가벼운 위압을 가해 버린 모양이다. 얼른 이 자리를 떠야 한다. 계속 빌프리트와 얼굴을 맞대는 건 서로에게 좋지 않다.

"전 과제가 산더미라 바빠서 이만 실례하겠습니다."

몸을 홱 돌려서 움직인 것까지는 좋았는데, 영주의 성은 쓸데없이 넓었다. 내게는 방에서 집무실까지 너무 멀었다. 수면 부족까지 시달려서 도중부터 숨이 찼다. 걸음이 느려진 나를 보고, 코르넬리우스의 표정이 어두워졌다.

"리카르다, 로제마인 님의 안색이 안 좋아 보이는데⋯⋯."

영주의 성에 있는 동안에는 호위 기사로서 내게 '님'을 붙여 부르지만, 표정은 동생을 걱정하는 오빠 그 자체였다. 리카르다가 나를 들여다보고는 번쩍 안아 올려서 걷기 시작했다. 큰일이다. 머리가 어질어질하다.

"공주님, 면담 전에 쓰러지지만 말아 주세요."

"미안해요. ⋯⋯이렇게 된 바에 차라리 성 안에서 1인용 레서버스를 탈 수 있으면 좋을 텐데요."

"질베스타 님께 말씀드려 볼게요."

휴게실에 도착했을 때는 이미 다과회를 시작한 질베스타가 페르디난드, 측근들과 함께 편안하게 쉬고 있었다.

"늦었구나, 로제마인."

"공주님 방에서 여기까지 너무 멀어서 도중에 쓰러질 뻔하셨어요. 성 안에서도 기수를 탈 수 있게 허가를 내려 주지 않으시겠습니까?"

리카르다가 그렇게 말하자, 질베스타는 팔짱을 끼고 짧게 고민했다.

"성에서 기수를 타면 날개가 거치적거리지 않나?"

"공주님의 기수에는 날개가 없고, 크기도 자유자재로 바꿀 수 있어서 거치적거리진 않습니다."

리카르다의 말에 질베스타가 호기심 어린 짙은 녹색 눈동자를 반짝였다.

"잠깐 보여 봐라. 날개가 없는 기수는 본 적이 없어. 재밌으면 허가해 주지."

"알겠습니다. 성안에서 타는 1인용이면 크기는 이 정도로⋯⋯."

나는 마석을 꺼내어 1인용 레서버스를 만들어냈다. 내 한 몸이 딱 들어갈 만큼 작아지니 완전히 어린애 장난감이다. 버스에 타고, 사람의 걸음 속도로 움직여 보았다.

"그게 기수라고!? 뭐냐, 그건!? 으하하하하하하! 재미있구나! 역시 로제마인이다. 항상 내 예상을 뒤집어 주는구나."

레서버스를 손가락질하며 질베스타가 배를 잡고 웃었다.

"재미있으니 채용하마. 로제마인은 그걸로 이동해도 좋다."

"잠깐만. 질베스타!"

"뭐냐, 페르디난드? 매번 시종이나 호위에게 안겨서 이동하는 것보단 낫잖아?"

영주가 보장해 준다면 뭐가 두려우랴. 나는 저택에서 타고 다닐 이동 수단을 얻고 안도의 한숨을 쉬었다.

권해 주는 자리에 앉고 차가 준비되자, 질베스타가 나를 힐끗 보았다.

"그래서 네 용건은 뭐지?"

"페르디난드 님께 얘기를 들으셨겠지만, 요리사 푸고를 데려갈까 합니다."

내가 그렇게 말하자, 질베스타가 고개를 홱 돌려 페르디난드를 보았다.

"……페르디난드. 그 말은 없었잖아."

"네? 그럼 페르디난드 님은 대체 무슨 얘기를 하신 거예요?"

"요리사 얘기보다 긴급히 할 얘기가 있었다."

페르디난드는 관자놀이를 두드리면서 "어차피 기한을 넘겼으니 데려가도 아무 문제 없지 않은가." 하고 말하며 나와 질베스타를 보았다.

나는 아무 문제 없지만, 질베스타는 그렇지 않은 모양이다.

"싫다. 이제야 맛이 조금씩 안정되어 가는데. 좀 더 연장해 줘."

"싫어요. 연장하면 이탈리안 레스토랑을 못 열게 돼요."

나와 질베스타가 서로 노려보자, 페르디난드가 "요리사를 불러와라. 본인에게 선택하게 하면 되겠지." 하고 손을 흔들었다. 하지만 그렇게 쉬운 일이 아니다. 일개 요리사가 영주의 명령에 반하는 선택을 할 리가 없지 않은가.

방에 들어온 푸고의 낯빛은 사색이 되어 있었다. 원래 평민 하인인 요리사가 귀족의 방에 호출되는 일은 없다. 내가 엘라에게 직접 요리를 가르치겠다고 하자 프랑이 싫어했던 것처럼 평민 하인이 지층에서 나올 일은 좀처럼 없다.

"수고했다."

질베스타가 무릎을 꿇은 푸고에게 말을 걸었다. 고개를 숙이고 있어서 푸고의 표정은 보이지 않았다.

"넌 이대로 궁중 요리사가 될 생각은 없느냐? 내가 성에서 일하라고 명령하면 어쩔 텐가?"

"······그건······."

푸고가 기쁘게 받아들이기는커녕 망설임을 보인 순간 나는 거절의 뜻으로 받아들였다.

"양아버님, 푸고는 길베르타 상회에서 잠시 빌려줬을 뿐이니 반드시 한 번은 돌려주셔야 합니다. 그 이후에는 자유롭게 권유하셔도 됩니다. 다만, 가능하면 후임자를 키울 시간이 필요하니까 지금 이 자리에서 빼돌리지 말아 주세요."

내가 그렇게 말하자, 영주다운 표정을 유지한 질베스타가 가볍게 어깨를 으쓱했다.

"흠, 안타깝군. 그렇다면 또 식당에 먹으러 가마."

"진심으로 기다리고 있겠습니다."

푸고를 데리고 마차로 돌아가기로 한 나는 푸고와 함께 인사하고 영주의 앞에서 물러났다.

방을 나온 순간, 푸고가 살짝 한숨을 쉬었다.

"로제마인 님, 도와주셔서 감사합니다. 결혼하고 싶은 상대가 있어서 이대로 궁중 요리사가 되면 조금 곤란해질 뻔했어요."

작년 별 축제에서 타우 열매를 들고 뛰쳐나가던 푸고에게도 드디어 연인이 생긴 모양이다. 그럼 얼른 평민촌에 돌아가고 싶겠지. 귀족 마을과 평민촌 사이에는 평민이 쉽게 연락을 주고받을 수단이 전혀 없어서 어떤 장거리 연애보다도 힘들다.

"그럼 푸고는 결혼하면 귀족 마을로 옮길 거예요?"

"……여자 친구의 뜻에 따라야겠지만 가능하다면."

별 축제가 끝나면 궁중 요리사가 되는 길도 좋을지 모르겠다고 푸고가 싱긋 웃으며 중얼거렸다.

이탈리안 레스토랑 오픈

복잡한 생각에 잠들지 못하는 밤이 이어지면서 머릿속이 점차 멍해졌다. '반대파를 만들어 촌장을 고립시켜라' 라는 과제를 달성하지 못하면 촌장과 연대책임으로 많은 주민이 처분될 거라고 협박당한 이후로 매번 페르디난드의 사악한 미소에 가위눌렸고, 위통이 점점 심해졌다.

오늘은 겨우 고아원 상황을 보러 가는 날이다. 나는 시종들에게 이불과 식량을 채워 넣은 상자와 인쇄 판지 몇 장을 레서버스에 싣게 하고, 프랑과 길과 니콜라, 브리기테를 태우고 핫세로 출발했다. 페르디난드와 다무엘은 여전히 모호한 표정으로 레서버스를 바라보았지만, 더는 불평하지 않았다.

"로제마인 님, 잘 오셨습니다."

회색 신관과 회색 무녀가 무릎을 꿇고 맞아 주었다. 신입 네 사람도 주변을 따라 무릎을 꿇고 인사말을 복창했다. 짐은 시종들에게 맡기고, 나는 레서버스를 넣었다.

쭉 둘러보니 이곳에 왔을 때는 극도로 피곤해 보이던 노라와 마르타의 얼굴에도 제법 혈색이 돌았다. 토르와 릭도 건강해 보였다.

"주민들이 공격해 왔지만, 괜찮은 것 같네요. 노라와 마르타의 얼굴색도 꽤 좋아졌고요."

노라가 얼굴을 들고 "말해도 될까요?" 하고 머뭇거리며 익숙지 않은 말투로 허가를 구했다. 내가 고개를 끄덕이자, 노라가 안심했는지 표정이 부드러워졌다.

"그 사람들은 아무 짓도 못 했어. 들어오지도 못했고, 막대기와 농기구를 휘둘러도 튕겨 나가기만……. 놀랐지만 안심했어. 고마워, 로제마인 님. 나 이곳에 오길 잘했어."

나를 '로제마인 님'이라고 불러야 한다고 며칠 동안 철저히 배운 모양이다. 평민 아이처럼 반말 사이사이에 띄엄띄엄 경칭이 섞여서 재미있다.

노라의 말을 가만히 듣던 토르도 고개를 들고 입을 열었다.

"나도 저기, 녀석들이 누나를 절대 끌고 갈 수 없다는 걸 알고 엄청 기뻤어. 항상 밥도 주고. 고아원을 이렇게 만든 사람이 너라고 다른 녀석들이 하나같이 말했어. 넌 참 쪼그맣지만 대단하구나, 로제마인 님."

흥분조로 빠르게 재잘대는 토르의 말투는 여전했지만, 그 파란 눈동자는 전처럼 반항적이던 느낌은 사라지고, 존경과 호의가 엿보였다. 나란히 무릎 꿇고 있는 회색 신관들은 둘의 말투에 "아이고." 라고 신음을 흘릴 것처럼 머리를 싸맸다. 하지만 연신 경계심을 드러내던 네 사람에게 며칠 만에 존칭을 가르친 셈이다. 그들이 얼마나 열심히 대화하려고 노력했는지 알 수 있었다.

"릭, 신전은 지금까지와 여러 가지로 다른 점이 많았을 텐데 문제는 없었나요? 촌장 쪽이 더 자유로웠을 텐데……."

"자유보다 안전이 중요해. 마르타에게 웃음이 돌아온 것만으로 난 행복해. 고마워, 로제마인 님."

마르타를 바라보는 릭의 눈매가 부드러워졌고, 마르타도 수줍게 웃었다.

역시 이 미소를 지켜 주고 싶다. 내가 이 아이들을 데려온 행동은 절대 틀리지 않았다. 주민과 고아들, 쌍방에게 좋게 마무리를 지을 방법을 찾고 싶다. 하지만 촌장을 고립시키고, 자리를 빼앗으려면 어떻게 해야 좋을지 막막했고, 솔직히 하고 싶지 않았다.

'아, 배 아파.'

핫세를 보러 간 다음 날은 길베르타 상회와 회의를 열었다. 푸고와 토드가 돌아오면서 이탈리안 레스토랑을 개업하게 되었으니 개업일과 메뉴, 내 인사문 등을 의논하기로 했다. 내친김에 벤노를 대리인으로 세워서 밀랍 공방에 염석 방법을 팔 계약까지 해치울 예정이다.

"로제마인 님, 안색이 안 좋으십니다. 오늘 회의는 중지할까요?"

아침을 가져온 프랑이 걱정스럽게 내 얼굴을 들여다보았다. 회의를 중지하는 편이 좋다고 생각할 만큼 안색이 좋지 않은 모양이다. 나는 고개를 도리도리 저었다.

"회의는 가야죠. 루츠가 보고 싶어요."

"그럼 책을 가져오겠으니 그 시간까지 쉬면서 기다려 주십시오."

"고맙게 생각해요, 프랑."

프랑이 응석을 받아 준 덕분에 회의 시간까지 책을 읽으며 느긋하게 보냈다. 책을 읽으면 머릿속에 텅 비어 버린다고 할까, 싫은 일을 생각하지 않을 수 있어서 매우 마음이 편안해졌다.

그리고 세 점 종이 울렸다.

"위험합니다!"

브리기테의 목소리가 들림과 동시에 누군가가 내 어깨를 덥석 잡고 뒤로 잡아끌었다. 깜짝 놀라 눈을 끔뻑이자, 눈앞에 굵은 기둥이 있었다. 부딪히기 전에 막아 준 모양이다.

"아……, 고마워요, 브리기테."

"갑자기 비틀거리며 기둥 쪽으로 가셔서 깜짝 놀랐습니다. 오늘 회의는 연기하시는 편이 좋을 것 같습니다."

호위 기사가 일정에 간섭하지 않을 수 없을 만큼 심각해 보이나 보다. 하지만 그래서 더욱 루츠가 보고 싶었다. 입술을 꽉 깨문 내 앞에 프랑이 무릎을 꿇었다.

"로제마인 님, 괜찮으시다면 안아서 옮겨 드려도 되겠습니까? 일정을 바꾸고 싶지 않으신 것 같으니 적어도 원장실까지 제가 옮겨 드리게 해 주십시오."

"부탁해요."

도중에 프랑에게 안긴 상태로 나는 원장실에 도착했다. 수면 부족이 상당히 심각한 상태까지 온 모양이다. 프랑에게 안겨서 이동하는 것만으로도 잠이 솔솔 왔다. 그러면서도 눈만 감으면 독기를 품은 페르디난드의 미소가 떠올라서 위가 아파 왔다. 도무지 깊이 잘 수가 없었다.

내가 원장실에 도착했을 때는 이미 길베르타 상회의 관계자들이 도착해 있었다. 무릎을 꿇고 기다리는 루츠와 벤노와 마르크에게 인사를 나누고 2층으로 올라가도록 권유했다. 세 사람은 고개를 든 순간, 모두 눈살을 찌푸렸다. 왜 그럴까 생각하는데, 프랑이 "오늘은 우선 저쪽 방으로 안내하겠습니다." 하고 협상을 나누기 전에 먼저 비밀의 방으로 안내했다. 평소라면 "중요한 얘기가 끝난 후여야 합니다." 라고 거절하는데 웬일일까. 살짝 등을 밀며 재촉하는 프랑을 올려다보자, 프랑이 애처로운 표정으로 나를 바라보며 "저로서는 역부족이라 정말 죄송합니다." 하고 중얼거렸다.

"무슨 일이야? 얼굴이 엉망인데?"

방에 들어가자마자 루츠가 양손으로 내 볼을 감싸고, 가만히 얼굴을 들여다보았다. "전부 불 때까지 안 봐줄 거야."라고 말하면서 녹색 눈을 가늘게 찌푸렸다.

"루츠……."

무슨 말을 해도 들어 주리라는 안도감에 눈시울이 뜨거워지면서 눈물이 뚝뚝 흘러내렸다. 나는 볼썽사납게 울면서 루츠에게 매달렸다.

"신관장님이 너무 어려운 과제를 내 주시지 뭐야. 하고 싶지 않은데 꼭 해야 해서 생각만 해도 속이 울렁거리고 기분이 나빠."

나는 고아들 네 로온 일부디 편지를 받고 페르디난드에게 과제를 받은 일까지 코를 훌쩍이며 얘기했다. 누군가를 함정에 빠뜨려서 죽음으로 내몰아야 한다고 생각하니 무섭고, 페르디난드의 독살스러운 미소에 가위가 눌려서 잠을 잘 수가 없다고 호소했다.

고아보다 영민이 우선이라든지, 핫세 촌장을 고립시켜서 끌어낸다든지, 페르디난드에게 들은 얘기를 털어놓자 방 안의 반응은 두 갈래로 나뉘었다. 루츠는 "너한테 그런 일을 맡기다니!" 하고 분개했고, 벤노와 마르크는 "제법 많이 봐줬잖아." 하고 눈을 동그랗게 떴다.

"봐주다니요!? 전혀요! 전 이미 죽을 것 같다고요!"

내가 소리치자, 벤노는 "진정해. 그 뜻이 아니야." 하고 손을 저었다.

"신관장이 가르치기 위해 취한 대응이라면 무던한 편이겠지만, 봐 줬다고 한 건 핫세에게 그렇다는 말이야. 그 촌장은 처음 명령을 어긴 시점에 죽어 마땅했고, 핫세 주민은 영주가 세운 작은 신전을 공격한 시점에서 몽땅 불태워 죽여 버렸을 수도 있었어."

"……네? 주민들을 전부 불태워 죽이다니요?"

생각지도 못한 말에 내 눈이 휘둥그레졌다. 촌장은 물론 핫세 주민 전원이 불타 죽어 마땅하다니 대체 무슨 뜻인지 모르겠다.

"작은 신전은 영주가 양녀의 요청으로 세운 하얀 건물이다. 그곳을 공격한 행위는 영주 일족을 공격한 행위나 다름없어. 영주 일족을 공격하면 어떻게 되는지 모르겠냐?"

나는 마른침을 꼴까닥 삼켰다. 타 영지 귀족이던 빈데발트 백작은 영주의 양녀인 나를 공격한 짓이 가장 무거운 죄목이 되어 투옥되었다. 기억을 뒤져서 다른 죄까지 줄줄이 나왔지만, 가장 결정적인 죄가 된 것은 영주 일족에게 가한 공격이었다.

귀족이 처벌될 정도인데 평민은 그 대상이 아닐 리가 없다. 핫세 주민은 노라와 고아들을 끌고 가려고 작은 신전에 악의를 품고 공격했다. 귀족도 체포할 수 있는 중죄를 평민이 저질러 버린 셈이다. 공격당한 건 건물이었고, 문에 상처 하나 없을 정도로 깨끗했고, 오히려 주민 쪽이 피해를 봐서 딱히 아무 일도 일어나지 않았다. 하지만 작은 신전에 가한 공격을 영주 일가를 향한 공격으로 간주한다면 벤노의 말대로 핫세 주민들은 언제 처형을 당할지 모른다.

"작은 신전을 공격한 사실이 공공연하게 알려지면 핫세는 끝이야. 무죄로 끝날 리가 없지. 너와 신관장만 사실을 알고, 그 위로 보고되지 않은 덕분에 핫세가 아직 존재하는 거야."

내 교재로 쓰기 위해 우선 현상을 유지하고 내버려 두기로 페르디난드가 결정한 덕분에 무사할 뿐, 만약 페르디난드에게 과제가 떠오르지 않았다면 이미 전부 처형당했을 거라고 생각하니 오싹했다.

"신관장이 좋은 교재라고 했다지? 나도 그 말에 찬성한다. 원래라면 단번에 불태워 버려야 마땅한 소행이었다. 네가 어떤 실패를 해도 전혀 문제없다. 하고 싶은 대로 해라. 반대파를 세워서 부추기는 것 정도야 상인도 하는 일이야. 그러니 영주의 딸이라면 언젠가는 배워야 할 일이지."

벤노는 범죄자를 상대로 죄책감을 가질 필요가 전혀 없다고 딱 잘라 말했다. 하지만 난 그렇게 생각할 수 없었다. 입을 꾹 닫은 나를 보자 마르크가 뭔가 생각났는지 눈을 가느다랗게 뜨더니 씁쓸하게 웃었다.

"주인님의 말씀에 저도 찬성입니다. 성인이 되자마자 가르쳐 줬어야 할 부모를 잃은 주인님은 정말 혼자서 수많은 시행착오를 거듭해 오셨습니다. 교사가 곁에 있는 이 기회에 경험해 두는 편이 좋지 않을까요."

두 사람의 말대로 영주의 딸로 살아가기로 한 이상 이런 획책도 언젠가 필요할 때가 온다. 하지만 내가 실행하기는 무서웠다.

"말은 쉽지만, 누군가를 위험에 빠뜨리는 계략을 생각하기만 해도 거북해져서…… 못 하겠어요."

루츠에게 매달린 채 고개를 젓자, 루츠가 내 머리를 토닥토닥 두드렸다.

"그럼 다르게 생각해 보면 되잖아."

눈을 동그랗게 뜨고 올려다보는 내게 루츠는 장난스러운 미소를 띠었다.

"촌장을 궁지에 빠뜨려야 한다고 생각하니까 거북해지는 거지? 그럼 신관장님과 네가 영주에게 말하는 순간 모두 죽을 운명인 핫세를 구한다고 생각하면 어때? 넌 핫세 사람들을 위험에 빠뜨리는 게 아니라, 구하는 거야. 에렌페스트의 신전장은 진짜 축복을 내려 주는 성녀니까."

눈이 번쩍 뜨였다. 촌장을 함정에 빠뜨린다는 생각보다 언제 처형당해도 이상하지 않은 핫세 주민들을 구한다고 생각하자 마음가짐이 확 달라진다. 어떻게든 해결할 방안을 생각해 보려는 긍정적인 기분이 되었다.

"촌장을 고립시키고 반대파를 키워서 마을을 안정시키라고 신관장님이 말씀하셨다며? 네가 신관장님의 과제를 달성하면 핫세는 촌장한 사람의 희생으로 끝낼 수 있어. 희생자가 한 사람이라도 적으려면 어떻게 하면 좋을지 함께 생각해 보자."

"응!"

작은 신전으로 고아를 데리고 나온 내게 주민들이 악감정을 가졌을지도 모르니까 그 부분부터 개선하고 싶다는 얘기를 꺼낸 순간, 벤노가 나와 루츠를 억지로 떼어냈다.

"잠깐 기다려. 핫세 안건은 아직 기한이 남았으니까 당분간은 현상유지. 이탈리안 레스토랑의 개업이 끝난 뒤에 고민해."

"……벤노 씨도 협력해 주실 건가요?"

"영주의 양녀가 하는 부탁을 어떻게 거절하나. 거절은 곧 처형이다."

그렇게 말하며 벤노가 장난스럽게 씩 웃었다.

"협력해 줄 테니까 나중에 고민해. 이탈리안 레스토랑에서 할 인사말이 먼저다. 그 얼굴로는 사람들 앞에 못 내보내니까 우선 몸부터 챙겨."

"로제마인 님은 요령이 좋지 않으셔서 두 가지 일을 동시에 하시면 양쪽 다 실패로 끝날 가능성이 있습니다. 다 함께 힘을 합쳐서 먼저 이탈리안 레스토랑에 전력을 다합시다."

마르크가 싱긋 웃으면서 말했다. 어려운 과제를 함께 생각해 주겠다고 말해 주는 사람도, 내 건강을 걱정해 주는 사람도 있다. 휴, 하고 안도의 한숨을 내쉬자 내 가슴을 무겁게 짓누르던 중압감이 한번에 빠져나오는 듯한 느낌이 들었다.

"안심했더니 졸려."

"회의가 끝나고 자라, 이 녀석아. 염석 방법 계약을 끝내면 이탈리안 레스토랑 건을 의논해야지."

계약은 프랑도 있는 자리에서 하자며 비밀의 방에서 나가자, 프랑이 나를 보고 조금 안심한 듯 입꼬리가 올라갔다.

예정대로 밀랍 공방에 관련한 계약을 맺고, 이탈리안 레스토랑 회의에 들어갔다. 개업일은 큰 상점의 주인들이 모이는 상업 길드의 회의가 있는 날로 정해졌다고 한다. 초대장을 보낸 대부분이 출석한다는 답장을 보냈다고 한다.

"메뉴는 어떻게 할 생각인가요?"

"계절 요리로 뭔가 좋은 게 있을까 싶어서 말입니다……."

벤노는 온화하게 웃지만, 그 말은 즉 나보고 생각하라는 소리다.

"영주에게 냈던 화려한 요리보다는 조금 간단하게 만드는 게 느낌이 좋지 않을까요?"

"그건 어째서죠?"

"사람은 뭐든지 익숙해지는 법이거든요. 조금씩 맛있는 요리를 낼 수 있는 여유를 두면 두 번째 방문 때 더 놀라게 할 수 있잖아요?"

나는 계절 채소를 떠올리면서 메뉴를 고민했다.

전채는 순무 같은 채소를 얇게 썰어서 술과 소금에 잠시 잰 뒤에 메릴유와 허브를 뿌린 마리네, 포메와 삶은 닭 밀푀유에 드레싱을 뿌려서 꾸민다.

수프는 평범한 채소 수프로 보이는 미네스트로네. 한 입 먹으면 콩소메 맛에 놀란다는데 어떨까. 소금 맛 수프밖에 맛본 적 없는 사람들에게 더블 콩소메까지 만들 필요는 없을 것 같다.

첫 번째 메인 요리는 제철 버섯이 듬뿍 들어간 화이트소스 스파게티. 화이트소스는 영주를 비롯한 귀족에게도 인기가 높았으니 분명 맛있게 먹어 줄 터이다.

두 번째 메인은 돈가스. 계절상 소고기보다 돼지고기가 더 손에 넣기 쉬우니까 돈가스가 만들기 쉽다. 좀 더 예산을 줄이고 싶을 때는 치킨가스로 바꾼다. 가슴살도 소금과 술에 재서 양념을 해 두면 식감이 부드러워지고 맛있다. 튀김 요리는 기름을 듬뿍 쓴 고급 요리다. 참고로 돈가스는 칼스테드가 좋아하는 요리이기도 하다.

디저트는 일제의 신작인 계절 과일로 장식한 카트르 카르와 타르트 오 포아르면 어떨까?

내가 메뉴를 하나씩 말하자, 벤노와 마르크는 쉴 새 없이 서자판에 메모해 갔다.

메뉴가 정해지면 이젠 당일 행동 지침을 상의할 차례다.

"로제마인 님께서는 초반에 인사하러 와 주시는 일정에 문제는 없으십니까? 시간은 네 점 종이 울리면 신전에 마차를 보내겠습니다."

너무 일찍 도착하면 곤란하다는 뜻이리라. 나는 서자판에 '네 점 종후, 천천히'라고 메모했다.

"전 인사만 하고 신전에 돌아올 거니까 할 일은 많지 않겠네요."

"그래도 부디 몸조심하십시오."

세 사람은 안색이 나쁘니까 당일까지 제대로 건강 관리를 해 둬라, 라고 돌려 말하고는 돌아갔다.

해야 할 일은 똑같지만, 생각 방식을 바꾼 덕분에 기분이 좋아졌고, 그날 밤은 며칠 만에 푹 잤다. 매우 상쾌하게 눈을 뜬 그 날부터 이탈리안 레스토랑 개업일까지 며칠간은 건강 회복을 우선시하며 꽤 여유로운 시간을 보냈다.

새 그림책에 들어갈 본문을 작성하거나, 수확제 준비에 들어가거니, '제 화가가 그린 두구가 필요하대요. 한 장 무료로 그려 드릴게요.'라고 엘비라에게 편지를 쓰거나 했다.

'빌마의 그림을 인쇄하지 않기로 약속했지만, 빌마에게 그림을 그리게 하지 말라는 말은 안 했는걸. 그러니까 약속을 깬 게 아니지롱. 흥흥.'

이탈리안 레스토랑의 개점 당일은 점심을 일찍 먹었다. 공복에 이탈리안 레스토랑에 갔다가 배가 울면 엄청 창피할 테니까. 점심을 먹고 모니카의 도움을 받으며 **상급 귀족**의 영애다운 옷차림으로 꾸몄고, 의식 때처럼 화려한 비녀를 꽂았다.

네 점 종이 울리자, 평민촌으로 외출할 때 입는 옷으로 갈아입은 프랑이 마차의 도착을 알리러 왔다.

"그럼 다녀오겠습니다."

"일찍 돌아오시기를 고대하겠습니다."

이탈리안 레스토랑에 도착해서 문을 열자 현관홀에 약 스무 명의 큰 상점 점주들이 모두 무릎을 꿇고 있었다. 무릎을 꿇은 그들의 시선이 내 눈높이와 딱 맞았다.

일렬로 도열한 점주들은 소문으로만 들은 내가 정말 어린 여자애라서 놀랐는지, 아니면 신전장복 차림이 아니라서 정말 본인인지 의심하는 건지, 놀라움과 의심 섞인 눈으로 나를 보았다.

"바람의 여신 슈첼리아가 수호하는 결실의 날, 신들의 인도에 의한 만남에 축복을 내려 주시길."

선두에 무릎 꿇은 길드장이 고개를 숙이고 귀족에게 건네는 인사말을 읊었다. 나는 반지에 살짝 마력을 넣어 축복을 주었다.

"새로운 만남에 바람의 여신 슈첼리아의 축복이 있기를."

반지에서 방출된 마력이 노란빛을 발하며 인사의 축복을 내렸다. 오직 귀족만이 할 수 있는 축복을 귀족의 저택에서 받아 본 적 있는 사람들인지, 의심에 찬 점주들의 표정이 단숨에 바뀌었다. 표정이 눈에 띄게 굳어지고, 몸에 힘이 들어갔다.

"아우브 에렌페스트에게 신전장직을 임명받은 로제마인이라고 합니다."

고아원을 구제하기 위해 공방을 세웠을 때의 인연으로 벤노가 시작한 이탈리안 레스토랑에도 투자한 점, 앞으로 영주의 명령으로 영지 내에 인쇄업을 넓힐 예정이라는 점을 어필해 뒀다.

"인쇄업을 보급하기 위해 벤노와 구스타프에게도 협력을 받고 있습니다. 오늘 이 인연으로 다른 분들께서도 협력해 주시겠지만, 그때는 잘 부탁드립니다."

싱긋 웃는 내게 장사 욕심에 불타는 강렬한 눈빛들이 날아들었다. 벤노와 길드장, 그리고 길드장의 아들과 프리다에게도 머릿속으로 어디부터 미끼를 던질지 계산하는 듯한 강렬한 시선이 날아갔다. 상인끼리 주고받는 긴박한 분위기를 오랜만에 느끼면서 나는 이탈리안 레스토랑의 '뜨내기손님 거절 시스템'을 설명했다.

"저희 가게는 소개 시스템으로 운영되어 선택한 손님 외에는 초대하지 않습니다. 신전장이며 영주의 딸인 제가 출입하는 관계로 신용하는 손님만이 출입할 수 있는 가게이지요."

완전 예약제로 뜨내기손님을 거절하는 운영 방식은 전부 나를 위해서라고 주장하며 엄수할 것을 약속받았다. 귀족이 얼마나 무서운지 잘 아는 점주들은 모두가 고개를 끄덕이며 순순히 따르겠다는 의지를 보여 주었다.

"이곳에서 나오는 요리는 전부 귀족 요리입니다. 메뉴를 정하고, 레시피를 전수한 제가 보증하지요. 부디 음미해 주시기 바랍니다."

내 말과 동시에 요리를 올린 웨건을 밀며 종업원들이 들어왔다. 오늘 전채는 나도 조금 전에 먹은 요리다. 휘둥그런 눈으로 종업원이 내놓는 접시를 바라보는 점주들을 둘러보며 나는 꽤 괜찮다는 느낌을 받았다.

"제가 함께하면 부담스러워서 맛을 제대로 못 느낄 테니 전 여기서 이만 실례하겠습니다. 앞으로도 부디 잘 봐주시길 바랍니다."

인사가 끝나면 얼른 퇴장이다. 벤노와 마르크의 배웅을 받으며 프랑과 함께 마차를 타고 신전으로 돌아갔다.

"대성공이었어. 다들 요리에 깜짝 놀랐고, 너와의 연줄을 탐내며 얼마나 주인님한테 아부하던지."

다음 날 보고하러 온 루츠가 그렇게 말하며 씩 웃었다. 1년이 넘는 준비 기간을 거쳐 개업한 이탈리안 레스토랑이다. 이대로 순조롭게 잘 되어 주길 바랐다.

"손님은 다들 만족스러워했다만……."

벤노가 복잡한 표정으로 웃었다. 나와 루츠는 무슨 문제가 있나 싶어 동시에 벤노를 보았다.

"무슨 문제라도 있어요?"

"푸고가 당장에라도 궁중 요리사가 되고 싶다더군. 그것도 영주가 권유했다며? 후임을 정하고, 교육이 끝나면 그 방향으로 생각해 달라고 하더군."

"직접 권유하시긴 했어요. 그런데 당장이라뇨? 별 축제가 끝나려면…… 앗!"

결혼하고 싶은 여자가 있어서 별 축제가 끝난 뒤에 생각하고 싶다며 싱글벙글 웃던 푸고의 미소가 와르르 부서지는 느낌이다. 애인한테 차였군요, 라는 말은 미처 꺼내지 못하고 할 말을 찾자, 벤노가 눈치챘는지 씁쓸하게 웃었다.

"……뭐, 그렇게 된 거겠지. 다른 요리사를 교육하고 나면 궁중 요리사가 되겠다. 이제 여자는 필요 없다. 요리에 인생을 바치겠다, 라더군."

'푸고, 차여 버렸구나. 장거리 연애는 어려우니까 어쩔 수 없네.'

핫세 개혁 상담

이탈리안 레스토랑이 일단락된 다음은 핫세 마을에 관련한 과제를 처리하고 싶었다. 나는 고아원 원장실의 비밀의 방에서 길베르타 상회 관계자들에게 다시 한 번 협력을 부탁했다.

"뭐부터 시작하면 될까요? 핫세가 사라질 수 있다는 말을 들으니까 신경 쓰여요."

내 주장에 벤노는 적갈색 눈을 한 번 내리깔고 턱을 천천히 어루만졌다.

"핫세의 가장 큰 문제점은 그곳 주민이 귀족을 너무 모른다는 거다. 자기들이 얼마나 중죄를 저질렀는지 몰라. 그게 문제겠지."

가령 자기 딸이 귀족에게 죽임을 당해도 항의할 수도 없이 담담하게 받아들여야 한다고 생각하는 에렌페스트의 평민이라면 자기 생활과 거의 관계없는 고아를 뺏긴 일 정도로 불평하지 않는다. 하물며 영주의 건물을 공격하는 바보 같은 짓은 더욱 하지 않는다.

"그런데 너도 실수했어. 촌장이 이미 문관과 고아 매매 계약을 한 상태라면 귀족이 계속 촌장을 달달 볶을 테고, 지금까지처럼 편의를 봐주지 않게 되겠지."

"마을에서 고아를 판 돈으로 겨울을 넘겨 왔다면 그 돈은 꼭 필요한 돈이었을 겁니다. 고아 매매에 실패해서 귀족과 이어진 고리가 끊어지는 것은 평민에게 생사 문제와도 직결되지요."

벤노의 말을 보충하는 마르크의 말에 나는 주민 측의 생각이 조금

씩 이해되었다. 그렇다고 한다면 고아를 빼앗은 나는 그들에게 매우 나쁜 권력자인 셈이다.

"이건 내가 신전 고아원에 드나든 후부터 비교하게 된 건지도 모르지만……."

그렇게 말을 꺼낸 루츠는 신전 고아와 그 외의 고아는 다르다고 했다. 신전 고아원에서는 회색 무녀가 낳은 아이와 세례 전에 부모를 잃고 들어온 아이를 돌본다. 하지만 신전 외의 고아원은 공동체 안에서 부모가 죽은 아이를 모아서 돌보는 곳이며, 공동체 아이밖에 없다. 그 아이들을 마을 권력자가 돌본다고 한다. 마을 자금으로 돌보며 일을 시키고, 돈이 필요해지면 팔기도 하는 공동체 자산의 일부로 보는 것 같다고 했다.

"응, 신관장님한테 들었어. 고아를 떠맡고 키운 촌장에게 팔 권리도 있다고. 신전으로 따지면 신전장이 그 역할을 맡는대."

그래서 신전 고아원은 내가 어떻게 운영하든 상관이 없다고 한다. 방자하게 놔두고 타락시키든, 경비 절감 차원에서 생활비를 꽉 죄어서 빠듯하게 살게 하든, 페르디난드에게는 충고하는 권한만 있을 뿐 최종적인 결정권은 신전장에게 있다. 그런 탓에 전 신전장 밑에서는 페르디난드도 할 수 있는 일이 거의 없었던 셈이다.

"또 신전 고아는 회색 신관이나 회색 무녀가 되어서 성인이 되어도 고아원에 남잖아?"

귀족에게 하인으로 팔려 가거나, 청색 신관 혹은 청색 무녀의 시종이 되는 고아도 있지만, 고아원에 그대로 남는 사람도 많다.

"그런데 핫세는 성인이 된 남자 고아는 밭도 받을 수 있대."

핫세 고아는 성인이 됨과 동시에 마을의 인원이 되어 고아원에서 독립한다. 단, 여자는 턱없이 적은 밭을 받는 탓에 혼자 살 수가 없어 결혼 상대가 필요해진다. 부모가 없는 남성을 데릴사위로 받아들이면 굳이 자기 딸을 보내지 않아도 되고, 가족 수가 늘어나서 환영하지만, 부모가 없는 여성은 결혼 자금도 없는 탓에 비극적인 결혼 생활을 보내는 경우가 많다고 한다. 간호가 필요한 노인의 후처가 되거나, 남편의 난폭한 폭력에 휘둘리며 사는 경우도 흔한 모양이다.

"후견인이 없으면 괴로운 건 어디든 마찬가지다."

벤노는 끔찍한 과거를 떨치듯 고개를 흔들며 그렇게 말하고, 표정을 고쳐 나를 응시했다.

"넌 영주의 딸이니까 고아를 빼돌렸다고 해도 대외적으로 아무런 문제는 없겠지. 하지만 고아를 상품으로 바꿔서 생각해 봐. 지금까지 투자해 온 상품을 귀족이 권한을 내세워서 빼앗은 셈이다. 대놓고 불만을 토로하진 못해도 앙심은 품겠지. 뒤탈 없도록 조심해."

영주의 딸이라는 지위를 이용해서 처음부터 없던 계약으로 문관을 설득하거나 촌장에게 고아들의 대금을 치러서 화근거리를 끊어 버리라고 벤노는 말했다. 귀족의 시점만으로 최소한의 설명만 해 주는 페르디난드보다 훨씬 이해가 쉬웠다. 나는 내가 해야 할 일을 서자판에 하나씩 메모했다.

"그리고 혼자 고민한다고 끙끙 앓지 말고, 신관장에게 물어라. 나름대로 생각한 답이 있다면 고쳐 주든 조언해 주든 하겠지. 방법을 가르쳐 주겠다고 했다며?"

나는 서자판에서 벤노, 루츠, 마르크를 순서대로 바라보고 천천히 고개를 끄덕였다.

"그리고 넌 허약한 몸 때문에 바깥세상에 잘 나가지 못해서인지 원래부터 상식이 부족한 데가 있어. 거기에 상인의 상식, 신관의 상식, 지금은 귀족의 상식까지 뒤죽박죽으로 섞였지. 어느 계층에서 봐도 네 상식은 비뚤어졌고, 이상해. 그러니까 그런 점을 신관장에게 제대로 말해 두지 않으면 네 생각이 절대 통하지 않을 거다."

내 생각을 페르디난드가 전혀 이해 못 해 주듯이 귀족 세계밖에 모르는 페르디난드의 상식도 내게는 이해하기 어려웠다. 알아들을 때까지 끊임없이 대화해라, 라고 벤노가 말했다. 번거롭고 복잡한 귀족의 표현으로 이런 얘기를 할 수 있을 턱이 없다. 이 얘기는 비밀의 방에서만 이루어져야 한다.

"일단 핫세 과제를 언제까지 달성해야 하는지 기한을 확인해. 그리고 이 과제의 가장 적절한 해답으로 촌장 한 사람만 희생하면 마을을 구할 수 있는지 물어. 고아를 사기로 한 문관과 대화하고, 촌장에게 고아의 대금을 듬뿍 줘 버려. 이 과정이 끝난 후에 마을 사람과 대화하도록 해."

"네."

페르디난드와 의논할 점을 조목조목 적었다. 그때 벤노가 "하나 더." 하고 덧붙였다.

"상인을 통해 소문을 퍼트려도 좋은지 물어 봐."

"무슨 소문이요?"

"어디 보자. 작은 신전을 공격한 죄로 핫세 마을 전체가 위태로워졌는데, 공격에 가담하지 않은 주민들까지 말려들지도 모른다며 자비로운 신전장님이 근심하고 계신다, 같은 소문이랄까."

벤노의 말을 듣고 마르크가 싱긋 웃었다.

"신전장님의 자비로움을 강조하면서 덩달아 귀족의 무서움과 촌장의 어리석음을 알릴 수 있겠군요. 누가 책임을 져야 되느냐는 걱정, 또 연루되고 싶지 않으니 핫세와 관계되고 싶지 않다는 일반적인 의견까지 끼워 놓으면 주민의 불안감을 부추기면서 귀족이 얼마나 무서운지 알릴 수 있을 겁니다."

소문으로 퍼트릴 내용을 생각하는 마르크가 왠지 무척 생기 있어 보인다.

"큰 상점 점주들에게 소문을 흘리고, 동문을 나가는 대상에게는 핫세에서 일어나는 분쟁에 말려들지 않게 조심하라고 주의해 두면 순식간에 규모가 작은 대상에게까지 소문이 돌 거야. ……상인의 정보망은 어마어마하니까."

루츠도 고민하듯 턱을 괴고, 그 상황을 머릿속에 그리는 듯하다.

"마침 큰 상점의 점주들도 이탈리안 레스토랑에서 안면을 텄고, 새로운 신전장과 친밀한 길베르타 상회에 들은 정보라면 신빙성이 높다고 판단하지 않을까?"

큰 상점 점주들과 맺어 놓은 관계를 이렇게 빨리 활용하게 될 줄은 몰랐다. 오오, 하고 눈을 반짝이는 내 앞에서 벤노가 "잠깐만." 하고 손을 슥 들었다.

"루츠 말대로 소문을 퍼트리는 건 쉬워. ……다만 소문이 나면 핫세가 작은 신전을 공격했다는 사실까지 공표하게 돼. 그걸 신관장이 허가할지 아닐지가 문제다."

"신관장님이 좋다고 하시면 바로 연락 주십시오. 이런 정보 작전은 제 전문입니다. 그 촌장이 상대라면 봐줄 이유도 없지요. 벌써부터 손이 근질근질하는군요."

눈에 생기가 넘치는 마르크가 사악한 미소를 지었다. 멋진 집사인

마르크의 섬뜩한 미소에 내가 깜짝 놀라 눈을 크게 뜨자, 벤노는 하는 수 없다는 듯 웃으며 "촌장의 무례한 태도가 상당히 신경을 긁었나 보네." 라며 중얼거렸다. 그러고 보니 문관과 촌장의 태도가 형편없었다는 말을 했었다. 마르크에게는 보복할 절호의 찬스인 듯하다.

핫세 마을에 관한 이야기가 결정이 났고, 내친김에 올해 겨울 준비에 관해서도 얘기해 두기로 했다.

"올해 겨울 준비는 길베르타 상회에서 준비할 때 고아원 몫까지 함께 해 버렸으면 하는데 괜찮아요?"

"이쪽은 딱히 상관없다만, 고아원은 좀 더 일찍 준비하지 않아도 되냐?"

벤노가 작년을 떠올리는지 턱을 어루만지며 그렇게 말하자 나는 고개를 저었다.

"작년은 전 신전장과 청색 신관들 몰래 처리하느라 수확제 동안 끝내 버리려고 밀시 적이었거든요. 하지만 올해는 제가 신전장이니까 일정을 걱정하지 않아도 돼요."

올해는 길베르타 상회의 일정에 맞춰서 겨울 준비를 하겠다고 하자, 마르크가 서자판에 예정을 메모하면서 고개를 끄덕였다.

"로제마인 공방 사람들은 다들 부지런하니 우리야 도와주는 사람이 늘어나면 좋지요. 작년 준비량에 인원수 증감을 계산해서 연락 주시면 대응하겠습니다."

유능하고 일처리가 빠른 마르크에게 맡기면 문제없을 듯하다.

"고마워요. 그리고 수확제쯤에 작은 신전에 마차를 보내 주세요. 핫세 신관들도 신전에서 겨울을 보내기로 해서 본격적으로 겨울 준비를 시작하기 전에 이쪽으로 데려왔으면 해요. 호위 병사도 붙일

게요."

"……바쁜 시기이긴 하다만, 일단 알겠다. 작은 신전도 이탈리안 레스토랑도 일단락 지었으니 조금은 여유가 생기겠지. 최근에는 너무 바빴거든."

음, 하고 신음하던 벤노가 일을 맡아 주었다. 확실히 너무 바빠서 날카롭던 분위기가 다소 느슨해졌다. 이제야 눈코 뜰 새 없이 바빴던 일정을 넘긴 모양이다.

길베르타 상회 사람들과 의논한 결과를 종이에 베껴 쓰고, 내가 해야 할 일을 목록으로 작성했다. 그 후에 페르디난드와 대화에 임했다.

"오늘은 저쪽에서 얘기해도 될까요?"

내가 비밀의 방 쪽으로 시선을 돌리자, 페르디난드는 한 번 눈을 내리깔더니 "상관없다." 라며 일어나 문을 열어 주었다. 나는 평소처럼 소파에 앉아서 작성해 온 목록에 시선을 떨구었다.

"프랑이 보고한 것보다 훨씬 얼굴색이 좋아 보이는구나."

페르디난드가 살짝 미간을 찌푸리며 중얼거렸다. 아무래도 내 몸을 걱정한 프랑이 신관장에게 보고한 모양이다.

"프랑이 거짓으로 보고한 건 아니에요. 며칠간 수면 부족 때문에 호위 기사가 일정을 변경하라고 부탁할 정도로 상태가 안 좋았어요. 루츠와 길베르타 사람들을 만나고 대화하면서 생각을 바꾼 덕분에 겨우 잘 수 있게 됐어요."

"……그렇군."

그렇게 힘없이 대답하는 페르디난드가 지금 나보다 훨씬 상태가 나빠 보여서 나는 고개를 갸웃거렸다. 내게 수많은 약을 복용하게 하는 페르디난드 역시 약으로 컨디션을 억지로 회복할 때가 많다. 약한 모습을 보이면 이용당한다고 주장하던 사람인데 컨디션이 안 좋은 얼굴을 보이다니 웬일일까.

"왠지 신관장님 쪽이 더 홀쭉해지신 것 같은데요?"

"그대에게 너무 엄격하게 교육한다고 여기저기서 시달려서다."

내가 불면증에 시달려 비실거린다고 상담했더니 질베스타와 칼스테드에게 "네가 심했다."라며 혼이 났고, 프랑한테는 두루뭉술하게 쓴소리를 들었다고 한다.

"그 둘은 책 외에 네 기분을 풀어 주고 오라는 어려운 과제를 냈다만, 회복한 것 같으니 안 해도 되겠군."

책 외에는 아무것도 떠오르지 않은 모양이다. 페르디난드는 무심하게 툭 던지듯 말하면서 시선을 피했다. 뭐든지 시치미 뗀 얼굴로 해결해 버리는 다재다능한 페르디난드의 쩔쩔매는 표정이라니, 쉽게 볼수 없는 광경이다

'안 되지, 안 돼. 이렇게 재미있는 기회를 놓칠 수야 없지.'

"안 해도 되긴요. 제 기분을 풀어 보세요. 어서요."

"전혀 필요 없다고 판단했다. 생각난 거나 보고해라."

따갑게 노려보기에 나는 입술을 삐죽인 후, 벤노와 마르크의 설명으로 핫세 마을이 얼마나 위험한 상황에 처했는지 알게 되었다는 점과 루츠에게 배운 고아원의 차이점을 얘기했다.

"잠깐. ……설마 작은 신전을 공격했다는 것이 어떤 의미를 가지는지 몰랐단 말인가?"

"그야 비록 건물이지만 이쪽에는 아무런 피해도 없었고, 고아들을 지켜야겠다는 생각은 했는데, 습격이 반역죄에 해당한다고는 전혀 생

각하지 못했어요."

경악하는 페르디난드에게 나는 벤노에게 지적받은 상식의 차이를 설명했다.

"벤노 씨 말로는 전 상식이 다르대요."

"무슨 말인가?"

"벤노 씨는 제가 허약해서 바깥에 나가지 못한 탓에 상식이 전혀 없는 상태에서 빈민, 상인, 신전, 귀족의 상식이 조금씩 섞였다고 했어요……. 하지만 사실 제게는 아주 예전부터, 이곳과 다른 상식이 기본으로 깔려 있잖아요."

마술구로 우라노 시절의 기억을 엿봤던 페르디난드라면 상식이 전혀 다른 이유를 이해할 터이다.

"제가 이 세계에서 눈을 뜨고 살기 시작한 지 곧 3년이 돼요. 처음에는 병사의 딸로 살기 시작했고, 상인을 목표로 상인 세계에 거의 뛰어들다시피 하다가 청색 견습 무녀가 되었어요. 지금은 상급 귀족의 딸로서 영주의 양녀가 되었지만, 귀족의 상식은 물론이고 이곳 주민이라면 당연한 의식이나 상식이 전혀 없어요."

"……의미를 전혀 모르겠군. 무슨 뜻이지?"

귀족 사회에서 나온 적이 없는 페르디난드가 다른 가치관을 알 턱이 없다. 나는 뭔가 쉬운 예가 없을까 고민하다가 작은 신전에서 일어난 문화 차이에 인상을 찌푸리던 페르디난드의 모습을 떠올렸다.

"신관장님이 갑자기 평민촌으로 쫓겨나서 산다고 생각해 보세요. 나이프와 포크를 쓰지 않는 고아를 보고 인상을 쓰셨죠? 그렇게 예의범절도 말투도 전혀 다른 환경에서 혼자만 다른 상식을 주변에 맞추면서 살아야 해요."

고아들의 모습을 떠올렸는지, 불쾌한 듯 페르디난드의 입꼬리가 축 처졌다.

"더럽고, 불쾌하고, 왜 이래야 하는지 이유도 모른 채 손으로 밥을 집어 먹고, 말투나 생활 습관을 맞추면서 사는 거예요. 적어도 전 그 렇게 평민촌에서 살아왔어요."

"……끔찍했겠군."

평민촌의 끔찍한 생활을 상상했는지 지금까지 페르디난드에게 들은 말 중에서 가장 공감의 뜻이 담긴 위로의 말이었다. 나는 키득거리면서도 부드럽게 고개를 저으며 부정했다.

"지금도 힘들어요. 평민촌에서 살 때보다 생활 환경은 좋아지고 편해졌지만, 귀족의 상식도 제 상식과 다르거든요."

"기억을 봤을 때 유복한 것처럼 보였는데 그대는 상급 귀족의 딸이 아니었던가?"

놀랍게도 페르디난드는 내 기억 속의 우라노를 보고 상급 귀족의 딸이라고 생각했던 모양이다. 하긴 일본의 생활 환경만 보면 일반 시민도 귀족처럼 지내는 듯 보이긴 한다. '귀족 마을 같은 곳'이라고 내 입으로 말한 것 같기도 하다.

"그곳은 신분제 자체가 없어요. ……상인도 대상과 노점상, 행상인으로 다르듯 자세히 보면 약간씩 다르지만, 제 생활 범주에 귀족은 없었어요."

"그럼…… 교육 계획을 뿌리부터 고치는 게 좋겠군."

페르디난드가 관자놀이를 누르면서 깊은 한숨을 내쉬었다. 아무래도 내가 상급 귀족의 딸로서 어느 정도 지식이 있다는 전제로 교육 계획을 세웠던 모양이다. 스파르타였던 이유가 이거구만.

"그래서 그대가 생각한 핫세 분열 계획은 어떻게 됐지? 못 하겠다면 이쪽에서 처리하겠다만……."

"안 돼요! 벤노 씨랑 다른 사람들까지 다 같이 힘들게 생각했다고요."

나는 목록을 자신 있게 보여주면서 그렇게 말했다.

"그렇게 하기 싫다고 불면증에 시달리던 그대의 입에서 그런 말이 나오다니. 혼난 나만 손해 봤군."

"죄송해요. 하지만 하고 싶지 않았던 것도 불면증에 시달렸던 것도 사실이에요."

벤노의 견해와 마르크의 의견을 반영한 목록을 읽어 나가자, 페르디난드는 매우 흥미로워하며 솔깃해했다.

"……평민촌과 관계가 깊은 그대니까 가능한 해결법이군. 재미있어. 상인을 써서 소문을 퍼트리는 방법은 허가하마. 그대로 해봐라. 그리고 귀족 마을에서 칸토나와 대화하는 날은 그대에게 귀족 대응 방법을 가르칠 겸 내가 동행하마."

원래 귀족 방식과는 다르지만, 여러 수단을 몸에 익히면 장점이 될 테니 계속 연습하라고 페르디난드가 말했다. 핫세 마을을 내 연습 무대 삼아 단물까지 쪽쪽 빨아먹을 생각인 듯하다.

"저기 신관장님. 저 말고도 빌프리트 오라버니에게도 이런 연습을 하게 해 주셔야 하지 않을까요? 전 양녀니까 빌프리트 오라버니의 아내는 될 수 있어도 영주가 될 일은 없잖아요."

페르디난드는 천천히 한숨을 쉬었다.

"글쎄다. 그대도 알다시피 빌프리트는 질베스타를 쏙 빼닮았다. 얼굴뿐만 아니라 천성까지 판박이지. 그럼 녀석을 보좌할 사람을 키워야 해. 그대의 교육도 다 그 역할을 기대하기 때문이다. 그대는 영주의 자식이 되었으니 영주의 부족한 부분을 채워 주는 존재가 되어야한다."

마지막 말은 완전히 페르디난드의 삶이었다. 영주의 모친에게 박대당하는 이복형제로 살아 온 페르디난드는 자신의 입지를 얻기 위해 기를 쓰며 영주의 오른팔이 되려고 한 건지, 아니면 그렇게 되길 원한 주변 때문이었는지 이유는 모른다. 하지만 그런 삶을 내게 강요하면 곤란하다.

"신관장님, 그건 이상하다고 생각해요."

"뭐라고?"

"닮았다고 같은 사람이 아니듯이 빌프리트 오라버니가 양아버지 같은 영주로 자랄지 어떨지 지금 시점에서는 아무도 모르잖아요."

내 말에 페르디난드는 "흠." 하고 신음하며 뒷말을 재촉하듯 턱을 살싹 움직였다.

"영주가 되기 위해 엄격하게 키우고, 주변이 영주의 부족한 부분을 메꾸는 건 당연하다고 생각해요. 하지만 저런 식으로 공부를 내팽개치고, 제멋대로 구는 아이를 꼭 영주로 삼을 필요가 있을까요? 차라리 제대로 교육받은 형제를 영주로 삼으면 되잖아요."

엄격한 교육을 받고, 성실하게 노력하며 분발하는 영주라면 나도 영주의 양녀인 이상 최대한 협력하며 보좌할 생각이다. 적어도 질베스타처럼 짧게라도 영주의 역할을 다하는 모습을 보인다면 존경할 마음도 생기지만, 지금의 빌프리트는 그냥 버릇없는 어린애다. 세례를 받고 수습생이 된 평민 아이보다도 책임감이 느껴지지 않는다. 땡땡이만 치는 멍청한 어린애에게 경의가 생길 턱이 없고, 그런 애를 위해 내가 왜 이렇게까지 과제를 해야 하는지도 납득이 가지 않는다.

"신관장님도 혈육이잖아요. 제 교육보다 빌프리트 오라버니의 교육을 우선하시는 게 좋을걸요."

지위가 동등한 페르디난드라면 빌프리트를 의자에 꽁꽁 묶어 버리든지 해서 끊임없이 트라우마를 심으며 교육에 대한 정열을 마음껏 발산할 수 있지 않을까. 그렇게 빌프리트도 지금까지 자기가 얼마나 응석을 부려 왔는지 한 번은 깨달아 봐야 한다.

내 주장에 페르디난드는 천천히 고개를 가로저었다.

"안타깝게도 그렇게는 못 한다."

"……왜요?"

내가 고개를 갸웃거리자, 페르디난드는 아주 진지한 얼굴로 딱 잘라 말했다.

"난 어리석은 게으름뱅이를 혐오하거든. 노력도 하지 않고 도망만 다니는 빌프리트를 보면 간담이 서늘해지도록 공포의 나락으로 밀쳐 버리고 싶어지지. 예전에 질베스타에게 그렇게 말했더니 부탁이니까 제발 접근하지 말아 달라더군."

당연히 이 트라우마 생산기를 사랑스러운 자식 곁에 두고 싶지 않은 부모의 마음도 이해가 간다. 하지만 영주라면 좀 더 엄격해야 하지 않을까. 어떻게 페르디난드를 빌프리트의 교사로 붙일 수 없을까 고민하는데, 페르디난드가 내 불면증의 원인이 된 독살스럽고 달콤한 미소를 지었다.

"빌프리트와 반대로 그대는 참으로 굴리는 보람이 있어. 반드시 결과를 내고, 내놓는 의견마다 예상을 뒤집으니 실로 흥미롭지. 그대에게는 이것저것 시켜 보고 싶어지는구나."

"시, 싫어요. 전 최소한의 역할만 하면서 책을 읽고 싶다고요."

"최소한이라······. 흠. 책을 위해서라면 뭐든지 하는 그 원동력도 대체 어디서 나오는 건지 궁금하군. 참 흥미로워."

'뭔가 잘못됐어! 빌프리트 오라버니가 아니라 내 간담이 서늘해지 잖아!?'

가만히 보니 이 독기 넘치는 무시무시한 미소는 페르디난드가 매우 기분이 좋을 때 나오는 미소였던 모양이다. 이러는데 어떤 애가 따르 겠는가. 나는 소름이 돋은 팔뚝을 문지르면서 페르디난드에게서 조금 이라도 떨어지려고 소파 위에서 슬금슬금 엉덩이를 뒤로 뺐다.

'신관장은 인간미가 없는 무표정이 제일 상냥한 표정이야. 웃는 게 무서워!'

뒤바뀐 생활

"어서 오십시오, 로제마인 님."

노르베르트가 우리를 맞아 주었다. 핫세 문제와 수확제 분담을 보고하라는 질베스타의 호출에 페르디난드와 함께 성에 온 참이다. 지금부터 지정된 시간까지 방에서 책을 읽으며 기다리는 나와 달리 페르디난드는 성안의 개인 집무실에서 정리할 일거리를 처리한다고 했다.

'어디에 가든 일, 일. 신관장님은 정말 일벌레구나.'

"브리기테와 다무엘은 호위를 교대하고 쉬세요. 신전에 돌아갈 때도 동행해 줘야 하니까 조금밖에 못 쉬겠지만요."

"알겠습니다."

이동할 시간이 되어 리카르다에게 책을 뺏긴 나는 호위 기사인 코르넬리우스와 안게리카, 수석 시종인 리카르다를 거느리고 방을 나왔다. 계단을 내려가려는 찰나에 걸어오는 빌프리트가 눈에 들어왔다.

'아, 빌프리트 오라버니다. 또 귀찮게 생트집을 잡지만 않으면 좋으련만.'

아마 빌프리트는 양녀로 들어온 내가 자기 영역을 침범했다는 생각에 사로잡혔으리라. 친아들인 자기보다 더 우대받는 것처럼 보이는 양녀의 존재가 불쾌한지도 모른다.

빌프리트를 못 본 척하고 싶다는 생각에 나도 모르게 시선을 피해 버린 모양이다. 빌프리트의 볼멘소리가 울렸다.

"또 아버님께 가냐? ……약았어."

빌프리트는 불쾌한 표정을 지었지만, 솔직히 '또'라고 말하고 싶은 건 이쪽이다. 나는 존재 자체를 아예 무시하고 가고 싶은 마음을 억누르면서 잠시 생각했다.

'딱히 내가 우대받는 처지가 아니라고 깨닫게 하는 게 중요하겠어.'

"빌프리트 오라버니, 치사하다는 둥, 약았다는 둥 불평하시기 전에 저와 딱 하루만 생활을 바꿔 보지 않으시겠어요?"

나는 지긋지긋한 마음을 억지웃음으로 무마하며 우아하게 보이도록 천천히 고개를 기울였다. 빌프리트도 같은 방향으로 고개를 기울인다.

"응? 무슨 말이냐?"

"전 지금부터 양아버님께 보고드릴 일이 있어요. 그 일정이 끝나면 점심을 먹고 신전으로 돌아갈 예정인데, 오늘은 빌프리드 오리비니께서 저 대신 신전장이 되어 신전에 가시는 거예요."

문득 떠오른 아이디어였는데 은근히 묘안인 것 같다. 신전에서 내 생활을 경험하면 조금은 내 처지를 이해하겠지.

'빌프리트 오라버니도 신관장님한테 간담이 서늘해져 보시라고요.'

"기간은 오늘 점심부터 내일 점심까지로 해요. 오늘 점심을 먹으면서 의논하고, 내일 점심을 함께 먹으면서 반성회를 여는 거예요. 전 빌프리트 오라버니 대신 공부할 테니까 빌프리트 오라버니는 저 대신 신전장 업무에 힘써 주세요."

"오오, 로제마인. 그거 참 좋은 생각이다!"

"빌프리트 님! 로제마인 님!"

머릿속이 성을 빠져나간다는 해방감으로만 가득 찬 빌프리트는 활짝 웃으며 동의했지만, 멋대로 일을 벌이지 말라는 듯한 무서운 표정으로 램프레히트가 버럭 화를 냈다. 빌프리트의 호위 기사이며 내 오빠이기도 한 램프레히트는 우리를 저지하는 역할로 적격이다. 하지만 아무도 막을 수 없다. 마주칠 때마다 '치사하다'라는 말을 듣는 건 진심으로 넌덜머리가 난단 말이다.

"램프리히트 오빠…… 아니, 램프레히트. 백 번의 말보다 한 번의 실천이 효과가 있어요. 그리고 빌프리트 오라버니도 그러길 원하시잖아요."

예전에 빌프리트에게 뚜렷한 실력 차를 보여 달라고 한 사람은 램프레히트가 아니었느냐는 숨은 뜻을 품은 미소로 방긋 웃었다. 막고 싶다면 당신 주인을 막으면 돼.

"전 양아버님께 보고를 드리고 오겠습니다. 빌프리트 오라버니께서 옷을 다 갈아입으실 때쯤이면 지겨운 보고도 끝날 시간이겠지요."

나는 얼른 그 자리에서 벗어나고 싶어서 기수를 꺼내고 올라탔다.

"뭐냐, 그건!?"

"제 기수예요. 성안에서 쓰러질 것 같아서 양아버님께서 허락해 주셨습니다."

"나도 없는 기수를 너만! 치사하다!"

'또 치사하다 나왔어.'

나는 한숨을 억지로 집어삼키고 기수를 움직였다.

"얼른 옷 갈아입으세요. 양아버님 집무실에서 기다리고 있을 테니까."

영주의 집무실에 도착할 때는 이미 약속 시각이 지난 뒤였다. 측근들을 전부 물린 방에는 질베스타, 페르디난드, 칼스테드만 남아 있었다. 내 측근도 퇴실하라는 명령에 방을 나갔다.

"늦었구나, 로제마인."

문이 닫히자마자 페르디난드에게 혼이 난 나는 조금 전 빌프리트와 나눈 대화와 오늘 급하게 생각난 아이디어를 설명했다.

"적어도 빌프리트 오라버니에게 자신이 얼마나 게으른지, 또 불평을 터트릴 대상을 잘못 짚었다는 사실 정도는 알게 해 주고 싶어요. 쓸데없는 불평만 터트리지 않는다면 말썽이 일어나기 전에 제가 먼저 피했을 거예요. 그런데 지겹도록 똑같은 불평을 터트리면 그때의 제 기분에 따라 못 참을 수도 있어요. 저번에는 하마터면 위압을 걸 뻔했습니다."

"넘치는 마력을 흡수할 마술구도 없는 그대의 위압을 무방비하게 받는 건 위험헤."

내 위압을 받아 본 적이 있는 페르디난드의 말에 질베스타가 눈을 부라렸다.

"그런데 빌프리트를 신전에 보낸다고? 페르디난드와 하루나 같이 붙어 있게 하겠다는 거냐? 그 아이가 너무 가엾지 않으냐."

"양아버님, 전 계속 페르디난드 님과 함께 있는데요?"

납득을 못하겠다. 교육이랍시고 페르디난드에게 계속 산더미 같은 과제를 받아야 하고, 공포의 나락에 떨어지는 나는 가엾지 않다는 말인가.

"너처럼 페르디난드를 따르는 괴짜는 괜찮아."

"……잠깐만요. 괴짜인 양아버님이 오히려 저를 괴짜 취급 하시는 거예요!?"

"뭣이!? 내가 괴짜라고!?"

내가 질베스타와 얼굴을 마주대고 서로 노려보는데, 칼스테드가 "자자, 둘 다 괴짜니까 진정해." 하고 사이에 끼어들었다. 도무지 인정하기 싫은 말이었지만, 칼스테드는 턱을 어루만지며 내 편을 들어 주었다.

"로제마인의 주장도 이해되는군. 빌프리트는 아무리 조언해도 들을 생각이 없다고 람프레히트도 푸념하기도 했고, 신전에 보내 보는 방법도 좋지 않겠나? 람프레히트는 신전에 몇 번 출입한 적도 있고, 로제마인의 시종과도 면식이 있으니까 이번 호위 기사로는 녀석이 적임자다."

칼스테드를 아군으로 얻은 나는 의기양양하게 페르디난드를 돌아보았다. 이대로 페르디난드까지 내 편이 되어 주면 완벽하다. 기대를 담아 올려다보았지만 냉랭한 시선만 되돌아왔다.

"빌프리트가 어떻든 아무래도 좋다. 얼른 보고나 해라."

"……예이."

핫세 문제를 보고하는 사이에 빌프리트가 들어왔다. 신기하게 방안을 두리번거리는 모습을 보니 이곳에 처음에 온 게 분명했다.

"빌프리트, 너 진심으로 로제마인과 생활을 바꿔 볼 생각이냐? 그냥 포기해."

방에 들어오자마자 거절당한 빌프리트는 노골적으로 발끈한 표정을 지었다. 나는 한 발짝 앞으로 나가서 빌프리트를 거들었다.

"양아버님, 빌프리트 오라버니도 원하고 계세요. 허락해 주세요."

"……로제마인."

빌프리트는 감동한 눈빛으로 나를 보았지만, 나는 빌프리트를 골탕 먹일 생각뿐이다. 아주 조금 가슴이 뜨끔했다. 하지만 내 마음의 평화를 위해 마음을 독하게 먹어야 한다. 나는 페르디난드를 올려다보았다.

"제 기분을 풀어 주시겠다고 페르디난드 님께서 약속해 주셨어요. 그리고 페르디난드 님께 그렇게 명령한 사람이 바로 양아버님이시죠?"

질베스타가 진심으로 불쾌한 듯이 인상을 찌푸렸다. 그 모습을 본 페르디난드의 입꼬리가 씩 올라갔다. 아무래도 이 제안을 자신에게 어려운 과제를 던진 질베스타에게 복수할 수단으로 삼기로 한 모양이다.

"빌프리트를 하루 신전에서 맡는 대신 과제를 없던 일로 해 준다면 난 이의 없다."

질베스타는 대놓고 인상을 심하게 찡그렸고, 페르디난드는 만족스럽게 웃었다. 빌프리트를 신전에 보내는 계획에는 페르디난드의 역할이 가장 중요하다. 그의 협력만 얻을 수 있다면 빌프리트에게 매우 보람찬 생활을 보내게 해 줄 수 있으리라. 나는 방긋 웃었다.

"페르디난드 님의 허락도 받았고, 이제 양아버님도 허락해 주세요. 고아원을 보면서 자기 처지든 의무든 슬슬 자각하게 해야죠. 지금 이 기회에 교육방침을 재검토하지 않으면 나중에 돌이킬 수도 없을 겁니다."

"……페르디난드, 이게 네 교육의 성과냐? 웃으면서 독설을 내뱉는 게."

질베스타가 신물이 난다는 표정으로 나와 페르디난드를 번갈아 보았다. 나는 페르디난드와 서로 마주 보았다.

'엥? 안 물어봐도 뻔한 거 아냐?'

"원래부터 이런 애다."

"교육의 성과예요."

어째서인지 페르디난드와 내가 서로 다른 대답을 한다. 이상해서 고개를 갸웃거리는데 질베스타가 질린 얼굴로 손을 휘휘 저으며 퇴실을 재촉했다.

"아아, 그만. 알았다. 빌프리트가 원한다면 하루 바꿔 보든지. 나는 포기하라고 했으니 나중에 딴말은 하지 마라. ……얘기는 끝이다."

"빌프리트 오라버니. 함께 점심을 먹으면서 의논해 봐요. 제 신전 시종들에게 지시를 내려야 하거든요. 오라버니가 신전에 도착하시기 전에 갈아입을 옷을 준비해야 해서요."

영주 집무실에서 쫓겨난 우리는 북쪽 별채로 돌아왔다. 신전에 가져갈 준비물을 설명하고, 나는 1인용 레서버스를 타고 계단을 뛰어 올라갔다. 기수를 없애고 방에 들어가니 몸에 힘이 쭉 빠지는 것 같다.

"로제마인 님, 괜찮으십니까?"

코르넬리우스가 걱정스럽게 나를 바라보았다. 코르넬리우스는 세례식 날, 빌프리트 때문에 내 얼굴에 생채기가 생긴 날부터 묘하게 과보호하는 느낌이다.

"조금 피곤해서 그래요. 괜찮아요."

빌프리트가 레서버스를 타고 싶다고 교대하자며 조르질 않나, 타게 해 줬더니 안 움직인다며 불평만 잔뜩 들었다. 마력이 달라서 어쩔 수 없는 일이다. 신전에는 이렇게 말을 안 듣는 아이가 없어서 그런지 대응하느라 피곤해져 버렸다. 그렇다고 축 처져 있을 때가 아니다. 빌프리트를 모셔야 할 프랑에게 지시를 내려야 했다.

"리카르다, 편지를 써야 하니 종이와 펜을 준비해 주세요."

"공주님, 빌프리트 도련님을 신전에 보낸다니 무슨 생각이세요?"

종이와 펜을 준비하면서 리카르다가 불안한 듯이 물었다.

"별거 아니에요. 전 평소에 신전에서 지내잖아요? 다른 형제들이 어떻게 지내는지 궁금해졌거든요."

리카르다에게 별거 아니라고 말하면서 머릿속으로는 점심을 먹으며 빌프리트에게 어떻게 언질을 주면 좋을지 고민했다. 놀러 가는 것이 아니라 신전장으로 일하러 간다는 것, 그리고 내 시종들이 어떻게 대하더라도 절대 불평하지 않을 것.

"빌프리트 오라버니, 신전에 가시면 그때부터 영주의 아들이 아닌 신전장이 되시는 겁니다. 성실하게 업무를 수행해 주세요. 그리고 제 시종에게도 신전장으로 대하도록 말해 둘 테니 응석 부릴 생각은 하지 말아 주세요."

"충고하지 마. 난 어린애가 아니야."

발끈하며 말하는 태도를 보면 자기가 오냐오냐하게 자랐다는 자각이 없는 듯하다.

"그럼 제 시종이 투정을 들어 주지 않아도 아무 문제 없으시죠?"

"당연하지."

내 말에 의심의 여지도 없이 빌프리트는 자신 있게 받아들였다. 그런데 호위 기사로 그의 등 뒤에 자리한 람프레히트는 내 말에 담긴 의미를 눈치챘는지 걱정스럽게 "로제마인 님, 그건……." 하고 중얼거렸지만, 웃으며 흘려넘겼다.

"신전에 호위가 쓰는 방은 있는데 귀족 계급인 시종이 쓸 방은 없습니다. 그러니 빌프리트 오라버니는 제 신전 시종이 돌보도록 하겠습니다. 남자 시종도 있으니 불편하지는 않을 거예요. 빌프리트 오라버니와 함께 신전에 갈 호위 기사는 램프레히트에게 부탁할게요. 제 오빠로 몇 번이고 신전에 와서 익숙할 테고, 신전까지 다무엘과 브리기테도 동행할 테니까요."

다른 측근들은 신전에 올 필요가 없다고 하자, 빌프리트의 측근들이 노골적으로 안심한 표정을 보였다. 램프레히트 혼자만 불안해 보인다. 내가 친절로 꺼낸 얘기가 아니란 것 정도는 눈치챘으리라. 아마 불길한 예감을 느끼고 있는지도 모른다.

"생활을 바꾸기로 했으니까 저도 빌프리트 오라버니의 방을 쓸게요. 오라버니껜 남자 시종밖에 없으니까 수석 시종인 리카르다를 넣게 해 주세요."

"흠. 좋아."

빌프리트는 아주 신이 난 미소로 수긍했고, 점심을 끝냈다.

리카르다에게 다무엘과 브리기테를 향해 올도난츠를 보내게 해서 신전에 돌아갈 시간을 전했다. 금방 준비가 끝났고, 나는 신전으로 돌아가는 사람들을 배웅했다.

"페르디난드 님, 부디 프랑에게 저라고 생각하고 빌프리트 오라버니를 지도하라고 전해 주세요. 이건 하루 일정표예요. 제 대신 계산 담당자로 램프레히트를 붙였으니까 페르디난드 님의 업무가 밀릴 일은 없을 거예요."

페르디난드에게 편지를 건네고, 내 대타로 램프레히트를 내놓자 페르디난드가 두 사람을 힐끗 쳐다보고 독살스러운 미소를 지었다.

"알겠다. 그럼 빌프리트. 지금부터 그대를 1일 신전장으로 대하마."

무슨 생각을 하는지 모르겠지만, 여전히 무서운 미소다. 나는 슬그머니 한 발짝 뒤로 물러났다.

"오늘은 기수로 이동할 예정이라 마차는 준비해 두지 않았다. 빌프리트는 램프레히트의 기수에 타도록. 가자!"

페르디난드가 흰 사자 기수를 꺼내 올라탔고, 하늘을 향해 달리기 시작했다. 램프레히트도 마찬가지로 기수를 꺼냈다. 램프레히트의 기수는 커다란 날개가 달린 늑대 같은 동물이다. 램프레히트가 빌프리트를 기수 위에 앉히자, 커다란 늑대는 거대한 날개를 펄럭이며 하늘을 날았다.

"아무리 하룻밤이라지만, 남자 방에서 생활하기 좀 그렇지 않을까요……."

"전 그냥 빌프리트 오라버니의 평소 생활을 알고 싶은 것뿐이에요."

모두를 배웅한 나는 쓴소리를 하는 리카르다와 함께 빌프리트의 방으로 갔다. 리카르다는 방 안에 크게 불편한 점은 없는지 확인하고, 빌프리트의 수석 시종을 불러서 교사가 오기 전에 테이블 위에 수업 준비를 하도록 지시했다.

"오즈발트, 어서 준비하지 않으면 모리츠 선생이 오시겠어요."

"빌프리트 님은 항상 도망치셔서 필기구를 준비해도 쓰신 적이 손가락으로 꼽을 정도입니다. 오랜만에 일반적인 시종 업무를 할 수 있어 기쁠 따름입니다."

"그렇게 태평스럽게 말할 땝니까? 도망치시면 잡아 와야죠. 호위 기사를 제대로 부려먹으세요."

질베스타를 키운 리카르다의 눈꼬리가 홱 치켜 올라갔다. 오즈발트는 실수했다는 표정으로 어깨를 움츠리고 공부 준비물을 챙겼다. 이래저래 하는 동안에 교사가 들어왔다.

"바람의 여신 슈첼리아가 수호하는 결실의 날. 신들의 인도에 의한 만남에 축복을 기도함을 허가해 주십시오."

"허가합니다."

"바람의 여신 슈첼리아여, 새로운 주인에게 축복을. ……처음 뵙겠습니다. 공주님의 교사로 임명받은 모리츠라고 합니다. 앞으로 잘 부탁합니다."

나는 얼른 공부를 시작하려고 두근거리는 마음으로 모리츠를 올려다보았다.

"빌프리트 오라버니는 어떤 공부를 하고 있으세요?"

"지금은 기본 글자를 연습하고 계십니다."

"아이고머니나! 그럼 아직 기본 글자도 못 쓰신단 말이에요!? 그럼 계산을 잘하셔서 수학 쪽에만 수업 비중이 집중되어 있다는 말인가요!?"

난 이미 빌프리트가 글자를 못 쓰는 사실을 알고 있었지만, 리카르다는 빌프리트의 공부 진도를 몰랐던 모양이다. 성큼성큼 걸어와서 모리츠를 몰아세웠다.

"……아니요, 둘 다 아직……."

모리츠가 모기 기어가는 듯한 목소리로 어물쩍 대답하자, 리카르다가 눈을 부라리며 고함쳤다.

"오즈발트! 모리츠! 당신들은 대체 뭘 하고 있나요!? 빌프리트 님을 교육할 생각이 있긴 하나요!? 전부 여기에 정렬하세요!"

그때부터는 리카르다 천하다. 시종과 남은 호위 기사를 모아서 설교를 시작했다. 리카르다가 화내는 모습만 봐도 이들이 빌프리트를 얼마나 최악으로 방치했는지 알 수 있었다.

리카르다가 일축해 버린 시종과 호위 기사의 변명을 모아 보니 빌프리트의 환경에 큰 문제점을 발견했다. 간단하게 정리하면 '전부 질베스타 때문'이다.

질베스타는 터울이 큰 누나와 경쟁한 끝에 영주의 자리에 앉았다. 하지만 그런 남매간의 경쟁에 치가 떨려서 자신의 후계자를 빌프리트로 정해 버렸다고 한다. 질베스타는 자기가 하고 싶지 않던 일을 자식에게도 시키고 싶지 않은 부모 마음이었던 건지도 모른다. 하지만 그 방법이 완선히 질못된 것이었다.

원래라면 정식으로 결혼한 아내가 낳은 자식들 모두에게 동등한 상속권이 있고, 마력의 양과 본인의 자질을 따져서 후계자를 결정한다. 자신들이 맡은 영주의 자제가 후계자가 되도록 시종과 교사는 일체가 되어 키우려고 한다. 자기가 모신 주인이 영주가 되느냐 안 되느냐로 자신의 장래는 물론, 일족의 번영에도 엄청난 차이가 나니 당연하다. 그래서 질베스타가 어렸을 때 공부에서 도망치려고 하면 칼스테드가 죽을힘을 다해 붙잡아다 놓았고, 리카르다는 쫙 찢어진 눈빛으로 꾸짖었다. 성장을 위해서라면 본인이 싫어해도 억지로 시키는 게 당연했다.

그런데 빌프리트는 이미 질베스타의 의향으로 차기 영주로 정해졌다. 그러니 누가 진심으로 호통치겠는가. 어린애는 자기를 혼내는 사람을 싫어하는 법이다. 차라리 하고 싶다는 대로 놔두고 비위를 맞추는 편이 훨씬 쉽고, 자기들의 장래를 위해서도 도움이 될 테니 아무도 빌프리트를 혼내지 않았다. 그냥 '곤란한 분이세요'라는 말로 때울 뿐이다.

"오즈발트, 대체 무엇 때문에 영주의 자제에게 혈연인 상급 귀족을 수석 시종으로 붙인다고 생각하는 거죠!? 신분을 행사하려는 버릇없는 아이를 엄격하게 제지하기 위해서가 아닙니까! 빌프리트 님께는 램프레히트도 붙어 있는데 여태껏 뭘 한 거죠!?"

이를테면 도망쳐도 잡혀 와서 억지로 공부해야 했던 질베스타와 도망치면 제멋대로 굴 수 있는 빌프리트 사이에는 똑같이 도망쳐도 몸에 붙은 교양과 지식의 양이 전혀 다르다. 아무리 천성이 닮아도 똑같이 자랄 턱이 없다.

그리고 리카르다가 분노에 차서 내뱉은 과거 얘기를 들어 보니 질베스타는 페르디난드라는 이복형제가 성에 들어온 이후로 크게 변했다고 한다. 막내였던 질베스타는 처음 생긴 동생에게 좋은 모습을 보이려고 노력했다고 한다. 아무리 우수한 페르디난드라도 나이 차가 커서 금방 형을 따라잡을 수 없었고, 이러한 노력이 질베스타의 성장으로 이어졌다.

하지만 나이가 비슷한 동생이 있는 빌프리트는 절대 긍정적인 방향으로만 가지는 않을 터이다. 계속 게으름을 피운다면 언젠가 동생에게 추월당하리라. 이대로는 빌프리트에게 어두운 미래밖에 보이지 않았다.

"리카르다, 이 이상 시종들을 혼내도 뿌리를 바꾸지 않으면 의미가 없어요. 시종이 아니라 양아버님이나 양어머님께 교육 방침과 공부 계획을 상담하는 편이 좋지 않을까요?"

설교를 듣는 시종과 호위 기사 모두가 넋이 나간 듯한 얼굴이다. 더 말해 봤자 머리에 들어가지 않을 테니 시간만 아깝다. 심각한 상황이라면 어서 고치는 편이 낫다.

"그러네요, 공주님. 질베스타 님은 자신도 어렸을 적 도망쳤으니까 공부하지 않아도 별거 아니라느니, 공부를 싫어하는 건 당연하다느니 짧게만 생각하고 계시겠지요. 아직도 기본 글자 하나 제대로 모르는 이 심각한 상황을 모르시나 봅니다. 제가 당장에 면담 신청을 하고 오겠어요."

노발대발해서 숨을 씩씩거리며 방을 나가는 리카르다를 시종과 호위 기사가 혼이 빠진 얼굴로 배웅했다. 그들도 너무 일상적으로 빌프리트를 내버려 둔 탓에 이렇게까지 혼날 일이라는 인식이 전혀 없었겠지만, 의심할 필요도 없는 업무 태만이다.

"그럼 모리츠 선생님. 빌프리트 오라버니의 교육 계획을 세워 보도록 하죠."

"공주님의 공부는……."

"전 영주의 자제가 어떤 공부를 하는지 궁금했어요. 그런데 모리츠 선생님이 가져오신 교재는 기본 글자 목록과 숫자 표와 간단한 계산식뿐이잖아요? 제가 돌보는 고아원 아이들도 쉽게 푸는 그런 기초 수업은…… 제게는 공부가 되지 않아요. 세례를 받고 일하는 고아보다 영주의 자제가 더 진도가 느리네요."

적어도 내가 읽은 적 없는 책 한 권 정도는 준비해 줘, 라는 진심은 가슴속에서만 덧붙였다.

"빌프리트 오라버니도 겨울까지는 기본 글자와 숫자 정도는 읽을 수 있어야 하죠? 지금부터라면 빠듯하게 기간 안에 익힐 수 있을까요?"

"……로제마인 공주님. 실례지만 몇 년에 걸쳐서도 못 이룬 일을 겨울까지 해내긴 어려울 듯합니다."

자기 실력 탓이 아니라 빌프리트가 도망치니까 어쩔 수 없다는 내용을 돌려서 말하지만, 몇 년에 걸쳐도 읽고 쓰기를 못한다면 방법도 잘못된 게 아닐까. 왜 모리츠는 좀 더 가르치는 방법을 바꿔서 흥미를 끌어 보려고 노력하지 않았을까.

"제가 돌보는 고아원 아이들은 전부 겨울 한 철 사이에 기본 글자를 읽고 쓰고 간단한 계산도 하게 됐어요. 필요한 건 흥미를 끄는 방법과 경쟁 상대예요."

페르디난드에게 건넨 예정표대로 순조롭게 진행됐다면 빌프리트는 지금쯤 고아원에서 아이들과의 카루타 경쟁에서 참패를 맛보고 있을 터이다. 처음에는 겨울 사교회에서 귀족 아이들 앞에 그림책과 카루타와 트럼프를 보여주고 영업할 예정이었는데, 먼저 빌프리트에게 줘야겠다. 정말 질베스타와 천성이 비슷하다면 이기기 위해 필사적으로 익히겠지.

"리카르다에게 올도난츠를 보내게 해서 페르디난드 님께 교재를 가져오게 해요. 내일 오전 공부 시간에는 선생님께 그 교재로 가르치는 방법을 알려드릴게요."

아이들은 집중력이 짧기 때문에 한 교재가 질린 것 같으면 다른 교재로 바꾼다. 매일 조금씩 확실하게 가르친다. 간단한 과제를 많이 내고, 저녁 자리에서 영주 부부에게 성과만 보고해서 칭찬을 받게 하는 등 교육의 기본을 논했다.

깜짝 놀란 모리츠는 점차 두려움이 섞인 시선으로 나를 보았다.

"……로제마인 공주님은……정말 얼마 전에 세례를 받은 분 같지 않으십니다."

"페르디난드 님의 교육 성과죠. ……그 외에도 비밀은 많지만, 여자의 비밀을 캐려고 하면 좋은 꼴 못 보게 되는 신화나 옛날얘기도 많잖아요?"

후훗 하고 웃자, 모리츠는 이번에야말로 완전히 공포에 질린 눈빛으로 나를 보았다.

'겁주려던 게 아니라 깊이 파고들지 말라는 의미로 가볍게 던졌는데 강도 조절에 실패했나 봐.'

요새 들어 주변이 다들 나를 평범한 아이로 취급하지 않아서인지 스스로가 비정상이라는 사실을 까맣게 잊는다. 평범한 아이는 교사에게 교육 방법을 설명하지 않음뿐더러 동갑 오빠의 교육 계획 따위 세우지 않는다.

"페르디난드 님께서는 제가 평범하지 않다고 하시더군요. 그러니 평범한 아이인 빌프리트 오라버니에게 저와 비교하는 발언은 하지 말아 주세요. 의욕만 깎을 테니까요."

모리츠는 기분 나쁜 존재를 보는 듯한 눈으로 나를 바라보면서 고개를 아래위로 움직였다.

다섯 점 종이 울려도 리카르다는 돌아오지 않았다. 면담을 예약하느라 시간이 걸리고 있거나, 아니면 냅다 질베스타에게 달려가 혼내고 있든지 둘 중 하나이리라.

"오즈발트, 다음은 무슨 시간이죠?"

겨울까지 빼빽한 교육 계획표를 안고 모리츠 선생이 퇴실했기에 나는 리카르다에게 호되게 혼나고 해임될까 싶어 벌벌 떠는 오즈발트에게 말을 걸었다.

"자유시간입니다. 빌프리트 님은 검 연습을 하시거나, 면담 의뢰가 성사됐다면 본관으로 동생분들을 만나러 가기도 하십니다. 로제마인 님은 어떻게 보내십니까?"

내가 자유시간을 보내는 방법은 딱 하나다. 나는 손뼉을 두드리고, 우후훗 하고 즐거운 미소를 지었다.

"이 성에도 도서실이 있죠? 안내해 주세요."

나는 기수를 탄 채 오즈발트의 안내를 받으며 도서실까지 이동했다. 오늘은 내게 붙어 다녀야 하는 빌프리트의 시종과 호위 기사가 이상한 물건 보듯이 몇 번이고 고개를 갸웃거리고, 안을 들여다봐도 신경 쓰지 않았다. 도서실까지 가는 길에 문관으로 보이는 귀족이 화들짝 놀라서 두세 번 뒤돌아봤지만, 조만간 익숙해지리라.

"도서실이 어쩜 이리도 넓을까요!"

도착한 성의 도서실은 신전 도서실보다 훨씬 넓었다. 장서도 가득하다. 커다란 책이 몇 권이나 진열되어 있고, 선반에는 자료가 비어져 나올 만치 꽉꽉 차 있다. 대략 훑어 보니 내 힘으로는 절대 옮기지 못할 큰 책이 수십 권, 옮길 수 있는 크기의 책이 수백 권은 있는 것 같다. 신전 도서실은 자료실이라는 이름이 더 어울렸는데 이곳은 진짜 도서실이었다. 오래된 종이와 잉크 냄새로 마음이 편안해졌고, 이 공간에 있는 것만으로 기운이 솟았다.

'으음~, 좋은 냄새.'

언젠가 성녀 전설을 점점 더 키워서 신전 도서실을 내 것으로 만들 계획이었는데, 성내 도서실에서 사서로 일하는 편도 좋을지 모르겠다. 이곳을 자유롭게 쓸 수만 있다면 영주가 될 예정이라는 빌프리트의 아내가 되는 수단도 고려할 만한 가치가 있겠다.

"하아, 행복해……. 이렇게 수많은 책을 만나다니. 오즈발트, 저 책장에서 가장 왼쪽 끝에 꽂힌 책을 집어 주겠어요? 그러고 나면 다른 일을 하셔도 상관없어요."

"……다른 일이라시면?"

공손한 태도를 유지한 채 의아한 표정을 짓는 오즈발트에게 나는 고개를 갸웃거렸다.

"수석 시종이면 매우 바쁘시죠? 리카르다는 항상 여기저기 돌아다니는걸요. 호위 기사와 시종을 최소한만 남기고 방에 돌아가도 좋아요."

책을 집어 준 오즈발트는 눈만 끔뻑이지만, 의아해하는 이유를 모르겠다. 신전 시종은 내 시중 말고도 해야 할 업무가 많고, 리카르다도 내게 책을 쥐여 주고 나면 방 안을 바쁘게 돌아다녔다. 그들이 할 일이 잔뜩 있을 터이다.

"저와 함께 책을 읽고 싶은 사람이 있다면 우선 그 사람들만 남겨 줘요. 이 행복을 함께 나누는 것도 좋죠. 그리고 아주 급한 용무가 아니라면 저녁 시간까지 말을 걸지 말아 주세요."

나는 하고 싶은 말만 내뱉고 책을 펼쳤다. 처음 읽는 책에 저절로 웃음꽃이 피었다. 읽기 시작한 책은 음유시인이 부르는 무훈시(武勳詩)에 관한 책이었다. 앞으로 내가 만들 책에도 매우 참고가 될 만한 책이다.

'빌프리트 오라버니는 좋겠다. 매일 자유시간이 있어서.'

요즈음 바쁜 탓에 간간이 프랑이 가져와 줄 때 빼고는 느긋하게 책을 읽을 시간이 없었다. 빌프리트와 생활을 바꾸길 잘했다고 진심으로 생각했다.

손가락으로 종이 표면을 살짝 쓰다듬고는 잉크 냄새에 황홀해 하며 오로지 이야기 속에만 의식을 집중했다. 눈은 글자만을 쫓았고, 귀는 쓸데없는 소리를 차단해 버렸다.

방해받지 않는 지극히 행복한 시간을 보내던 나는 책에 몰두한 내 주위에서 빌프리트의 시종과 호위 기사가 당혹한 얼굴로 내내 서 있다는 사실을 전혀 눈치채지 못했다.

"공주님, 저녁 식사 시간입니다!"

리카르다에게 책을 빼앗긴 뒤에야 겨우 정신이 돌아왔다. 왕을 지키고 저주받은 공주를 구하기 위해 공주의 호위 기사가 마수를 퇴치하려는 참이었는데 여기서 뺏기다니 아쉽다.

"리카르다, 이 책을 제 방에 대여해 가도 될까요?"

"그럼요, 알겠습니다. 신청해 두지요. 오즈발트, 이 책으로 대출을 신청해 줘요. 전 공주님께 옷을 갈아입혀 드리고 식당으로 모셔야 하거든요."

리카르다는 오즈발트에게 책을 맡기고 걷기 시작했다. 저녁 식사 때 질베스타와 빌프리트 문제로 상의할 약속을 잡아 뒀으니 단단히 말해 둬야 한다며 씩씩거렸다. 예상대로 약속을 잡는 단계에서 거하게 잔소리를 하고 온 모양이다.

"리카르다, 페르디난드 님께 올도난츠를 날려 주세요."

"어머, 페르디난드 도련님께 무슨 용무이신가요?"

"빌프리트 오라버니가 써야 할 교재를 가져와 주셨으면 해서요. 저녁 식사 때면 페르디난드 님도 방에 돌아와 계실 테니까 여섯 점 종이 울린 뒤라면 빌프리트 오라버니가 전언을 듣게 될 일도 없을 거예요."

"여섯 점 종은 벌써 울렸어요, 공주님."

리카르다가 어이없는 눈빛으로 나를 보면서 고개를 저었다. 웬걸, 책에 몰두한 사이에 종이 울렸다고 한다. 전혀 몰랐다.

방에 돌아오자마자 리카르다는 올도난츠를 보낼 준비를 해 주었다. 마력을 머금으며 형태를 바꾼 새에게 나는 말을 걸었다.

"페르디난드 님, 로제마인입니다. 양아버님과 빌프리트 오라버니의 교육 계획을 상담할 예정이니 프랑에게 제 카루타와 그림책과 트럼프를 준비하게 하시고, 이곳으로 가져와 주시면 고맙겠습니다. 오라버니가 잠든 뒤라도 괜찮아요……."

"내일까지 가져와 주십시오, 페르디난드 도련님."

리카르다의 일침까지 들어갔으니 내일까지는 도착하리라. 리카르다가 휘두른 슈타프의 움직임에 맞춰 올도난츠가 날아갔다.

옷을 갈아입는 도중에 페르디난드에게 보낸 올도난츠가 돌아왔다.

"프랑이 준비하는 대로 가져갈 테니 대화는 내가 도착할 때까지 기다려라. 나는 저녁을 이미 먹었으니까 필요 없다."

냉랭한 분노가 담긴 목소리로 세 번 반복한 올도난츠는 마석으로 돌아갔다. 빌프리트가 대체 무슨 짓을 벌였는지는 모르겠지만, 오늘 신전에서 있었던 상황을 들을 좋은 타이밍인지도 모른다.

옷을 갈아입은 나는 아직 화가 식지 않은 리카르다와 어깨가 축 처져서 배 언저리를 누르는 오즈발트, 그리고 리카르다의 눈치를 보는 빌프리트의 호위 기사들과 함께 식당으로 향했다. 식당에는 언짢은 표정을 한 질베스타와 골치 아파 보이는 표정인 칼스테드, 온화한 미소를 머금은 플로렌치아가 착석해 있었다.

"늦어서 죄송합니다. 많이 기다리셨죠?"

"리카르다에게 집무실에 쳐들어가서 호통을 치라고 네가 시켰느냐?"

내가 자리에 앉자마자 질베스타가 날카롭게 노려보았다.

"……리카르다가 아니더라도 누구나 호통치고 싶어졌을 겁니다. 지금 이게 얼마나 심각한 상황인지 아시고 말씀하시는 건가요?"

내가 고개를 기울이자, 질베스타와 칼스테드가 동시에 수상쩍은 표정을 지었다. 두 사람 모두 상황을 이해하지 못한 얼굴이다. 나보다 호된 비판을 해 줄 페르디난드를 기다리는 편이 좋을 듯하다.

"나중에 페르디난드 님이 오실 테니까 빌프리트 오라버니 얘기는 나중에 하기로 하고, 먼저 식사하지 않으시겠어요?"

질베스타는 "페르디난드도 오는 거냐?" 하고 진심으로 싫은지 얼굴을 찌푸렸다.

"그럼 빌프리트 얘기는 페르디난드에게 듣기로 하고, 넌 빌프리트와 생활을 바꿔 보니 어떻더냐?"

요리가 나오기 시작하자, 침묵을 깨듯 질베스타가 내게 물었다. 칼스테드도 흥미롭게 이쪽을 쳐다본다. 반대로 상황을 아는 리카르다는 다시 솟아오르는 분노를 참는 표정을 지었고, 오즈발트는 주눅이 들어 고개를 푹 숙였다.

"오후 수업은 빌프리트 오라버니의 현재 상태에 화가 난 리카르다의 설교가 반, 남은 반은 모리츠 선생님과 오라버니의 교육 계획을 짰어요. 오라버니가 쓰는 교재는 제게 도움이 될 만한 게 하나도 없었거든요. 지금까지 오라버니에 관한 보고를 듣고 아무것도 느끼지 못하셨나요?"

시종이나 교사도 자신들이 불리해질 만한 일은 슬쩍 숨겨 왔고, 질베스타도 겪어 본 일이라서 '오늘도 도망쳤지만 잡았다'라는 보고를 들으면 그 뒤에는 당연히 공부했으리라 믿어 의심치 않았던 모양이다.

칼스테드 역시 질베스타가 항상 도망쳤던지라 람프레히트가 "오늘도 도망쳤다." 라고 보고해도 "나도 다 거쳤던 길이다." 라고 웃으며 흘려들었다고 한다.

"다섯 점 종이 울린 뒤에는 오랜만에 가진 자유 시간에 이곳 도서실에서 독서를 즐겼어요. 이쪽 도서실은 신전 도서실보다 넓고, 장서도 많아서 기슴이 떴다고나 할까, 행복했다고나 할까……. 최고로 행복한 시간을 보냈어요. 전 당분간 빌프리트 오라버니와 생활을 바꿔서 도서실에 박혀 전부 하나하나 읽고 싶어요."

오늘 도서실에서 보낸 시간이 얼마나 즐거웠는지 얘기하자, 질베스타는 이해할 수 없다는 듯이 고개를 절레절레 저었다.

"전혀 이해가 안 된다만, 책이야 자유 시간에 읽으면 그만 아닌가?"

"……전 요새 자유 시간이 없는데요? 아침을 먹고 세 점 종까지 페슈필 연습, 점심 전까지 페르디난드 님의 업무 거들기. 점심 후에는 공방 관계자와 회의하고, 핫세를 포함해서 고아원을 돌아보고, 의식 관련 공부를 하고, 마력을 다루는 훈련도 하거든요."

"뭐?"

"공부하기 싫다고 도망치면서 자유 시간도 넉넉한 빌프리트 오라버니는 저 대신 신전장으로 신전까지 가서 고생하고 있겠네요."

방긋 웃으며 덧붙이자, 질베스타가 눈을 부릅떴다.

"아무리 그래도 그건 어린애가 할 업무량이 아니잖아!"

"그 어린애에게 일거리를 떠넘긴 사람이 양아버님 아니신가요? 양아버님이 이탈리안 레스토랑의 개업 일정을 앞당기고, 인쇄업 확대를 명령하지 않으셨다면 전 더 편했겠죠."

막무가내로 일을 시켜 놓고 무슨 말인가요, 라며 내가 한숨을 내쉬자, 질베스타는 깜짝 놀란 표정으로 나를 들여다보았다.

"……페르디난드에게 맡겼던 게 아니냐? 난 페르디난드가 거의 다 처리할 거라는 전제로 일을 맡겼다만?"

"네? 그건 무리예요. 페르디난드 님은 신관장 업무에 제가 못 하는 신전장 업무까지 겹쳤고, 성에 오면 양아버님의 보좌, 기사단에도 간간이 얼굴을 내밀고 계시잖아요? 제 교육도 혼자 도맡으시는데 대체 새로운 사업까지 관여할 여유가 어디에 있다는 거죠? 양아버님은 페르디난드 님에게 너무 기대고 계세요. 아무리 우수한 사람도 한계가 있어요."

너무 바빠서 페르디난드 님이 과로사할 거라는 말을 불쑥 내뱉어 버렸다. 질베스타는 처음 알았다는 표정으로 중얼거렸다. "……신전 업무가 그렇게 많았냐?" 라고.

'엥? 이 사람이 이제 와서 무슨 소리지?'

"100명이 넘는 조직을 페르디난드 님 혼자서 움직이는데 그럼 안 힘들겠어요? 역할을 분담할 인재가 없어요."

"하지만 신전은 할 일도 없고 심심해서 미칠 지경이니까 책을 보내라느니, 마술구를 만들려고 하니 도구를 보내라느니 했다만? 할 일이 생겨서 좋아했던 게 아니었나?"

질베스타는 페르디난드가 신전에서 한가하게 보낸다고 생각한 모양이다. 혹시 이 말은 청색 신관이 많았을 시절의 얘기가 아닐까? 지금 페르디난드는 언뜻 봐도 산더미처럼 쌓인 일거리 때문에 눈코 뜰 새 없이 바쁘다. 막무가내인 질베스타와, 거절하지 않는 페르디난드 사이에 상황 보고가 정확하게 전달되지 않은 듯하다. 지금까지 내가 질베스타에게 보고했던 일들도 전부 페르디난드의 전언과 지시인 줄 알았다고 한다.

"양아버님, 인쇄 사업은 제가 중심에서 진행하고 있어요. 지금은 책을 읽을 자유 시간도 없을 정도로 바쁘니까 인쇄업 진행은 조금 여유를 주셨으면 합니다."

"……알겠다. 네 속도로 진행해라."

질베스타는 한숨을 푹 쉬고 손을 저었다. "알아차리지 못해 미안하구나." 라고 작게 중얼거렸다.

'벤노 씨, 마르크 씨, 루츠, 여유가 좀 생겼어! 해냈다구!'

내가 속으로 주먹을 불끈 쥔 그때, 식당 문이 끼익 열리며 불쾌감을 풍기는 얼굴로 페르디난드가 들어왔다.

똑바로 질베스타 앞으로 걸어간 페르디난드는 식당 안을 둘러본 후 입을 열었다.

"질베스타, 그놈은 글렀어. 빌프리트를 후계자 후보에서 제명해."

분노가 깃든 고요한 목소리에 여기저기서 '힉' 하고 숨을 삼키는 소리가 들렸다. 빌프리트의 수석 시종인 오즈발트는 창백해지기까지

했다.

"질베스타, 난 당신을 영주로 인정한다. 서류 업무를 내팽개치기는 하지만 중요한 순간에는 도망치지 않고, 영주의 역할과 책임을 다하고 있으니까. 그래서 당신과 천성이 닮은 빌프리트가 교사에게서 도망쳐 다녀도, 자신 역시 비슷한 짓을 자주 했었다던 당신의 말을 줄곧 신용해 왔다."

페르디난드는 담담하게 말했다. 그 고요한 어투가 분노를 한층 더 무섭게 느끼게 했다. 빌프리트가 대체 신전에서 무슨 짓을 저질렀기에 페르디난드가 이렇게 화가 난 걸까. 혼나는 사람은 내가 아닌데도 위 주변이 꽉 조이는 듯했고, 반사적으로 "죄송합니다." 라고 사과하고 싶어졌다. 평소에 매번 페르디난드에게 혼났기 때문인지도 모른다.

"빌프리트가 영주가 되어도 우수한 보좌를 붙여 두면 문제없다고 생각했었다. 하지만 빌프리트는 질베스타가 아니야. 그리고 램프레히트도 칼스테드가 아니지. 천성과 말투는 닮아도 다르다."

"그건…… 부자지간이라도 다른 사람이니까 당연하지 않나?"

칼스테드가 턱을 쓰다듬으며 당연한 말을 하는 페르디난드를 이상하다는 듯이 쳐다보았다.

"그래, 다른 사람이지. 난 로제마인이 지적해 주기 전까지 무의식적으로 아비를 닮았으니 비슷하게 자랄 거라고 생각했었다. 그런데 아니었다. 영주의 아들이라는 신분을 휘두르며 과제를 내팽개치는 빌프리트는 영주로서 책임을 등에 진 질베스타와 비슷하게 자랄 턱이 없다."

"저기요! 질문이 있어요, 페르디난드 님."

나는 딱 잘라 말하는 페르디난드에게 손을 번쩍 들었다. 얼어붙은 분위기를 단번에 날려 버린 행동이었는지, 모두가 숨을 멈추고 나를 보았다. 시선이 집중되자 페르디난드는 말을 재촉하듯 턱을 홱 들어 올렸다.

"페르디난드 님은 빌프리트 오라버니의 어떤 점을 보고 그런 결론을 내리셨나요? 후계자 후보에서 제외하면 귀족 사이에서도 매우 영향이 클 거라고 생각되는데, 글렀다고 판단한 이유를 알려 주세요."

내 질문에 동의한 질베스타가 고개를 크게 끄덕였고, 대답을 구하며 몸을 내밀었다. 페르디난드는 흠, 하고 팔짱을 끼면서 식당 안을 돌아보고 입을 열었다.

"난 지금까지 무의식적으로 로제마인과 비교한 탓에 빌프리트가 뒤떨어져 보이는 줄로만 알았다. 그런데 그게 아니었다. 빌프리트는 고아원 아이보다, 공방에서 일하는 상인 수습생이나 로제마인의 견습 시종보다도 뒤떨어진다."

냉정한 평가에 질베스타와 플로렌치아가 눈을 크게 떴다. 시금까지 교사와 시종들에게 들어 온 평가와 페르디난드의 평가가 전혀 달랐기 때문이리라. 말이 지나친 것 같다는 질베스타의 중얼거림에 나는 울컥했다. 지나친 말이 아니라 사실이다.

"뒤떨어지는 게 당연하죠."

내 발언에 영주 부부도 빌프리트의 시종들도 눈을 크게 치뜨며 나를 쳐다보았다. 어떻게 영주의 아들과 고아를 비교할 수 있느냐는 시선도 느껴졌다. 하지만 나는 발언을 멈추고 싶지 않았다. 현실을 정확히 파악해 두지 않으면 환경을 바꾸기는커녕 빌프리트를 훈계할 수도 없게 된다.

"제 고아원 아이들은 언제 청색 신관을 모시게 되어도 부끄럽지 않도록 엄격한 교육을 받습니다. 루츠와 길도 목표를 향해 나아가려고 매일 노력을 거듭하고 있어요. 그런 아이들과 주위 사람들에게 고집이란 고집은 다 부리며 공부도, 인내도, 노력도 하지 않는 빌프리트 오라버니는 비교 대상조차 되지 않습니다. 비교라니, 그 아이들에게 실례예요. ……그렇다 치더라도 페르디난드 님을 이렇게 화나게 하다니, 빌프리트 오라버니가 대체 뭘 한 거예요?"

정곡을 찌르는 내 말에 수석 시종인 오즈발트가 고개를 푹 숙였다. 고아에게도 뒤떨어진다는 평가를 두 사람에게 들었으니, 평범한 쓴소리가 아님을 다시 깨달은 모양이다.

"빌프리트는 남의 이야기를 경청할 줄도 모르고, 과제를 줘도 손 하나 까딱하지 않았다. 거기까지는 질베스타에게도 늘 겪던 일이라 참을 수 있었다. 그런데 녀석은 영주의 아들이라는 지위를 내세우며 도망치려고 했다. 신분을 책임 회피에 쓰는 어리석은 녀석을 어찌 영주의 자리에 앉히겠다는 것인가."

후계자 후보에서 제외하라고 페르디난드가 냉정하게 쏘아붙였다. 그 말에는 진심이 담겼고, 너무나도 단호했다. 페르디난드의 확고한 진심을 느낀 질베스타의 낯빛이 싹 변했다.

"잠깐만 페르디난드. 조만간 고쳐질 거다. 그 정도는 나도 어릴적에……."

"질베스타 님! 당신과 빌프리트 님은 정도가 다르다고 제가 누차 말씀을 드렸습니다. 듣고 계시지 않으셨습니까!?"

아들을 보호하려던 순간 리카르다의 호통이 떨어졌고, 질베스타가 입을 꾹 다물었다.

페르디난드의 눈이 서서히 가늘어졌다. 질베스타를 통해 다른 누군가를 바라보는 듯한 눈빛이 되더니 입술 끝을 살며시 올려 오싹한 미소를 만들었다.

"영주의 자식으로 살려면 노력해서 결과를 내는 게 당연하지. 결과도 못 남기는 애물단지는 영주의 자식이 아니다. 양육에 드는 비용이 아깝다. 무능한 자는 살아 있을 가치도 없어. 애물단지 자식은 성에 놔둬서도 안 되지만, 쫓겨나고 싶지 않다면 어느 정도는 성과를 내야 한다."

나는 내게 과제가 주어질 때 '영주의 양녀가 되었으니까' '장래에는 영주의 자식으로 영주를 보좌해야 하니까'라는 비슷한 말을 들은 적이 있다. 당연히 저 표현보다는 과격했지만. 페르디난드는 내가 전혀 다른 곳에서 들어온 아이라서 엄격한 줄 알았더니 영주의 아이라면 누구든 똑같은 것을 요구하는 듯하다. 엄격하지만 공평하고 일관성 있다. 감탄하며 고개를 끄덕이는 나와 달리 질베스타는 관자놀이를 누르고 고개를 저었다.

"페르디난드, 아무리 그래도 그 주장은 7살 아이에게 너무 엄격하지 않으냐?"

질베스타의 말에 페르디난드의 미소가 짙어졌다. 그건 비웃음과 실소가 섞인 미소였다.

"질베스타, 무슨 말인가? 이 말은 내가 세례식 후에 성에 들어온 7살 무렵부터 당신 어머니에게 줄곧 들어 왔던 말이다. 너무 엄격하다고? 우스운 소리 말게."

페르디난드가 자신을 비롯해 타인에게도 엄격한 성과주의가 되어야 했던 근원을 듣자, 가슴이 욱신거렸다. 어릴적부터 항상 냉정한 태도와 말에 쫓기며 살아 온 셈이다. 약점을 보이지 않으려고 약으로 컨디션을 끌어올리며 살아야 했던 페르디난드의 눈에 빌프리트의 주변은 구역질이 날 정도로 관대해 보였을 것이다.

"영주의 아들이고, 그 사람이 양육해 온 빌프리트라면 당연히 이 정도 분별력은 있어야 하는 것 아닌가? 그런데도 저런 태도면 자격을 박탈해서 성에서 쫓아내야 마땅하다. 지금은 마력이 부족하니까 신전에서 맡아 줄 수 있어."

담담하게 내뱉는 말에서 느껴지는 깊은 원한과 분노에 주변이 마른침을 꼴깍 삼킨다. 페르디난드가 전 신전장이나 질베스타 어머니의 차별에 시달리며 자란 사실은 대충 알았지만, 질베스타와 사이가 좋아서 심각하게 보지 않았다. 세례식 직후에 부모와 생이별해야 했고, 지독한 말들이 쏟아지는 환경 속에서 입술을 깨물며 참고 살아 왔을 거라고는 생각하지 못했다.

반론할 수 없는 정론에 질베스타가 어금니를 꽉 깨물었다. 그런 질베스타의 어깨에 플로렌치아가 살며시 손을 내밀었다. 도움을 구하려고 고개를 든 질베스타는 플로렌치아의 얼굴을 본 순간 싹 굳어졌다.

"질베스타 님, 당신이 제게 뭐라고 말씀하셨죠? 자신과 똑같이 자랄 테니 아무 문제 없다. 당신 어머님께 맡겨두면 적어도 당신과 비슷한 영주로 자랄 거다. 그렇게 말씀하시며 빌프리트의 양육권을 제게서 뺏어서 당신 어머님께 맡기지 않았나요?"

고부간 갈등이 심각했고, '시집온 지 얼마 되지도 않아서 이곳 관습도 모르는 며느리에게 손자를 맡길 수 없다' 라며 시어머니가 빌프리트를 뺏어 갔다고 한다. 질베스타와 똑 닮은 첫 손자인 빌프리트를 시어머니가 특별히 귀여워했다지만, 지금 상황을 보면 잘못 키웠다고 밖에 볼 수 없었다.

'그 전 신전장을 감싸고 돈 사람인걸. 정만 주면서 오냐오냐 키웠다는 뜻이겠지?'

혈육에게는 여리고, 페르디난드나 플로렌치아처럼 타지에서 온 자에게는 지독하게 엄격하다. 그 시어머니란 사람이 빌프리트를 어떻게 키웠을지 생각만 해도 머리가 지끈거린다.

자식을 억지로 뺏긴 것도 모자라 그 아이가 영주 일족으로서 무능한 애물단지로 평가받은 셈이다. 어머니인 플로렌치아가 분노 서린 미소로 질베스타를 바라보았다.

"어머님께 맡긴 결과가 이 꼴인가요? 이대로 영주가 되면 누가 빌프리트를 지지해 줄 수 있단 말이신지요?"

"아니, 그건……."

"변명은 됐습니다. 당신은 빌프리트에게 돌이킬 수 없는 행동을 하셨어요."

미소 속에서 분노에 불타는 남빛 눈동자가 번쩍이는 것 같았다. 식당 안을 쓱 둘러보는 그 눈이 내 등 뒤에 서 있는 오즈발트 쪽에서 딱 멈췄다.

"오즈발트. 당신에게 실망했습니다."

"플로렌치아 님! 기다려 주십시오! 전……."

"당신이 태만했던 이유도, 저희에게 정확하게 보고하지 않았던 변명도, 전부 필요 없습니다. 제가 알고 싶은 건 정확한 현실입니다."

플로렌치아는 내게 부드러운 미소를 보냈다. 미소 속에 누구를 향한 것인지 모를 분노가 비쳐 보였다. 그 감정을 꾹 참고, 앞을 내다보는 눈이 아름다워 보였다.

"로제마인, 당신은 어떻게 느꼈나요? 당신의 시종과 호위 기사와 비교했을 때 빌프리트를 둘러싼 환경이나 빌프리트의 상태가 어떻게 보였는지 내게 솔직하게 들려 주겠어요?"

"네, 양어머님. ……제 공방에 출입하는 상인도, 고아원 출신 시종도, 기본적인 읽고 쓰기와 계산을 할 줄 압니다. 겨울 한 철 만에 익혔어요. 그런데 빌프리트 오라버니는 교사까지 붙어 있으면서도 몇 년째 못 한다는 소리를 듣고 제 귀를 의심했습니다. 오늘 하루를 지내 본 끝에 빌프리트 오라버니에게는 목표와 진지함, 그리고 환경이 부족하다고 생각했습니다."

"목표와 진지함, 그리고 환경이요?"

플로렌치아의 눈이 개선할 점을 찾으며 나를 보았다.

"미래를 향한 명확한 목표가 있는 사람은 노력합니다. 이미 차기 영주로 결정된 빌프리트 오라버니에게는 목표가 없는 것 같아요. 목표가 없으니 진지하게 노력할 생각도 들지 않겠죠. 그리고 노력하지 않으니 노력으로 과제를 달성하면서 얻는 성취감도 모르죠. 그것뿐만 아니라 성공을 칭찬해 주며 함께 기뻐해 줄 사람, 지고 싶지 않은 경쟁 상대…… 성장을 도와 줄 환경이 매우 부족하다고 생각했습니다."

가볍게 고개를 끄덕이며 진지하게 듣는 플로렌치아 옆에서 질베스타가 얼굴을 찌푸렸다.

"……딱히 경쟁할 필요는 없다. 타인이라면 몰라도 특히 혈육 간에는."

"경쟁은 성장에 매우 중요해요. 영주로 재능을 키우고 싶다면 후계자 사이의 경쟁을 통해 결정해야 하는 법입니다. 양아버님은 형제간 싸움이 치가 떨리도록 싫으셨겠지만, 그런 과정 또한 일족 내에 긴장감을 주는 데 필요한 과제가 아닐까요?"

가뜩이나 이 일족은 혈육에게 모질지 못한 것 같으니까, 하고 속으로 덧붙였다. 마치 그 목소리를 들은 것처럼 플로렌치아가 고개를 크게 끄덕였다.

"양아버님, 진심으로 빌프리트 오라버니를 후계자로 삼고 싶으시다면 왜 리카르다를 제게 붙이셨나요? 리카르다는 양아버님을 돌본 분이잖아요. 리카르다를 오라버니에게 뒀다면 눈치 따위 보지 않고 엄격하게 길들였겠죠. 아직 기본 글자도 못 읽고, 숫자도 절반밖에 모르는 상황까지 오진 않았을 거예요."

리카르다는 칼스테드와 질베스타와 페르디난드에게 애정을 담아 호통칠 수 있는 귀중한 인재다. 대부분 신전에서 보내며 간간이 성에 오는 내가 아니라 빌프리트에게 붙여야 마땅하다고 생각한다.

"언젠가는 무거운 책임을 짊어지는 위치에 오르게 될 자식에게 어린 시절만큼은 자유롭고 편안하게 보내게 해 주고 싶지 않겠느냐? 너무 엄격하게 압박하면 불쌍하지 않으냐."

"읽고 쓰기, 계산도 모르는 상태가 계속 이어져서 앞으로 교육받게 될 동생과 비교당하고 바보취급을 당하는 쪽이 더 가엾지 않을까요? 사교회에 모이는 귀족들 앞에서 혼자만 페슈필을 켜지 못하고 창피를 당하는 편이 불쌍할 것 같은데 양아버님 생각은 어떠세요?"

자신이 싫었던 일을 자식에게는 시키고 싶지 않은 부모 마음이라면 듣기야 좋겠지만, 실상은 상냥한 학대일 뿐이다. 자식을 생각한 부모의 마음일 뿐이며 잘못된 교육 방식임을 인지하지 못하는 질베스타에게 나는 곧 일어날 미래를 들이댔다.

"……그건 그렇다만, 어릴 때부터 연습하는데 페슈필 정도야 켤 수 있겠지."

자신의 어린 시절을 거론하는 질베스타 앞에 눈꼬리가 치켜 올라간 리카르다가 쓱 나왔다.

"질베스타 님, 빌프리트 님은 연습이 싫다고 항상 도망치는 탓에 아직도 기초 음계조차 누르지 못하신다는 말을 오늘 악사에게 똑똑히 들었는데 어떻게 켠다는 말씀이신지요? 몇 년이 지나도 기본 글자도 모르는 후계자에게 어떻게 영주 업무를 맡기시렵니까?"

"지금은 못 하더라도 언젠가는 하게 되겠지."

"싫어도 억지로 필요한 교육을 받아 온 질베스타 님과 억지로 잡아서 가르칠 사람이 없는 빌프리트 님은 기본부터가 전혀 다르다고 누누이 말씀드렸습니다. 대체 왜 그렇게 완고하십니까. 집무하실 때처럼 문제를 직시하십시오!"

영주를 호되게 꾸짖는 모습을 보니 역시 리카르다는 영주 혈족의 교육 남당이어야 한다고 확신했다.

"질베스타 님, 이제 어머님도 안 계시니 빌프리트의 교육은 선부 제가 돌려받겠습니다. 어머님과 전 신전장을 끝까지 내치지 못하고, 집안의 문제점을 인정하려 하지 않는 당신에게 빌프리트를 맡길 수 없습니다."

웃으면서 질베스타에게 도움 안 되는 아비라는 낙인을 찍은 플로렌치아는 남편에게 등을 돌리듯 고쳐 앉고, 나를 정면으로 바라보았다.

"로제마인, 고아원 아이들에게 한 철 만에 읽고 쓰기와 계산을 가르친 당신이라면 이 환경을 어떻게 바꿀 건가요? 지금부터라도 환경을 갖추면 겨울 사교 데뷔에 맞출 수 있을지 모르겠군요."

잘못된 자식을 어떻게든 손써 보려는 어머니의 진지한 눈빛에 나는 고개를 끄덕였다.

"그러네요. 우선 후계자 경쟁을 제대로 시켜야 합니다. 지금처럼 나태한 태도로는 영주가 될 수 없다고 본인에게 말하고 위기감을 주는 거죠. 본인만 위기감을 가져 봤자 소용이 없으니 시종과 호위 기사도 진지하게 임하지 않는 사람은 계속 바꿔야 합니다."

"당장에 통째로 바꾸지 않고요?"

플로렌치아의 말에 나는 씁쓸하게 웃으며 고개를 가로저었다.

"생활과 밀접하게 엮인 시종을 갑자기 전부 바꿔 버리면 심적으로 불안해질지도 모릅니다. 익숙한 멤버를 남겨 두는 대신 감독관으로 리카르다를 붙이세요."

"리카르다를요? 당신의 수석 시종이지 않습니까?"

놀라서 목소리가 높아진 플로렌치아가 나와 리카르다를 번갈아 보았다.

"전 조만간 수확제도 있고, 고아원의 겨울 준비 작업에 들어가야 해요. 그래서 겨울 사교회 전까지 성에 있을 시간이 거의 없답니다. 그동안 리카르다에게 빌프리트 오라버니의 시종과 호위 기사의 교육을 다시 손보게 하면 돼요."

내 방의 자질구레한 일이라면 다른 시종도 있다. 빌프리트의 교육도 중요하지만, 주변 교육도 더 필요하다. 영주도 꼼짝 못 하는 리카르다에게 차기 영주를 키우는 일이 어떤 것인지 톡톡히 배우면 좋을 것이다.

"그건…… 든든하지만, 리카르다는 괜찮은가요?"

"물론이죠, 플로렌치아 님. 빌프리트 님을 이대로 둘 수 없지 않습니까."

날카롭게 오즈발트를 째려본 리카르다는 완전히 임전 태세에 돌입했다. 믿음직스럽다.

"그럼 주인으로서 리카르다에게 명령합니다. 제가 부재중일 때는 빌프리트 오라버니의 감독관으로서 전력을 다해 환경을 갖추도록 하세요."

"분부대로 하겠습니다."

리카르다가 그 자리에 무릎 꿇고 고개를 숙였다. 조금 안심이 되었는지 플로렌치아의 미소에서 분노가 옅어졌다.

"그리고 자식의 성장에는 부모의 뒷모습을 보여줘도 좋아요. 구체적으로는 일하는 아버지의 모습을 보면 언젠가 자신도 이런 일을 하게 된다고 눈과 마음에 새기게 되고 목표로 삼게 되거든요. 이삼일에 한 번, 짧게라도 좋으니 양아버님의 집무실 책상 옆에 오라버니의 책상을 붙여 두면 어떨까요?"

툭하면 신분을 휘두르는 것도 전부 자기가 짊어지게 될 업무 내용과 책임의 무게를 몰라서다. 영주가 되면 꼭 해야 하는 일을 가르치는 편이 좋다.

"어머, 너무 멋진 생각이에요. 집무실에서 빌프리트는 공부를 하고, 질베스타 님은 집무를 보시면 되겠군요?"

"플로렌치아……."

질베스타는 곤란한 목소리로 자신의 아내를 부르며 힘없이 반항했다. 하지만 플로렌치아는 온화한 미소로 차단했다.

"아들의 본보기가 되는 편이 잠행이라는 명목으로 평민촌을 돌아다니는 것보다 중요하잖아요. 질베스타 님도 아비로서 협력해 주실 거죠?"

"……다, 당연하지."

질베스타는 '내가 평민촌에 나가는 걸 어떻게 알았지?' 라고 묻고 싶은 표정으로 수락했다. 정보를 긁어모아서 바로 몰아붙이거나, 못 하게 막기보다는 이때다 싶은 때에 효과적으로 쓰는 플로렌치아의 솜씨를 배워 두는 편이 좋을 듯하다.

"또 뭔가 생각나는 것 있나요?"

"……그리고 호위 기사 정도일까요. 빌프리트 오라버님을 적당히 봐주지 않고 잡아다 주저 없이 의자에 꽁꽁 묶어 버릴 사람이 호위 기사여야 해요. 램프레히트 오라버니보다 에크하르트 오라버니가 적임자인 것 같은데……."

성인이 된 지 1년 반밖에 되지 않은 램프레히트보다 몇 년 전에 성인이 된 에크하르트가 여러 가지 의미로 잘 대처할 것 같은 느낌이다. 그리고 페르디난드와 나이가 비슷해서 함께 보낸 시간도 많고, 페르디난드를 존경한다고 들었다. 분명 페르디난드를 닮아 웃으면서 엄격하게 대하지 않을까.

"에크하르트는 안 돼. 빌프리트 님의 세례 전에 일단 제안은 해 봤다만 거절했다."

고개를 저은 사람은 칼스테드였다.

내가 "일단, 이요?" 하고 고개를 갸웃거리자, 페르디난드가 어깨를 으쓱했다.

"로제마인, 에크하르트는 신전에 들어가면서 해임했던 내 예전 호위 기사다. 지금은 기사단에서 신입 훈련과 사무를 겸하고 있다만, 아직도 공적인 자리에 나갈 때는 내 호위 기사로 수행하고 있다."

처음 알았다. 그렇구나. 페르디난드도 영주의 자제니까 호위 기사쯤 있는 게 당연하다. 신전에서나 성에서나 붙어 다니는 모습을 본 적이 없어서 전혀 알아채지 못했다.

"저도 신전 안에서 호위 기사를 데리고 다니는데, 페르디난드 님도 데리고 다니면 되지 않나요?"

"아니. 영주의 양녀로서 영주의 명령으로 신전장이 된 너와 정치계와 연을 끊겠다고 대외적으로 공개할 수단으로 내 발로 신전에 들어온 나는 처지가 달라."

그렇게까지 말하면 "그런가요." 라고 납득할 수밖에. 하지만 페르디난드를 냉대해 온 질베스타의 모친도 실각한 마당에 귀성할 생각은 없는 걸까? 아니지, 페르디난드가 성으로 돌아가서 신전에서 사라지면 곤란한 사람은 나잖아.

"에크하르트는 페르디난드 외에 다른 주인을 모실 생각이 전혀 없다더군. 차기 영주의 호위 기사 자리를 걷어차고, 신관이 된 페르디난드를 기쁘게 따르는 녀석도 괴짜다."

칼스테드가 그렇게 말하며 씁쓸하게 웃었다. 그렇게까지 페르디난드를 지지하는 사람이라면 페르디난드를 냉대해 온 사람이 키운 빌프리트를 절대 모시고 싶지 않으리라. 억지로 곁에 심으면 빌프리트 오라버니에게 이상한 화풀이를 할 것 같다.

"에크하르트 오라버니가 안 된다면 램프레히트 오라버니를 단련하는 방법밖에 없네요."

"흥, 암만 환경을 개선해 봤자 본인에게 의욕이 없으면 헛수고다. 차라리 녀석을 배제하고 동생들 교육에 힘을 쏟는 편이 나아. 무능한 애물단지는 얼른 끌어내려 버려. 화근을 남기면 나중에 귀찮아진다."

어떻게든 빌프리트의 환경을 개선하려는 흐름이 영 마뜩잖은지, 페르디난드는 콧방귀를 뀌며 냉정하게 내뱉었다.

"잠시만요, 페르디난드 님. 아직 늦지 않았어요. 나쁜 환경이 이유라면 개선하면 돼요. 조금 전에 페르디난드 님이 인정하신 제 시종은 고아원 제일의 문제아라고 불리던 길이에요. 10살이라도 본인에게 의욕이 있으면 변할 수 있어요. 빌프리트 오라버니는 아직 7살인걸요. 아직 희망이 있어요."

본인이 바뀌고 싶은 의지가 있다면 깜짝 놀랄 만한 성장도 해낼 수 있는 나이다. 빌프리트를 옹호하는 내 말에 질베스타가 희망의 빛을 발견했는지 활짝 핀 얼굴로 나를 보았다.

"정말이냐, 로제마인!? 아직 희망이 있는 거냐!?"

"물론 본인의 의욕과 노력에 달렸죠. 손 하나 까딱 않고 할 수 있는 일은 없는 법이잖아요."

희망을 발견한 듯한 질베스타와는 정반대로 페르디난드는 오만상을 찡그렸다. 왜 그렇게까지 빌프리트를 제명하고 싶은지 의아해하는 내 볼을 페르디난드가 손을 뻗어 꼬집었다.

"로제마인, 그렇게 많은 과제를 떠맡고 있으면서 애초에 도망칠 궁리만 하는 어리석은 놈을 갱생하는 쓸데없는 짓에 시간과 체력을 쓸 생각인가? 그대한테까지 멍청함이 전염될 거다. 그럴 여유도 없고. 그만둬라."

비록 말투는 퉁명스럽지만, 내 건강을 걱정해 주는 말이라고 생각했다. 아주 긍정적으로 보면 말이다. 나는 따끔거리는 볼을 누르면서 페르디난드를 쏘아보았다.

"네, 맞아요. 제게는 그런 여유가 없어요. 하지만 잘못된 환경이 이유인 줄 알면서 제명되는 걸 지켜보자니 찜찜해서 싫어요. 이제야 플로렌치아 님이 어머니로서 교육에 관여하실 수 있게 된걸요. 여지가 있으니까 기회를 주면 좋잖아요?"

"로제마인, 내 말은 감정에 휘둘려서 쓸데없는 일거리를 만들지 말라는 의미다. 이건 그대의 나쁜 버릇이야."

이해가 느린 학생을 바라보는 선생처럼 어이없이 내려다보는 금색 눈빛에 나는 "우우우우." 하고 반항적으로 입술을 삐죽이며 페르디난드를 올려다보았다.

"……그럼 빌프리트 오라버니에게 의욕이 있으면 되는 거죠?"

"무슨 의미지?"

"사실 프랑에게 건넨 일정표 속에 과제 두 개를 냈어요."

내가 손가락 두 개를 세우자, 페르디난드가 살짝 구미가 당긴 표정으로 나를 보았다.

"기도문을 외울 것, 페슈필 곡을 암기할 것이요. 만약 빌프리트 오라버니가 과제를 해낸다면 환경이 나쁜 거지, 의욕은 있다는 걸 증명하는 셈이죠. 그럼 페르디난드 님도 다시 생각해 주시고 교육 계획에 협력해 주세요."

"협력이라니, 내게 뭘 시킬 작정인가?"

헛된 짓이라고 말하고 싶은 냉소에 나도 싱긋 웃었다.

"빌프리트 오라버니에게 제명될 위기감을 부추기고, 주변에 동조해서 제멋대로 하게 내버려 둔 램프레히트 오라버니를 꾸짖어주세요."

지금까지 거의 접촉이 없었던 부모에게 제명 얘기를 듣게 하면 빌프리트가 너무 가엾다. 부모는 칭찬하고, 위로하고, 상을 주는 당근 역할로 놔두고 싶었다. 채찍 역할에 딱 맞는 사람이 있으니 그야말로 적재적소인 셈이다.

"그리고…… 이건 어떨까요? 빌프리트 오라버니를 의자에 꽁꽁 묶어서라도 공부하게 하는 거예요. 자기 발밑이 물러설 곳 없는 낭떠러지임을 머리와 가슴에 각인시켰으면 해요. 페르디난드 님은 이런 거 잘하시잖아요?"

"굳이 말하자면 잘하는 쪽이겠지만, 도를 넘을 가능성은 부정 못 하겠군. 상관없는가?"

간담이 서늘하게 나락에 떨어뜨리고 싶던 페르디난드가 의욕에 찬 무시무시한 미소를 지었고, 나는 마음속으로 두 사람에게 합장하면서 고개를 끄덕였다. 아무것도 모른 채 제명당하기보다 적당히 가위눌릴 정도로 위기감을 가지는 편이 차라리 낫다.

"그래서 빌프리트가 과제를 해내지 못했을 때는 어쩔 셈인가?"

"과제를 해내지 못하고, 의욕이 없다는 확증이 나온다면 페르디난드 님 말씀처럼 빌프리트 오라버니를 후계자 후보에서 제외하고, 동생들 교육에 힘써야죠."

내 대답에 페르디난드가 "호오." 하고 의외라는 소리를 냈고, 당황한 질베스타는 "로제마인, 그건 빌프리트에게 너무…….'라며 벌떡 일어났다.

"죄송하지만 양아버님이 너무 오냐오냐 키운 결과니까 그때는 포기하세요. 승부는 겨울 데뷔까지니까 정말 시간이 없어요. 실패하면 오명이 평생 남을 거예요."

내 쪽은 일이 산더미라 의욕이 없는 아이까지 돌볼 여유가 없어요, 라고 내가 말하자, 질베스타가 관자놀이를 누르면서 털썩 주저앉았다. 그런 대화를 지켜보던 페르디난드가 나와 질베스타를 번갈아 보면서 짓궂게 웃었다.

"로제마인, 질베스타. 빌프리트는 다섯 점 종부터 여섯 점 종까지 기도문을 외우라는 과제에 손댈 생각도 하지 않았다. 기대한 만큼 실망도 클 텐데."

절망적인 눈빛을 한 질베스타와 달리 나는 딱히 비관하지 않았다.

"허사라도 교대가 끝나는 내일 점심까지 기다려요. 고아원 아이들과 공방, 제 시종을 보고도 전혀 느낀 게 없고, 아무런 변화도 없다면 겨울까지 만회하기 힘들 테니까 그때는 깨끗하게 포기할게요."

"방금 그 말, 잊지 마라."

승리를 확신하는 페르디난드에게 나는 웃으면서 끄덕였다.

"안 잊어요. 하지만 분명 괜찮을 거예요. 제 독서 시간을 걸어도 좋아요."

독서 시간을 걸겠다고 한 순간, 페르디난드의 입 끝이 움찔거렸다. 무슨 의도인지 삼피는 무서운 눈빛으로 나를 아래위로 훑는다.

"……그대가 독서 시간을 걸려는 근거는? 그대도 빌프리트와 오래 지낸 사이도 아니지 않은가?"

이번만큼은 자신만만한 나는 허리에 손을 얹고 가슴을 내밀었다.

"제 근거와 빌프리트 오라버니는 관계없어요. 왜냐면 제 시종들이 우수하거든요. 이제껏 제가 낸 과제를 달성하지 못한 적이 한 번도 없었어요. 빌프리트 오라버니가 과제를 하도록 만드는 것 정도는 거뜬해요."

눈을 크게 뜬 페르디난드가 관자놀이를 누르며 한숨을 쉬었다. 그리고 팔짱을 낀 채 아주 잘난 듯이 나를 내려다보았다.

"자신만만해 하는데 미안하지만, 프랑은 내가 교육했다."

"프랑뿐만 아니라 우리 애들이 전부 우수하다구욧!"

페르디난드의 냉정한 지적에 내가 버럭 소리 지르자, 주위에서 참지 못한 웃음이 터졌다.

다음 날 오전, 나는 모리츠와 오즈발트를 비롯한 빌프리트의 시종과 플로렌치아, 리카르다를 빌프리트의 방에 불러 모았다. 페르디난드가 들고 와 준 카루타와 그림책, 트럼프를 보여주며 공부를 강조하는 대신 놀면서 배우는 방법을 알려주었다.

"로제마인이 이걸 만들었나요?"

플로렌치아가 그림책을 읽고, 카루타를 확인하면서 경탄 섞인 목소리로 중얼거렸다.

"직접 만든 사람은 공방 사람이지만, 제가 고안했어요. 고아들은 그림책을 읽고, 카루타로 놀고, 트럼프를 하면서 겨울 동안에 읽고 쓰기와 계산을 익히게 됐어요."

하물며 신과 권속신의 이름은 물론, 무엇을 관장하는지, 신구가 무엇인지 전부 안다.

"신에 관한 정보를 알고 있으면 마술 공부에 유리하다고 호위 기사에게 들었어요. 이 교재로 겨울 동안에 놀면 영지 전체 귀족의 지식 수준이 쑥 올라갈 거예요."

"……그렇겠군요. 이걸 전부 귀족원에 들어가기 전에 알아 두면 나중에 공부가 훨씬 편해지겠어요. 빌프리트에게는 영주의 아들인 만큼 다른 귀족보다 먼저 익히도록 지도해야겠네요."

플로렌치아가 카루타를 바라보며 조심스러운 손동작으로 쓰다듬었다. 역시 카루타와 그림책도 귀족에게 잘 팔릴 것 같다. 겨울이 끝나기 전까지 더 만들어 두는 편이 좋을지도 모른다.

"빌프리트 오라버니가 오후 수업에 돌아오면 이 카루타로 수업해요. 우선 카루타의 그림패를 보면서 선생님이 읽는 글자패의 글을 외울 때까지 복창하게 해요. 그리고 그 앞 글자를 읽고, 쓰고, 연습하면 돼요."

우라노 때는 '아빠의 아'라고 읽으면서 기본 글자를 쓰는 연습을 했다. 자기 이름에 쓰인 글자부터 기본 글자의 절반 정도는 이미 알고 있으니, 그 기본 글자를 중심으로 글자패와 그림을 연결하며 가르칠 예정이다.

쓰기 연습 뒤에는 카루타를 가지고 논다. 수많은 카루타 중에서 아는 기본 첫머리 글자가 적힌 그림패를 찾아내면서 그날 연습한 글자가 적힌 카루타를 찾는 연습을 한다. 상대역은 시종이 맡는다. 처음에는 글자패를 끝까지 읽고, 10초가 지난 후에 시종이 손을 뻗는 제스처를 취한다. 빌프리트가 익숙해지면 다음은 8초, 5초로 시간을 줄여나가면 어렵지 않게 요령을 습득할 수 있으리라.

트럼프는 마크 개수를 읽고, 숫자와 친해지기 위해 시작은 시치나라베* 게임이 적절하다. 빌프리트가 숫자를 읽게 되는 것과 게임에 져도 짜증을 내지 않고 패배를 인정하는 인내력을 가르치는 것이 목표다. 물론 다른 게임을 해도 좋다.

그림책은 잘 때라도 좋으니 하루에 한 번은 꼭 읽어 준다. 본문을 암기할 때까지 들으면 그림책 본문을 보면서도 귀에 익은 글을 쫓을 수 있게 되므로 글자에도 조금은 흥미가 생기겠지.

---

* 七並べ. 숫자 7 카드를 기준으로 숫자에 맞춰 카드를 나열하는 트럼프 게임

"진지하지 않은 시종은 필요 없으니까 등수표를 만들어서 30번 이상 꼴찌가 된 시종을 교체 후보로 삼도록 하죠. 빌프리트 오라버니에게 카루타로 이기는 것쯤은 간단하죠?"

시종의 얼굴이 굳어졌다. 지금까지 근무를 게을리한 페널티가 없다고 생각하면 곤란하다. 앞으로 쏙쏙 골라낼 기회를 잔뜩 만들 생각이다. "가뜩이나 영주가 될 가능성이 희박한 차기 영주 후보에게 무능한 시종은 필요 없다." 가 페르디난드의 주장이다.

"어떤 게임도 마찬가지지만, 전승과 전패는 성장에 도움이 되지 않아요. 이기고 지는 경험이 진지함의 원천이 되니까, 초반에는 이기게 해 주고 가끔은 철저하게 때려눕혀서 빌프리트 오라버니의 의욕을 끌어내 주세요."

과자 개수로 덧셈과 뺄셈을 배우도록 하거나, 접시에 소스로 글자를 써서 읽을 때까지 음식을 못 먹게 하면서 생활 속에 교육을 계속 도입해 가면 좋다고 덧붙이자, 리카르다가 믿음직스럽게 웃었다.

"맡겨 주세요, 공주님."

그리고 네 점 종이 울리고 얼마 안 있어 빌프리트와 램프레히트가 상당히 초췌해져서 돌아왔다. 아무래도 트라우마가 생길 정도로 페르디난드에게 달달 볶였나 보다. 조금 후련한 듯하면서도 재미없어 보이는 페르디난드의 얼굴을 보아하니 내기는 내 승리인 듯하다. 후후하고 웃는 나를 페르디난드가 불쾌한 표정으로 노려보았다.

"어서 오십시오, 여러분. 점심 준비는 다 되어 있습니다."

영주 부부도 함께 점심을 먹으면서 빌프리트의 눈으로 본 신전 얘기를 들었다. 역시 고아원과 공방에서 일하는 아이들을 보고 적잖은 충격을 받은 모양이다. 그 이야기를 들은 뒤 부모가 과제를 달성한 자식을 칭찬한다. 동시에 빌프리트와 램프레히트에게 일부러 보이기식으로 페르디난드가 영주 부부에게 질책 섞인 보고를 하고, 내 시선에서 본 빌프리트의 잘못된 교육 환경을 보고했다.

"……여기까지 봤을 때, 생활 환경 개선, 혹은 빌프리트를 후계자에서 제명하기를 바란다."

엄격한 페르디난드의 말에 두 사람은 새파래졌고, 애원하는 시선으로 질베스타를 보았다. 자신에게 시선이 모이자, 질베스타는 조금 고민하듯 천천히 턱을 쓰다듬으며 대답했다.

"알겠다. 그 건에 관해서는 겨울 데뷔를 보고 판단하도록 하지. 빌프리트는 겨울 사교회의 데뷔 전까지 기본 글자를 전부 쓸 것, 숫자를 쓰고 간단한 계산을 해낼 것, 거기에 페슈필로 한 곡 켜낸다면 후계자 자리를 유지하겠다."

"겨울 사교회까지……?"

빌프리트와 램프레히트는 기한과 과제를 직면하고 낯빛이 싹 바뀌었다. 그야 당연하지. 몇 년을 걸쳐도 못 해낸 일을 단기간에 해낼 리 없다고 생각하는 게 분명하다.

"괜찮아요, 빌프리트 오라버니. 고아원 아이들이 글자를 외울 때 썼던 교재를 가져왔으니 하루에 과제를 두 개나 해낸 오라버니라면 겨울까지 아슬아슬하게 맞출 수 있을 거예요. 긴장을 풀면 거기서 끝이지만요."

"……윽."

"아슬아슬…….."

기본 글자도 숫자도 절반은 알고 있다. 내가 작성한 과제를 전부 해내면 목표는 달성할 수 있게 짜 놓았다.

"넌 기분 좋아 보이는데, 하루 동안 성에서 뭐 하고 지냈어?"

"대부분 오라버니의 교육 계획을 세웠지만, 자유 시간에는 도서실에서 쭉 책을 읽었어요. 자기 전과 일어난 후에도 대여한 책을 읽을 수 있어서 행복한 하루였어요."

"……책을 읽어서 행복하다고? 이해 못 하겠어."

그건 글자를 못 읽어서 그렇다. 읽게 되면 분명히 이 행복을 이해하게 될 거다. 그렇게 되면 나처럼 장서가 빼곡한 도서실이 가까이에 있는 행복감에 눈물을 흘리며 감동하게 되지 않을까.

"빌프리트 오라버니는 밖에 나가고 싶다고 하셨죠? 사흘 정도만 더 생활을 바꾸지 않으실래요?"

"죽어도 싫어."

바로 공포로 얼굴을 일그러뜨리며 대답했다. 어지간히 페르디난드에게 시달린 모양이다.

"그야 빌프리트 오라버니만 이렇게 편안하고 행복한 생활을 보내다니 치사하잖아요. 저도 넘치는 자유 시간에 마음껏 책을 읽으며 지내고 싶어요."

"윽……. 이젠 치사하다는 말 안 할게. 미안했다."

빌프리트가 그렇게 말하며 고개를 휙 돌렸다. 마주칠 때마다 내 짜증을 유발한 '치사하다' 라는 말을 두 번 다시 듣지 않기 위한 나의 생활 바꾸기 계획이 무사히 초기 목표를 달성한 듯하다.

'만족, 만족. 우후후.'

"점심 후에 있을 오후 수업에 저도 참여할까 하는데……."

"로제마인은 안 된다."

페르디난드는 먼저 해야 할 일이 있다고 했다.

"이미 면담도 정해 뒀다. 그대는 수확제 때 동행할 자와 의논하고, 그 뒤에는 핫세 문제로 문관과 만나서 사전 교섭을 해야 한다."

듣고 보니 확실히 빌프리트의 공부보다 우선시해야 할 안건이다.

"돌아올 때까지 최대한 카루타를 외워 둬라. 로제마인은 초보자도 봐주지 않으니까 말이다."

초보자도 봐주지 않는다는 말은 오셀로 때를 말하는 것이리라. 그때는 페르디난드를 이길 기회가 초반밖에 없다는 생각에 전력을 다해 상대했을 뿐이다. 아무리 그래도 내가 빌프리트 같은 어린애를 상대로 실력 행사를 할 리가 없지.

"······그렇게 오래전 일을 아직도 꺼내시다니. 집요한 남자는 인기 없습니다만?"

"애초에 나를 좋게 보는 사람이 적으니 걱정 마라. 항상 미움받는 역할이니까."

'하나도 안 괜찮아요! 누가 이 사람 좀 구제해 줘요! 사람으로서 어딘가 이상해요. 책을 사랑해서 인간적으로 이상하다는 평가를 듣는 나로선 갱생 계획을 세울 수 없으니 누가 좀! 제발!'

수확제 준비

본관에 있는 회의실 같은 방에서 수확제를 의논하기로 했다는 말을 듣고, 나는 오틸리에와 호위 기사 네 사람을 데리고 레서버스로 페르디난드의 뒤를 졸래졸래 따라갔다. 스쳐 지나가는 문관이 깜짝 놀라 레서버스를 쳐다볼 때마다, 페르디난드가 불쾌한 표정으로 레서버스를 보는 게 조금 재밌어질 때쯤에 회의실에 도착했다.

"기다리게 했구나, 에크하르트, 유스톡스."

6인용 테이블과 의자가 놓인 그리 넓지 않은 방에 두 인물이 무릎을 꿇고 기다리고 있었다. 에크하르트는 알고 있으니까 남은 한 사람, 회색 머리에 다소 아담하고 마른 남성이 유스톡스이리라.

"로제마인, 유스톡스다. 그대의 수석 시종인 리카르다의 아들이고, 이번 수확제 때 징세관으로 그대와 동행하기로 했다."

"바람의 여신 슈첼리아가 수호하는 결실의 날. 신들의 인도에 의한 만남에 축복을 기도함을 허가해 주십시오."

"허가합니다."

성가시고 장황한 인사를 나누자, 두 사람이 몸을 일으켰다. 유스톡스의 회색 눈동자가 나를 지긋이 내려다본다. 내가 살짝 고개를 기울이자, 훗 하고 부드러운 미소를 짓는다.

유스톡스가 테이블 위에 지도를 펼치고, 이번 수확제에 관해 의논을 시작했다. 먼저 일정과 수확제의 진행 과정을 확인했다. 프랑한테 주입식으로 배우기는 했지만, 실제로 해 본 적이 없는 일이라 이미지가 딱 떠오르지 않았다.

"끌고 갈 마차는 한 사람당 두 대면 충분할까?"

"저희는 한 대로 충분하지만, 로제마인 공주님에게 두 대는 부족하지 않겠습니까? 남성은 상당히 가볍게 이동하지만, 여성은 옷을 갈아입혀 줄 시종만 해도 몇이나 필요하니 아무래도 짐이 많아지지요."

유스톡스의 말에 페르디난드는 재미있어하는 눈으로 나를 보았다.

"로제마인, 그대는 시종으로 누굴 데려갈 생각인가?"

"신전장으로 가는 거니까 이번에는 신전 시종을 데려가야겠죠? 그럼 프랑과 모니카, 니콜라, 그리고 전속 요리사인 엘라를 데려갈게요. 악사가 필요하다면 로지나도 데려갈 텐데 어쩔까요?"

수확제에 동행하는 인원수가 생각보다 적었는지 "그 정도로 충분하십니까?" 하고 눈을 휘둥그레 떴다. 성에서는 업무가 세분되지만, 신전에서는 딱히 그렇지 않아서 수가 적어도 충분하다.

"이, 페르디난드 님, 굳이 마차를 쓰지 않아도 전 레서버스를 타면……."

말이 끝나기도 전에 페르디난드가 "안 돼." 라고 딱 잘라 거절했다.

"우선 소재를 수집하려면 마력이 필요한데, 확대한 기수를 며칠이나 쓰는 건 마력 낭비다. 또 그대가 어떤 위험에 말려들면 동행자들까지 휘말리게 되지. 그대의 시종들까지 전부 지킬 호위 기사를 준비할 수도 없어. 마지막으로 건강 문제로 그대의 집중력이 끊어지면 위험해서 일정을 미뤄야 한다. 기수를 쓸 수 없게 되었을 때를 고려하면 마차는 꼭 필요하다."

페르디난드는 손가락을 꼽아 가며 이유를 늘어놓았고, 나는 납득했다. 무슨 일이 일어났을 때 가장 먼저 버려지는 건 시종들이다. 되도록 위험한 상황에는 동행하지 않는 편이 좋다.

마차를 몇 대 동원할지를 정하고, 이번에는 수확제에서 지내는 동안 주의할 점을 꼽기 시작됐다.

"잘 들어, 로제마인. 수확제 동안은 두 사람에게서 떨어지지 마라. 호위도 시종도 없이 어슬렁거리지 말 것. 제공되는 수많은 요리는 시종이 맛보기 전까지 입에 넣지 말 것. 일곱 점 종이 울리면 아무리 붙잡더라도 행사장을 벗어나 취침할 것. 그리고 촌장의 얘기에는 전부 모호하게 대답하고, 명확한 대답은 피할 것. 모르겠다면 전부 에크하르트나 유스톡스에게 맡겨도 되니 쓸데없는 짓은 하지 마. 그리고……."

소풍이나 수학여행에 가는 학생에게 똑같은 주의를 되뇌는 담임선생 같다. 자질구레한 주의가 너무 많아서 오히려 점점 헷갈렸다. 열심히 알아들으려고 애쓰는 에크하르트와 반대로 유스톡스는 놀리듯이 웃었다.

"세심한 성품은 여전하시군요. 페르디난드 님께서 어린아이를 비호한다는 말을 들었을 때는 걱정했습니다만, 제법 보호자다우셔서 감동했습니다."

아무리 어린애라도 요구하는 수준이 높고, 시원찮다 싶으면 단호하게 잘라 버리는 페르디난드가 어린애를 돌볼 리 없다고 생각한 유스톡스는 두루뭉술한 표현으로 말했다. 목소리에 장난기가 묻어난다. 살짝 유스톡스를 노려본 페르디난드가 "이 정도 주의로 끝나면 좋겠다만……." 하고 말하며 나를 보았다.

겨울 저택에는 주변 농촌에서 천 명에 가까운 사람이 모이기 때문에 수확제도 그만큼 큰 행사가 된다. 행사는 오후부터 시작해서 일곱 점 종까지 이어진다. 나는 보통 행사 초반에 나서서 세례식과 성인식과 결혼식을 집전해야 한다.

'축복의 말이 비슷해서 헷갈린단 말이지.'

"수확제 자체는 일곱 점 종에 끝난다만, 그 이후에 촌장의 접대가 시작된다. 그대가 수확제에서 돌게 될 곳은 작년까지는 전 신전장이 돌던 곳이지. 이번 수확제로 신전장이 교체된 사실을 알게 되겠지만, 아마 전 신전장에게 하던 접대를 준비했을 것이야. 그대가 받을 만한 접대가 아닐 테지. 그러니까 그대는 취침 시간이라고 우기고 그 자리에서 벗어나라. 절대 상종하지 말거라."

페르디난드는 애매한 표현을 썼지만, 전 신전장의 행실과 페르디난드의 말에 납득하는 표정인 유스톡스와 에크하르트를 보고 술과 여자가 준비된 접대일 것이라는 짐작이 들었다.

"접대 따위 필요 없다고 말하면 무엇이 마음에 들지 않았는지, 어떻게 하면 좋을지, 내년부터는 어찌 될지, 마을 사람들이 멋대로 추측하고 의심해서 우왕좌왕할 거다. 그래서 그대 대신 접대를 받을 사람으로 에크하르트를 붙여 놓았다. 에크하르트, 귀여운 누이 대신 그대가 촌장을 상대해 줘라."

"페르디난드 님의 분부대로 하겠습니다."

새로운 신전장이 지위가 높은 영주의 양녀라고 알려지면 분명 만만하게 생각해서 접근하는 자가 대거 있을 것이라 예상하는 모양이다. 전 신전장이 부정 청탁과 매수에 응한 인물인 탓도 있다. 그래서 에크하르트는 방파제 역할을 맡고, 유스톡스는 징세로 감시하려는 생각이다.

"로제마인은 눈을 떼면 혼자 사경을 헤매고, 문제를 일으키거나 키우는 예상외의 일을 저지르는 애다. 그대들도 물론 주의해야 하지만, 로제마인, 그대는 쓸데없는 짓 말고, 반드시 둘과 함께 행동하도록. 알겠나?"

"네."

수확제 얘기가 끝나자, 페르디난드는 테이블 위에 도청 방지 마술구를 꺼냈다. 손을 뻗는 모두를 따라 나도 작은 마술구를 손에 집었다.

"그럼 본론인 소재 채집 얘기로 들어가자."

페르디난드의 목소리에 에크하르트와 유스톡스의 표정이 굳어졌다. 외부에는 비밀로 소재를 채집해야 하는 모양이다. 나도 정신을 바짝 차렸다.

"로제마인, 상급 귀족의 딸은 태어나자마자 마력을 흡수하는 마술구를 받는다. 그러나 신식으로 죽을 고비를 넘기면서 중심 가까이에 마력이 응고된 상태로 살아 있는 경우는 원래라면 있을 수 없는 일이다. 그대가 귀족원에 가기 전에 유레베의 약을 만들려는 이유는 전부 신식으로 죽을 뻔했다는 사실을 숨기기 위해서이기도 하다."

내 출생의 비밀을 툭 던지는 페르디난드의 말에 깜짝 놀라 저도 모르게 두 사람의 표정을 살폈지만, 에크하르트와 유스톡스는 태연한 얼굴로 고개를 끄덕였다.

"이 둘은 알고 있다. 내가 그대를 뒷조사할 때 두 사람이 나의 손발이 되어 주었지."

"어, 그렇단 말은……."

"평민촌에서 정보를 모으는 일은 참 재미……, 아니, 매우 흥미로운 경험이었습니다."

유스톡스가 피식 웃은 뒤에 말투를 싹 바꾸었다.

"마인에 관한 정보를 모으기가 하늘의 별 따기였거든. 계약 마술의 계약서로 길베르타 상회와 관련된 사실은 알았지만, 정보를 캐기가 어려워서 도전한 보람이 있더라."

꼿꼿이 바르게 앉은 자세는 상급 귀족 그 자체인데, 말투는 완전히 평민이다. 나는 첩보활동자라고 생각하면서 유스톡스를 자세히 뜯어보았다. 확실히 머리와 눈동자 색도 크게 눈에 띄지 않고, 얼굴도 평범하다. 주변에 묻어가기 좋은 특징 없는 사람이다. 키는 약간 작지만, 두드러지게 아담한 편은 아니라서 구두로 만회할 만한 정도다. 마른 몸이라서 옷으로 얼마든지 체형을 속일 수 있는 점을 고려하면 첩보 활동에 최적인 사람이라 할 수 있겠다.

"로제마인 공주님, 전 정보를 모으기 위해 다양한 계층의 사람으로 위장합니다. 말투, 몸짓, 태도, 생활 습관을 흉내 내고 정보를 얻지요. 그래서 당신이 상류 귀족의 딸로 둔갑해서 영주의 양녀로서 살아가느라 얼마나 고생하는지 조금은 이해하는 편이라고 생각합니다. 당신은 대단한 노력파입니다."

유스톡스는 내 노력을 인정해서 징세관으로 동행하기로 마음먹었다고 말해 주었다. 그 말은 기뻤지만, 솔직히 납득이 가지 않았다. 상급 귀족이 정보를 모으려고 굳이 평민촌까지 가야 했을까. 고개를 갸웃거리는 내게 페르디난드가 질렸다는 표정으로 유스톡스를 보았다.

"늘 그렇다만, 말은 참 번지르르하군. 로제마인, 유스톡스는 괴짜다. 정보와 소재 수집이 가장 큰 취미이고, 정보를 수집하기 위해서라면 여장까지 해서 귀부인의 다과회에 잠입할 정도지. 문관직을 시작한 건 공개적으로 정보를 모으는 장점이 있고, 직업이 되기 때문이다.

이번에는 그대를 지키며 양쪽 다 만끽할 수 있어서 기쁜 것 뿐이다. 너무 고마워할 필요는 없다."

유스톡스는 어렸을 적에 주인의 앞과 뒤에서 말이 다른 시종과 하인을 발견했고, 그 일이 정보 모으기에 흥미를 느낀 계기가 됐다고 한다. "그렇게 정보 수집이 좋다면 문관이 되어서 질베스타 님을 위해 이익이 되는 정보를 모으거라!" 라고 리카르다가 추천했다고 한다.

"어머님이 말씀하신 대로 질베스타 님을 위해 정보를 모아 왔지만, 결국 제가 모은 정보를 활용하는 사람은 항상 질베스타 님의 뒤에서 업무를 도우시던 페르디난드 님이셨습니다. 언뜻 보기에 별거 아닌 듯한 정보끼리 이어 붙여서 적대시하는 귀족을 물리치시던 게 귀족원에 들어가신 무렵이었죠. 그 훌륭함을 본 순간 온몸이 찌릿했습니다."

질베스타를 위해 아들을 보낸 리카르다의 의도와 달리 유스톡스는 자신이 모은 정보를 최고로 활용하는 페르디난드를 주인으로 삼았다고 한다. 내 뒷조사를 위해 귀족이 드나들지 않는 평민촌에 침입하라고 페르디난드에게 명령받은 날은 흥분해서 잠을 설쳤다고 한다. 그런 말을 흥분조로 재잘대는 유스톡스는 의심할 여지 없이 이상한 사람이다.

"로제마인 공주님이 페르디난드 님의 주변에 나타난 후로도 전 매일 충실하게 정보를 모아 왔습니다. 정말 감사하고 있습니다."

그다지 기쁘지 않은 감사를 받아 버렸다.

"페르디난드 님은 루엘 채집에 함께 가지 않으십니까?"

지도를 응시하면서 에크하르트가 묻자, 페르디난드는 아주 애석하다는 듯 한숨을 내쉬고 지도를 들여다보며 자신의 여정을 손가락으로 훑었다.

"가능하다면 그쪽으로 가고 싶긴 하다만, 어떻게 될지 모르겠군……."

"페르디난드 님도 유스톡스처럼 소재 수집이 취미이신가요?"

미련이 뚝뚝 떨어지는 손가락 움직임에 내가 깜짝 놀라 묻자, 페르디난드는 유스톡스를 보며 인상을 찡그렸다.

"난 소재 수집이 아니라 손에 넣은 새로운 소재로 연구하는 걸 좋아하는 쪽이다. 희귀한 소재만 모아 놓고 만족하는 유스톡스와 똑같이 취급하지 마라."

"로제마인, 페르디난드 님은 귀족원에 다니실 무렵부터 스스로 원하는 마술구를 만들기 위해 기사 수습생들과 함께 마수와 마목을 쓰러뜨려서 마석을 손에 넣거나, 소재를 손에 넣으셨다. 나도 몇 번인가 함께한 적이 있어."

에크하르트의 말에 트론베를 퇴치하던 페르디난드의 모습이 떠올랐다. 매번 그런 식으로 소재를 모았었다니 의외로 와일드한 학생 생활을 보냈는지도 모른다. 들을 기회가 잘 없는 페르디난드의 옛날이야기가 궁금했지만, 가볍게 노려보는 페르디난드 때문에 에크하르트가 입을 다물어 버렸다.

"강력한 마수가 나오는 곳이었다면 좀 더 사람이 필요하겠지만, 이번에는 마목 열매만 채집하면 되니 소수로도 충분할 거다. 그렇지? 유스톡스?"

자신에게 돌아온 질문에 유스톡스가 야무지게 고개를 끄덕였다.

"네. 도르방 마을 외곽에 있는 루엘은 만월이 뜨는 밤에 열매를 맺는 마목입니다. 저는 지난여름에 한 번 채집한 적이 있는데, 바람의 속성이 강한 소재였습니다. 유레베 재료에 쓸 가을 소재라면 슈첼리아의 밤이 채집일로 최적입니다."

아무래도 영지 내에서 채취하는 소재도 유스톡스가 정보를 모은 모양이다. 유스톡스는 시기와 장소를 따지지 않고 다양한 소재를 수집하는 걸 좋아한다고 했다. 그 정보를 토대로 페르디난드가 시기와 장소를 선정하고, 소재 채집지를 정한 듯하다.

"어디에 쓸지 모르는 제 정보를 잘 활용하는 건 항상 페르디난드 님이셨죠."

그렇게 말한 유스톡스는 씁쓸하게 웃었다.

"아직 로제마인 공주님께선 슈타프를 소지하지 않으시니 이번 채집은 마력을 담은 마술구 나이프가 필요할 겁니다."

"그건 지금 준비 중이다. 곧 완성될 거다."

내 도구를 페르디난드가 준비하는 듯하다. 여전히 세심한 부분까지도 꼼꼼한 사람이다. 빈틈이 없다. 그 후로는 채집용 가죽 주머니와 장갑, 나이프 등, 채집에 필요한 도구를 확인하고, 유스톡스가 채집 방법을 설명해 주었다.

"로제마인 공주님은 채집하실 때 기수를 타고 루엘 근처까지 다가가십시오. 그리고 루엘 열매를 맨손으로 잡고, 색이 바뀔 때까지 마력을 흘려보냅니다. 색이 변하면 마술구 나이프로 따면 끝입니다. 이때 마력을 차단하는 가죽장갑으로 채집을 하게 되면 스스로의 조제는 약간 불편해질 수 있지만, 그 소재를 다른 사람도 쓸 수 있게 됩니다."

"알겠습니다. 열심히 할게요."

수확제와 채집 의논이 끝나고, 도청 방지 마술구를 페르디난드에게 돌려준 후 두 사람은 퇴실했다. 다음에는 수확제 출발 당일에 신전에서 만나기로 했다.

　"이 뒤에 칸토나를 호출해 뒀다. 그대는 얌전히 앉아 있거라."

　"네."

핫세 계약

핫세를 담당하는 문관인 칸토나가 방에 들어왔다. 첫인상은 몸집도 키도 평균인 평범한 아저씨였지만, 머릿속에 떠오른 첫 단어는 '소인배'였다. 힘센 사람 앞에 굽실거리는 성격이 인상에 그대로 드러났다. 좋은 소식인지 나쁜 소식인지 살피려는 눈이 나와 페르디난드 사이를 바삐 오갔다. 그 모습이 마치 교활하고 능글맞은 말단 관리 같았다. 자기보다 신분이 낮은 상대에게는 으스대고, 신분이 높은 자에게는 지나치게 알랑방귀를 뀌는 타입이다.

서로 귀족의 인사를 건네고 페르디난드가 자리를 권하자, 칸토나의 시선이 더욱 정신없이 두리번거린다.

"페르디난드 님, 대체 무슨 용무이신지요?"

"우리 두 사람이 있는 상황을 보고도 모르겠는가?"

페르디난드의 목소리가 한층 낮아졌다. 칸토나는 정말 짚이는 데가 없는 얼굴로 열심히 기억을 더듬었다. 자신이 한 일을 기억하지 못하는지, 이미 담당에서 제외된 건지, 아니면 핫세 문제에 우리가 관여한 사실을 모르는 건지, 과연 어느 쪽일까?

"대단히 송구스럽습니다만, 짐작 가는 데가 없습니다."

"……핫세 마을에 관해서다."

아주 잠깐 눈동자가 흔들렸지만, 그것 말고는 미소를 유지한 채 "핫세 말인가요? 무슨 일 있습니까?" 하고 말을 이었다.

"핫세 마을에 고아원과 인쇄 공방을 세우는 계획은 영주에게 직접 명령받은 로제마인과 후견인인 내가 중심이 되어 진행하는 사업이다. 앞서 친밀한 상인과 로제마인의 시종을 사전 조사 차원에서 핫세에 보냈다만, 그들에게 받은 보고를 듣자 하니 그대가 상당히 비협력적이었다더군."

"아뇨, 그렇지는……."

칸토나가 머릿속으로 복잡한 계산을 하는지, 초점이 미묘하게 맞지 않은 눈으로 싱긋 웃는다. 그 미소 속에 '큰일 났다' 하고 필사적으로 빠져나갈 방법을 찾는 속마음이 들여다보였다.

"마치 계획을 틀어지게 하려는 속셈이 있는지 의심스러울 정도였다고 들었다만?"

"그건 무슨 착오가 있었을 겁니다……. 아니면 상인들이 다 같이 짜고 뭔가를 계획하는 거겠지요. 그들은 돈으로 요리조리 말을 바꾸는 사람들이잖습니까."

자기소개라도 하나요? 라고 목구멍까지 치켜 올라온 말을 꾹 눌러 삼켰다. 오늘 내가 합석한 건 귀족의 방식을 지켜보기 위해서다. 섣불리 입을 열면 안 된다.

"그럼 그들의 보고가 거짓이다…… 그 말인가?"

"단언할 수는 없지만, 서로 뭔가 오해나 착오가 있었을 겁니다. 보다시피 그들은 이익만 추구하는 상인입니다. 그런 이들이 어찌 우리 귀족의 방식을 이해하겠습니까."

아까부터 계속 간사하게 웃으며 '상인, 상인'거리는데, 칸토나는 일행 속에 내 시종인 길이 있었던 사실을 모르는 걸까. 페르디난드에게 '분위기 파악 못 하는 녀석'이라는 소리를 듣는 나는 인내심과 자중을 홱 집어던져 버리고 입을 열었다.

"제 시종도 귀족의 방식을 따르지 않더란 말인가요?"

전혀 이해 못 하겠지만, 하고 속으로 남몰래 덧붙이면서 상대방의 반응을 살폈다. 내가 입을 열 줄은 몰랐는지, 당황한 칸토나는 횡설수설하며 "그, 그런 의미는……." 하고 말끝을 흐렸다. 솔직한 마음에서는 '그럼 무슨 의미인데?' 라며 캐묻고 싶었지만, 테이블 밑에서 페르디난드의 다리가 내 다리를 툭 차는 바람에 단념했다.

눈을 내리깐 페르디난드는 "그대의 주장은 알겠다." 라고 말한 뒤, 고개를 들어 칸토나에게 희미한 미소를 보냈다.

"오늘 따로 부른 건 그대가 핫세의 촌장과 고아 매매 계약을 맺은 안건 때문이다."

"네? 아, 네. 그게 왜……?"

"사실 로제마인이 그 고아를 마음에 들어해서 반강제로 끌고 나와 버렸다. 그런데 촌장에게 이미 그대와 계약한 아이라고 들어서 말이다. 사실을 확인하려고 호출했다. 꼭 이쪽에서 중간에 가로챈 것 같아 조금 가슴 아프다만……."

거기서 한번 말을 끊고, 매우 걱정스러운 표정을 짓는다. 딱 봐도 가식적인 표정이다.

"질투가 심한 그대의 부인이 마을을 나가는 그대를 의심한다고 들었는데, 그런 상황에서 성인이 되기 직전인 여자 고아를 살 만큼 그대가 어리석을 리는 없고, 여간 복잡한 이유가 있어서겠지?"

사정을 묻는 걱정스러운 얼굴로 협박까지 가하는 페르디난드의 음흉함에 속으로 박수를 보냈다. 칸토나는 순식간에 핏기가 가셔서 새파랗게 질렸다. 그러면서도 히죽히죽 웃는 얼굴을 유지하는 모습이 귀족스럽다고 생각했다.

"예에, 그럽죠. 깊고 복잡한 사정이 있습니다. 하지만 로제마인 님께서 그 고아가 마음에 드신다면 기꺼이 양보해야지요. 제 쪽에서 계약을 철회하겠습니다. 계약서를 가져올 터이니 조금만 기다려 주십시오."

칸토나가 도망치듯 헐레벌떡 퇴실했다. 탁 하고 닫히는 문을 본 뒤, 나는 페르디난드를 올려다보았다.

"페르디난드 님은 칸토나의 부인까지 알고 계시는군요?"

"귀족끼리 협상할 때는 얼마나 상대방의 정보를 쥐고 있느냐가 협상의 열쇠가 되지. 유스톡스가 모은 정보는 잡다해서 쓸 만한 걸 찾아내기 힘들어서 그렇지, 상당히 도움이 된다."

정보라면 뭐든지 긁어모으는 유스톡스는 괴물 같은 기억력으로 강력한 취사선택을 자랑하는 페르디난드에게는 최강의 무기가 된다. "페르디난드 님만이 자신을 최고로 활용한다." 라던 유스톡스의 말처럼 잡다한 정보 속에서 필요한 정보를 뽑아내는 능력은 아무나 가지는 것이 아니다.

적으로 돌릴 생각이야 없겠지만, 평민촌 내에서 나와 관계된 사람들과 나의 행동을 캤던 유스톡스와 페르디난드가 내 정보를 어디까지 알고 있는지는 모른다. 솔직히 말해서 약점투성이일 것 같다. 그런 페르디난드를 적으로 돌린 순간, 단칼에 아웃이다.

"전 절대 페르디난드 님을 적으로 돌리지 않을 테니까 안심하세요."

"……갑자기 뜬금없이 무슨 선언인가? 에크하르트와 유스톡스가 이상한 말이라도 하더냐? 왜 다들 하나같이 맥락도 모를 말을 하는지 이해가 안 가는구나."

'분명 다들 신관장님이 무서워서 그래요.'

훗날 들은 바로는 무서워서 적으로 돌리지 않기로 한 나와 달리 두 사람은 각자 다른 이유로 페르디난드에게 심취해서 평생을 섬기기로 했다고 한다. 에크하르트에게는 "녀석이랑 똑같이 취급하지 말아줘." 라는 말을 들었다.

'미안해요, 에크하르트 오라버니. 전 평생 섬기는 주인이라는 감각을 잘 모르겠어요.'

나의 뜬금없는 선언으로 페르디난드가 언짢은 표정을 짓는 사이, 칸토나가 계약서를 들고 돌아왔다. 미간에 깊은 주름을 새기고 저기압이 된 페르디난드의 얼굴을 보고 움찔거린 칸토나는 얼른 계약서를 내밀었다.

"이쪽이 계약서입니다."

"아아, 수고했다. ……위약금은 이쪽이 낼 테니 실수로라도 핫세에 돈과 고아를 가지러 가지는 말도록."

이 계약서를 핫세에 가져가서 촌장과 협상하면 고아를 둘러싼 분쟁은 끝이다. 속으로 안도의 한숨을 내쉬는데, 페르디난드를 힐끗거리던 칸토나가 변명 섞인 목소리와 태도로 뭔가를 말하기 시작했다.

"그나저나 곤란해졌습니다. 조금 전에도 말씀드렸듯이 깊은 사정이 있는지라. 사실 제가 원한 계약이 아니라 저도 부탁받은 것이옵니다."

그냥 마누라에 관한 변명과 입막음일 줄 알았는데, 칸토나도 다른 사람의 부탁으로 성인 여성을 찾았다고 했다.

"누가 부탁한 건가요? 저희가 그분과도 얘기를 나눠야 하나요?"

우리가 핫세 마을에서 악당이 되지 않으려고 계약서를 빼앗기로 한 것이다. 칸토나와 그 의뢰인 사이에서도 새치기한 악당 처지가 되고 싶지 않았다. 굳이 따지자면 촌장보다 귀족의 원한을 사는 쪽이 훨씬 일이 귀찮아진다.

"전 그분과도 진지하고, 성실하게 대화했으면 해요."

"아뇨, 그건…… 로제마인 님이 들어서 좋을 만한 얘기가 아닌지 라……."

칸토나가 진땀을 뻘뻘 흘리며 사양했다. 시선으로는 페르디난드에게 '도와주십쇼'라고 호소하면서. 왠지 모르겠지만 내가 있으면 안 되는 이야기인 모양이다.

"로제마인, 그 얘기는 그만 됐다. 빌프리트와 함께 공부하고 오너라. 브리기테, 안게리카. 로제마인을 데리고 먼저 돌아가라."

페르디난드가 손을 휘저으며 우리에게 퇴실을 재촉했다. 나는 순순히 고개를 끄덕이고, 회의실을 나섰다.

레서버스로 빌프리트의 방으로 향했다. 방 안에 들어가니 빌프리트를 추켜세우는 긴장감 없는 카루타가 한창 진행 중이었다. 글자패를 읽고 난 후의 10초가 어찌나 긴지. 알랑방귀 뀌는 시종들에게 둘러싸인 빌프리트가 그림패를 시시하다는 듯 바라본다.

방 전체를 둘러보니 조용히 서 있는 리카르다가 보였다. 아마 필요 없는 시종을 체크하는 중이리라. 리카르다의 눈은 분노로 활활 타오르는데, 조용한 것이 도리어 무섭다.

"빌프리트 오라버니, 중간부터라도 좋으니 저도 넣어 주세요."

매우 천천히 10초까지 세는 시종을 미소로 제지한 나는 정확하게

10초를 세자마자 얼른 그림패를 집었다. 내가 집은 그림패 중에는 오늘 빌프리트가 외운 글자도 포함된 모양이다.

"야!? 로제마인, 뭐가 그렇게 빨라!?"

"아니요. 빌프리트 오라버니가 굼뜨신 거죠. 자기가 외운 그림패가 어디에 있는지 정도는 처음 나열할 때 보면 알잖아요? 글자패를 읽기 시작한 순간에 손을 뻗을 정도는 되셔야죠. 저는 10초나 세면서 기다리는데 말이죠."

중간에 끼어들어서 빌프리트에게 이긴 나는 카루타를 세면서 시종들을 휙 둘러보았다.

'쟤랑 쟤랑 쟤는 교체 결정. 쯧쯧, 안 돼, 안 돼.'

"한 번 더 할까요? 이번에는 오늘 빌프리트 오라버니가 외운 글자를 잡으시면 오라버니가 이긴 걸로 해요."

"훗. 외운 거면 쉽지."

첫 번째는 쉽게 이기게 놔뒀다. 두 번째는 그림패 위치를 요리조리 바꾸고, 다시 찾게 하며 난이도를 올렸다.

"큭! 한 번 더 !"

지기 싫어하는 성격에 불이 붙은 듯하다. 몇 차례 카루타를 뒤집는 사이에 자기 이름에 들어가는 기본 글자는 거의 파악하게 되었다.

"그거 땡이에요. 그림패에 손을 댔다가 떼면 한 장 몰수합니다."

"뭐라고!?"

그 한 장이 큰 차이를 벌렸고 결국 패배한 빌프리트가 발을 동동 구르며 분해했다.

"다음 시간까지 충분히 연습해 오세요."

"오늘 하루만 해도 이렇게나 찾아냈어. 다음에는 내가 전부 잡아낼 거야!"

"어머. 저도 질 수 없죠."

말은 그렇게 했지만, 어느 순간부터 고아들에게 지게 된 것처럼 빌프리트에게도 금방 지게 될 것 같은 느낌이 든다.

'음~, 빌프리트 오라버니는 기억력도 좋고 머리가 제법 좋은 것 같단 말이지? 아니면 흥미 있는 것에만 전력투구하는 점이 양아버님과 똑같은 걸까?'

"그럼 다음은 트럼프로 숫자 공부를 해 보아요."

"……하, 숫자."

잘하지 못한다고 여겨서인지, 싫어하는 빌프리트 앞에 트럼프를 1부터 10까지 늘어놓았다.

"조금 전에 카루타를 집을 때 10까지 몇 번이나 세었죠? 그럼 순서대로 나열한 숫자를 하나씩 누르면서 앞에서부터 읽어 보세요."

"하나, 둘, 셋……."

10까지 문제없이 읽으면 트럼프를 숫자가 큰 순서로 바꾸거나, 읽은 숫자 카드를 잡아 보게 했다. 그다음은 시치나라베를 했다. 다소 시간은 걸리지만, 마크 개수를 읽게 되었으니 시치나라베 게임 정도는 할 레벨이 되었다.

"리카르다, 교체 멤버는 정해졌나요?"

공부 시간 동안 가만히 시종들의 모습을 살펴보던 리카르다에게 말을 걸자, 리카르다는 방을 쭉 둘러보고 싱긋 웃었다.

"네, 물론이지요. 공주님은 게임에서 30번 지면 교체하겠다고 하셨지, 지지 않으면 교체하지 않겠다는 말은 한마디도 안 하신걸요. 진지함이 부족한 자는 거침없이 바꿔 버려야 하겠지요."

오즈발트도 방 안을 돌아보며 "정말 위기감이 부족한 자가 수두룩하군요." 하고 중얼거린다. 플로렌치아에게 '실망했다'라는 평가를 받은 자신이 첫 번째 교체 후보임을 자각했는지, 오늘은 마치 다른 사람처럼 리카르다의 지시에 따르며 일했다.

'이대로 주인도 시종도 다 같이 성장해 주면 좋겠는데.'

여섯 점 종이 울리기 직전에 페르디난드가 "신전에 돌아가자." 라고 말하는 올도난츠를 리카르다에게 보내 왔다. 허가 없이 북쪽 별채에 들어오지 못하니까 대기실에서 기다리는 듯하다.

"그럼 빌프리트 오라버니. 전 이만 신전으로 돌아가겠습니다. 오늘처럼 연습하시면 페슈필도 켜시게 될 거예요."

"음, 알겠다."

빌프리트가 자신만만한 표정으로 자신 있게 고개를 끄덕인다. 오전 중에 암기한 곡을 오후까지 잊지 않고 기억하는 것으로 보아 페슈필 연습이 그렇게 힘들지 않았던 모양이다. 로지나에게 철저하게 배운 악보를 한 소절만 반복하면서 손가락이 부드럽게 움직일 때까지 연습했다. 겨우 다섯 음만 튕기면 되는 노래라서 처음에는 어색하고 띄엄띄엄 끊기긴 해도 금방 켜게 되었다.

"생각보다 쉽네, 뭐."

목표를 달성할 때마다 하나씩 색칠하기로 한 과제표가 의외로 빈틈없이 칠해져 있다. 빌프리트가 도중에 질리지만 않는다면 겨울 데뷔까지 맞출 수 있을 듯하다.

"보세요. 하면 되잖아요. 이 상태로 쭉 목표를 달성해 주세요. 오늘은 과제표를 저녁 식사 자리에서 양아버님과 양어머님께 보여드려 보세요. 분명 듬뿍 칭찬해 주실 거예요. 빌프리트 오라버니의 노력이 눈에 보이니까요."

"그래?"

나는 기수를 타고 신전에 돌아와서 시종들을 아낌없이 칭찬했다. 내 시종이 노력해 주지 않았다면 빌프리트는 제명 루트 직행이었다. 진정한 공로자는 나의 시종이다.

"다들 너무 잘해주었어요. 주인으로서 자랑스럽고 기쁘기 그지없습니다."

"로제마인 님의 갑작스럽고 이해할 수 없는 부탁에는 익숙해졌거든요."

프랑이 곤란한 듯 말하며 웃는다. 그리고 나는 빌프리트가 신전에서 어떻게 지냈는지 시종들의 관점을 물었다.

"청색 신관으로 신전에 들어온 세례 전 귀족 자제로 치면 평범하셨습니다. 저희의 얘기를 조금이라도 들으려는 자세가 있으셨던 만큼 매우 순수한 분이시더군요."

앞으로 신전에 오게 될 청색 견습 신관과 청색 견습 무녀를 생각하니 머리가 조금 지끈거렸다.

다음 날은 평소와 다름없는 날이다. 나는 언제나처럼 페슈필 연습을 하고, 페르디난드의 업무를 도우러 갔다. 그런데 페르디난드가 도청 방지 마술구를 내미는 것이다.

"어제 그대가 자리를 뜬 뒤, 칸토나에게 들은 이야기다만……."

페르디난드의 말을 듣자 하니 지금 귀족들 사이에 공급되는 회색 무녀의 수가 극단적으로까지 줄었다고 한다. 얼마 전까지는 신전장에게 부탁하면 손쉽게 회색 무녀를 손에 넣을 수 있었다. 하지만 전 신전장이 식비를 줄인다며 용모가 반지르한 자만 남기고 수를 줄여 버렸고, 영주의 딸인 내가 공방과 고아원에서 회색 무녀에게 역할을 주는 탓에 더욱 손에 넣기가 힘들어졌다.

현재는 회색 무녀를 시종으로 데리고 있는 청색 신관에게 양도를 부탁하면 매우 높은 가격을 부른다. 청색 신관의 말로는 '신관장과 신전장에게 새 시종을 부탁하기가 어렵다'라고 한단다. 전 신전장과 달리 꽃을 바치는 무녀에게 흥미가 일절 없는 페르디난드에게 회색 무녀의 알선을 부탁하기도 그렇고, 회색 무녀는 저렴해야 가치가 있기 때문이다. 청색 신관에게 비싼 값을 치르면서 살 만큼의 가치는 없는 셈이다. 결국, 주변 마을 고아원에서 나이가 적당히 찬 고아를 찾아다니게 됐다고 한다.

"로제마인, 어쩌겠는가? 회색 무녀를 귀족에게 팔겠는가?"

페르디난드가 나를 시험하는 눈으로 지긋이 쳐다보면서 물어본다.

"……솔직한 제 심정은 싫지만, 회색 무녀보다 귀족의 첩이 되는 편이 낫다고 말하는 사람이 있으면 직장이라고 생각하고 소개를 생각해 볼 수도 있어요. 하지만 싫어하는 회색 무녀를 팔 생각은 추호도 없어요. 지금은 공방에서 돌보고 있고, 고아의 동향을 최종적으로 결정하는 사람은 저니까요."

내 대답에 페르디난드의 옅은 금색 눈동자가 날카로운 빛을 머금었다.

"흠. 그럼 귀족이 주변 마을에서 고아를 사는 일은 어쩔 셈인가?"

고아를 매매하는 문화가 꺼림칙한 건 내가 아직 이 세계의 윤리관에 따르지 못해서다. 하지만 예전보다는 혐오감이 옅어졌다.

"······주변 마을의 고아는 촌장을 비롯한 주민이 돌봐서 주민들이 겨울 식량을 사기 위한 공유 재산이라고 벤노한테 들었어요. 제가 권력으로 이래라저래라 해도 되는 대상이 아니었던 거예요. 모든 고아를 구할 수도 없으니까 제 눈에 보이지 않는 곳은 관여하지 않을래요."

영주의 양녀라는 권력을 쓰면 쉽게 개입해서 핫세 마을 고아들을 전부 데려올 수도 있다. 하지만 어디에서 어떤 마찰이 생길지 모르고, 핫세에만 고아가 있는 것도 아니다. 내게는 이 영지의 모든 고아를 구할 힘은 없다.

무엇보다 신전장인 내가 최우선으로 생각해야 하는 건 신전 고아원이다. 무턱대고 다른 마을 고아원까지 확대하는 행동은 잘못됐다는 말을 들었다. 내 관할인 핫세의 작은 신전까지는 어떻게든 해결하겠지만, 그 외에 내 눈에 들어오지 않은 곳은 관여하지 않아야 한다. 납득하고 싶지는 않지만 인정하지 않으면 지금 하는 사업도 앞길이 힘들어진다.

"그래. 조금은 학습해서 천만다행이구나."

페르디난드는 내 대답에 만족한 듯 끄덕인 뒤, 짓궂은 표정으로 다시 질문을 던졌다.

"그럼 로제마인. 핫세의 촌장 측에 있는 고아는 어쩔 거지? 그곳은 그대의 눈에도 한 번 들어온 곳이 아니느냐?"

나는 입술을 꽉 깨물고 고개를 가볍게 저었다.

"다른 마을 고아들은 신전 고아들과 달라서 남자는 성인이 되면 주민으로 인정받고 밭을 받는대요. 여자도 밭을 받고 결혼할 집안을 소개받는다더군요. 성인이 되어서 주민으로 인정받는다면 신전 고아원에 들어와서 평생 신관으로 사는 길보다 정든 땅과 익숙한 습관 속에서 한 사람의 주민으로 살아가는 길이 행복할지도 몰라요."

여태까지 몸에 밴 습관을 전부 버려야 하는 신전 고아원에서 다시 교육을 받고 신관과 무녀가 되어 한 치 앞도 볼 수 없는 채 귀족 곁에서 살아가는 것과, 생활은 쪼들리지만 자신의 상식이 통하는 세계 속에서 살아가는 것. 어느 쪽이 정답인지는 본인밖에 모른다. 나 역시 할 수 있다면 영주의 양녀가 아니라 주변이 어떻게 보든 가족과 함께 살고 싶었으니까.

"한 번은 선택권을 줬어요. 그들이 신전 고아원을 선택하지 않는 한 제가 관여할 대상이 아니에요."

영주의 딸이 낼 수 있는 올바른 대답이라 확신하며 말하자, 페르디난드는 "좋다."라며 끄덕였다. 만족스러워하는 페르디난드를 보고 틀린 대답이 아니었다는 생각에 가슴을 쓸어내리면서도 시선은 점점 아래로 내려갔다.

'아아, 싫다.'

내 속의 상식이 또 하나 귀족의 색깔로 물들어 버린 느낌이 들었다.

상인, 활동개시

　길베르타 상회 사람들을 비밀의 방에 데리고 들어가는 건 언제부턴 가 통과의례가 되었다. 이젠 브리기테도 태연한 얼굴로 지켜봐 주고, 다무엘은 싫증 난 얼굴로 따라 들어왔다. 내가 그 얼굴에 익숙해진 것 처럼 다무엘도 이젠 익숙해지면 좋으련만, 아직도 내가 루츠에게 찰 거머리처럼 달라붙는 광경이 낯선 모양이다.

　"루츠, 루츠, 루츠! 이제 싫어! 귀찮아! 머리가 폭발할 것 같아!"

　"이번엔 또 뭐야!?"

　"귀족의 상식은 내게는 비상식이고! 내 상식은 모두에게 비상식이 야! 맞추기 힘들어! 생각하고 싶지도 않아! 아~, 정말!"

　"로제마인 님, 뎈리아로 빙의하셨습니다."

　길이 웃으면서 그렇게 지적했다. 내가 소리치며 발악하는 동안은 별일이 아니라고 판단했는지 아무도 심각하게 봐 주지 않는다.

　"진짜 목청껏 소리치고 싶은 기분인걸. 으아~, 정말! 싫어! 하고."

　"그래서 소리치니까 속 시원해졌어?"

　"응. 약간."

　힘껏 소리쳤더니 조금은 상쾌해졌다. 성의 내 방도 그렇고, 신전장 실에서도 답답한 마음을 목청껏 소리칠 수는 없다. 그랬다간 주변이 열심히 이루어 낸 성녀 전설이 와르르 무너지는 불상사가 발생한다. 이래 봬도 일단은 귀족 아가씨답게 지내려고 노력 중이다.

　루츠에게 한차례 불만을 토로한 뒤, 깊게 숨을 내뱉은 나는 길베르타 상회 사람들을 쭉 둘러보았다.

"일단 저 엄청 노력했으니까 칭찬해 주세요. 양아버님에게 인쇄업을 제 속도로 진행해도 좋다는 언질을 받았고요, 칸토나에게는 핫세 계약을 백지화하고, 계약서를 빼앗았어요. 신관장님이 말씀하시길 핫세 담당자가 칸토나에서 다른 사람으로 바뀌었대요. 그리고 신관장님한테 소문을 퍼트리든 말든 맘대로 해 보라는 허락도 받았어요. 나 열심히 했죠?"

우후훗, 하고 떵떵거리자, 루츠가 내 머리를 쓱쓱 쓰다듬어주었다.

"오오, 굉장한데? 잘했어, 잘했어."

"잘했다, 로제마인. 이제 제법 편해지겠군."

"예. 어찌 됐든 겨울 동안은 종이를 못 만드니까 인쇄업은 잠시 정체될 겁니다. 그래도 영주님께서 재촉하지 않으시는 만큼 안심이군요. 이걸로 온 힘을 다해 핫세 안건에 착수할 수 있겠습니다."

골치 아프고, 좌절감을 느끼면서도 열심히 노력한 보람이 있다. 모두가 칭찬해 주었다. 기력 충전! 아직은 조금 더 힘낼 수 있겠다.

"음, 그럼 앞으로 퍼트릴 소문에 관해서 말인데요……. 전 이 주변 상인들 사이에서 소문이 얼마나 빠르게 퍼지고, 영향력이 큰지 전혀 가늠이 안 되니까 이번에는 마르크 씨의 방법을 보고 배우도록 할게요."

내 목소리에 마르크가 의욕에 찬 미소를 보냈다. 싱긋 웃는 마르크의 미소가 사악했지만, 뭔가를 꾸미는 페르디난드의 미소에 비하면 상큼한 편이다.

"로제마인 님의 공부를 위해서라면 저도 성심성의껏 노력하겠습니다. 어떤 식으로 궁지에 몰아…… 아니, 마지막에 어떤 형태로 이끌어 갈지 정해졌습니까?"

'핫세 촌장, 정말 벤노 씨와 마르크 씨한테 어떻게 대한 거야?'

궁금하지만 굳이 묻고 싶지는 않다.

"마지막에는 핫세와 작은 신전이 서로 도움을 주고받는 관계가 됐으면 좋겠어요. 제 성녀 전설을 가속해서 페르디난드 님께 점수 좀 벌어 놓고, 핫세에 저와 협력 체제를 원하는 반촌장파 세력을 만들어서 되도록 피해를 최소한으로 줄이고 싶어요. 촌장은…… 어찌할 방법이 없지만, 핫세는 겨울 저택이 있는 마을이라서 주변 농촌 사람들도 많이 모이잖아요? 신전 습격과 전혀 관계없는 농촌에는 되도록 지금보다 피해가 적었으면 해요."

"'지금보다'라고 하심은 촌장 외에 처벌이 이미 정해졌다는 말씀입니까?"

내가 고개를 끄덕이자, 마르크는 눈을 크게 떴고, 벤노는 숨을 꿀꺽 삼켰다.

"소문으로 흘려서 주민에게 불안감을 조성해도 좋다고 들었어요. 신관장님은 내년 봄에 있을 기원식 기간에 핫세에 청색 신관을 아무도 보내지 않기로 하셨어요."

"……농민에게는 가혹한 처벌이군."

영주의 마력으로 보호받는 영지에는 기본적으로 마력이 퍼져 있다. 하지만 얇고 넓게 덮인 마력으로 영민 전체를 먹여 살리기에는 부족하므로 조금 더 마력을 보탤 수밖에 없다. 그래서 귀족은 아니지만, 마력을 가진 청색 신관이 영지 각지로 파견되어 봄의 기원식이라는 형태로 마력을 제공하게 되었다.

기원식에서 축복을 받으면 각 농촌에 마력이 퍼지면서 수확에 큰 영향을 준다. 한두 해 정도는 농민들이 노력과 시간을 들여 예년처럼 수확할 수 있지만, 마력이 부족해지면 땅이 점점 메말라 가고, 수확도 힘들어진다. 정변 후, 젊고 마력이 강한 청색 신관들이 귀족 사회로 돌아가면서 신관과 무녀의 수와 수준이 곤두박질쳤다. 에렌페스트의 땅을 채우는 마력도 조금씩 줄어들었다. 올해는 내가 축복을 내린 덕분에 작년보다 수확량이 늘었을 거라고 페르디난드는 예상했다. 그리고 내년 기원식에는 내가 축복하는 땅과 기원식조차 열지 못하는 핫세 사이에서 수확량의 차이가 크게 벌어질 것이라고 했다.

"다음 수확제까지 핫세의 상황과 제 활동을 보고 다음 처벌을 내릴지, 범위는 어떻게 할지 고민하겠다고 신관장님이 말씀하셨어요."

벤노가 팔짱을 끼고, 난처한 얼굴로 신음했다.

"아까 문관과 핫세의 계약을 백지로 돌렸다고 했는데, 결국 촌장과는 계약을 어떻게 하기로 했지? 고아들 값은 치렀냐?"

"그건 지금부터예요. 내일모레 신관장님과 함께 핫세에 가기로 했어요."

고개를 재차 끄덕이던 마르크는 서자판에 받아 적은 후, 가느다란 눈을 번쩍이며 벤노를 보았다.

"그럼 주인님. 핫세 주민이 고아를 빼앗겼다고 신관에게 무례하게 대했다. 이에 화가 난 신관을 로제마인 님께서 막고 계신다. 이렇게 소문을 흘려 봄이 어떨까요?"

"그거 좋네. 로제마인 님이 없었다면 그 자리에서 모두 찍소리도 못 하고 죽을 뻔했다, 라고 주민들의 의견도 덧붙여서 흘리자. 중요한 점은 로제마인 님의 자비로 다행히 아직은 처벌이 내려지지 않았다는 점을 강조해야 해."

벤노가 턱을 어루만지면서 마르크의 의견에 동의했다. 루츠가 두 사람의 대화를 진지한 얼굴로 바라보았다.

"이 소문을 흘린 뒤에 우리가 핫세에 가면 목공방 주변에 잘 아는 주민이 접촉해 올 겁니다. 그때 로제마인 님께서는 핫세의 앞날을 걱정하시고, 심각한 결과가 되지 않길 바라고, 또 근심하신다고 전합시다. 동시에 에렌페스트 마을이었다면 어찌 됐을지 가르쳐 줘요. 그러면 귀족을 두려워하여 촌장에게 반항하는 자와, 지금까지 맺어 온 귀족의 연줄로 어떻게든 살아 보려고 촌장에게 아첨을 떠는 자로 나뉠 겁니다."

지금까지 전 신전장이 편의를 봐 주고, 그 증거가 되는 편지를 받았다면 이번에도 똑같은 수단을 쓰려는 사람이 나타날 거라고 마르크는 예상했다.

"소문이 순조롭게 퍼진다면 분명 수확제에서 새파랗게 질린 주민이 접촉해 오겠지요. 그때 로제마인 님은 시종을 시켜서 신관장님께서 봄의 기원식에 신관을 보내지 않기로 하셨다, 수습해 보려고 노력했지만 신관과 영주의 노여움이 깊었다는 말을 전하는 겁니다. 그러면 자연스럽게 겨울 저택 내에서 화제가 될 테고, 주민들끼리 진지하게 의논하겠죠."

내가 고개를 끄덕이며 서자판에 내가 해야 할 행동을 메모하는데, 벤노가 살짝 고개를 갸웃거렸다.

"마르크, 그 전에 영주가 딸을 위해 세운 작은 신전에 핫세 주민이 공격을 가했다. 아무리 신전장이 자비로워도 전부 감싸 주지는 못할 거라는 소문을 퍼트리기로 하지 않았나?"

"그건 로제마인 님이 아니라 우리가 할 일입니다, 주인님. 수확제가 끝나고 우리가 신관을 데리고 에렌페스트로 돌아갈 때 다른 농촌 주민에게 흘려야지요."

만약 수확제 전에 영주 일족을 향한 반역 용의로 자기들까지 말려 들었다는 사실을 주민 누군가가 알게 되면 도저히 수확제를 열 정신이 아닐 터이다. 마을 전체에 큰 소동이 일어나고, 신전장으로 출석하는 내게도 따지고 들면서 위험해질 가능성이 있다.

"뒤처리가 힘들어지니까 수확제만이라도 즐겁게 보내게 배려해야지요. 나중에 소문을 듣고 서둘러 신전에 찾아와도 전 신전장은 없고, 자비로운 로제마인 님을 비롯한 청색 신관들은 수확제로 부재중이니까 소용이 없습니다. 대신 우리에게 조금이라도 정보를 모으려고 에렌페스트를 어슬렁거릴 수도 있지만, 이제는 정보가 없다고 일축하면 그만입니다."

정보를 제압하는 자가 전부를 제압한다. 그 말이 미소 짓는 마르크의 등 뒤에 떠올라 보인다.

"작은 신전에서 일어난 일은 영주 일족을 향한 반역죄라서 아무리 로제마인 님이라도 감싸줄 수가 없지요. 과연 핫세는 어떤 결론을 낼까요, ……아, 그렇지. 조급하게 촌장을 죽여 버리지 않도록 촌장이 책임을 지고 재판을 받게 될지도 모른다는 말도 덧붙여 둬야겠습니다."

겨울 사이에 촌장의 입장이 어떻게 바뀔까요, 라며 마르크가 입술을 일그러뜨렸다. 촌장에게 보복하는 것이 가장 중요하다는 마르크의 속마음이 들여다보였지만, 상관없겠지. 촌장을 고립시키라는 페르디난드의 과제만 달성하면 그걸로 족하다.

"……즉, 소문만 퍼트리면 나머진 내버려 두라는 뜻인가요?"

"그래. 수확제가 끝나고 작은 신전을 폐쇄하면 네가 핫세에 갈 일도 없고, 우리도 네가 작은 신전을 떠나 다음 겨울의 저택으로 출발하자마자 신관들을 데리고 에렌페스트로 돌아올 거다. 핫세 녀석들이 어떤 결론을 내든, 촌장 대신 마을을 통치할 인물이 나오든, 우리는 내버려 두고 기다려야지."

나는 벤노의 말에 수확제가 끝나고 다음 봄까지는 핫세 문제에 손대지 않아도 된다고 깨닫자 마음이 한결 가벼워졌다.

"그럼 전 봄까지 핫세 문제를 고민하지 않아도 되죠?"

"어이, 잠깐. 조금은 고민해."

"그렇지만 제가 할 수 있는 일이 없잖아요. 애초에 전 까다로운 문제를 생각하고 싶지 않아요. 진짜 싫어요. 그냥 책이 가득한 도서실에 콕 박혀서 책을 읽을 수 있으면 그걸로 만족해요. 인쇄 공방을 원활하게 운영하기 위해 핫세와 협력 상태를 만들고 싶긴 하지만, 촌장과 주민의 앞날 따위 모습만 여기지 않으면 어찌 되든 좋아요."

페르디난드를 비롯한 귀족의 논리가 작동하면 마을이 통째로 사라지고, 애꿎은 사망자가 수두룩하게 나올 것 같아서 좋지 않은 머리를 썼을 뿐이다.

"귀찮아도 우리를 지휘하는 사람은 너다. 상황 파악만큼은 머리를 써. 모른다는 말로 넘어간다면 핫세 촌장과 똑같다."

"음, 그럼 수확제 전까지 마을 내에 어떤 식으로 소문이 퍼지는지, 핫세 마을에 가는 상인의 상황이나, 변화를 루츠와 길이 지켜봤으면 해요. 기수로 간간이 상황을 보러 갈 테니까 그때 두 사람이 제게 보고해 줘요."

"딱히 상관은 없는데, 어차피 정보가 목적은 아니지?"

루츠가 나를 힐끗 보고, 속을 꿰뚫어 본 것처럼 입꼬리를 씩 올렸다.

'어떻게 알았을까.'

"수확제까지 돼지나 소 껍질을 사서 핫세에서 아교를 만들어줬으면 해. 작년에 만든 몫이 남긴 했는데 앞으로 얼마나 쓸지 몰라서 올해도 일단 만들어 두고 싶거든. 아교를 만드는 짬짬이 마을 상황을 보고해 주면 좋겠어."

"그럴 줄 알았어. 그럼 아교를 만드는 짬짬이 마을 상황을 보면 되는 거지?"

루츠와 길이 "우리한테 맡겨."라며 수락해 주었다. 내게는 마르크가 지휘하는 대로 진행될 듯한 핫세 마을보다 내년에 쓸 아교가 더 중요하다.

"그리고 이거 좀 전달해 줬으면 해."

나는 루츠에게 가족 앞에 보내는 편지를 내밀었다. 약간의 근황 보고와, 엄마와 투리에게는 겨울 사교계 데뷔에 쓸 머리 장식 의뢰, 아빠에게는 신관들을 이송하는 벤노 일행의 호위 의뢰다. 작은 신전에서 신관들을 데리고 돌아올 때 병사를 호위로 붙이고 싶었다. 하물며 핫세에 뒤숭숭한 소문을 퍼뜨려서 휩쓸고 돌아와 준다면 두말할 나위도 없다.

"벤노 씨. 수확제에 호위해 준 병사에게 술을 낼 순 없으니 적어도 제 요리사의 고급 요리를 맛보게 해 주고 싶어요. 식재료 조달을 부탁해도 될까요?"

"알았다. 핫세에서 팔 상품 외에 식재료도 옮겨 주마. 요리는 호위 병사한테만 주지 말고, 우리 몫도 부탁해. 그리고 그만큼 늘어난 짐마차 비용은 네가 대라."

"……알았어요, 부탁할게요."

마르크에게 소문을 내라는 허가를 내린 지 이틀이 지났다. 이미 길드장을 중심으로 큰 상점 점주들 사이에서 '핫세 주민이 고아를 빼앗겼다고 신관에게 무례하게 대했다. 이에 화가 난 신관을 신전장님께서 막고 계신다.' 라는 정보가 돌고 있다는 보고를 루츠에게 받았다.

오늘은 칸토나에게 받아낸 계약서를 들고, 페르디난드와 함께 핫세로 가는 날이다. 시종은 프랑과 모니카, 호위 기사로는 다무엘과 브리기테가 동행한다.

"자, 과연 그자들도 자기들이 처한 상황을 조금이라도 파악했을런지."

페르디난드의 말에 나는 고개를 살짝 기울였다. 편지의 내용을 파악했다면 땅에 납작 엎드려서 머리를 조아릴 텐데, 과연 알아챈 사람이 있긴 할까.

나는 평민이 이해하기 쉬운 말로 쓰고 싶었다. 하지만 프랑이 "영주의 딸이며 신전장 자리에 앉으셨으니, 편지 한 장에도 제대로 된 문장을 갖추지 않으면 어린애라고 얕볼 수 있습니다." 라고 섬뜩하게 웃으며 못을 박았다. 그때 프랑의 미소가 자기 주인을 문전박대한 데 대해 분노하는 마르크의 미소와 매우 닮아서 나는 귀족다운 두루뭉술한 표현으로 적을 수밖에 없었다.

"……그 편지를 읽을 수 있으면 좋겠는데, 귀족의 문장 표현에 익숙한 사람이 없으면 바르게 이해하기는 어려울 거예요."

편지를 못 읽더라도 에렌페스트와 핫세는 마차로 반나절도 안 걸리는 거리라서 이미 마르크가 흘린 정보가 핫세에 퍼졌는지도 모른다. 아니면 얽히기 싫은 상인들이 발 빠르게 핫세를 빠져나가서 거의 알려지지 않은 상태일까.

작은 신전에서 촌장의 저택까지는 기수로 이동했다. 마차 몇 대가 쭉 이어진 상인 집단이 이쪽을 손가락질하며 뭔가 말하는 모습이 보였다. 지금까지 전 신전장은 마차로 이동했으므로 귀족만 다루는 기수로 촌장의 저택에 도착하면 소문의 신빙성이 높아질 게 분명하다.

레서버스에 함께 탄 프랑과 모니카, 브리기테가 내린 후, 나는 레서버스를 마석으로 되돌려 허리춤에 넣었다. 기수를 넣고 꺼내는 일에도 익숙해져서 이젠 재빠르게 처리하게 되었다.

"신전장님, 신관장님, 어서 오십시오."

자신을 리히트라고 소개한 남성이 우리를 맞아주었다. 전에 왔을 때는 보이지 않던 얼굴이었다. 리히트는 촌장의 친척으로 잡무를 돕는다고 했다. 아마 촌장을 전반적으로 보좌하는 사람이리라. 촌장보다 사무 업무가 유능해 보인다. 외모로 따지면 칼스테드와 비슷한 나이려나. 30대 중반에서 후반 같은 느낌이다. 아래위로 눈치 보는 중간 관리직 분위기가 풍겼다.

"오늘은 대체 무슨 용무입니까?"

귀족의 인사를 나눈 뒤에 나온 리히트의 말에 프랑이 앞으로 나와 오늘 용건을 전달했다.

"면담 의뢰 편지에도 적었듯이 정식으로 고아를 거래하려고 왔습니다."

프랑의 말에 리히트는 가볍게 고개를 끄덕였다. 그러면서도 이런 전개에 납득이 가지 않는 듯 고개를 갸웃거렸다.

"저희로서는 매우 감사한 말씀이지만······."

"친밀한 관계에 있는 상인이 지적해 주기 전까지 로제마인 님도, 우리도 핫세 마을이 고아를 판 돈으로 겨울을 난다는 사실을 몰랐습니다. 그저 핫세 마을이 기른 고아를 떠맡으면서 핫세의 부담을 줄여 줄 생각이었습니다."

이 말은 사실이다. 고아원 원장을 맡다 보면 고아 양육에 상당한 비용이 든다는 사실을 자연히 알게 된다. 고아를 만족스럽게 먹일 만한 여유가 없다면 작은 신전에서 고아를 맡음으로써 핫세 마을의 부담도 덜고, 사정이 나아지리라 생각했다.

"귀족과 계약한 고아를 멋대로 끌고 가 버리면 핫세 마을이 곤란해진다면서요? 난 신전 출신이라 세상사에 어두워서······."

곤란해졌네요, 하고 손을 볼에 대고 살짝 고개를 기울여 보였다. 너의 어디가 세상사에 어둡냐, 라며 차가운 눈으로 내려다보는 페르디난드는 아예 무시했다.

"그런 이유로 로제마인 님께서는 칸토나 문관과 연락을 취하게 되셨고, 계약을 취소해 달라는 뜻에 동의해 주셨습니다."

프랑이 칸토나와 맺은 계약서를 보이자, 리히트의 표정이 안심한 듯 부드러워졌다. 역시 고아를 빼앗긴 일로 귀족과 생길 마찰 때문에 온갖 근심, 걱정을 했던 것이리라.

"칸토나와 맺은 계약을 파기하고, 내가 정식으로 노라를 포함한 네 명의 고아를 사려고 하는데 괜찮겠어요?"

"물론이지요. 이쪽으로 오십시오."

리히트의 언행에서는 아직 상인들 사이에서 나도는 소문을 들은 기색이 없다. 이 주변은 정보 전달이 어떤 식으로 이뤄지는 걸까. 마을에서 나간 적도 없고, 가족과 루츠의 입으로만 주변 소문을 들어 온 나는 농촌에서 어떻게 정보가 전달되는지 모른다.

촌장의 방으로 안내한 리히트는 우리에게 자리에 앉기를 권했다. 따뜻한 차 대신 근처에서 딸 수 있는 페리지네를 짠 신선한 주스가 나왔다. 귀족용으로 따로 준비된 은잔에 분홍색 액체가 찰랑거린다. 차를 맛있게 우리려면 기술과 찻잎의 품질이 중요하다. 거의 방문할 일이 없는 귀족 손님을 위해 비싼 차를 상비할 만큼의 여유는 없다고 생각되었다.

"어떤 술을 좋아하십니까?"

내게는 주스를 내 오고, 페르디난드에게는 술을 권한다.

'낮부터 느닷없이 술? 계약하러 왔는데?'

우리가 눈을 끔뻑이며 의아해하자, 리히트도 우리의 반응이 의외였는지 눈을 끔뻑인다. 아마 전 신전장과 문관들은 지금껏 술로 환대해 온 모양이다.

"술은 필요 없다. 신전장과 똑같은 거라도 충분하다."

그렇게 말한 페르디난드에게도 똑같은 은잔이 나왔고, 주스를 따랐다. 프랑이 은잔을 집어서 냄새와 색을 확인한 후, 한 모금 입에 머금었다. 천천히 삼키고, 자기 입이 닿은 부분을 손가락으로 닦아서 은이 변색하지 않았는지 확인했다.

맛을 본 뒤, 천으로 다시 한번 입을 댄 부분을 닦은 프랑은 나와 페르디난드의 앞에 잔을 내밀었다. 옆에서 독을 확인하는 순서를 서자판에 메모하는 모니카를 곁눈질로 보면서 잔을 들려던 나는 그대로 굳어 버렸다.

'무거워!'

은잔이 평소에 쓰는 식기보다 말도 안 되게 무겁다. 한 손으로는 도저히 무리고, 양손으로 들어도 손이 바들바들 떨린다.

'엎지른다. 이거 분명 기울어져서 엎지를 거야.'

눈치가 빠른 프랑이 거들어 줘서, 아니, 오히려 내가 거드는 형태로 잔을 입가에 댔다. 한 모금 꿀꺽 마시자, 상큼한 감귤류의 신맛이 입속에 퍼졌다.

대접받은 음료도 마셨고, 겨우 본론으로 들어가게 되었다.

"칸토나 님과 맺은 계약을 파기하고, 신전장으로 취임하신 로제마인 님과 신관장님께서 고아를 사겠다는 말씀이 틀림없습죠?"

"예."

리히트에게 해준 설명을 촌장에게도 똑같이 한 뒤에 프랑이 칸토나의 계약서를 내밀었다. 계약 파기에 동의하게 하고, 정식으로 우리가 노라와 아이들을 매매하는 계약을 맺는다. 신전장인 나와 촌장이 계약서에 사인하고, 프랑이 돈을 지불하면 끝이다. 특별히 아무 문제 없이 순조롭게 계약이 끝났고, 나는 가슴을 쓸어내렸다.

문관과 맺은 계약도 파기했고, 새로운 계약으로 고아를 판 돈이 수중에 들어온 촌장도 안심했으리라. 어깨에 들어간 긴장이 약간 풀어진 듯하다. 그와 동시에 보는 사람이 불쾌할 정도로 히죽이며 웃는다.

"그나저나 영주님의 외숙부라서 그런지 전 신전장님은 은퇴하신 후에도 영향력이 어마무시한가 봅니다? 감탄했습니다."

역시나 촌장은 편지의 내용을 이해하지 못했는지 전 신전장이 죽은 줄 몰랐다. 심지어 자꾸만 전 신전장이 영주의 외숙부임을 우리에게 강조했다.

'영주의 외숙부였지만, 범죄자라서 처형당했어.'

내가 영주의 딸로 신전장직에 취임한 사실을 모르는 듯했지만, 아니꼽게 빈정대는 촌장에게 사실을 친절하게 가르쳐 줄 기분이 들지 않았다. 나는 "그렇습니다. 그렇게 훌륭한 인물인 줄 미처 몰랐군요." 하고 맞장구쳐 주면서 전 신전장에게 아부하는 찬양의 말을 한 귀로 흘렸다.

'이제 부탁이니까 슬슬 입을 닫아 주겠니? 옆이 으스스하단 말이야.'

내 오른쪽에 앉아서 억지 미소를 장착한 채 냉기를 뿜는 페르디난드가 무섭다. 페르디난드의 살얼음 같은 분위기를 파악하지 못한 촌장이 자폭하든, 제 발로 처형대에 오르든 좋을 대로 해도 좋지만, 적어도 내가 없는 곳에서 해 주면 좋겠는데.

"여기서만 하는 얘기지만, 사실 전 신전장님과 깊은 인연이 있었던지라 이래저래 편의를 봐 주셨지요. 이번에도 조력 부탁드립죠."

아무래도 편지의 뜻을 이해하지 못한 촌장은 신전에 보낸 편지가 무사히 전 신전장에게 전달되었고, 전 신전장에게 혼쭐이 난 우리가 문관과 협의하여 이곳에 새로 계약하러 왔다고 착각하는 듯하다.

'이제 그만 그 입을 열지 마! 안 그래도 짧은 목숨, 더 짧아지게 하지 말라고!'

내 마음속의 절규는 조금도 전해지지 않았다. 촌장은 아주 만족하는 표정으로 앞으로도 전 신전장의 말은 잘 듣는 편이 좋다, 비록 은퇴했으나 영주의 외숙부다, 라는 말을 지껄였다.

페르디난드가 언제 폭발할까 조마조마한 나는 회담이 끝나자마자 얼른 자리에서 일어섰다. 갑자기 눈앞에서 촌장을 찔러 죽이는 살인 사건이 일어나지 않은 안도감에 긴장을 풀고 작은 신전으로 돌아왔다.

"자, 로제마인. 그대가 저 무례하고, 미련하고, 어리석은 구제 불능 바보천치 얼간이를 어떻게 처리하는지, 가만히 지켜보마."

페르디난드는 '어떻게 요리하든 전혀 상관없는 좋은 교재이니 마음껏 공부하라'고 내뱉었다. 촌장을 비판하는 수많은 수식어와 페르디난드의 몸에서 내뿜는 냉기로 보건대, 내 교재가 아니었다면 촌장은 벌써 끔찍한 일을 당하고도 남았다. 교재가 된 것만으로도 매우 불쌍하지만, 갑자기 피의 비가 내리지 않고 끝나서 다행이라고 생각한다.

'촌장 때문에 과제가 더 어려워진 것 같은데.'

도무지 페르디난드의 기대에 부응할 수 있을 것 같지가 않다.

"촌장을 고립시키고, 작은 신전과 핫세가 대립하지 않도록 전력을 다할게요. ……소문 계획은 마르크가 신나게 퍼트리는 중이니까 봄이 될 때까지 결과를 기다려 주세요."

'봄까지 신관장의 분노가 가라앉았으면 좋겠는데……. 에잉, 그냥 기대를 말자.'

작은 신전에 신관들을 모아서 수확제와 동면 전에 들어갈 이사 계획, 조만간 루츠와 길이 아교를 만들러 온다는 소식을 전하고, 우리는 에렌페스트 신전으로 돌아왔다.

핫세의 수확제

수확제날 아침, 엘라, 로지나, 니콜라, 모니카와 옷가지나 식기 등 생활용품을 실은 마차가 신전을 출발했다. 에크하르트와 유스톡스의 시종과 짐을 실은 마차도 함께 출발했다.

나는 건강을 먼저 생각해서 핫세까지 기수를 타고 가기로 했다. 다무엘과 브리기테가 선두를 달리고, 유스톡스와 에크하르트가 뒤따라오도록 편성되었고, 이번에 내 기수에는 프랑만 함께 타기로 했다. 프랑은 페르디난드가 준 약도 관리해야 해서 수확제 동안 쭉 나와 함께 행동하게 되었다.

"로제마인, 제발 무모한 짓을 하지 않도록 주의해라."

"네."

전속 요리사도 시종도 먼저 출발해서 곁에 아무도 남지 않은 나를 페르디난드가 점심에 초대해 주었다. 에크하르트와 유스톡스도 함께 페르디난드의 마지막 주의사항을 들으면서 점심을 먹으면 바로 출발이다.

"에크하르트, 유스톡스, 부탁한다. 로제마인한테서 절대 눈을 떼지 마라."

"넷!"

내가 레서버스를 꺼내자 에크하르트와 유스톡스가 주춤거리며 한 발짝 뒷걸음질 쳤다.

"……로제마인, 그게 네 기수냐?"

"맞아요, 에크하르트 오라버니. 귀엽지요?"

우후훗, 하고 웃자, 깜짝 놀란 눈으로 레서버스와 나를 비교하는 에크하르트의 입에서 당황한 목소리가 나왔다.

"귀, 귀엽다고? 이건 그륀이잖아?"

"네? 그륀이 아니라 레서버스예요."

"그, 그러냐……."

에크하르트의 표정이 심하게 경직되었다. 처음 레서버스를 본 페르디난드와 비슷한 표정에 역시 귀족들 사이에는 인기가 없다고 인식했다.

'뭐, 조금 정도 인기 없으면 어때. 귀엽고 편하면 그만이지.'

나와 프랑이 쩌억 벌어지는 입구로 들어가는 모습을 보고, 유스톡스가 매우 흥미롭게 눈을 반짝였다.

"로제마인 공주님, 이 기수는 대체 어떤 구조지요? 저도 꼭 타보고 싶은……."

"유스톡스, 그대가 타면 어쩌자는 건가!? 바보 같은 말은 그만하고 자네 기수나 꺼내."

페르디난드한테 질책이 떨어지고, 어깨를 으쓱거린 유스톡스가 기수를 꺼냈다. 기사단에서는 보지 못한 기수다. 소처럼 생겼지만 뿔이 한가득 달린 화려한 머리에 날개가 달린 동물이다. 유니콘처럼 길고 날카로운 뿔도 있고, 엘크처럼 크고 넓은 뿔도 있다. 올라타면 뿔 때문에 앞이 보이지 않을까 걱정될 정도다. 사자나 호랑이 같은 발에는 두툼하고 단단한 날카로운 발톱이 달렸다.

"그대의 그륀처럼 유스톡스의 기수도 마수 버페름을 본떴다."

"제 기수는 마수가 아니예욧!"

"누가 봐도 마수다. 뭐 그게 어떻든 무슨 상관인가. 어서 출발해라. 수확제가 시작해 버리지 않느냐."

페르디난드가 손을 저으며 다무엘과 브리기테에게 출발 지시를 내린다. 각자의 기수가 하늘로 날아오르고, 나의 레서버스도 두 사람을 뒤따랐다.

오늘은 프랑이 조수석이다. 처음 탔을 때는 온 몸이 굳던 프랑도 지금은 비통한 결의도 없이 무덤덤하게 버스 좌석에 앉았다. 다무엘의 천마를 쫓아 하늘을 향해 운전하면서 프랑에게 오늘의 중요한 업무를 부탁했다.

"프랑, 수확제 동안 리히트와 접촉하는 거 잊지 마세요."

"네. 봄의 기원식에 신관을 파견하지 않기로 정해졌다는 점과 로제마인 님께서 열심히 중재하고 계시지만, 신관장님의 화가 생각보다 깊다는 얘기를 돌려서 전하면 되지요?"

"……'돌려서'가 아니라 '정확하게' 전달해 주세요."

귀족스러운 표현으로 편지를 쓴 탓에 촌장은 아직도 신전장이 죽었다는 사실을 인지하지 못했다. 하긴 '아득히 멀고 높은 곳에 오르다'라는 표현을 누가 죽음으로 이해할까. 단순하게 승진한 줄로 착각해도 이상하지 않다. 우라노 시절로 치면 '덧없어진다'라든지 '모습을 감추셨다'라는 표현으로 죽음을 말하라고 주장하는 꼴이다. 누가 가르쳐주지 않으면 알 턱이 없다.

프랑은 살짝 미간을 찌푸리고, 눈을 내리깔았다. "알겠습니다." 라고 말하는 목소리가 딱딱하고, 마지못해 하는 기운이 역력했다.

"상대는 그 전 신전장과 밀접한 관계였던 촌장이에요. 촌장의 무례함에 분노하는 신관장님의 마음도, 신관장님을 존경해서 화가 난 프랑의 마음도 이해하지만, 모든 핫세 주민까지 끌어들이기는 싫어요."

"작은 신전을 공격한 사람들이 바로 그 핫세 주민이지 않습니까."

프랑은 나의 대응이 무르다며 한숨을 쉬었다. 아무리 무르다고 해도 촌장이 이 이상 불경죄를 저지르기 전에 전 신전장이 죽었음을 알려야 한다. 그렇지 않으면 촌장이 무례하게 굴 때마다 채점자인 페르디난드가 나의 과제 레벨을 어렵게 만들 테니까.

"알겠습니다, 프랑. 다시 말할게요."

나는 헛기침을 한번 하고, 페르디난드의 말투를 흉내내 봤다. 물론 최대한 미간에 주름을 새긴 못마땅한 표정도 잊지 않았다.

"이미 전 신전장이 처형되어 기댈 대상이 아닌 점, 봄이 되어도 신관이 파견될 일이 없다는 사실을 그 촌장과 핫세 주민의 머리와 가슴 깊이 새겨 넣고, 간담이 서늘해지는 공포의 나락으로 떨어뜨려 주어라, 알겠는가, 프랑?"

이제 더는 무르다고 못하겠지? 하고 조수석에 앉은 프랑을 보자, 프랑은 입가를 누르며 필사적으로 웃음을 참았다.

"분부 받들겠습니다."

핫세의 중심부에는 우라노였던 때에 사회 교과서에 실린 옛날 초등학교 같은 'ㄷ'자 구조로 된 목조 건물이 있다. 길에 접한 부분이 촌장의 저택이고, 그 건물 안에 대장간, 목공방 등 장인의 가게가 늘어서고, 제일 안쪽 부분은 겨울에만 열리는 겨울 저택으로 사용한다. 근처 농민들은 이 겨울 저택에 모여 겨울을 지낸다.

ㄷ자 건물의 한복판에 운동장 같은 광장에서 의식을 지내는데, 이미 모인 사람들로 북적거렸다. 평소에는 한산한 마을이 축제다운 열

기와 시끌벅적한 소음에 휩싸여 있다. 그런 웅성거리는 인파 속에 우리가 탄 기수가 기원식 때와 똑같이 겨울 저택의 광장에 서서히 내려섰다.

기수를 발견한 사람들이 손가락질하며 제각기 소리를 지르고, 착륙할 공간을 만들어 주었다. 동시에 착륙한 곳에서 무대까지 잇는 길이 자연스럽게 만들어졌다.

건물에 바짝 붙여서 설치한 의식 무대 왼쪽에는 신관과 징세관을 대접하는 자리가, 오른쪽에는 핫세 관계자가 앉는 자리가 있고, 의자와 테이블이 준비되어 있다. 그리고 중앙에는 의식에 쓰는 제단이 있다.

다무엘을 선두로 브리기테, 프랑에게 안긴 내가 뒤를 이었다. 직접 걷겠다고 했지만 모두에게 거절당했다. 유스톡스와 에크하르트에게 "공주님이 세례식과 성결식 때 걷는 모습을 보고 내린 결정입니다." 라거나 "네 걸음 속도는 아무도 못 맞춰." 라는 말을 들어 버렸다.

나는 프랑에게 안긴 채 무대 쪽으로 나아갔다. 신기하게 바라보는 호기심 어린 시선 속에 불안하게 상황을 지켜보는 시선을 느꼈다. 마르크가 흘린 소문이 퍼져서일까.

내 뒤에 따라오던 에크하르트가 시선을 차단하듯이 내 옆에 다가왔다. 엄격한 표정으로 주위를 빈틈없이 주시하며 둘러본다.

"로제마인 님은 이쪽에 앉으십시오."

프랑의 재촉에 내가 앉자, 내 양옆으로 에크하르트와 유스톡스가 앉고, 프랑과 두 호위 기사는 내 뒤에 나란히 섰다.

무대 위에 오르니 광장의 상황이 한눈에 들어왔다. 세례식, 성인식, 결혼식의 주역들이 한껏 꾸미고 무대 앞에 모여 있다. 세례를 받는 아이는 가을 귀색으로 자수된 하얀 예복을, 성인을 앞둔 새내기 성인은 겨울 귀색 베이스의 심플한 예복 차림이다. 결혼식 의상은 부모에게 물려받았는지 조금씩 수선해서 자수나 장식이 화려한 옷도 보이고, 새로 짜서 깨끗하지만 장식이 적은 옷도 보였다. 여성은 화환처럼 가을 야생화나 열매를 끼워 넣은 관을 썼다. 에렌페스트와 달리 모든 의식이 가을에 거행되는 핫세 마을에서는 형제끼리 태어난 계절이 달라도 예복을 제각기 만들 필요가 없고 모두가 가을 귀색을 베이스로 한 의상을 입는다.

핫세 주민을 보아하니 어린애는 에렌페스트의 아이와 그리 다른 바가 없다. 지금껏 핫세 주민을 볼 때 크게 눈에 들어오지 않았는데, 오늘 보니 오랜 농사를 해서인지 농촌에서 모인 어른과 노인 대부분은 등이 굽어서 구부정해 보였다.

"지금부터 수확제를 시작한다. 세례를 받는 아이들은 무대 위로 올라와라."

촌장이 수확제 개최 선언을 하자, 큰 함성이 일었다. 오늘 세례식을 맞이한 아이들이 박수와 환호성을 받으며 무대 위로 올라왔다. 열댓 명의 아이들 가운데 곧 여덟 살이 되는 아이와 일곱 살이 된 지 얼마 안 된 아이는 체격 차이가 제법 있어 보인다.

'확신할 수 있는 건 여기에 선 아이들보다 내가 훨씬 작다는 거야.'

프랑은 가져온 납작한 흰 메달을 들고, 열댓 명의 아이들 앞에 나아갔다. 로제마인이 평민이었을 때 받은 세례식처럼 피도장을 누르려는 거다. 나는 시선을 피해 바닥에 떨구고, 모두가 피도장을 다 찍기를 기다렸다. 남의 피를 봐도 내가 아픈 것 같다.

'으으~, 빨리 끝나라.'

그 이후에는 신화를 읊을 차례다. 이번에는 내가 만든 성경 그림책을 아이들에게 보여주면서 프랑이 읊기로 했다. 내 목소리는 너무 작아서다.

그림책을 처음 보는 아이들이 머리를 파묻을 듯 몸을 내밀었다. 눈을 반짝이며 이야기에 집중하는 아이들을 보니 역시 문맹 퇴치를 위해서 학교가 필요하겠다고 생각했다.

'신전은 에렌페스트밖에 없다고 하니까 신전 학교를 세워도 다른 마을까지 전파되진 않겠지? 새로 학교를 세울 예산도 없고, 자선 콘서트는 신관장님이 끔찍이 싫어하는데. ……아, 차라리 농촌 겨울 저택에 회색 신관을 파견하면 가능하겠는데?'

겨울에만 운영하는 출장 신전 교실인 셈이다. 눈에 갇혀서 한가한 겨울 동안이라면 아이는 물론 어른도 배울 마음이 생길지도 모른다.

'그런데 이 계획을 실행에 옮기려면 먼저 회색 신관의 지위를 올려야 될 텐데.'

회색 신관을 고아라고 멸시하는 지금 상황에 폐쇄된 겨울 저택에 출장을 보내면 사람들이 어떻게 취급할지 걱정되어 속이 타리라. 내 시종으로 거둘 수는 있지만, 그렇다고 반드시 고아 딱지가 떨어지지는 않는다.

"신에게 기도하는 방법은 다들 알겠습니까? 그럼 신전장에게 축복을 받겠습니다."

프랑의 목소리에 퍼뜩 정신을 차리고 나는 무대 중앙에 나왔다. 광장에서도 무대에서도, 이곳에 있는 모든 시선이 내게 집중되었다. 나는 준비된 받침대에 올라서서 천천히 숨을 들이마셨다.

"여름에 영주에게 신전장직을 임명받은 로제마인입니다."

짧게 인사하면서 아이들을 둘러보았다. 자기보다 몸집이 작은 신전장의 등장에 눈을 깜빡인다. 프랑과 함께 온 아이일 뿐 내가 신전장일 줄은 생각도 못 한 표정이다.

"새롭게 다시 태어난 아이들의 건강과 성장을 빌며 신에게 기도를 올립시다. ······신에게 기도를!"

아이들은 프랑이 가르쳐주는 대로 비틀거리면서도 진지하게 기도를 올렸다. 나는 노력하는 귀여운 모습에 흐뭇해하면서 반지에 마력을 담았다.

"그럼 지금부터 당신들에게 축복을 내리겠습니다. 그 자리에 무릎을 꿇으세요."

내 말대로 프랑이 무릎을 꿇자, 아이들도 흉내를 내서 같은 자세를 취했다.

"바람의 여신 슈첼리아여, 나의 기도를 듣고 새로운 아이의 탄생에 당신의 축복을 주소서. 당신께 그들의 마음과 기도와 감사를 바치오니, 거룩한 가호를 내려 주소서."

반지에서 노란빛이 날아올라 아이들 머리 위로 떨어져 내렸다.

"굉장하다!"

"반짝거려!"

우르르 일어나서 양손을 뻗어 빛 가루를 맞으려고 돌아다니는 모습이 참으로 어린애다웠다. 교육을 잘 받은 고아원 아이밖에 모르는 프랑의 눈에는 이상하고 엉뚱한 행동으로 보였는지 눈을 부릅뜨고 경직되었다.

"당신들의 축복은 끝났습니다. 어서 무대를 내려가서 다음 성인식 사람들과 교대하세요."

"응, 알았어!"

"너 쪼그만 데 대단하구나!"

그렇게 말하며 흥분한 얼굴로 눈을 반짝이는 아이들은 무대 아래로 내려가 자기 가족들 곁으로 달려갔다. 대신 새내기 성인들이 무대로 올라왔다.

이렇게 세례식에 이어서 성인식, 결혼식을 마치면 또 하나의 큰 수확제 이벤트가 시작된다. 간단하게 설명하자면 마을 대항전 구기 대회다. 가을과 겨울의 전투를 본뜬 경기로 승자에게는 내년의 결실이 보장된다고 한다. 밖에 나간 적이 거의 없던 나는 이런 스포츠 경기 같은 행사는 처음 본다. 촌장의 설명을 들으면서 어떤 경기일까 설레는 가슴으로 보려는데 에크하르트가 자리에서 일어났다.

"로제마인 님, 작은 신전으로 돌아갑시다."

"네? 아, 예, 상관은 없는데…….'

'어라? 일곱 점 종까지는 축제를 봐도 되지 않나? 이제 다섯 점 종이 울렸는데?'

찍소리 못하게 하는 굳은 미소로 내 손을 잡고 끄는 에크하르트에게 이끌려 의아하면서도 자리에서 일어났다.

"프랑은 유스톡스와 함께 봉납된 물건을 확인하고, 다무엘은 두 사람을 호위해라. 브리기테는 로제마인 님을 호위해서 작은 신전으로 돌아간다."

"프랑, 뒤를 부탁해요."

빠르게 지시를 낸 에크하르트는 나를 휙 안아 올렸다. 무대 위에 기수를 꺼내 올라타고 하늘을 향해 달렸다. 브리기테가 곧바로 그 뒤를 따랐다.

"에크하르트 오라버니, 갑자기 무슨 일이에요?"

"핫세에 묘한 눈빛을 가진 수상한 인물이 많은 듯했어. 위험한 상황은 일어나진 않겠지만, 축제로 흥분한 상태에서는 무슨 일이 일어날지 아무도 몰라. 안전 대책을 취하는 편이 낫다고 판단했다."

'아아, 리히트다.'

핫세 관계자 자리에 앉은 리히트가 아까부터 계속 말을 걸고 싶어 하는 눈치였다. 한창 의식이 진행 중이고, 내가 에크하르트와 유스톡스와 프랑에게 둘러싸여 있어서 다가오지는 못했다. 얘기할 타이밍을 엿보려고 이쪽을 힐끗힐끗 쳐다보는 바람에 에크하르트에게 수상한 인물로 찍혀 버린 모양이다.

"축제를 기대했었는데……."

"꼭 여기서 안 보더라도 이제 매일이 수확제다. 나중에는 질리도록 보게 될 거야. 오늘은 수확제에 못 오고 작은 신전을 지키는 사람들에게 맛있는 요리를 대접할 거라며? 그쪽을 즐겨."

"예이."

소문으로 핫세 마을의 분위기가 어떻게 바뀔지 모르는 터라 작은 신전 사람들에게는 수확제가 열리는 동안 바깥 출입을 자제하도록 했다. 그 대신 길베르타 상회의 관계자와 호위 병사, 회색 신관과 무녀가 다 같이 즐길 수 있게 길베르타 상회가 날라다 준 식료품으로 엘라와 니콜라가 맛있는 요리를 만들어 줄 예정이다.

작은 신전에 도착하니 잠자리 만들랴, 요리하랴, 온 신전 안이 분주했다. 회색 신관이 지시하고, 병사들이 남자동과 주방에 길베르타 상회가 가져온 짐을 옮긴다. 순간 아빠가 주방 쪽으로 나무 상자를 안고 내려가는 모습이 보였다.

노라와 마르타가 여자동에 쌓아두고 손대지 않은 이부자리를 식당으로 옮겼고, 그것을 토르와 릭이 남자동으로 가져갔다. 지시를 내리고, 지휘하던 모니카가 도착한 나를 보고 깜짝 놀라 달려왔다.

"로제마인 님!? 무슨 일이신가요? 몸 상태가 나빠지셨나요?"

"아니. 안전상 이곳으로 모셔온 것뿐이다. ……로제마인 님, 저희는 촌장의 저택에서 묵기로 했습니다. 내일 아침에 모시러 올 테니 여기서 기다리십시오."

"알겠어요."

내가 고개를 끄덕이자, 에크하르트는 모니카를 돌아본다.

"시종, 로제마인 님의 옷을 갈아입혀 드려라. 그럼 전 이만 행사장으로 돌아가겠습니다."

"뒷일을 부탁해요."

수확제 행사장으로 돌아가는 에크하르트를 배웅하고, 모니카와 함께 예배실 내에 숨겨 둔 내 방에 들어갔다. 작은 신전에 몇 차례 드나드는 동안 언제든지 머물 수 있도록 갖춰 둔 상태였다.

모니카의 도움을 받으며 신전장의 의식용 의복을 벗고, 다른 옷으로 갈아입었다. 엘라와 모니카, 회색 무녀들은 주방에서 요리하느라 고군분투 중인 모양이다. 로지나는 여자동에서 니콜라와 모니카와 함께 자기들 방을 정리하는 중이라고 했다. 브리기테는 여자 귀족이라 내 방에서 함께 자기로 했다. 소파가 있으면 괜찮다고 하길래 이불만 들이도록 했다.

"아직 준비가 완벽하지 않으니 로제마인 님은 저녁 준비가 될 때까지 방에서 느긋하게 쉬고 계세요."

"고마워요, 모니카. 난 신경 쓰지 마세요. 바쁘겠지만 힘내요."

방에서 느긋하게 쉬는데 벽에 박아 넣은 마석이 빛났다. 누군가가 온 모양이다. 브리기테가 문을 열자, 문 앞에 길과 루츠가 서 있었다.

"보고 드리고 싶은 게 있습니다, 로제마인 님."

두 사람을 방에 들이고 문을 닫는다. 브리기테가 있어서 두 사람 모두 반듯한 자세를 풀지 않았다. 나도 바른 자세로 둘의 보고를 들었다.

"로제마인 님께서 명령하신 아교 제작이 끝났습니다. 공방에 놔두고 겨울내 건조시키면 상태가 좋아질 겁니다."

길의 보고를 듣고, 나는 살짝 고개를 끄덕였다. 브리기테가 없었다면 머리를 쓰다듬으며 "잘했어요." 하고 칭찬해 줄 타이밍이다. 그런 생각을 하다가 길과 눈이 마주쳤다. 똑같은 생각을 했었는지 브리기테를 힐끗 쳐다보고 어깨를 으쓱했다. 서로 통한 것을 알고 키득거리며 웃었다.

"1년에 한 번 있는 수확제를 기대했는지 핫세 고아들이 참가하지 못해서 풀이 죽었는데, 대신 여기서 맛있는 요리를 먹게 되었다고 매우 기뻐했습니다. 그리고 예전에 호위를 의뢰했을 때 로제마인 님께서 출장비를 주신 사실이 병사들 사이에서 퍼졌는지, 이번 호위에 참가할 병사를 치열한 경쟁을 통해 정했다고 합니다. 로제마인 님의 말씀이 전해진 건지, 아니면 병사장의 교육이 좋았던 건지, 병사들이 저번보다 신관에게 협력적입니다."

내가 콕 짚어 의뢰한 아빠만 여유로운 얼굴로 경쟁하는 병사들을 지켜봤다고 한다. 재미있게 듣긴 했지만, 루츠의 보고는 출장비를 준비해 두라는 주의였다.

"병사들이 협력적이라서 다행이네요. 그럼 이번에도 출장비를 준비해야 하겠어요. 루츠, 벤노에게 빌려줄 수 있는지 물어봐 줘요."

수확제에 출발할 때 현금을 챙겨 나오지 않았다. 길드 카드만은 늘 소중히 지니고 다녀서 결제는 가능하지만. 루츠는 자기 서자판에 메모했다.

"소문은 어떻게 진행되어 가나요?"

"에렌페스트에서 소문을 들은 대상이 마을에 들르지 않고 재빨리 통과하거나, 핫세에도 조심하라는 소문을 흘린다고 합니다. 주인님이나 마르크 씨가 마을에 도착했을 때 소문을 듣고 찾아온 사람도 있었습니다. 마르크 씨의 예상대로 퍼져 가는 모양입니다."

"농촌 사람들이 모이기 시작하면서 핫세 주민들이 입을 닫아 버린 느낌이 듭니다. 핫세 주민이면 몰라도 농촌 사람들은 아직 소문을 모를 거라 생각됩니다."

루츠와 길의 말에 나는 얘기를 듣고 싶어서 이쪽 분위기를 살피던 리히트를 떠올렸다.

"혼란이 커지는 상황은 피하고 싶은 거겠죠……."

전 신전장의 사망과 봄의 기원식에 신관이 오지 않는다는 사실이 농민들 귀에 들어가면 겨울 저택 안에 혼란이 커질 게 뻔하다.

"루츠, 마르크에게 다음 단계로 진행해달라고 전해 주세요."

"알겠습니다."

둘과 의논을 끝내고 조금 뒤, 저녁 준비가 끝났다고 모니카가 부르러 와 주었다.

식당에 가니, 푸짐하게 차려진 요리를 앞에 두고 모두가 무릎을 꿇고 있었다.

"오늘 같은 축젯날, 신분이나 지위는 다 내려놓고 마음껏 즐겨요."

내 말에 모두가 이해가 안 된다는 표정을 지었다. 그야 그렇지. 나 말고는 이런 말을 하는 귀족이 없으니까. 하지만 푸짐한 상차림 앞에 잔뜩 벼르고 기다리는 사람들의 '빨랑빨랑 먹어, 좀.' 이라는 눈총을 받으며 밥을 먹어야 하는 상황만은 싫었다.

"모두 다 같이 식사를 하자는 말입니다. 힘들게 만든 따뜻한 요리가 식어 버리면 아깝잖아요. 주방에 있는 사람들도 불러와 주세요. 다만 테이블은 귀족과 시종, 전속, 신관과 무녀, 길베르타 상회, 병사로 나눴지만 다 함께 즐깁시다."

술 대신 갓 짜낸 신선한 주스로 건배하고, 일제히 먹었다. 등 뒤에서 병사들이 흥분에 달아오르는 가운데 브리기테만 떨떠름한 표정을 짓는다. 귀족인 브리기테에게는 견디기 힘든 분위기이리라.

"미안해요, 브리기테. 하지만 이렇게 수많은 시선 속에서 천천히 요리를 음미할 수 없을 것 같았어요. 종자나 병사와 함께 먹어서 불만일지 모르겠지만……."

"아닙니다, 제 친정이 있는 일크너는 촌구석이라 종자와 함께 식사하기도 하고, 어떤 행사가 있을 때는 농민들과 함께 떠들기도 해서 이런 상태가 혐오스럽지는 않습니다. 다만, 페르디난드 님께 알려지면 어찌 될까 걱정되어서……."

브리기테가 한쪽 뺨을 감싸고 나를 힐끗 보았다. '대체 생각이 있는 것이냐!?' 하고 호통치는 장면이 쉬이 상상된다.

"프랑과 에크하르트 오라버니가 촌장의 환대로 그쪽 저택에 묵어서 가능한 일이에요. 다른 사람들에게는 비밀로 해 주세요."

내가 집게손가락을 세워서 입가에 ×자를 만들자, 브리기테가 키득거리며 "로제마인 님이야말로 실수로 말하지 않게 조심해 주세요." 하고 똑같이 집게손가락으로 ×자를 만들었다.

나는 식사를 마치고, 각각의 테이블을 돌았다. 내가 병사의 테이블로 가자 모두가 허겁지겁 먹던 손을 황급히 내려놓았다. 아쉬워하며 요리를 바라보는 그들의 시선에 키득거리며 병사의 대표인 아빠에게 말을 걸었다.

"다들 즐기고 있나요?"

"술이 없어서 아쉽지만, 요리는 최고입니다. 다들, 그렇지?"

아빠의 목소리에 모두가 일제히 고개를 끄덕인다.

"그럼요, 이런 요리는 처음 먹어 봅니다."

"이걸 먹은 것만으로 여기까지 온 보람이 있습니다. 술이 있다면 더 완벽했겠죠."

되도록 말투에 주의하느라 더듬더듬 칭찬하면서도 시선은 요리에 박혀 있다. 온몸이 어서 다시 먹게 해 달라고 호소한다.

"입에 맞아서 다행이에요. 요리사에게 전해 둘게요. 자, 다시 식사해 주세요."

내 말이 떨어지자마자 병사들이 일제히 요리에 덤벼들었다. 서로 요리를 차지하려고 소란스럽게 다투면서 먹는 모습을 바라보는데, 소음에 묻히는 작은 목소리로 아빠가 중얼거렸다.

"……오늘 이 요리에서 무척 그리운 맛이 납니다. 제 딸이 처음 만들어 줬던 요리가 생각나더군요. 제 비장의 술을 아낌없이 쓴 요리였지요."

아빠가 새고기 술찜을 먹으면서 그리운 듯 눈매가 가늘어졌다. 비장의 벌꿀술을 써서 만든 새고기 술찜을 가족들이 다 함께 웃으며 먹던 추억이 되살아났다. 그리움에 눈물이 흐를 것 같다.

'여기서 울면 안 돼.'

나는 최대한 천천히 심호흡을 하면서 눈물을 꾹 참고 웃어 보였다.

수확제

동이 트자 작은 신전 안이 떠들썩해졌다. 오늘 오전 중에 작은 신전을 봉쇄해야 해서다. 주방은 아침 식사와 점심 준비로 완전 가동 상태다. 서둘러 정리까지 끝내야 해서 분주하다. 아침은 준비된 빵과 수프를 각자 가져와서 먹기로 했다.

신관들은 이불과 식기 등, 각자 가재도구를 마차에 싣고, 방을 청소한다. 병사들에게도 자기가 사용한 이불과 방을 정리하도록 하고, 길베르타 상회 사람들은 장사 준비로 분주하게 움직였다. 그런 곳에 내가 있으면 방해다. 나와 브리기테는 모니카와 길의 시중을 받으며 재빨리 아침 식사를 마치자마자 방으로 돌아왔다. 방에서 출발 준비가 끝날 때까지 기다려야 했다.

"루츠, 공방 일을 잘 부탁해요. 슬슬 인고네 공방에서 겨울 수자업용 재료를 완성할 때가 됐죠?"

"네. 그리고 인고에게 인쇄기 보완을 의뢰할까 하는데 괜찮겠습니까?"

"그럼요, 괜찮고말고요."

빠르게 진행해 달라는 마음의 소리가 들렸는지 루츠가 피식 웃었다. 인쇄기는 사용할 사람의 의견을 토대로 개량할 생각이라 내가 있어 봤자 소용없다. 다만, 약간의 불편이나 개선점이 떠오르거나, 생각난 점이 있으면 적극적으로 발언하라고 회색 신관들에게도 말해 놓았다. 현재 상태에 만족하면 인쇄업이 발전하지 않는다.

"길, 제가 없는 동안 신전을 잘 부탁해요. 특히 노라 일행이 고아원에 적응할 수 있게 신경을 써 줘요."

"알겠습니다."

핫세에 온 회색 신관과 회색 무녀가 딱 붙어서 신전에서 지내는 방법을 가르친 덕분에 노라 일행은 제법 적응한 것처럼 보였다. 하지만 핫세를 떠나 생판 모르는 사람들만 있는 신전 고아원에 가면 지금까지보다 더 많은 사람과 공동생활을 해야 한다. 이곳과는 또 다른 스트레스가 생길 터이다.

길에게 고아들을 부탁한 뒤, 나는 병사를 통솔하는 아빠에게 몸을 돌렸다.

"……귄터."

어색하지만 아빠의 이름을 막 부르는 데 조금 기합이 필요했다.

"신관들을 잘 호위해서 무사히 신전까지 데려다주세요. 제 부탁을 들어 주는 당신에게는 안심하고 맡길 수 있어요."

"맡겨 주십시오."

나는 출장비로 벤노에게 빌린 돈을 병사들에게 돌아가며 나눠 주었다. 무릎을 꿇고 돈을 받아드는 병사들에게 "신전까지 잘 부탁합니다." 라고 말하면서 건넸다. 반짝이는 병사들의 눈을 보니 성실히 임해 줄 것 같다. 이렇게 해서 일행은 에렌페스트를 향해 출발했다.

그들을 배웅하고, 벤노와 마르크도 움직였다. 소문을 퍼트리기로 한 벤노와 마르크는 별도로 행동한다. 오전 중에 핫세에서 장사하면서 '핫세 주민이 영주가 세운 작은 신전을 공격했다는데, 엄청난 반역죄에 해당하지 않을까? 지시한 책임자가 누군지 모르겠지만, 많은 사람이 책임을 지게 될지도 모른다……' 라는 소문을 흘리고, 얼른 에렌페스트로 돌아올 예정이라고 한다.

"벤노, 마르크, 몸조심하세요."

"걱정해 주셔서 감사합니다."

벤노와 마르크가 핫세 마을 쪽으로 떠났고, 그 뒤에는 나의 시종과 전속을 마차에 태워 촌장 저택 쪽으로 출발하게 했다.

"모니카, 니콜라. 에크하르트 오라버니와 유스톡스의 시종과 합류하면 다음 겨울 저택으로 출발하세요. 전 여기서 에크하르트 오라버니 일행을 기다릴게요."

모두를 떠나보낸 뒤, 나와 브리기테는 마중이 올 때까지 둘이서 작은 신전의 방에서 기다렸다. 엘라가 쿠키와 점심용 샌드위치와 신선한 과일주스를 담은 물통을 준비해 줘서 조금 느긋한 시간을 보냈다.

"브리기테의 친정이 있는 곳은 어떤 곳인가요? 전 아직 영지 지리를 잘 몰라요. 얘기해 주겠어요?"

실세로 살아 본 사람의 얘기를 들으면 지리를 공부할 때 머리에 쏙쏙 잘 들어올 거라고 생각했다. 내가 심심함에 수다를 부탁하자, 브리기테가 곤란해하며 웃었다.

"일크너는 에렌페스트의 남서쪽에 있습니다. 규모는 제법 있지만, 시골에다 인구도 적고, 자랑할 만한 특산물도 없습니다. 목재를 생산하긴 하는데, 그건 다른 곳도 마찬가지니까요."

"……목재가 풍부하다면 종이를 만들 장소로 적격이려나?"

이 근처와 종류가 다른 나무일 가능성도 있고, 특산품을 원한다면 종이를 만들면 된다. 애초에 종이를 대량으로 생산하지 않으면 인쇄업도 넓히지 못한다. 어떤 나무가 있는지, 신기한 나무나 토론베처럼 품질이 좋은 종이 재료가 되는 마목이 없는지, 차분하게 얘기를 나눠

보고 싶다.

"인쇄업은 당분간 영주의 직할지 내에 보급하는 것을 우선시해야 되지만, 한번 기베 일크너를 만나서 종이 생산에 관해서 대화해 보고 싶군요."

내가 그렇게 말하자, 여태껏 보지 못했던 정도로 브리기테의 자수 정빛 눈동자가 반짝였다.

"예에, 물론입니다. 로제마인 님께서 말씀 주시길 기다리겠습니다."

그런 대화를 나누는 사이, 방문자를 알리는 마석이 빛났다. 브리기테가 문을 열자, 긴박한 표정을 한 에크하르트와 유스톡스, 다무엘, 프랑이 있었다.

"엄청 무서운 표정들이네요. 무슨 일 있어요?"

"작은 신전에 시종도 하나 없고, 인기척이 없어서 놀란 거다. 어제 그 많던 사람들은 다 어디 갔어?"

"겨울에는 작은 신전을 봉쇄하기로 해서 전부 에렌페스트의 고아원에 보냈어요. 제 시종은 촌장의 저택에 갔을 텐데요?"

그렇구나, 하고 말하는 에크하르트의 목소리에 힘이 없다. 아무도 없이 텅 빈 것을 보고 깜짝 놀라서 이 방까지 달려온 모양이다.

"프랑은 알고 있었잖아요. ……어머? 프랑. 안색이 나쁜데 상태가 안 좋아요?"

한눈에도 알 정도로 프랑의 안색이 나빴다. 내가 초췌해진 핼쑥한 얼굴을 들여다보자 프랑은 "아무 일도 없습니다." 하고 억지로 웃었다.

"전혀 아무 일도 없는 얼굴색이 아닌데요? 출발은 점심때 해도 돼요. 네 점 종까지 남자동에서 쉬세요."

"아닙니다, 다른 시종도 없는 상태에서 주인을 두고 쉴 수 없습니다. 허가해 주십시오."

단호하게 말한 프랑의 주장에 에크하르트가 수긍하며 고개를 재차 끄덕인다. 페르디난드가 교육하면 다들 이런 식으로 자라는 걸까.

'이 착해빠지고 고집불통 일벌레들!'

"절대 허가할 수 없어요."

설마 내가 불허할 줄은 몰랐는지 프랑의 눈이 놀라움에 커졌고, 주변도 믿을 수 없다는 듯이 나를 보았다.

"자애롭기로 소문난 저니까 이 방 소파에서 자라는 명령이 좋은지, 아니면 사람이 없는 남자동에서 잘지, 마음에 드는 쪽을 선택하게 해 줄게요."

"로제마인, 그건 너무……."

"제 몸 관리를 못 하는 에크하르트 오라버니는 가만히 계세요. 제 대리를 맡은 프랑이 쓰러지면 곤란해지는 사람은 저예요."

내게 충고하려는 에크하르트를 날카롭게 노려보며 침묵하게 했다.

"자, 프랑. 여기 있는 소파와 남자동, 어느 쪽이 좋은가요? 못 고르겠다면 제 무릎도 끼워 줄까요? 어디서 쉬고 싶은지 고르세요."

지긋이 노려보며 강요한 끝에 프랑은 체념한 얼굴로 남자동에 내려갔다.

"로제마인, 넌 아직 잘 모르는 것 같은데……."

"잘 모르는 사람은 오라버니세요. 솔직히 제가 쓰러져도 프랑과 오라버니로 충분히 빈자리를 메꿀 수 있잖아요."

축복을 내리는 건 귀족이라면 누구나 할 수 있다. 신관복만 없을 뿐 파랑과 흰색이 적절히 섞인 질질 끌리는 의상을 에크하르트가 입고 무대에 서면 멀리서는 그럴듯하게 보일 터이다.

"하지만 프랑 대리는 없어요. 시종의 업무만 봐도 모니카나 니콜라가 아직 프랑을 대신할 수준이 되지 못해요. 의식 보좌도, 제 건강 관리도, 약 관리도, 귀족인 에크하르트 오라버니나 유스톡스의 기분이 상하지 않게 곁에서 움직이는 일도 신관장님의 교육을 받은 프랑이 아니면 해낼 사람이 없어요."

"하지만 시종은……."

에크하르트가 입을 열려는데 유스톡스가 끼어들었다.

"남매 싸움은 거기까지. 에크하르트, 오늘은 그만 져 드려. 로제마인 공주님의 말씀이 맞다. 물론 공주님 입장에서 생각하면 이해하기 어려우시겠지만……."

유스톡스는 "시종이 곁에 없으면 고귀한 여성으로서 실격입니다." 라고 나를 꾸짖었고, "주변 상황을 잘 보고, 좀 더 융통성을 길러. 페르디난드 님보다 앞뒤가 꽉 막혀서 어쩌자는 거냐?" 라고 에크하르트를 타일렀다. 조금 독특한 사람이긴 해도 역시 어른은 어른이다. 나도 에크하르트도 "죄송합니다." 하고 사과하지 않을 수 없었다.

프랑을 남자동에 쫓아 보내고부터 네 점 종까지 나는 에크하르트와 유스톡스에게 수확제 보고를 받았다. 종이 울리자마자 마치 문 앞에서 쭉 기다렸던 사람처럼 프랑이 돌아왔다. 걱정되던 혈색도 제법 돌아와서 가슴을 쓸어내렸다.

점심으로 과일주스와 샌드위치를 다 함께 먹고 나면 작은 신전을 폐쇄하고 출발이다. 눈을 반짝이며 마요네즈의 정보를 조르는 유스톡스에게 "정보료가 비쌀 텐데요? 양아버님도 돈 주고 레시피를 사셨다고요." 라고 말해 두었다. 끝까지 포기하지 않고 "돌아가서 내겠습니다." 라고 조르기에 "현금으로 부탁드려요." 하고 웃으며 대답해 두었다. 이 정보 수집가는 귀중한 단골이 될 듯하다.

레서버스 안에서 프랑에게 핫세에 관련한 보고를 들었다. "명령하신 대로 간담을 서늘하게 해 줬더니 리히트가 사색이 되었습니다." 라고 했다. 이젠 핫세의 움직임을 지켜보면 된다.

농민들이 모이는 다음 겨울 저택에 도착했다. 핫세와 마찬가지로 수확제가 시작되었다. 무대에 올라가 의식을 치르는 것도 똑같고, 축복에 환호성이 터져 나오는 것도 똑같다. 그 뒤 어제 핫세에서 보지 못한 볼페라는 경기를 열게 되었다.

촌장이 볼페 규칙을 설명하는 동안 우리 앞 테이블에 요리가 하나씩 놓이기 시작했다. 귀족이 먼저 먹고, 아랫사람에게 하사하는 형식이기 때문이리라. 광장 주변에 둘러싸듯이 설치한 테이블 위는 아직 텅 비어 있다. 프랑이 먼저 맛을 본 뒤에 나는 여러 가지 요리를 조금씩 먹었다. 갓 따온 신선한 채소를 썼는지 소박하지만 맛은 있었다.

"그럼 시작!"

촌장의 호령이 떨어짐과 동시에 한 사람이 광장 중앙에 끌고 온 동물을 땅을 향해 세차게 내던졌다. 그 동물은 지면에 닿은 순간, 공벌레 혹은 아르마딜로처럼 몸을 둥글게 말았다.

"엇!?"

짧게 튕긴 동물을 쫓아 선수들이 우르르 달려간다. 공으로 쓰인 동물을 발로 뻥 차서 데굴데굴 굴린다. 그 모습에 내 얼굴이 점차 딱딱하게 굳어 갔다.

"자, 잠깐만요. 살아 있는 생물을 가지고 어떻게……."

"아아. 공주님은 모르셨군요? 볼페는 마수입니다. 등딱지가 딱딱해서 평민이 발로 찬다고 죽지 않습니다."

죽고 안 죽고의 문제가 아니라 생물을 발로 차는 게임 자체가 잘못됐다고 생각하는데 전혀 통하지 않았다. '이곳에선 이렇다'라고 단념하고 입을 다물 수밖에.

볼페를 쫓아서 발로 차는 방식은 마치 축구 같았다. 코트 가운데쯤에 비뚤비뚤하게 그은 선으로 두 팀의 진영을 나누어 놓았다. 진영 내의 4분의 1쯤에 또 선을 그어 놓고, 그 테두리 중심에 고리를 놓아 두었다. 아마 저 고리에 볼페를 올려서 점수를 따는 모양이다.

골이 있는 테두리 안까지 볼페를 발로 차는 방식은 축구 같은데, 테두리 안에 들어가면 손으로 들고 고리 위에 올리거나 내리꽂는 방식은 럭비나 핸드볼 같기도 하다.

손으로 들면 갑자기 사라진 충격에 볼페가 얼굴을 내밀기도 하는데, 얼굴을 내밀면 아웃이라서 상대방에게 볼페를 넘겨야 한다. 그래서 테두리 안에 들어가면 지면에 튀기거나, 패스로 볼페에게 충격을 주면서 골을 향해 돌진한다.

"으아! ……아, 아프겠어요."

몸을 들이박거나, 밀치는 방식이 내게는 막장 경기로 보였다. 상대방을 잡아당겨서 볼페를 빼앗고, 밀쳐서는 뻥 차올린다.

"부상자가 속출해도 어차피 이미 농번기도 끝나서 크게 문제없을 거다. 그리고 이건 겨울 저택 내에서 상하관계를 결정짓는 중요한 경기다. 그러니 모두가 필사적이지."

동면 기간의 서열이 이 경기로 정해진다고 했다. 농촌 대표로 나온 선수가 명예를 걸고 경기를 치르는 1년에 한 번뿐인 시합인 듯했다.

"필사적인 건 알겠는데 무섭네요."

"그래도 이 정도는 디터에 비하면 훨씬 안전해."

에크하르트가 볼페를 보면서 그렇게 말했다. 또 처음 듣는 단어가 등장했다. 디터라는 것도 무슨 경기인 걸까.

"……디터는 뭔가요?"

"귀족원에서 자주 했던 경기다. 견습 기사가 기수를 타고 전투 연습 삼아 치르는 경기인데, 경기장이 하늘인 만큼 위험도도 높다. 페르디난드 님은 디터에 강하신데, 그 능란한 용병술은 참 대단했지. 그야말로 지력 승부로 얼마나 적을 교란하는지가……."

에크하르트가 자랑스럽게 페르디난드의 귀족원 시절을 재잘대기 시작한 무렵, 한층 더 큰 환호성이 일었다. 승패가 결정된 모양이다. 이긴 마을에 경품으로 고기가 수여되었다.

격렬한 볼페가 끝나갈 때쯤에 광장 가장자리에 설치된 테이블 위에 요리가 하나씩 나오기 시작했다. 어린아이들은 환성을 지르며 요리를 나르고, 어른들은 술을 따르기 시작한다. 그 무렵에는 주변 일대에 땅거미가 지기 시작하면서 기온이 단숨에 뚝 떨어졌다. 으스스한 가을 밤바람에 잠깐 몸을 바들 떤 순간, 프랑이 따뜻한 외투를 꺼냈다. 모니카가 챙겨 왔던 모양이다.

'내 시종은 정말 유능해.'

조금 전까지 볼페를 하던 광장 중앙에 캠프파이어라고 부를 만큼 크지는 않지만, 불을 지펴서 공간이 따뜻하고 환해졌다. 그리고 모닥불 불빛 속에서 연회가 시작됐다. 1년간의 고생을 치하하고, 혹독한 겨울에 대비하자는 촌장의 건배 인사가 끝나면 먹고 마시느라 야단법석이다.

그동안 이미 식사를 마친 우리는 촌장과 함께 징세와 봉납된 식료에 관한 이야기를 나눈다. 올해는 몇 년 만의 풍작이라고 말하는 촌장의 표정이 밝다. 작년 수확량이 어땠는지는 모르지만, 올해 봄의 기원식에 축복을 준 나는 수확이 늘었다며 기뻐하는 그들의 모습에 덩달아 기분이 좋아졌다.

징세 협의는 유스톡스가 중심이다. 내일 아침 일찍부터 징세 업무가 시작된다고 했다. 내 몫도 있으니 꼭 동석해야 한다고 들었다.

"로제마인 공주님은 아침을 드신 후부터 참여하셔도 됩니다."

해가 지고 주변이 완전히 깜깜해져도 축제는 계속되었다. 모두 배가 빵빵하게 차면 술과 안주 같은 간단한 요기만 남기고, 테이블 위를 계속해서 치워 나간다.

테이블 정리가 시작되면 악기를 든 사람이 하나둘 모여서 연주를 시작한다. 오늘의 주역인 신랑신부가 제일 먼저 나와서 춤을 추고, 그곳에 조금씩 손을 맞잡은 남녀가 하나둘 늘어간다. 오늘 세례를 받은 아이들도 있고, 놀리는 소리에 부끄러워하는 풋풋한 커플들도 있다. 주변 사람들도 모두가 손뼉을 치고, 휘파람을 불고, 발을 구르며 분위기가 한껏 달아올랐다. 환호성과 큰 노랫소리가 울리며 수확을 향한 감사를 외친다. 많은 사람의 미소와 흥분과 열기에 삼켜 들어갈 것 같은 축제다.

일곱 점 종이 울리면 수확제가 끝난다. 아이들은 잠자리에 들어가고, 여자들이 민첩하게 정리하는 가운데 남자들은 방에서 다시 술자리를 벌이려고 서둘러 술을 확보하려 했다.

"신전장님, 친분을 쌓기 위해서라도 이 뒤에 꼭⋯⋯."

"로제마인 님은 이제 휴식하셔야 할 시간입니다. 이야기는 우리가 대신⋯⋯."

촌장을 비롯한 유력자들이 나와 대화하려고 권유해왔지만, 페르디난드에게 명령받은 에크하르트가 사이에 끼어들어 주었다. 나는 에크하르트의 지시에 따라 프랑과 브리기테에 이끌려서 준비된 방으로 퇴각했다.

목욕과 침실을 준비하는 모니카와 니콜라에게 시종의 관점에서 본 수확제 얘기를 들었다. 두 사람 모두 처음 경험한 수확제에서 놀라움과 즐거움이 한가득 있었던 모양이다.

다음 날은 아침 일찍부터 유스톡스가 징세관 업무를 진행했다. 축세 때 협의한 물건들을 제대로 바쳤는지 확인한 유스톡스는 어제 의식 때 썼던 무대 위에 커다란 마법진이 그려진 천을 썰었다. 네 모퉁이에 마석을 올리고, 천 위에 징세된 작물을 하나씩 올렸다. 유스톡스가 슈타프를 꺼내어 뭐라 주문을 외치자 그 순간 작물이 빛에 휩싸이며 서서히 사라졌다.

"이걸로 에렌페스트에 보내는 거예요?"

"네, 그렇습니다. 이쪽이 로제마인 공주님 몫입니다."

신전의 기부금 중에 내 몫으로 받기로 한 작물에도 수취인을 나타내는 도장을 찍어서 보내 주었다. 수확제에서 진짜 축복을 내려 준 고마움으로 작년보다 더 많이 챙겨 준 듯하다.

"다른 청색 신관과 무녀에게 보낸 물건은 본가 쪽 귀족이 성까지 찾으러 옵니다. 로제마인 공주님은 본가가 성이므로 성의 요리사가 공주님 몫을 겨울 식량으로 가공해 줄 겁니다. 어머님이나 노르베르트에게 마차를 부탁해서 신전으로 가져가시면 됩니다."

"성에서 가공해 준다니 고마운 말이네요. 돌아가면 리카르다에게 마차를 부탁할게요."

징세가 끝나면 다음 겨울 저택을 향해 출발한다. 시종들이 탄 마차를 배웅한 뒤, 기수로 쫓아가기로 한 우리는 점심때까지 느긋하게 보냈다.

'아아, 수확제는 참 즐겁구나.'

그런 감상도 사흘째까지였다. 매일매일 열광의 도가니 속에 자리를 지키는 것도 무척 피곤했다. 주변 사람들에게는 1년에 한 번 있는 축제지만, 나는 벌써 열흘이나 열광의 도가니 속에 있는 셈이다. 아무 소리도 들리지 않는 고요하고 평범한 나날이 그립다.

'이제 그만 신전에 돌아가서 도서실에 박혀 있고 싶어. 누가 제발 내게 독서 시간을 주세요!'

슈첼리아의 밤

연일 치르는 행사에 질려서 녹초가 되기 시작한 무렵, 우리는 도르 방에 도착했다. 겨울 저택을 갖춘 작은 마을로, 나의 수확제 순방 범위에서 가장 남쪽에 있다. 도르방 주변에 있는 농촌 변두리에 유레베의 재료에 쓰이는 가을 소재, 루엘이 있다. 슈첼리아의 밤이란 가을 중 가장 마력이 커지는 만월의 밤을 말한다. 그 밤에 따는 루엘은 에렌페스트에서 손에 넣을 수 있는 소재 중에서 가장 품질이 높은 가을의 소재라고 한다.

만월까지 이제 이틀. 수확제가 끝난 뒤에도 슈첼리아의 밤까지 체류하겠다는 사실을 촌장에게 전하고, 기부받은 식료품 중 일부를 체류 비용으로 조금 돌려주었다.

매일 열기 넘치는 축제로 나뿐 아니라 모두 상당히 피로가 쌓인 듯했다. 지금이 딱 쉴 타이밍이다. 나는 피로회복약을 먹고 푹 자면서 몸을 회복했다. 휴식도 취할 겸 도르방의 겨울 저택을 구경했다. 그러면서 머릿속으로 출장 신전 교실의 가능성을 상상했다. 세례식 때 프랑이 읽어 줬던 그림책을 펼쳐서 또 읽어 준다. 세례를 받은 아이들은 물론이고, 더 많은 아이들까지 흥미진진하게 들을 것이다. 오락거리가 적은 겨울 시기를 잘 이용하면 농촌의 문맹률도 낮아지겠다고 생각했다.

"오늘 밤이 슈첼리아의 밤입니다. 그러니 낮잠을 푹 자 두셔야 합니다, 로제마인 공주님. 만월의 달빛이 닿아야 루엘이 열매를 맺기 때문에 밤늦게 채집을 시작할 겁니다."

점심을 함께 먹으며 유스톡스가 그렇게 말해 주었다. 에크하르트와 유스톡스와 다무엘은 점심을 먹은 뒤 미리 루엘 나무를 찾으러 간다고 했다. 해가 있을 때 표시를 해 두고 돌아와서 달이 뜨면 출발한다고 했다.

"알겠어요. 사전 준비하기 힘들겠지만 잘 부탁해요."

일행에게 방해되지 않게 나는 시키는 대로 낮잠을 자고 저녁에 일어났다. 종일 자느라 그렇게 배고프지 않은 상태에서 저녁을 먹었다.

"표시는 해 뒀으니까 밤에 출발하면 돼. 로제마인, 몸은 괜찮나?"

"네, 괜찮아요. 에크하르트 오라버니."

저녁 식사가 끝나갈 때쯤 올도난츠가 날아왔다. 올도난츠는 에크하르트의 팔에 내려앉아 페르디난드의 목소리로 말했다. 아쉽게도 예정이 틀어져서 못 오게 됐다는 연락이었다. 에크하르트가 아쉬워하며 한숨을 푹 쉬었다. 그리고 슈타프로 올도난츠를 만들어서 답장을 보냈다.

"루엘은 무사히 발견했습니다. 오늘 밤에 예정대로 채집하러 가겠습니다. 페르디난드 님의 몫도 유스톡스가 채집할 겁니다."

저녁식사 후, 나는 방에서 옷을 갈아입었다. 여성 기사들처럼 바지를 입고, 치마가 말려 올라가도 괜찮도록 갖춰 입었다. 그 위에 입은 원피스도 장식이 거의 없이 심플하고, 튼튼한 원단으로 제작된 옷이다.

"썩 귀여운 옷은 아니네요."

니콜라는 아쉬워했지만, 빌마처럼 심플함을 사랑하는 모니카는 고개를 저었다.

"숲에 채집하러 가는 데 장식은 필요 없어요, 니콜라. 활동하기 편한 게 중요하죠. 그렇지요? 로제마인 님?"

"모니카 말이 맞아요. 오늘 밤은 나풀거리는 장식은 필요 없어요."

머리는 방해되지 않게 머릿기름으로 반듯하게 고정하고, 뒤에서 하나로 묶었다. 그리고 실내용으로 신은 단화에서 숲을 돌아다녀도 괜찮도록 무릎까지 오는 가죽 부츠로 갈아 신었다. 끈을 하나씩 꽉꽉 조일 때마다 기대감이 솟았다.

'오랜만의 숲에서 오랜만의 채집이니까 열심히 해야지!'

신전에 들어간 이후로 숲에 갈 기회가 단숨에 줄었다. 프랑과 시종들은 청색 견습 무녀가 자기 손으로 직접 작업하면 안 된다고 신신당부했고, 내가 숲에 가는 것을 극도로 싫어했다. 심지어 가고 싶어도 나의 허약한 체력으로는 방해만 될 뿐이다. 그래서 공방 아이들이 종이를 만들러 루츠, 길과 함께 숲에 갈 때 나는 항상 배웅만 하고 신전에 남아야 했다. 영주의 양녀가 된 후로는 오직 신전과 성만 왔다 갔다 했을 뿐이다.

'으아~, 가슴 떨려.'

시종들이 부츠를 신겨 주고, 나를 일으켜서 가죽 벨트를 매 주었다. 벨트에는 채집용 가죽장갑과 소재를 담을 가죽 주머니, 마석을 담을 도구 등을 달았다. 오늘은 가죽 벨트를 또 하나 차고, 페르디난드가 준비해 둔 마술구 나이프를 꽂았다. 이걸로 페르디난드가 당부한 채집 준비 완료다.

벨트에 달아서 짤랑짤랑 소리가 나는 채집 도구와 나이프 손잡이를 내려다보며 나는 후훗 하고 웃었다. 브리기테처럼 갑옷은 입지 않았

지만, 오늘 내 모습은 그 어느 때보다 멋지고 용감해 보였다.

"모니카, 니콜라, 어때요?"

"정말 활동하기 편해 보여서 괜찮은 것 같습니다."

담담하게 말하는 모니카와 달리 니콜라는 신이 난 듯 눈을 반짝이며 주먹을 꽉 쥐었다.

"로제마인 님이 강해 보이셔요. 멋있으세요."

내가 원했던 칭찬을 해 준 니콜라 덕분에 기분이 좋아져서 방을 나왔다.

"에크하르트 오라버니, 저 엄청 강해 보이지 않아요?"

준비가 끝난 나는 에크하르트와 일행이 기다리는 방으로 달려가서 짜잔, 하고 양손을 펼쳤다.

눈을 휘둥그레 뜬 에크하르트는 굉장히 애석하다는 얼굴로 고개를 절레절레 젓고, 어린애 달래듯 말했다.

"넌 채집 말고는 절대 끼어들면 안 돼. 알겠니?"

"……네."

모두 준비를 끝내고 바깥으로 나왔다. 만월이 떴다면 밤길도 조금은 밝을 줄 알았는데, 생각보다 어두컴컴했다. 이상하게 느끼고 고개를 들어 하늘을 올려다보니 달이 지금까지 본 적도 없는 색깔이었다.

"다, 다다, 달님이 보라색인데요!?"

왠지 모르게 징그러워서 깜짝 놀라 달님을 가리키며 소리치는데, 다른 사람들은 달 쪽으로 눈길만 힐끗 주고 특별한 반응을 보이지 않았다.

유스톡스는 당연하다는 듯이 "그야 슈첼리아의 밤이니까요."라고 말했고, 에크하르트는 놀란 듯 눈을 크게 떴다.

"……로제마인은 처음 보느냐?"

"처음이에요. 이렇게 늦은 시각에 나와 본 적도 없고, 이 계절은 아파서 골골대는 날이 많았거든요."

집 밖에 나간 적이 거의 없으니 처음 보는 것도 어쩔 수 없지만, 3년이나 이 세계에서 살면서 어떻게 달이 보라색이라는 말을 단 한 번도 못 들어 봤을까.

"슈첼리아의 밤이 지나면 갑자기 날씨가 추워진다고 해서 바람의 여신 슈첼리아의 힘을 생명의 신 에이비리베가 뛰어넘는 밤이라 해. 반대로 첫봄에 있는 플류트레네의 밤은 달이 빨갛게 물들어. 플류트레네의 밤이 지나면 눈이 녹기 시작한다고 해서 생명의 신 에이비리베의 힘을 물의 여신 플류트레네가 뛰어넘는다고 말하지."

웬걸. 가을에만 달 색깔이 묘해지는 게 아니라고 한다. 매년 계절이 바뀔 때 일어나는 현상이고, 그날 마력이 강해지든 말든 평민촌 빈민에게는 전혀 관계없는 일이니까 가족 입장에서는 아파서 드러누운 내게 굳이 말해 줄 얘기가 아니었을 터이다.

"로제마인 공주님, 루엘은 만월의 빛으로 꽃을 피웁니다. 아마 슬슬 시작될 시각일 겁니다."

그렇게 말하며 자신의 기수를 꺼낸 유스톡스는 훌쩍 기수에 올라타고 달리기 시작했다. 보라색으로 빛나는 음침한 달을 바라보면서 나도 1인용 레서버스를 꺼내어 유스톡스를 뒤따랐다. 내 좌우는 브리기테와 다무엘이 지켰고, 에크하르트가 후방을 지켰다.

모든 사람이 겨울 저택으로 이동해서 인기척이 사라진 농촌을 넘어

숲으로 들어갔다. 숲속으로 조금 깊이 들어간 곳에서 루엘 나무를 발견했다고 유스톡스가 저녁 자리에서 말했었다. 그 말대로 유스톡스는 전혀 헤매는 기색 없이 거침없이 숲속을 나아갔다. 표시를 해 뒀다고 들었는데 내 눈으로는 전혀 알아볼 수가 없다.

"공주님, 저것이 루엘입니다."

이미 루엘에는 꽃이 피어 있었다. 이파리가 듬성듬성하고, 금속같이 질감이 매끈한 나뭇가지에 꼿꼿이 피어난 수십 송이의 백목련 같은 꽃이 강렬한 향을 퍼트렸다.

"만월의 빛이 닿으면 바깥 꽃잎부터 벗겨지듯 하나씩 떨어지고, 그 자리에 열매가 성장합니다. 열매가 열릴 때까지 아직 조금 시간이 걸리겠군요."

유스톡스의 설명에 재차 고개를 끄덕인 나는 레서버스로 꽃 가까이에 다가갔다. 가까이 갈수록 향이 더욱 진해졌다. 나는 가볍게 눈을 감고, 풍겨 오는 달콤한 향을 천천히 들이마셨다. 향기에 정신이 황홀해졌다.

"이 꽃은 다른 재료로는 쓰지 않나요? 향수로 만들어도 될 것 같은데."

내 질문에 유스톡스가 눈을 가늘게 뜨고 루엘 꽃을 가만히 바라보았다.

"음, 루엘이 이렇게 강렬한 향기를 내뿜는 줄은 몰랐는데? 슈첼리아의 밤은 다른 만월과 다를지도 모르겠어. 일단 꽃도 하나 가져가 볼까?"

내게 하는 말이 아니라 혼자 중얼거리는 말이었다. 앞서 조사한 루엘과 차이점을 중얼거리던 유스톡스가 들뜬 모습으로 슈타프를 꺼내어 "메서" 하고 소리쳤다.

유스톡스는 나이프 형태로 변한 슈타프를 들고 기수를 나뭇가지 옆에 바짝 댔다. 등자를 꾹 밟고 일어서서 가지를 잡고 꽃을 땄다. 길고 쓸데없는 잔가지는 잘라 버리고, 꽃이 달린 가지 부분만 남겨서 조심스럽게 가죽주머니 속에 넣었다.

"유스톡스, 나도 해보고 싶어요."

"응? 아, 아아. 공주님."

완전히 주변을 차단하고 자기 세계에 들어가 버렸던 모양이다. 내 목소리를 듣고 깜짝 놀란 유스톡스는 조금 멋쩍은 표정을 짓더니 바로 씩 웃어 보였다.

"그럼 나이프에 마력을 담고, 제가 한 것처럼 나뭇가지를 잘라서 꽃을 채집해 보세요."

"네!"

나도 유스톡스를 흉내 내어 페르디난드에게 받은 나이프로 한 번 잘라 보기로 했다. 간단한 예행연습이다. 내 힘으로 채집할 수 있는지 없는지 제대로 확인해 둬야 했다. 오른손으로 마술구 나이프를 꺼내고, 꽃에 닿는 거리까지 다가가서 레서버스의 창문 밖으로 몸을 내밀었다. 손을 뻗어서 감촉이 매끈매끈한 나뭇가지를 쥐었다. 그리고 마력을 담은 나이프를 나뭇가지에 갖다 댔다. 정말 잘릴지 불안함에 뛰는 가슴을 안고 나이프를 잡은 손에 힘을 주었다. 마치 버터를 자르듯이 부드럽게 나뭇가지가 잘렸다.

"굉장하다. 쉽게 잘렸어……."

나는 손에 쥔 루엘 나뭇가지와 페르디난드에게 받은 나이프를 번갈아 보았다. 마술구 나이프는 마력을 담으면 빈약한 내 힘으로도 나뭇가지를 자를 수 있게 해 주는 뛰어난 아이템이었다. 이 나이프만 있으면 나도 숲에서 채집할 때 도움이 될지도 모른다. 그런 생각을 하면서 잔가지를 끊어내고, 채집한 꽃을 가죽 주머니 속에 넣었다.

"음, 채집은 문제없겠군."

내가 제대로 딸 수나 있을까 걱정하던 에크하르트가 안심한 듯 그렇게 말했다.

"공주님, 열매도 채집 방법이 똑같습니다. 나뭇가지를 자르고, 잔가지를 쳐내면 됩니다."

"네, 알겠어요."

무사히 루엘을 채집할 수 있겠다. 채집 방법도 완벽하게 연습한 나는 안도의 한숨을 내쉬었다.

"……아, 꽃이."

날빛이 내리쬐는 가운데 꽃잎이 떨어지기 시작했다. 한 장씩 벗겨지듯이 팔랑, 또 팔랑 하고 떨어지는 꽃잎이 바람에 너울거리며 춤춘다. 벚꽃과 달리 백목련처럼 커다란 꽃잎이다. 바람에 나부끼는 하얀 새의 깃털처럼 빙글빙글 돌며 떨어져 간다. 꽃잎이 땅에 떨어진 순간, 흙과 동화하듯 사라져 가는 모습이 어찌나 덧없고 아름다운지, 떨어지는 꽃잎에서 눈을 뗄 수가 없다.

환상적인 시간은 짧았다. 앗? 하는 순간에는 이미 꽃잎이 완전히 떨어져서 나뭇가지에는 단 하나의 꽃도 남아 있지 않았다. 루엘의 나뭇가지를 자세히 보면 꽃이 있던 자리에 새끼손가락만 한 자수정이 자라 있었다.

"이것이 루엘 열매입니다. 만월의 빛을 받으면 이만한 크기까지 자라지요."

유스톡스가 엄지와 검지를 10센티 정도로 벌렸다. 그리고 입술을 꽉 다물고 이상한 듯이 루엘 열매를 지긋이 바라보았다.

"전에 내가 땄을 때는 이런 색이 아니라 분명 조금 연노란색 열매였을 텐데……."

유스톡스가 또다시 자기 생각에 몰두하기 시작한 모양이다. 말투가 바뀌어서 알기 쉽다.

"달 색깔이 열매 색을 좌우하는 걸까요?"

"그럴지도 몰라. 페르디난드 님께 보고하고, 내 몫도 수집할 겸 몇 개 가져가는 게 좋겠어. ……공주님도 그렇게 생각하시지요?"

"보고와 연구를 위해서라면요. 전부 가져가지만 않으면 되지 않을까요?"

내가 루엘을 사이에 두고 유스톡스와 대화하는데, 저 멀리서 버석버석 하고 무언가가 풀을 밟고 다가오는 소리가 들렸다. 심지어 한둘의 발소리가 아니다. 수십은 되는 것 같다. 그 순간, 다무엘의 무릎에도 못 미치는 고양이 같은, 아니, 다람쥐 같은 동물이 덤불 속에서 뛰어나와서 이쪽을 향해 달려오는 모습이 보였다. 크기는 작지만, 귀엽다는 생각이 전혀 들지 않은 건 어둠 속에서 섬뜩하게 빛나는 새빨간 눈 때문이리라.

"마수다!"

에크하르트가 그렇게 소리치면서 얼른 꺼내든 슈타프를 창으로 바꾸고는 하강하는 기수에서 뛰어내렸다. 그 기세로 기다란 귀 대신 뿔이 돋은 토끼 같은 마수의 몸에 창을 푹 찔렀다. 마수의 배와 등을 통과한 창끝에 반짝이는 작은 보석 같은 물건이 찔려 있었다. 그 순간,

토끼의 몸이 흐물흐물 녹아내리듯이 형태가 일그러졌고, 창끝에 찔린 보석이 창에 흡수되는 것처럼 사라졌다.

"쭉 훑어 보니 전부 강하진 않지만, 수가 엄청나다! 정확하게 숨통을 끊어라!"

"넷!"

다무엘과 브리기테도 즉각 기수에서 뛰어내려서 슈타프를 꺼내고, 각자에게 유리한 무기로 모양을 바꿔서 자세를 취했다. 그리고 무기를 세차게 휘둘러서 몇 마리를 단숨에 베어 버렸다.

"에크하르트 오라버니, 엄청 몰려와요!"

루엘 나무를 둘러싸듯이 쳐들어오는 마수들이 기수를 타고 하늘에 떠 있는 내 눈에 들어왔다. 덤불 뒤에서 수많은 눈이 붉게 번쩍인다. 섬뜩한 안광과 우리를 향한 분명한 적의가 느껴지고, 등골이 오싹해졌다.

"로제마인, 절대 기수에서 내리지 마라! 너한텐 채집이 최우선이다!"

루엘 나무를 등지고 지키는 세 명의 기사가 무기를 쥐고 일제히 마수를 물리쳤다. 창을 크게 휘둘러서 마수를 쓰러뜨리고, 한 마리씩 창으로 찔러 숨통을 끊는다. 형태가 일그러지며 녹아 사라지는 마수도 있고, 그냥 쓰러지기만 하는 마수도 있다.

"꺅!?"

갑자기 쓰러진 마수 주변에 다른 마수들이 모여서 뜯어먹기 시작했다. 무기를 든 기사들보다 동족을 먹으려고 달려드는 동족 포식의 상황을 본 순간, 전신에 소름이 돋았다.

떼 지어 모인 마수가 갑자기 흥미를 잃은 듯 그 자리에서 날쌔게 물러섰을 때는 이미 그 자리에 쓰러졌던 마수의 모습이 없었다. 대신 다른 마수보다 덩치가 커진 한 마리가 보였다.

"다무엘! 약한 마수라도 반드시 마석을 빼 버려! 다른 녀석들이 약한 녀석을 먹으면 앞으로 싸움이 더 힘들어진다."

에크하르트의 말로 추측해 보건대 아무래도 마수는 마석을 먹고 성장하는 듯하다. 그리고 조금 성장한 마수는 주변의 약해진 마수를 먹고 더욱 성장한다.

에크하르트의 주의를 들은 다무엘이 서둘러 조금 성장한 마수를 창으로 여러 번 찔러서 마석을 관통했다. 동족을 잡아먹고 강해진 마수는 다무엘의 힘으로 한 방에 처치하기 힘든 모양이다. 다른 두 사람에 비해 다무엘에게는 여유가 전혀 없어 보였다.

"내, 내가 할 수 있는 일은…… 뭐가……."

오들오들 떨면서 내가 할 수 있는 일을 찾으려고 하자 유스톡스가 고개를 가로저었다.

"공주님이 하실 수 있는 일은 없습니다."

그래도 조금이라도 힘이 되고 싶었다. 나는 마수에게 습격당하는 상황에 공포로 굳어진 머리를 필사적으로 굴리면서 고민했다. 전투에서 내가 할 수 있는 일이라면 신에게 비는 것 정도다.

"바, 방패는 어떨까요? 슈첼리아의 방패로 이 나무 주변을 둘러싼다면 마수가 들어오지 못할 거예요! 그러면 회복할 여유도……."

"안 됩니다! 마력의 방패로 막으면 만월의 빛도 차단됩니다!"

채집을 못 하면 의미가 없다며 유스톡스에게 거절당한 나는 입술을 꽉 깨물었다.

"싸움은 기사들에게 맡기고 공주님은 채집만 생각하십시오."

전문가에게 맡기라는 유스톡스의 말은 옳다. 틀린 말이 아니다. 하지만 덤불 속에서 끝없이 나타나는 마수를 해치우기에는 기사의 수가 턱없이 부족하다.

"유스톡스, 원래 이렇게 마수가 나타나는 거예요?"

"아니요, 제가 채집했던 만월에는 마수 따위 거의 나타나지 않았습니다. 이건 비정상적이에요. 페르디난드 님께서도 슈첼리아의 밤은 특별하다고 하시지 않으셨습니까? 이렇게 수두룩한 마물이 매혹당할 만큼 마력 함유량이 최고일 겁니다. ……이렇게 많은 마물이 접근해 올 줄은 예상도 못 했지만."

어금니를 바드득 갈 듯이 말한 유스톡스도 지금 이 상황이 분한 듯했다. 하지만 이 모든 상황에서 나의 채집을 최우선으로 삼은 것뿐이다. 입안이 바짝바짝 마르는 초조한 마음으로 조금씩 커지는 루엘 열매를 바라보지만, 열매는 짜증 날 정도로 느긋하게 성장했다.

"유스톡스, 얼마나 더 걸려!?"

초조함 섞인 에크하르트의 목소리가 아래에서 울려 왔다. 그 말에 유스톡스가 루엘 열매를 노려보면서 신음하듯 대답했다.

"아직 반도 안 자랐어!"

"마수들이 셀 수 없이 루엘 열매를 노리고 오고 있다! 끝이 없어!"

셋 중에 가장 마력이 적은 다무엘은 상당히 고전하는 것처럼 보였다. 어깨를 크게 들썩이며 거친 숨을 내뱉는다. 마력이 적어서 팔심으로 때려눕히느라 체력 소모가 크기 때문인 모양이다.

"유스톡스, 슈첼리아의 방패는 마력이 차단되니까 못 쓴다고 했죠? 그럼 막는 방법 대신 가호를 내리면 어떨까요? 무용의 신 앙리프에게 기도해서 축복을 내려 줘도 되나요?"

아차 싶은 듯이 유스톡스가 고개를 홱 돌려 나를 보았다. 눈을 반짝이며 고개를 크게 끄덕인다.

"아아, 그거라면 괜찮습니다. 공주님, 그들에게 가호를 내려 주십시오."

"불의 신 라이덴샤프트의 권속, 무용(武勇)의 신 앙리프의 가호를 그들에게."

나는 반지에 마력을 담아 기도를 올렸다. 파란 축복의 빛이 쏟아져 내리며 루엘 나무 주변에서 싸우는 세 사람 위로 떨어진다. 그 순간, 세 사람의 움직임이 눈에 띄게 바뀌었다. 조금 전보다 움직임의 유연함과 속도가 현격히 달라졌다. 무기의 날이 한층 더 날카로워진 것처럼 한 번 휘두를 때마다 쓰러지는 적의 수가 늘었다.

"로제마인 님, 훌륭한 가호입니다!"

들뜬 목소리를 지른 사람은 브리기테였다. 브리기테는 자수정 눈동자에 강렬한 빛을 띠며 주변을 노려보는 스커트를 펄럭였다. 살짝 허리를 떨군 자세를 취하더니 언월도처럼 긴 손잡이 끝에 살짝 휘어진 날 달린 무기를 휘둘렀다.

"야아아아아압!"

기합이 들어간 목소리와 함께 브리기테의 무기가 붕 소리를 내며 큰 원을 그린다. 날이 닿는 범위에 있던 마수 몇 마리가 한꺼번에 모양을 일그러뜨리며 녹아 갔다. 일격에 죽지 않고 쓰러진 마수 주변으로 힘을 먹으려고 다른 마수들이 모여들었지만, 브리기테는 그 무리를 향해 무기를 쥐고 몇 걸음 돌진했다.

"떨어져!"

브리기테가 힘껏 땅을 박차는 순간 무기가 한 번 번뜩였다. 기다란 날이 휘날리며 뒤엉킨 마수들을 단숨에 반으로 갈라 버렸다. 멈출 새 없이 무기를 휘두르는 모습이 어찌나 늠름한지, 다무엘보다 마력이 강하다던 칼스테드의 말이 뇌리를 스쳤다.

"살았군."

에크하르트도 다무엘도 상당히 편해진 움직임으로 마수를 쓰러뜨렸다.

"로제마인 공주님, 이 루엘 열매를 쥐고 마력을 보내세요. 완전히 색이 변할 때까지 마력을 쏟아야 합니다."

크게 성장한 루엘을 가리키는 유스톡스의 말에 나는 아래 상황을 주시하면서 고개를 끄덕였다.

"공주님, 영내에 출몰하는 마수를 잡는 건 기사들 일이니까 걱정하지 마십시오. 그것보다도 채집에 집중하세요. 공주님이 채집을 끝내지 않으면 그들도 싸움을 끝낼 수 없습니다."

엄격한 시선을 보내는 유스톡스에게 고개를 끄덕이고, 손을 뻗어서 크기가 커진 열매를 꽉 쥐었다. 자수정처럼 보였던 루엘 열매는 생긴 것처럼 단단하고 차가웠고, 매끈했다.

'어서 빨리 끝내야 해.'

내가 채집을 끝내기 전까지 기사들은 쉴 새 없이 싸움을 계속해야 한다. 나는 루엘 열매를 한껏 노려보며 마력을 쏟아부었다. 하지만 레서버스를 만들 때 쓰는 마석과 달리 루엘 열매에는 내 마력이 잘 흘러가지 않았다. 외부의 마력을 거부하는 저항이 느껴졌다.

"마목도 생명체라 저항이 심하지요?"

내 것이 아닌 마력의 침입을 몸이 거부하는 것과 마찬가지라고 유스톡스가 말했다. 토론베 퇴치 때 벌어진 상처를 막으려고 페르디난드가 내게 마력을 쏟아 넣을 때 느낀 거북함과 불쾌감을 떠올리고, 나는 루엘이 저항하는 이유를 이해했다.

"공주님, 전 주변을 경계하면서 저쪽에서 채집하겠습니다."

마력에 물들지 않은 소재를 원한 유스톡스는 마력을 차단하는 가죽 장갑을 끼고 민첩하게 열매 몇 개를 땄다. 마력으로 물들일 필요가 없는 유스톡스는 채집을 순식간에 끝냈다.

나는 내 손 안에 있는 자수정 같은 루엘 열매를 꽉 쥐고, 계속해서 마력을 흘려보냈다. 밤공기가 으스스하게 차가운데도 이마에 땀방울이 송골송골 맺혔다. 저항을 흘려보낼 기세로 자꾸 마력을 내리치자, 보라색 열매가 서서히 연노랑으로 변해 갔다.

'조금만 더.'

내가 한창 루엘과 씨름하는 동안 무리에서 빠져나온 다람쥐 같은 마수 한 마리가 나무를 타고 올라왔다. 유스톡스가 단번에 발로 차서 떨어뜨리고, 다무엘이 숨통을 끊었다. 다치지는 않았지만, 루엘 열매를 쥔 채 꼼짝을 못하는 지금 내 상황에서는 형용할 수 없는 공포를 느꼈다. 어서, 어서, 하고 빌면서 마력을 계속 내보냈다.

"유스톡스! 이 정도로 됐나요? 완전히 물들었나요?"

"좋습니다. 칼로 잘라내세요."

완전히 색깔이 변한 열매를 유스톡스에게 확인받고, 나는 나이프를 꺼내서 나뭇가지를 잘랐다.

"땄어요!"

"좋아, 철수를 준비해라!"

에크하르트의 목소리가 울리고, 약간 긴장됐던 분위기가 다소 풀린 그 순간이었다. 다른 나무에서 날아온 고양이 같은 마수가 나를 향해 "샤아아아악!" 하고 소리치면서 덤빈 것이다. 찢어진 것처럼 커다랗게 벌어진 입이, 뾰족한 이빨이, 날카롭게 빛나는 발톱이 나를 향해 덮쳐 왔다.

"꺅!?"

머리를 감싸려고 손을 교차한 나는 눈을 질끈 감았다.

"공주님!"

유스톡스가 슈타프로 마수를 힘껏 후려쳤다. 마수뿐만 아니라 내 손에도 충격이 일었다. 내가 눈을 뜨자, 유스톡스에게 얻어맞은 마수가 내 손에 있던 루엘 열매를 물고 날아가는 모습이 보였다.

"내 루엘이!"

바로 마수의 뒤를 쫓으려는 나를 유스톡스의 찢어진 목소리가 멈춰 세웠다.

"공주님, 안 됩니다! 돌아와, 에크하르트!"

에크하르트가 날아가는 마수를 쫓으려고 달렸지만, 내 루엘 열매를 문 채 날아간 마수가 땅에 떨어지기도 전에 공중에서 폭발했다. …… 아니, 폭발한 것처럼 보였다.

뒤처리

갑자기 부풀어 오른 마수는 폭발한 것이 아니었다. 어른의 무릎 정도까지 오던 고양이 같은 마수가 짧은 순간에 크기가 10배는 더 커진 것이다. 기수를 타고 공중에 떠 있는 내 머리 위로 머리 하나가 더 있다. 그 덩치가 달을 가리면서 검은 그림자가 졌다.

"골체잖아!?"

루엘을 되찾으려고 마수를 쫓던 에크하르트가 얼른 그 자리에서 후퇴했고, 기수를 타고 돌아왔다. 다무엘과 브리기테도 기수에 올라타고, 경악한 눈으로 골체를 올려다보았다.

"골체가 뭔데요?"

"잔체의 상위종입니다. 하지만 잔체가 골체로 변하는 순간은 처음 봅니다."

저 주변에 수두룩한 고양이처럼 생긴 마수가 잔체고, 마력을 얻으면 몇 단계의 변화를 거쳐 최종적으로 골체로 진화한다고 유스톡스가 설명했다. 보통 루엘 열매를 먹거나 다른 마수를 먹은 잔체는 조금 커지거나 다음 단계인 펠체로 진화할까 말까 정도라고 했다.

"공주님의 마력을 흡수해서겠지만, 일반적으로 저렇게 진화하는 건 말도 안 됩니다."

덩치가 2층 건물만 한 골체가 꿈지럭거리며 움직인다. 입을 쩍 벌리는가 싶더니 주변의 작은 마수를 집어삼키기 시작했다. 거대하고 마력이 강력한 골체의 갑작스러운 등장에 혼란스러워진 작은 마수들은 도망치려고 허둥댔고, 힘을 얻으려고 조금이라도 약해진 마수를 물어뜯는 등 그 자리가 단숨에 공황에 빠졌다.

"올도난츠."

유스톡스가 올도난츠를 생성해서 페르디난드에게 긴급 연락을 날렸다.

"페르디난드 님, 공주님의 마력을 담은 루엘 열매를 잔체가 먹고 골체로 변모했습니다. 시급히 퇴치할 필요가 있습니다. 기사단에 지원을 요청합니다."

어금니를 악물고 보고를 듣던 에크하르트가 슈타프를 양손으로 쥐고 큼지막한 장검으로 바꾸었다. 양손으로 장검을 쥔 에크하르트를 본 유스톡스의 표정이 험악해졌다.

"에크하르트, 해결할 수 있겠어?"

"해보지 않고는 몰라. 골체도 갑작스러운 변형으로 흡수한 마력과 기긴 몸, 그리고 힘에 덜 적응했을 거다. 공격한다면 움직임이 둔한 지금이 타이밍이야."

장검에 마력을 쏟아붓는 에크하르트의 날카로운 시선이 골체에게 꽂혀 있다. 골체의 거대한 혀가 작은 마수들을 감싸서 입속으로 가져간다. 땅만 쳐다보는 골체의 머리 위로 기수를 타고 날아간 에크하르트가 검을 크게 휘둘렀다.

"우오오오오오오오오!"

에크하르트가 검을 휘두른 순간, 눈부신 빛이 번쩍이며 곧장 골체를 향해 날아갔다. 위력은 약하지만, 기원식에서 공격받았을 때 칼스테드가 보여준 공격과 똑같았다. 에크하르트와 칼스테드의 외관이 닮아서 더 그렇게 보인다.

자신에게 날아오는 눈부신 빛의 참격을 눈치챈 골체가 머리를 움직였지만, 공격이 직격했다. 아픔과 분노로 비명을 지르는 골체를 보니 충격은 받은 듯하다. 하지만 에크하르트 혼자로는 어찌할 상대가 아닌 것 또한 명백했다.

그래도 약간의 괜찮은 반응을 느낀 에크하르트가 다시 한번 장검을 높이 치켜들었다. 눈부신 빛에 놀랐는지, 아니면 자기들까지 타격을 입기 무서웠는지, 작은 마수들이 앞다투어 덩굴 속으로 도망쳤다. 그런 상황에서도 물 흐르는 유연한 손놀림으로 루엘 열매를 연달아 채집하면서 유스톡스가 지시를 내렸다.

"브리기테, 다무엘! 공주님을 데리고 얼른 퇴각! 농촌에서 대기해!"

나는 브리기테를 선두로 기수를 타고 그 자리에서 벗어났다. 숲을 빠져나와서 인기척이 없는 농촌까지 돌아왔다. 대기하라는 명령이었기에 일단 멈춰 서서 뒤를 돌아보았다. 숲속 나무들이 날뛰는 골체에 따라 부자연스럽게 흔들린다.

'어쩌면 좋지?'

작은 잔체라면 퇴치가 간단했다. 큰 피해도 없는 잔챙이다. 하지만 골체는 상급 기사인 에크하르트도 쉽게 쓰러뜨리지 못했다. 이렇게 된 건 분명 내 마력 때문이다. 지금까지 내가 마력을 쓰는 상황은 대체로 분노로 제정신이 아닐 때나, 축복을 내릴 때여서 내 마력의 크기를 객관적으로 바라볼 기회가 없었다. 페르디난드에게 마력이 강대하니까 제어 방법과 방어 방법을 익히지 않으면 위험하다느니, 방대한 마력을 가진 내가 영지에 해로운지 어떤지 확인해야 한다는 말을 듣긴 했지만, 진정한 의미로 내 마력을 자각한 적은 없었다.

"······내 마력이 저런 마수를 만들어 내게 될 줄은 몰랐어요. 저 때문이에요."

"아닙니다, 로제마인 님. 지켜 드리지 못한 호위 기사의 책임입니다."

단호한 브리기테의 대답에 다무엘이 위 언저리를 꾹 누르며 불안하게 숲을 바라본다.

"어떡하면 좋을까요. ······골체를 이대로 놔둘 수 없어요."

"로제마인 님, 기사단에 맡겨 주세요. 이럴 때를 위해서 기사단이 있는 겁니다."

브리기테가 당당하게 책임을 맡아 주었다. 그래도 에크하르트의 공격이 전혀 효과를 보지 못했던 것을 보면 그렇게 낙관적일 수만은 없었다.

"자, 로제마인 님. 에크하르트 님도 돌아오셨으니 이제 괜찮습니다."

숲에서 튀어나온 두 기수의 그림자가 이쪽을 향해 왔다. 유스톡스와 에크하르트다.

두 사람의 합류와 거의 동시에 페르디난드가 보낸 올도난츠가 날아왔다. 유스톡스의 팔에 앉아 페르디난드의 목소리를 전했다.

"바로 그쪽으로 가겠다. 로트를 올려라. 골체가 날뛰면서 주위를 덮치기 전에 대처해야 한다. 우선 에크하르트가 공격. 그래도 골체가 쓰러지지 않는다면 로제마인이 바람의 방패를 뒤집듯이 바람으로 우리를 만들어서 마수가 숲을 나가지 못하게 가둬라. 로제마인, 그대의 마력을 흡수한 마수를 제어할 수 있는 건 오직 그대뿐이다."

페르디난드의 지시를 세 번 반복한 올도난츠는 다시 마석으로 돌아갔다. 곧바로 다무엘이 슈타프를 꺼내서 "로트" 하고 붉은빛을 쏘아 올렸다.

"바람으로 우리를 만들라고? ……그런 걸 할 수 있어?"

"바람의 방패를 뒤집으라고 조언도 해 주셨으니까 할게요. 자기가 저질러 버린 일은 자기가 처리해야 하잖아요?"

내가 마석에 마력을 채우는 동안 마수가 덮치는 일은 앞으로 채집할 때마다 똑같이 일어날 가능성이 있다. 대처 방법을 배워 두는 편이 좋다. 무엇보다 페르디난드의 유익한 조언이 내 부담감을 덜어 주었다. 나의 마력 때문에 이런 사태를 일으키고도 두 손 놓고 보는 것보다 뭘 하든 사태 수습에 나서는 편이 마음이 편하다.

"말은 쉽지만, 그렇게 작은 몸의 어디에 그만한 마력이 있다는 말이냐? 몇 사람에게 신의 축복을 내려 주고, 많은 마력을 루엘에 채워 넣기까지 했는데 또 신에게 빌어서 바람의 방패를 만들라니. 무모한 짓이야."

바람의 방패를 생성하는 정도라면 아직 여유로운데, 다른 사람에게는 무모하다고 생각되나 보다. 아무래도 주변에선 내 마력에 관해 자세히는 모르는 듯하다. 세례식에 내린 축복으로 강한 마력을 가졌다는 소문은 났지만, 그 크기가 어느 정도인지는 알려지지 않았으리라.

나도 다른 사람과 비교한 적이 없어서 나의 정확한 마력 크기를 모른다. 에크하르트에게 뭐라 말해야 좋을지 고민하는데, 유스톡스가 팔짱을 끼고 에크하르트를 보았다.

"에크하르트, 공주님의 마력을 흡수한 마수가 얼마나 강대해지는지 가장 잘 아는 사람은 공주님의 비호자인 페르디난드 님이시다. 그 페르디난드 님께서 대처할 수 있는 사람은 공주님뿐이라고 하셨어.

페르디난드 님의 지시대로 공주님이 골체를 가두는 동안 너희는 공주님의 보좌를 최우선으로 생각해야 해."

에크하르트는 잠깐 걱정스러운 시선을 내게 보냈지만, 고개를 한번 젓고는 곧바로 끄덕였다.

"알았다. 전력으로 보좌하지. 바람의 방패에 마력을 쏟아야 하니까 로제마인은 기수를 넣고 브리기테의 기수에 탈 것. 그리고 전원은 로제마인이 집중하는 동안 잔체가 접근하지 못하게 기수에 탄 채 로제마인을 지킬 것. 알겠나?"

"넷!"

나는 레서버스를 마석으로 돌리고, 브리기테가 탄 기수에 올라탔다. 그리고 다시 골체가 있는 숲속으로 돌아갔다.

조금 전보다 마력에 적응됐는지, 아니면 자신의 크기에 익숙해졌는지, 움지임이 빨라진 골체가 우리를 알아채고 이쪽을 보았다. 번뜩이며 빛나는 가로로 쭉 찢어진 커다란 동공이 우리를 정확히 응시한다. 조금 커진 그 거대한 눈이 나를 먹이로 인식했음을 알 수 있었다.

먹이를 잡아먹으려는 육식동물의 눈에 등골이 오싹해진다. 내가 마력 덩어리라는 것을 알아차리고, 잡아먹으려고 접근해 오는 골체의 안면에 에크하르트가 칼을 내리치면서 소리쳤다.

"로제마인, 신에게 기도를!"

"수호를 관장하는 바람의 여신 슈첼리아여, 그 곁을 모시는 권속의 열두 여신이여!"

반지에 마력을 흘려보내면서 나는 평소대로 기도문을 읊었다. 신이 내 몸 가까이에 있는 듯한 감각에 피부 털이 곤두섰고, 무심코 보라색 달을 올려다보았다. 여느 때와 다른 달 색깔 때문인지, 아니면 정말 내 곁에 무언가가 있는 건지 모르겠지만, 마력의 흐름이 평소와 다르다.

"나의 기도를 듣고 거룩한 힘을 내려 주시어 해의를 품은 자가 가까이 오지 못하도록 바람의 방패를 내 손에 주소서."

반대로 뒤집은 우산으로 골체를 가두는 이미지를 떠올리며 서서히 바람의 방패를 생성했다. 내가 머릿속에 그린 모습 그대로 뒤집힌 투명한 호박색 방패가 나타났다. 안쪽에 무늬가 박힌 모습까지 생각한 그대로다.

커다란 돔에 갇히게 된 골체가 방패를 향해 돌진했지만 튕겨 나갔다. 주변에서 안도의 한숨이 새어 나왔다. 하지만 나는 가슴팍을 눌렀다. 골체가 방패를 공격한 순간, 마력이 쑥 빨려 나가는 느낌이 든 것이다. 처음에는 착각인 줄 알았는데 그게 아니었다. 골체가 날뛰며 바람의 방패를 공격할 때마다 마력이 빠져나갔다.

"로제마인, 안색이 안 좋아. 마력은 괜찮나?"

"……아직은 괜찮아요. 그런데 지금까지와 좀 달라요. 몇 번 바람의 방패를 쓴 적이 있는데 공격을 받을 때마다 마력이 빠져나간 적은 처음이에요."

"그건 아마 방패를 유지하면서 골체가 공격에 쓰는 마력을 막느라 그런 걸지도 몰라. 지금까지는 마력이 낮은 상대와 싸운 거 아냐?"

에크하르트의 말을 듣는 순간 나는 숨을 삼켰다. 그 지적이 정답이다. 기원식에서 처음 썼을 때는 상대가 농민이었고, 신전에서 모두를 지켰을 때도 페르디난드의 마력을 정면으로 받아낸 건 아니었다. 막아낸 건 두꺼비 같은 백작을 공격하고 튕겨 나온 불똥 같은 마력이었다.

강적에게서 바람의 방패를 유지하는 데 이렇게 많이 마력이 필요할 줄 몰랐다. 바람의 방패를 깨 버리려고 계속해서 돌진하는 골체를 노려보며 나는 어금니를 꽉 깨물었다. 이 상태로 마력을 빼앗긴다면 페르디난드가 도착하기도 전에 방패가 부서질지도 모른다.

'신관장님, 빨리 와요!'

"로제마인, 얼굴색이 안 좋아. 마력이 바닥난 것 아니냐?"

"……마력은 아직 괜찮은데요."

계속해서 공격을 받아내며 바람의 방패를 유지할 때 마력의 양도 중요하지만, 그것보다 끊어질 듯 말 듯한 정신력이 더 문제였다. 지금까지는 만들기만 하면 놔둬도 문제없었는데, 이번에는 집중을 쏟아서 마력을 흘려보내지 않으면 마력의 방패가 깨져 버린다.

"저 지금 골체보다 너 강력한 적과 싸우고 있어요."

"골체보다!? 그게 뭐야!?"

"졸음이요."

피로와 시간 경과가 맞물려서 내 정신력이 최대의 적과 싸우기 시작했다. 아무리 낮잠을 푹 자도 출발한 시각이 일곱 점 종이 울린 후였다. 루엘의 꽃이 떨어져 열매가 맺히기 시작하고, 마력을 쏟아부어서 열매를 채집하게 된 무렵에는 이미 한밤중이었는데, 그 후에도 대립이 계속 이어지고 있다. 어린애 몸으로는 이미 한계에 가까웠다.

심지어 지금 나는 함께 탄 브리기테의 한쪽 팔에 안겨 있다. 내 머리가 부딪치지 않게 부드럽게 변형한 브리기테의 흉갑이 실로 편안하고 안락한 가슴 베개가 되어 주었다.

'윽, 이대로 자고 싶어!'

"정신 차려, 로제마인! 이런 방패를 만들어서 유지할 수 있는 사람은 너뿐이다."

"알아요! 그러니까 제 졸음이 확 날아가게 아무나 재밌고 흥미로운 얘기 좀 해줘요!"

나는 감길 듯 말 듯 한 눈을 필사적으로 부릅뜨고 골체를 노려보면서 간간이 덤벼드는 작은 마수를 물리치는 주변 사람에게 협력을 구했다.

"갑자기 그런 어려운 문제를. 나보다 정보를 수집하는 유스톡스가 제격이겠지. 맡기마."

"잠깐만. 난 정보를 모으는 게 취미지, 말하는 걸 좋아하는 게 아니야. 무엇보다 공주님이 뭘 좋아하는지도 모르는데 흥미로운 얘기를 어떻게 말하냐. 이 문제는 오랫동안 모셔 온 다무엘이 적임자 아냐?"

두 사람의 시선이 집중된 다무엘은 새파랗게 질려서 머리를 도리도리 흔들었다.

"로제마인 님께서는 책과 도서실 얘기를 좋아하시는데 제 능력으론 만족스러운 얘기는 못 해 드립니다!"

다무엘의 비명 같은 목소리에 유스톡스가 "그래?" 하고 눈썹을 치켜 올렸다.

"도서실? 그럼 귀족원 도서실 얘기라도 할까요?"

"제발 부탁해욧! 장서 수, 취급하는 책 종류, 뭐든지 좋아요."

단숨에 졸음이 날아갔다. 10살이 되면 가게 될 귀족원은 귀족 자제가 다니는 학교다. 그곳 도서실이라면 학교 도서관이라 할 수 있겠다. 이 기회에 꼭 여러 가지 얘기를 듣고 싶다. 반짝거리는 눈으로 그렇게 말하자, 유스톡스가 웃음을 터트렸다.

"그런 정보를 듣고 싶어하실 줄은 생각도 못 했군요."

유스톡스는 귀족원 도서실의 정보를 얘기했다. 다른 사람에게는 쓸모없는 정보라도 내게는 매우 유익하고 유쾌한 정보. 설립된 연대부터 장서 수, 책 종류와 가장 많이 기증한 사람, 도서실에서 일하는 사서의 이름과 나이, 그리고 열리지 않는 서고의 얘기까지 얘깃거리가 푸짐했다.

"기다리게 했군!"

내가 당장에라도 귀족원에 가고 싶어졌을 때쯤 페르디난드가 도착했다. 고속으로 접근해 온 하얀 사자가 날개를 펄럭이며 공중에 섰다.

"……저 골체군. 잘 가뒀다, 로제마인. 집중력도 마력도 제법 소모됐겠어. 잘 해냈다."

바딤의 빙폐의 그 안에서 날뛰는 골체를 보면서 페르디난드가 칭찬해 주었다.

"유스톡스가 재밌는 얘기를 해 준 덕분에 집중할 수 있었어요."

"그렇군. 녀석들 표정을 보아하니 자세한 질문은 안 하마. 얼른 골체를 해치우자, 에크하르트."

"넷!"

페르디난드는 얼른 에크하르트에게 시선을 돌렸고, 슈타프를 꺼내 거대한 장검으로 바꾸었다. 지금까지 본 적 없을 정도로 강력한 마력을 장검에 부어넣으면서 페르디난드는 기수를 몰아서 상공으로 올라갔다. 에크하르트는 페르디난드를 장엄한 표정으로 바라본 후, 우리를 지키듯 등을 돌렸다. 그리고 마력을 흘려보내면서 천천히 장검을

높이 치켜들었다. 골체의 머리 위로 기수를 몬 페르디난드의 장검이 무지개색으로 번쩍였다.

"전력으로 가자! 준비해!"

그렇게 고함친 페르디난드가 장검을 머리 위로 치켜들고, 골체를 향해 낙하하는 기세로 돌입했다. 그동안에도 검의 광채가 점점 강해져 가는 느낌이 들었다.

"로제마인, 마력을 끊어!"

내가 황급히 바람의 방패를 접는 동시에 페르디난드와 에크하르트가 검을 휘둘렀다. 거대한 빛의 참격이 골체의 머리 위에서부터 쏟아져 내렸고, 굉음과 함께 어마어마한 충격이 날아왔다. 나무들이 쓰러지면서 땅이 파이고, 흙과 돌이 돌풍에 휩쓸려 날아왔다.

"까아아아아악!"

브리기테가 망토를 덮어서 감싸 줬지만, 나는 얼굴 앞으로 팔을 내밀어 머리를 보호했다. 무언가가 망토를 사정없이 때리는 감촉과 소리가 들렸다. 그래도 주변보다 우리들의 피해가 적은 이유는 참격을 가한 에크하르트의 등 주변으로만 충격에 노출되어서였다.

페르디난드의 일격으로 골체는 커다란 마석만 남기고 녹듯이 사라졌다. 페르디난드는 그 마석을 지긋이 바라보더니 "안 되겠군. 이건 못쓰겠어." 하고 고개를 가로저었다.

골체를 쓰러뜨리고 얻은 마석은 골체의 마석일 뿐 루엘 열매가 아니었다. 내 마력은 물론이고 잡다한 마수의 마력까지 가득 찬 마석은 약의 소재로 쓸 수 없는 모양이었다.

"에크하르트, 나중에 나눠라."

페르디난드는 그렇게 말하며 에크하르트에게 마석을 휙 던졌다. 그걸 받은 에크하르트는 소중하게 가죽 주머니에 넣었다.

나는 충격으로 쓰러져 버린 나무들 가운데에서 여전히 우뚝 서 있는 루엘 나무를 바라보았다.

루엘 열매는 유스톡스가 채집한 몫 외에는 전부 마수에게 먹혀서 단 하나도 남아 있지 않았다.

"……채집에 실패해버렸어요."

모두의 협력을 얻어 가며 여기까지 와서 한 번은 손에 넣은 열매를 잔체에게 빼앗겨 버렸다. 잔체가 골체로 변하면서 페르디난드까지 호출하는 사태에 이르렀고, 뒤처리에 동분서주했지만, 결국 수중에 남은 건 하나도 없다. 푹 떨군 내 머리에 누군가가 커다란 손을 툭 올렸다.

"하는 수 없지. 올해는 슈첼리아의 밤에 관한 정보가 너무 적었다. 내년에 만반의 준비를 하면 돼. ……울지 마라."

"아, 안 울어요. 졸려서 하품한 것뿐이에요."

내가 황급히 눈을 비비며 고개를 들자, 페르디난드가 흥 하고 콧방귀를 뀌었다.

나의 겨울 준비

루엘 열매 채집은 실패로 돌아갔고, 그 뒤로 앓아누워서 약의 도움을 받았지만, 수확제 자체는 특별한 문제 없이 끝났다.

"어서 오십시오, 로제마인 님."

신전에 돌아간 나는 마중 나온 길의 얼굴을 보고 한숨을 내쉬었다.

"돌아왔어요, 길. 제가 없는 동안 별다른 일 없었나요?"

"드릴 말씀은 몇 가지 있습니다."

길의 말에 프랑이 앞으로 쓱 나왔다.

"그럼 길. 로제마인 님을 고아원 원장실로 안내해 드리고 그곳에서 말씀드리십시오."

방금 수확제에서 돌아와 계속해서 짐을 옮겨 넣는 신전장실보다 고아원 원장실 쪽이 조용하다며 프랑이 권했다. 내가 없는 쪽이 정리가 순조롭게 진행될 거라는 말을 돌려서 한 셈이다. 나는 길과 호위 기사와 함께 깨끗하게 청소된 고아원 원장실 방으로 향했다.

"여기 있습니다, 로제마인 님."

원장실에서 길이 끓여 준 차를 마시면서 내가 없는 동안 있었던 일에 대해 얘기를 들었다. 길이 끓인 차는 프랑보다는 부족했지만 기술이 늘었는지 제법 맛이 좋았다. 완성된 종이와 그림책 개수, 필요한 잉크 개수 등, 재고 상황을 보고한 뒤 토론베 얘기가 나왔다.

"얼마 전에 숲에 종이를 만들러 갔을 때 쑥쑥이 나무가 나타나서 다 같이 벌채했습니다. 제법 크기가 커서 병사까지 동원할 정도였어요. 병사들이 고아들에게 잘 해냈다고 칭찬해 주었습니다. 어리고 자잘한 가지는 필요 없다고 해서 들고 왔고, 전부 흑피로 만들어 뒀습니다."

루츠가 병사들과 협상해서 어린 토론베를 전부 가져왔다고 했다.

"모두 다치지 않아서 다행이에요."

"그리고 공방에 인고라는 장인이 찾아와서 루츠와 회색 신관과 인쇄기 개량으로 상담했습니다. 자세한 내용은 루츠가 보고할 겁니다."

"그렇군요. 기대되네요."

개량된 인쇄기를 생각하는 것만으로 신이 난다. 어떤 식으로 바뀔까.

"핫세 아이들은 어때요? 잘 적응하고 있나요? 상황을 보러 가도 괜찮으려나?"

"……신경 쓰이신다면 고아원으로 가시겠습니까?"

"네. 빌마에게 묻고 부탁하고 싶은 것도 있으니까 가 보죠."

나는 호위 기사도 데리고 고아원으로 이동했다. 빌마는 예고도 없이 내가 갑자기 방문해서 깜짝 놀랐지만, 수확제 뒷정리 때문에 시종들이 분주하다고 말하자 키득키득 웃었다.

"로제마인 님께는 시종이 적어서 힘들 수밖에요."

"……그렇게 적나요? 청색 신관이라면 대부분 다섯 명 정도 시종으로 둔다고 들어서 그렇게 적다는 생각은 안 해 봤어요."

전 신전장도 여섯 명 정도였던 것으로 기억한다. 여섯 명 '정도'라고 애매하게 표현한 이유는 델리아를 어느 쪽 시종으로 넣어야 할지 고민해서다. 그러나저러나 내 시종의 수는 평균 정도라고 생각했다.

"일반 청색 신관이라면 그 정도로 충분하겠지만, 로제마인 님은 신전장, 고아원 원장, 공방장이셔서 업무가 많으니까 각각의 직위에 시종 세 명은 배치할 필요가 있지 않을까요?"

공방장의 업무는 길, 고아원 업무는 빌마, 신전장 업무는 프랑, 모니카, 니콜라. 니콜라는 요리 조수로 참여할 때가 많으니까 그 점을 고려하면 확실히 개개인의 부담이 클 것 같다.

"신관장님과 프랑과 상담해 보고 필요하다면 증원해야겠네요. 그것보다 올해 수확제 동안 어땠어요? 식량은 충분했나요?"

"네. 로제마인 님께서 준비해 주셔서 지내는 데는 문제 없었습니다."

청색 신관들이 전속 요리사를 전부 데리고 나가도 요리를 만드는 회색 무녀가 몇이나 있다. 식재료만큼은 넉넉히 준비해 뒀는데, 다행히 아무 탈 없이 수확제 기간을 보냈다고 한다.

"핫세 아이들의 상태는 어땠나요? 이제 적응했나요?"

"처음에는 생활 방식이 달라서 당혹스러웠는지 어쩔 줄 몰라 하는 느낌이 강했어요. 그래도 핫세에서 함께 지낸 무녀와 신관이 조언해 주고, 도와주는 사이에 점점 다른 아이들과 자신들이 다르다는 것을 깨달은 듯합니다."

전부 신전에서 나오지 못하고 자라 온 아이들이라서 자기들과 왜 다른지 잘 몰랐던 모양이다. 하지만 출신이 다른 루츠와 레온, 장인으로 공방에 드나드는 요한과 자크를 봐 오면서 예전보다 타인을 받아들이게 되었다고 한다.

"고아원의 겨울 준비는 어떤가요?"

"잼을 졸이고, 버섯을 말리고, 그 외에도 가능한 작업은 이미 들어갔습니다. 올해는 작년보다 땔나무도 많이 주워 왔고, 길베르타 상회를 통해서 산 식량은 이미 창고에 들여놨어요."

돼지고기를 가공하는 날은 아직 멀었지만, 올해는 길베르타 상회와 함께하기로 했고, 작년에 경험해 봤으니 고아들에게 맡겨 버려도 괜찮을 듯하다.

"그런데 로제마인 님. 그 겨울 준비로 질문이 있는데 노라와 마르타가 이 고아원에는 겨울에 실잣기와 천짜기 작업이 없냐고 물었어요. 저희는 들은 적이 없는 일이라 어떤 작업인지, 또 올해부터 도입하는 편이 좋은지 상담하고 싶어서⋯⋯."

평민 여성에게 실잣기와 천짜기는 중요한 겨울 수작업이다. 가족의 옷을 직접 만들어야 하고, 그 실력이 시집갈 집안을 결정지을 만큼 미인의 조건에 들어간다. 하지만 회색 신관과 무녀의 옷은 신전에서 내준다. 숲에 나가거나, 공방에서 인쇄할 때 더러워져도 괜찮은 작업복은 평민촌의 빈민가에 있는 저렴한 헌 옷 상점에서 구입한 것이다. 솔직히 실을 사서 만드는 쪽이 더 비싸게 든다.

귀족에게 하인으로 팔려 가면 저택에서 준비해 준 옷과 물려받은 옷이 있고, 거의 결혼을 못 하기 때문에 베틀 기술과 바느질 실력도 필요하지 않다.

"신전에서 옷을 주니까 굳이 만들 필요가 없어서 지금은 딱히 천짜기를 할 생각은 없어요. 다만, 털실로 뜨개질은 해 볼 만할 것 같네요. 그러면 겨울을 따뜻하게 날 수 있거든요."

작년에는 겨울을 따뜻하게 보내려고 중고 상점에서 구입했었다. 그래도 방한구는 몇 개가 되든 필요하다. 올해는 털실과 뜨개바늘을 길베르타 상회에 주문해서 뜨개질에 도전해 보자.

"따뜻하게 지낼 수 있으면 좋지요. 노라와 마르타라면 뜨개질 방법을 알 테고, 여유가 되면 투리에게 부탁해 봐도 좋을지도 모르겠어요."

빌마도 솔깃해했다. 겨울 동안 할 일이 생기면 한가한 시간을 때우기에도 좋으리라.

나는 수확제에서 기부받은 작물을 성에서 가공해 주고, 완성하면 신전에 옮기기로 했다는 얘기를 하고 자리에서 일어났다.

"저기, 로제마인 님. 또 하나 말씀드릴 게 있어요. 엘비라 님께서 주신 그림도구로 신관장님을 그렸는데 어디에 보내면 될까요?"

"지금 바로 보여주세요."

빌마가 그린 페르디난드의 그림은 빌마답게 색조가 온화했다. 또 빌마 필터가 깔려 있어서 완성된 그림 속의 페르디난드는 성스러운 분위기마저 풍겼다.

'신관장님이 엄청 성인처럼 보이는데, 사실은 아니야. 진짜 신관장님은 훨씬, 더 훨씬 미소가 음흉해. 이렇게 상냥하게 안 웃거든!'

나는 마음속으로 절규했지만, 엘비라의 눈에는 이렇게 반짝거리는 페르디난드로 보이는 것 같으니 그녀는 분명 눈물을 흘리며 기뻐할 거다.

"일단 천으로 싸고, 나무 상자에 넣어서 고아원 원장실로 옮겨 주세요."

"알겠습니다."

신전장의 방에 뒀다가는 페르디난드가 드나들면서 발견할 가능성이 있다. 차라리 고아원 원장실에 보관해 두는 편이 좋을 것 같다.

빌마와 이야기를 끝내고 길과 호위 기사와 함께 짐을 깨끗이 정리한 방으로 돌아왔다.

"로제마인 님, 오늘은 이만 쉬십시오. 내일부터 당분간 바빠지실 겁니다."

프랑이 그렇게 말했다. 이미 절반이 넘는 청색 신관이 수확제에서 돌아온 터라 내일부터 페르디난드와 함께 각각의 보고를 듣는 신전장 업무가 나를 기다리고 있다. 모두의 보고를 듣고, 귀족이 통치하는 토지를 방문한 청색 신관에게는 작은 성배를 회수해야 한다. 개수가 틀리지 않는지 확인하고, 정해진 찬장에 작은 금색 성배를 진열해서 열쇠로 잠근다. 작은 성배 관리도 신전장의 일이다. 신전에 가져온 작은 성배는 겨울 봉납식 때 마력을 채워 넣어야 한다.

"그리고 귀성과 봉납식 때 마력을 담을 순서도 정하셔야 합니다."

청색 신관이 수확제에서 기부받은 작물은 성에서 각자의 집으로 보낸다. 그것을 받으려면 고향으로 돌아가야 하는데, 어마어마한 짐들이 대량으로 드나들면 혼잡해지므로 순서를 정해 둬야 한단다.

"이것이 신전의, 청색 신관의 겨울 준비입니다. ……로제마인 님도 성에 가셔야 하니 영주님께 보고드릴 시기에 맞춰서 방문하도록 합시다."

청색 신관이 모두 돌아오고, 작은 성배가 전부 갖춰지면 성에 가서 영주에게 보고해야 한다. 이것도 신전장의 업무라고 했다.

"제 몫은 성에서 다 가공해 주고, 완성되면 마차로 옮길 예정이에요."

"그러면 편해지겠군요. 하지만 겨울 의상도 성에서 준비하지 않습니까? 그럼 그것도 신전에 가져와야 하고, 미리 사교 데뷔도 상의해야 하지 않겠습니까?"

프랑은 내가 해야 할 일을 하나하나 짚어 주었다. 수확제가 끝나서도 바쁜 일정에 맥이 빠져 버렸다. 신전의 겨울 준비도 작년처럼 고아원과 내 방에 쓸 몫만 준비하면 끝인 줄 알았는데, 직책이 늘면 그렇게 쉽게 끝내지는 못하나보다.

다음 날부터 매일같이 청색 신관과 면담이 이어졌다. 주요 업무는 작은 성배의 회수, 수확량과 징세관, 농촌 분위기의 보고를 듣는다. 의외로 세세하게 보고해 주는 청색 신관도 있지만, 어디든 다른 바 없다며 대충 보고를 끝내 버리는 청색 신관도 있었다.

"……신관장님, 캠펠과 프리닥에게는 사무 업무를 맡겨 보면 어떨까요? 두 사람 모두 유복한 귀족 집안은 아니니까 급료를 주면 성실하게 일해 줄 것 같아요."

"의욕이 있는지 없는지도 모르는 자에게 하나부터 가르칠 여유는 없다."

쌀쌀맞게 내뱉었지만, 페르디난드 역시 예전에 청색 신관에게 일거리를 분담해 보려고 한 적이 있다고 한다. 하지만 일 처리가 심각하게 형편없었고, 무슨 일을 하든지 전 신전장이 성가시게 굴어서 그냥 자기 혼자 업무를 떠안기로 했다고 한다.

"혼자 하는 편이 빠르다고 모든 업무를 떠안으면 신관장님만 바쁘잖아요. 시간이 더 걸릴 것 같아도 남에게 업무를 맡기는 편이 좋아요. 그렇게 성가시던 신전장도 이제 없으니까요."

전 신전장이 사라지면서 신전 내의 권력은 전부 페르디난드가 쥐었다고 해도 과언이 아니다. 전 신전장의 눈치를 보며 자기 몸을 지키기 위해 페르디난드를 멀리하던 청색 신관도 있었다고 하니 이 기회에 쓸 만한 인재로 교육하면 좋다.

"신관장님이 떠맡은 업무는 원래 몇 명이 하던 일인가요? 양아버님은 신관장님이 신전에서 한가한 줄 알고 일거리를 던져준 거라는데, 업무량이 어느 정도인지 양아버님께 보고하진 않나요?"

"영주가 시킨 일은 반드시 해야만 하는 일인데 업무량을 보고해서 어쩌자는 거지? 결과만 보고하면 충분하지 않은가?"

페르디난드의 엄격한 직업관에 한숨이 멈추지 않는다. 대체 누가 이런 식으로 키운 걸까? 보고·연락·상담이 비즈니스의 기본이라고 읽은 적이 있다. 이곳에서는 활용되지 않겠지만, 원활한 일 처리에는 필요한 상식이다.

"일을 원활하게 처리하려면 서로 상황을 알아두는 게 중요해요. 얼마 전에 저는 양아버님과 대화해서 인쇄업을 조금 여유롭게 진행하게 됐어요. 결국 제 속도로 진행해도 좋다고 해 주셨죠."

"……영주에게 주어진 일을 못 하겠다고 보고한 건가?"

믿을 수 없다는 듯이 눈을 휘둥그레 뜬 페르디난드에게 나는 입술을 삐죽거렸다.

"못 하겠다는 말은 하지 않았어요. 양아버님이 인쇄업을 무리하게 진행한 탓에 제게 자유시간이 없어요, 라고 현실을 전한 게 다예요. 인쇄업 업무를 신관장님이 제게 시키는 줄로 알고 있었는지 제가 주도로 진행한다고 전했더니 깜짝 놀라셨어요."

"고작 그 말만 듣고 그 질베스타가 기간을 미뤄 줬다고? 그대에게 너무 무른 것 아닌가?"

페르디난드가 팔짱을 끼고 불만스럽게 나를 보았지만, 솔직히 허약하고 겉모습이 어린애인 내게 끊임없이 일을 맡기는 페르디난드가 이상하다. "능력 있는 자에게 맡기는 게 당연하지." 라고 말하지만, 나는 쓸데없는 일 따위 맡기 싫다.

'난 독서가 하고 싶다고요. 기브미, 독서 시간!'

"어쨌거나 한 가지는 확실하게 말씀드릴게요. 제게 신관장님과 똑같은 작업량을 기대하지 마세요. 제 체력으로는 불가능해요."

겨울에는 봉납식과 귀족의 사교회도 있어서 정신없이 바쁠 예정이다. 솔직히 내 체력이 소화해낼 만한 일정이 아니다.

"그대의 의견도 지당하지만, 그럴 줄 알고 약을 그대가 먹을 몫까지 충분히 준비해 뒀다."

"그렇게 약에 찌든 생활이 몸에 좋을 리가 없잖아요! 신관장님이야말로 약에 의존하는 생활에서 벗어나세요. 약 없이 생활할 정도까지 일을 줄이지 않으면 조만간 쓰러질 테니까요."

리카르다한테 일러바칠 거예요, 라고 덧붙였다. 페르디난드는 굉장히 언짢은 표정을 지었다. 머릿속으로 리카르다에게 야단맞는 상상을 한 모양이다.

"그렇게 쉽게 일을 줄일 순 없을 텐데 어쩔 생각인가?"

"우선 성에 가는 빈도를 줄여요. 정보를 수집하려면 드나들 필요도 있겠지만, 가면 일을 해야 하니 처음부터 빈도를 줄이고, 유스톡스한테 정보를 얻으면 돼요."

내가 제안하자, 페르디난드가 미간에 깊은 주름을 새기고 복잡한 표정을 지었다.

"하지만 내가 가지 않으면 일거리가 질베스타의 책상 위에 쌓일 거다."

"그건 양아버님이 할 일이니까 양아버님이 하게 두세요. 에렌페스트의 우두머리이신 양아버님이 자기 일도 하나 책임을 못 지면 쓰겠어요? 신관장님은 이러나저러나 양아버님한테 너무 무르세요. 빌프리트 오라버님께 호되게 굴기 전에 양아버님부터 엄격하게 대하세요."

페르디난드가 육친의 정을 느끼는 상대는 이복형인 질베스타와 사촌에 해당하는 칼스테드 정도가 전부라는 건 조금만 함께 지내 보면 안다. 그런데 '영주를 너무 떠받들지 마라'라는 나의 지적에 페르디난드는 경악을 금치 못했다.

"……내가 질베스타한테 무르다고? 그런 말은 처음 들었다."

"그야 저한테는 네 뒤처리는 네가 하라고 하시잖아요. 제가 못 하는 부분을 도와주시기는 해도 나머지는 안 도와주시잖아요? 양아버님의 업무는 양아버님이 못 하는 일인가요?"

영주의 업무를 못 하는 영주가 문제라고 덧붙이자, 눈을 감은 페르디난드는 턱을 쓰다듬으며 천천히 고개를 가로저었다.

"자기가 편하려고 남한테 돌리는 거지, 못하지는 않는다."

"빌프리트 오라버니가 노력하는 만큼 양아버님도 노력하시면 돼요. 신관장님은 양아버님의 일보다 신전을 최우선으로 생각해 주세요. 그리고 신전의 업무도 다른 청색 신관과 나누고 조금이라도 여유를 가져 봅시다."

내가 주먹을 꽉 쥐자, 페르디난드가 흥미를 보이며 나를 내려다보았다.

"여유라. 대체 무엇 때문에?"

"……신관장님의 건강 때문이죠. 딱히, 제 독서 시간을 확보하자고 이러는 게 아니에요."

"끝에 본심이 드러났군. 그래도 뭐, 좋다. 질베스타가 신전에 무리한 요구를 했을 때, 신전장인 그대가 막아 준다는 게지?"

씩 웃는 페르디난드에게 성가신 일을 떠맡아 버리고 말았다.

'이상한데. 일거리를 줄이려고 했다가 더 늘어난 기분인데. 왜지?'

모든 청색 신관에게 작은 성배를 회수한 나는 질베스타의 면담 예약을 부탁하고 페르디난드와 함께 성으로 갔다. 성에 도착한 후, 1인용 레서버스를 타고 질베스타의 집무실로 향했다. 그 도중에 리카르다에게 내가 받은 기부 작물 중 이미 가공한 몫을 신전에 가져갈 테니 준비해 달라고 부탁했다. 내친김에 빌프리트의 수업 진행 상황을 물었다.

"빌프리트 님은 순조롭게 과제를 달성하고 계십니다. 시종도 절반가량 교체해서 열띤 교육이 시작됐답니다. 이번에야말로 공주님께 이기겠다고 카루타 연습에 푹 빠져 계세요. 기본 글자와 숫자도 거의 읽게 되셨습니다. 쓰는 연습은 좀 더 하셔야겠지만요."

리카르다는 육아를 정말 좋아하는 듯하다. 생기 넘치는 표정으로 빌프리트의 성장을 이야기해 주었다. 이제 트럼프 게임까지 더하면 약간의 계산도 익힐 수 있으리라.

"페슈필 연습도 순조로워서 겨울까지는 한 곡 켜실 것 같아요. 반복 연습이라 금방 짜증을 내시지만, 잠시 고래고래 소리치고, 발을 바둥거린 뒤에는 분한 표정으로 다시 연습에 들어가십니다. 질베스타님도 플로렌치아 님도 눈에 띄게 달라진 성장에 깜짝 놀라시고 기뻐하신답니다. 공주님께 매우 고마워하셨어요."

자식이 제명당할 위기를 탈출하려고 노력하는데 부모라면 당연히 기쁘겠지. 그 기쁨이 피부로 느껴지니까 빌프리트도 계속해서 노력할 것이라고 생각했다.

영주의 집무실 앞에 도착한 나는 레서버스를 정리하고, 페르디난드와 함께 입실했다. 페르디난드의 말처럼 질베스타의 책상 위에 서한이 수두룩했다. 나는 그것을 아예 무시하고 작은 성배를 완벽하게 수거했다고 말하고, 수확제 내용을 보고했다.

"무사히 끝냈군. 수고했다, 로제마인. 그리고 미안하지만, 작년처럼 작은 성배를 열 개만 더 추가해 줬으면 한다."

"무리예요."

나의 즉답에 질베스타는 몇 번 눈을 깜빡인 후 고개를 갸웃거렸다. 이해를 못 한 건지, 아니면 애초에 이해하기 싫은 건지 모를 표정으로 나를 바라보았다. 나는 이유를 붙여 거절했다.

"작년과 똑같이는 못 해요. 겨울 사교회에도 나가야 해서 작년과 똑같이 움직일 수 없고, 봄에 있었던 소동으로 작년보다 신관도 줄었거든요."

무능한 신전장이었지만, 본가의 신분이 높은 만큼 다른 청색 신관보다는 마력이 한 수 위였다. 작년도 힘들었는데 신관이 줄어 버린 지금은 절대 똑같이 가능할 리가 없다.

"……벌써 맡아 버렸는데 무슨 방법이 없겠느냐?"

아무리 그래도 휴식은 필수고, 귀족의 모임에 얼굴을 내미는 것도 필수다. 겨울 사교 데뷔에서 빌프리트가 망신당하지 않게 도와주기로 했는데, 다른 영지의 작은 성배에까지 소비할 시간과 체력과 마력은 없다.

"지금 청색 신관의 인원수와 적은 마력, 제 허약한 체력을 너무 얕보지 마세요. 그렇게 마력이 필요하시다면 양아버님이 신전에 오셔서 직접 마력을 넣으시면 되지 않아요?"

"내가, 말이냐!?"

"귀족이라면 책임을 지고, 자기 뒤처리는 자기가 처리해야죠. 이쪽 형편은 묻지도 않고, 양아버님이 멋대로 떠맡으셨으니 스스로 해결해 주세요. 신전에서 아무리 노력한다 해도 절반도 못 해 드려요."

심각한 마력 부족 문제는 에렌페스트도 마찬가지다. 어떤 정치적 거래가 있었는지 모르겠지만, 다른 영지 문제까지 해결해 줄 여유는 없다. 그래도 꼭 해 줘야겠다면 질베스타가 마력을 넣든지, 청색 신관을 보충하든지, 뭔가 구체적인 수단을 마련해 줘야 하는 것 아닌가.

나는 안 되겠다고 얼른 설득을 포기한 질베스타가 이번에는 페르디난드를 쳐다보았다.

"페르디난드, 너는……."

"정말 안타깝게도 그대가 임명한 신전장의 결정이다. 공적으로 신전장보다 아랫사람인 신관장이 어찌할 바가 아니지. 그리고 난 작년에도 말했다. 이번만이라고. 로제마인의 말대로 그대가 아우브니까 뒤처리는 스스로 해."

입꼬리를 올리고, 말도 못 붙이게끔 쌀쌀맞게 웃어 보인 페르디난드가 전혀 안타깝지 않은 목소리로 거절하자, 질베스타는 눈을 크게 뜨고 머리를 싸맸다. 이런 반응을 보아하니 그동안은 이러니저러니 해도 페르디난드가 투덜거리면서 결국 떠맡아 줬던 것이리라.

"신전에 여유가 전혀 없어요. 양아버님은 신관장에게 의지하지 말고 스스로 노력해 주세요. 아버지로서, 아우브로서, 빌프리트 오라버니의 모범이 되셔야죠."

페르디난드에게 간절히 애원하는 시선을 보내는 문관과 질베스타를 우아한 미소로 격려한 나는 페르디난드의 소매를 살짝 잡아당겨서 얼른 영주의 집무실을 나왔다.

"페르디난드 님, 당장 신전으로 돌아가요."

"왜지? 조금 상태를 봐야 하지 않는가?"

"성에서 느긋하게 있다간 양아버님의 문관이 조르러 올 거예요. 그러면 일벌레인 페르디난드 님은 일이 없는 상황이 불안하고 초조해져서 결국 양아버님을 도울 거 아녜요."

내 지적에 페르디난드가 미간을 찌푸렸다. 불쾌한 표정을 지으면서도 반론을 못 하는 모습을 보아하니 정곡을 찔렸나 보다.

성결식 때 페르디난드를 따라 귀족 마을까지 왔지만, 쉬라는 명령에도 불안해진 시종들이 한데 모여 업무 얘기를 했다던 프랑의 말이 떠올라 신물이 났다.

'아, 못 말리겠어! 그 주인에 그 시종이야!'

"그렇게 일하고 싶어서 손이 근질거린다면 성이 아니라 신전에서 일하시고, 후배를 육성하세요. 청색 신관이 영 별로라면 회색 신관을 키우셔도 좋아요."

일에 여유가 생긴 페르디난드가 틈나는 대로 후배를 키워 준다면 내게 쏠린 기대와 주의가 분산되고, 분명 내 과제도 조금은 줄어들겠지. '신관장님은 그렇게 만만하지 않아'라는 목소리가 머릿속 어딘가에서 들렸지만, 못 들은 척 하자.

"흠. 후배 교육이라……."

페르디난드가 팔짱을 끼고 고민하면서 나를 힐끗 쳐다본다.

'왜 날 쳐다보는 거지? 불길한 예감이 드니까 이쪽을 쳐다보지 말아 주세요.'

에필로그

"어서 오십시오, 브리기테 님."

"다녀왔어요, 나딘."

수확제가 끝나고 신전에서 기사 기숙사 방으로 돌아온 브리기테를 나딘이 웃으며 맞아 주었다. 나딘은 브리기테가 고향인 일크너를 떠나 기숙사에 들어올 때 데리고 온 하급 귀족 견습 시종으로 기숙사 방을 정리해 준다. 나딘의 가족은 브리기테가 파혼한 뒤에도 일크너 가에 남아 준 몇 없는 친척이다. 나딘은 브리기테의 오빠인 기베 일크너의 부탁과 부모의 명령으로 브리기테를 모시고 있지만 브리기테가 신전에 가게 된 후에도 따라와준, 정말 고마운 사람이다.

"브리기테 님, 목욕 준비가 다 되었습니다."

나딘의 목소리에 브리기테는 약식 갑옷을 벗어서 목욕하고, 상쾌한 기분으로 나딘이 끓여 준 차를 마셨다. 좋아하는 차를 느긋하게 마시니 긴장감이 서서히 풀리는 느낌이 들었다. 장시간 호위를 하면 항상 자신을 감싸는 긴장감에 피곤해지기 일쑤였다.

"역시 내 방이 편하네요."

나딘은 올도난츠로 연락을 주고받으면서 항상 준비에 빈틈이 없고, 자신의 취향을 파악해서 편안하게 해 준다. 신전에도 잘 방이 있고, 필요할 때는 니콜라와 모니카가 도와준다. 하지만 마술구가 없고, 전속 시종도 없는 신전은 아무래도 불편하게 느껴졌다.

"브리기테 님, 신전과 기숙사 방을 비교하지 말아 주십시오."

하물며 신전의 회색 무녀와 귀족인 자신의 업무를 비교할 순 없다며 나딘이 불만에 찬 표정을 지었다. 마찬가지로 브리기테도 신전에 가기 전까지 '신전은 귀족이 갈 곳이 아니다' 라고 생각한지라 나딘의 마음도 이해가 되었다. 실제로 평민과 귀족은 능력이 달라서 비교 대상이 될 수도 없다.

"몇 번이나 말했지만, 로제마인 님과 페르디난드 님의 주변은 잘 갖춰져 있어서 지금까지 들어온 신전과 전혀 분위기가 달라요."

브리기테는 차를 마시면서 나딘에게 그렇게 말했지만, 역시나 나딘은 생각을 쉽게 바꿔 주지 않았다. 그래도 신전에 가기 시작한 초반보다는 나아진 편이다. 처음 신전에서 불침번을 서게 됐을 때 나딘은 뭐라 형용할 수 없는 절망에 찬 눈으로 브리기테를 바라보며 "신전에서 하룻밤을 보내시다니, 기베 일크너에게 보고해야겠어요."라고 속상해했다. 일크너를 위해 영주의 양녀를 섬기게 해 달라는 부탁을 허락해 준 오빠가 자신이 업무상 신전에 하룻밤 묵었다고 동요하지는 않으리라고 생각했다.

'동요는 안 하겠지만 오라버니는 기베이면서도 힘이 없는 자신을 책망하겠지.'

"세간에서는 신전을 불결한 곳이라고 하지만, 로제마인 님의 눈에 닿는 곳은 그런 낌새조차 느껴지지 않아요. 로제마인 님은 기사단장 일가의 사랑을 받으며 자란 분이시니까요."

강력한 마력의 소유자인 로제마인을 영주의 양녀로 보내겠다고 판단했지만, 사랑스러운 딸을 떼어 놓기 얼마나 괴로웠을까. 기사단장인 칼스테드의 가족은 아우브의 양녀가 된 로제마인을 매우 걱정했다.

"그건 알고 있습니다. 기사단장님은 브리기테 님이 훈련에 참여하실 때마다 호출하시고, 코르넬리우스 님께서는 신전 생활을 끈질기게 물으시고, 엘비라 님은 사적인 다과회에 초대해 주시는 걸요. 누가 봐도 명백하지요."

맞는 말이다. 이런 일들이 다른 귀족들 눈앞에서 이루어지자 브리기테가 기사단장 일가와 친밀하게 지낸다는 소문이 돌았고, 브리기테를 바라보는 주변 시선이 바뀌었다. 험담이 줄었고, 은근히 멀리하던 친구들이 최근에는 말을 걸어 오게 되었다.

"브리기테 님이 로제마인 님의 호위 기사가 되기로 한 결정은 틀리지 않았고, 저 역시 그 결정이 일크너에도 도움이 된다고 생각합니다. 한 계절 만에 기사단장 일가의 신뢰를 얻은 건 전부 브리기테 님이 노력하신 결과겠지요. ……그래도 귀족 사이에서 브리기테 님이 그런 평가를 받으시다니, 저는 너무 억울합니다."

나딘이 슬픈 얼굴로 눈을 내리깔았다. 브리기테는 주변에서 자신을 '파혼당하고 결혼이 절망적이게 되자 자포자기 심정으로 신전에 출입한다' 라며 속닥이는 걸 안다. 절반은 맞았다. 딱히 자포자기는 아니었지만 파혼하지 않았더라면 로제마인을 섬기겠다는 생각도 하지 않았을 테고, 신전에도 출입하지 않았을 것이다.

"주변 평가보다 일크너에 도움이 될지 어떨지가 중요하잖아요? 내일 오후에 예정대로 엘비라 님의 다과회가 있는데 준비는 됐어요?"

"물론입니다. 브리기테 님의 준비뿐만 아니라 저도 준비를 끝냈어요."

나딘이 당당하고 기쁘게 웃었다. 브리기테를 따라 동행하기로 한 나딘은 신기한 과자를 먹을 수 있다는 엘비라의 다과회를 매우 기대했다.

'이렇게 배려해 주시니 엘비라 님껜 정말 너무 감사해.'

남들이 브리기테를 험담하듯이 나딘도 '신전에 출입하는 주인을 모시느라 힘드겠네'라느니 '너도 결혼 포기했니?'란 말을 듣는다. 나딘이 웃게 된 것도 기사단장 일가가 브리기테를 특별히 돌봐 주게 되고부터다.

"나딘이 다과회 준비도 해 줬으니까 난 오전에 기사단 훈련에 참가할게요."

"신전 호위도 쉬고, 오후부터 다과회인데 훈련하신다고요?"

나딘의 깜짝 놀란 표정에 브리기테는 씁쓸하게 웃으며 고개를 끄덕였다.

슈첼리아의 밤에 일어났던 일을 떠올리면 훈련은 꼭 해야 했다. 자세히는 모르지만 슈첼리아의 밤 소재를 고른 점, 아직 귀족원에 입학하지 않은 허약한 로제마인에게 굳이 채집하게 한 점을 생각해보면 유레베 소재를 모으는 게 분명했다. 루엘 열매가 소재로 꼭 필요하다면 아마 내년에도 같은 장소에 갈 터이다. 그렇게 어마어마한 마수와 오랜 시간 싸우려면 훈련이 필요하다.

"신전 호위는 오랜 시간 동안 긴장해야 하는 근무라서 실력을 갈고닦을 시간이 없어요. 가능하면 짬 날 때마다 훈련에 참가해야죠."

"그렇습니까. ……견습시종인 저로서는 다과회 전에 훈련으로 상처가 생길까 걱정되지만요."

나딘은 그렇게 말하며 걱정스럽게 브리기테를 보았다. 걱정해 주는 나딘에게 고맙다고 말하고, 브리기테는 침실로 들어갔다.

다음 날 오전에는 나딘에게 말한 대로 기사단 훈련장을 찾았다. 로제마인의 수확제 일정에 동행하고, 슈첼리아의 밤에도 함께 싸운 에크하르트도 훈련장에 있었다. 창을 휘두르며 광범위한 공격을 훈련하는 모습으로 보아, 그도 내년에 있을 채집에 대비하는 것이리라.

브리기테도 마찬가지로 무기를 꺼내 들고 휘둘렀다. 낮은 위치에 있는 적을 한꺼번에 쓰러뜨리는 것은 간단하지만, 정확하게 숨통을 끊지 않으면 적이 조금씩 강해져서 상당히 성가셔진다.

"브리기테, 기사단장님이 부르신다."

짧은 휴식을 취하는데, 기사 한 사람이 말을 걸었다. 브리기테는 고맙다고 말하고 기사단장실로 이동했다. 그곳에는 칼스테드 단장뿐만 아니라 에크하르트의 모습도 있었다.

칼스테드가 수염을 한 번 쓰다듬고 말문을 열었다.

"브리기테, 에크하르트. 장기간 수확제에 동행하느라 수고했다. 페르디난드가 루엘 열매 채집에 실패했다고 말하던데, 중간부터 합류해서 자세한 내용은 너희들에게 물으라더군……."

칼스테드가 브리기테와 에크하르트를 바라보며 슈첼리아의 밤에 있었던 사태를 설명하라고 재촉했다. 에크하르트가 채집 때 각각의 행동을 간결하게 보고했다.

"브리기테, 에크하르트의 설명에 틀리거나 덧붙일 말이 있느냐?"

"채집에 실패한 건 로제마인 님의 책임이 아닙니다. 로제마인 님은 루엘 열매를 확실히 채집하셨습니다. 그런데 잔체에게 **빼앗겨** 버렸습니다. 그 원인은 완벽하게 호위해야 했던 우리, 기사의 움직임이 나빴기 때문이라고 생각합니다."

호위 대상인 로제마인을 습격하는 마수를 막지 못했다. 무능하다고 욕먹을 만한 실수였다. 심지어 로제마인의 마석을 흡수해서 거대해진 골체에게서 모든 호위 기사가 로제마인이 생성한 바람의 방패로 보호받았다.

"골체의 강력한 힘과 마력의 양으로 따져 봤을 때 그 방법 외에는 없었지만, 호위 기사로서 스스로가 한심해진 순간이었습니다."

브리기테의 말에 에크하르트도 동의했다.

"슈첼리아의 밤이라는 특별한 밤에 관한 정보 부족, 마수의 수보다 현저히 적은 호위 기사의 수, 그리고 저희 능력 부족이 이번 실패의 원인이라고 생각합니다. 결국, 페르디난드 님께 지원을 요청하는 결과를 낳았습니다."

페르디난드의 지시에 따른 덕분에 주변 피해 없이 골체를 퇴치할 수는 있었지만, 하마터면 기사단까지 부르는 사태가 될 뻔했다.

"흠. 그만큼 많은 마수가 접근해 왔다면 내년에는 전력을 늘려야겠군."

"그럼 하급 기사인 다무엘을 제외하고, 상급 기사 혹은 중급 기사를 배치해 주십시오."

다무엘은 수많은 마수에 능숙하게 대처하지 못했다. 마력이 적은 하급 귀족이니 어쩔 수 없지만, 내년에도 데리고 갈 만한 인력이 아니라고 생각했다. 마력을 가진 자가 거의 존재하지 않는 신전에서의 호위와는 사정이 다르다.

브리기테의 말에 칼스테드가 천천히 턱을 어루만지며 생각에 잠겼다.

"그러나 채집은 공공연하게 알릴 수 없는 사안이라 가능한 한 소수 인원으로 대처해야 해서 말이다. 개인적인 일로 기사단을 동원하지 못하는 이상, 하급 귀족도 아닌 자보다는 낫지 않느냐."

"그렇군요."

로제마인에 관한 여러 가지 정보를 공유한 자만 채집에 동행해야한다면 아무리 약한 다무엘의 전투력이라도 없는 것보다는 낫다.

"내년 채집에는 페르디난드 님과 나도 슈첼리아의 밤에 합류할 것이다. 내년을 목표로 광범위 공격을 중점적으로 단련하도록."

"넷!"

대답하면서 브리기테는 생각했다. 아우브의 호위 기사인 기사단장이 딸을 위해 소재를 채집하러 도르방까지 왕복하다니 너무 과잉보호라고. 하지만 그 과잉보호가 싫지는 않았다. 기사단장 일가의 흐뭇한 가족애는 오빠를 위해 노력하는 브리기테를 인정하는 발판이 되어 주기 때문에 오히려 기뻤다.

"……그래서 로제마인은 신전에서 어떻던가? 브리기테도 업무에 불편한 점은 없느냐?"

슈첼리아의 밤의 반성회가 끝나자 으레 그랬듯 칼스테드의 질문이 시작됐다. 브리기테는 로제마인의 신전 활동 보고에 더해 선배 기사에게 들은 이야기를 전했다.

"며칠 전에 여기사 세 사람 정도가 로제마인 님의 호위 기사를 지원했고, 단장님께 이야기가 들어가기 전에 코르넬리우스 님께서 거절하셨다고 들었습니다. 성에서만 호위하는 안게리카를 보고, 그녀들도 성내에서만 호위하려고 지원한 것이 아닐까 생각됩니다."

안게리카는 미성년자라서 아직 귀족 마을에서 나가는 임무를 맡기지 않지만, 성인이 되면 신전이든 평민촌이든 함께 움직이게 된다. 그 사실도 모르고 지원한 그녀들은 이유도 모른 채 코르넬리우스에게 퇴

짜를 맞았다.

"신전에 출입하지 않고도 로제마인 님의 호위 기사 견습생 지위를 차지한 안게리카를 그녀들이 시샘할 가능성이 크므로 주의하라는 충고를 들었습니다."

코르넬리우스는 "생각지도 못한 이유로 갑자기 사경을 헤맬지도 모른다."라는 주의사항을 입버릇처럼 달며 로제마인에게 접근하는 자를 항상 주시한다. 과잉보호하는 모습은 귀엽지만, 조금 시야가 좁아질 때가 많았다. 아마도 코르넬리우스가 아직 어려서겠지만, 상급 귀족인 코르넬리우스에게 브리기테가 의견을 내놓기는 어려운 처지였다.

"……그랬군. 지원자의 의도를 정확히 파악하려고 안게리카도 성인이 되면 신전에 가게 된다는 말은 딱히 공공연하게 밝히진 않았다만, 그런 시샘은 성가시지. 코르넬리우스에게는 거절한 이유도 설명하라고 말해 두마."

"감사합니다. ……그리고 성인이 되기 전까지만 로제마인 님을 모시고, 귀족원 졸업과 동시에 결혼 준비를 이유로 본가로 돌아갈 계획을 짜는 자도 있다고 들었습니다. 성인이 되면 신전에 가도 상관없다고 선언한 안게리카 같은 인재는 매우 드뭅니다. 주의하십시오."

"하긴 여성의 결혼 적령기를 생각해 보면 그럴 가능성도 있겠군. ……이렇게 여성의 시점에서 주의를 주니 큰 도움이 되는구나. 남자는 알아챌 수 없는 일이지. 오늘 얘기는 여기까지다. 오후부터는 다과회라지? 마음껏 즐기고 와라. 엘비라가 의욕을 불태우며 과자를 준비하더구나."

칼스테드의 부드러운 말투 속에 확고한 신뢰를 느낀 브리기테의 표정이 밝아졌다.

그날 밤, 브리기테는 일크너에 있는 오빠에게 올도난츠를 보냈다.

"오라버니, 저 영주 일족의 측근으로 조금은 신뢰를 얻게 된 것 같아요. 수확제에 동행했을 때 로제마인 님께서 목재 종류가 다양한 우리 일크너에 큰 관심을 보이셨어요. 제가 조금은 일크너에 도움이 되고 있을까요? 제 선택은 틀리지 않았어요. 로제마인 님은 매우 사랑스럽고, 다양한 의미로 신비스러운 분이세요. 로제마인 님의 데뷔가 있을 겨울 사교회를 기대해 주세요."

봄에 세례를 받은 오빠인 나보다 더 뺀질거리는 로제마인이 영 마음에 들지 않는다. 램프레히트는 "로제마인도 고생합니다." 라고 말했지만, 여동생을 감싸려는 거짓말이다. 조금만 달려도 쓰러져서 죽을 뻔하는 로제마인이 대체 뭘 할 수 있단 말이야?

성에 자유롭게 드나드는 것도, 가정교사도 없는 것도, 저녁 시간에 아버님과 어머님에게 칭찬받는 것도 오직 로제마인뿐이다. 나는 아버님을 방해하면 안 된다고 집무실 근처에도 못 가게 하는데 로제마인은 된다니…… 치사하지 않은가!

내가 그렇게 주장하자, 로제마인은 나와 하루를 바꿔 보자고 제안해 왔다. 제법 괜찮은 제안이라고 생각했다. 성을 빠져나와 시끄러운 측근들을 떨쳐내고, 로제마인처럼 제멋대로 지내야겠다. 로제마인도 성에서 교사들에게 둘러싸여서 갑갑하게 지내 보라지.

"출발하겠습니다, 빌프리트 님."

나를 태운 램프레히트의 기수가 커다란 날개를 펼치고 넓은 하늘로 달리기 시작했다. 공중에 몸이 붕 뜨는 느낌이다. 이런 기분을 나보다 먼저 느끼다니 역시 로제마인은 치사하다.

"램프레히트, 나도 기수를 만들게 되면 페르디난드처럼 사자가 되나?"

신전으로 안내하며 앞을 달리는 페르디난드의 기수를 바라보면서 물었다. 램프레히트가 고개를 끄덕였다.

"네. 영주의 자제는 머리가 하나인 사자 모양 기수입니다. 빌프리트 님께서 영주가 되시면 가문의 문장대로 머리가 세 개인 사자를 만들게 되실 겁니다."

아버님의 기수를 본 적은 없지만, 역시 아버님. 분명 아주 멋있을 거다. 나는 내가 만들게 될 사자 기수를 머릿속에 그리다가 퍼뜩 정신이 들었다.

"……로제마인의 기수는 사자가 아니었던 것 같은데?"

"특이하지요? 저도 그런 기수는 본 적이 없습니다."

램프레히트와 짧게 대화하는 사이에 신전이 차츰 보이기 시작했다. 신전은 온통 하얀 귀족 마을과 누렇고 지저분한 곳의 경계에 있는 건물이다. 귀족 마을 너머라고 들었는데 생각보다 가깝다.

"램프레히트, 저 누렇고 더러운 곳은 뭐냐?"

"평민이 사는 마을입니다. 빌프리트 님과는 연이 없는 곳이지요."

기수가 신전에 착지한 곳에는 미리 마중 나온 회색 옷을 입은 남자가 있었다. 나를 보고 눈을 동그랗게 뜬다.

"프랑, 받아라. 로제마인의 서신이다. 내일 네 점 종까지 신전장 역할을 교대하게 되었다."

기수에서 내린 페르디난드가 그 남자에게 로제마인이 맡긴 편지를 건네주는 것을 보고, 이 남자가 로제마인의 시종인 걸 알았다.

"빌프리트, 로제마인의 신전 수석 시종인 프랑이다. 신전에서 지내는 동안은 그가 하는 말을 잘 듣도록. 프랑, 혼자서 빌프리트를 상대하기 힘들 거다. 지금부터는 나도 함께 돕겠다."

"감사합니다, 신관장님. 그럼 옷을 갈아입는 곳으로 안내하겠습니다, 빌프리트 님."

"흠."

이렇게 해서 나는 로제마인이 쓰는 신전장실로 안내받았다. 그리고 다른 로제마인의 시종들에게 하루만 내가 신전장이 된다는 사실을 전했고, 로제마인의 시종이 지금 내가 입은 옷 위에 흰옷을 덮어씌웠다. 이 옷이 신전장의 의상인 듯했다.

"어떤 차를 좋아하십니까?"

프랑이 로제마인의 서신을 읽는 동안 니콜라라는 시종이 맛있는 차를 끓여 주었고, 지금까지 먹어 본 적이 없는 과자를 내 주었다. 입에 넣은 순간, 부드럽게 녹으면서 입속에 달콤한 맛이 퍼져 가는 신기한 과자다.

"이런 과자는 처음 먹어 봐. 역시 로제마인은 치사했어."

신전에서 이렇게 맛있는 걸 혼자 먹다니, 라고 말하며 내가 과자 하나를 또 손에 집자, 내 말을 들은 니콜라의 얼굴이 환해졌다.

"이 과자는 로제마인 님이 생각해 내신 과자예요. 한 번도 먹어 보신 적 없는 과자를 원하신다면 빌프리트 님도 스스로 만들어 보심이 어떠십니까? 빌프리트 님은 뭔가 새로운 과자를 알고 계시나요? 전 요리 만들기를 아주 좋아해요."

니콜라는 "사실 먹는 걸 더 좋아하지만요."라며 기대에 찬 눈으로 웃었지만, 먹어 본 적이 없는 과자 따위 내가 어찌 안단 말인가.

'로제마인이 생각해 낸 과자라고? 과자를 어떻게 생각해 낸다는 거지?'

고개를 갸웃거리면서 야금야금 과자를 먹었다. "아랫사람들에게는 남겨주지 않으실 겁니까?"라고 램프레히트가 말했을 때는 겨우 몇 개밖에 남아 있지 않았다. 조금 아까워하며 남은 과자를 넘겼다.

차를 마시는 동안 프랑에게 무슨 말을 전해 들은 모니카가 얼른 방을 나가는 것이 보였다. 차를 다 마시기를 기다렸다는 듯이 파란 의상을 입은 페르디난드가 방에 들어왔다. 로제마인의 세례식에서 봤던 신관장의 파란 의상이다.

"로제마인의 예정표를 보니 오늘은 고아원에서 보고받고, 공방을 돌아본다고 적혀 있더군. 동행할 호위 기사는 람프레히트와 다무엘. 시종은 프랑과 모니카다."

페르디난드와 함께 입실한 시종과 로제마인의 여자 기사가 한 걸음 물러섰다. 나는 람프레히트와 함께 방을 나왔고, 긴 복도를 지나 다른 건물로 향했다.

"이쪽은 부모가 없는 아이가 모여서 사는 고아원입니다. 이곳은 식당으로 씁니다."

프랑이 문을 열자 그곳은 크고 초라한 나무 테이블을 여러 개 놓은 큰 홀 같은 방이었다. 어쩐지 신기해서 쭉 둘러보니 일제히 무릎을 꿇고 기다리는 사람들이 눈에 들어왔다. 모두가 똑같은 회색 옷차림이다. 아마 문관들의 제복 같은 것이리라.

"신전장님, 신관장님, 이곳에 앉으십시오."

나는 볼품없는 나무판자에 앉기를 망설였다. 하지만 당연한 얼굴로 자리에 앉는 페르디난드를 보고, 하는 수 없이 나도 그 초라한 의자에 앉았다.

"오늘 신전장에게 보고할 게 있다고 들었다. 책임자는 얼른 앞으로 나와 보고하라."

주황색 머리의 여성이 앞으로 나왔다. 그리고 나를 향해 무슨 말인지 알 수 없는 말을 줄줄 내뱉었다. 페르디난드는 이따금 고개를 끄덕였고, 프랑은 손에 든 판자에 뭔가를 메모했다.

"……저게 대체 무슨 말이냐?"

"고아원의 한 달 결산 보고입니다."

"그런 거 나와는 관계없지 않으냐."

그 순간 페르디난드가 내 머리를 퍽 하고 때렸다. 나는 대체 무슨 일이 일어난 건지 알 수 없는 충격에 머리를 누르며 눈만 끔뻑였다. 램프레히트도 깜짝 놀란 듯 눈을 크게 뜨고 페르디난드를 보았다.

"페르디난드 님!?"

"……이! 이, 이게 무슨!?"

말도 바로 나오지 않았다. 점점 욱신욱신하는 열과 통증이 느껴졌다. 나는 페르디난드를 노려보았다.

"이게 대체 무슨 짓이야!?"

"바보 녀석. 로제마인은 신전장인 동시에 고아원 원장이기도 하다. 업무를 바꾸기로 해 놓고 그대와 관계없을 리가 없지 않은가. 몰라도 얌전히 들어라. 이것이 로제마인의 업무다."

화난 사람은 나인데, 어째서인지 페르디난드가 나를 노려보며 호되게 혼을 낸다. 분한 마음에 "이런 하찮은 일은 후다닥 끝내 버려." 하고 영문도 모를 보고를 하는 여자를 노려보았다. 그런데 여자는 키득키득 웃기만 할 뿐 멈추지 않고 끝까지 보고를 읽어 나갔다. 괘씸하다.

'내가 지금 화나 있는 것도 모르는 거야? 참 둔한 여자군.'

하도 지루하고 따분해서 도중에 의자에서 내려와 고아원을 한 바퀴 돌아보려고 했더니 페르디난드가 내 허벅지를 힘껏 꼬집었다.

"아파! 페르디난드! 대체 뭐 하는 짓이야!?"

"얌전히 들으라고 한 말을 못 들었는가? 아니면 이해를 못 했나? 머리와 귀 중 어딘가 나쁜가? 아니면 둘 다 나쁜가?"

나를 진심으로 조롱하는 차가운 눈으로 페르디난드가 말을 늘어놓았다. 이런 모욕적인 말은 처음 들었다. 머리에 피가 확 솟은 내가 자리에서 일어나 페르디난드를 때리려고 했다. 그런데 오히려 페르디난드가 내 머리를 덥석 잡아 억지로 의자에 눌러 앉혀 버렸다.

  "앉아서 잠자코 들어라. 알았나?"

  "크으으…… 램프레히트!"

  내 호위인 주제에 도와주지도 않는 램프레히트의 이름을 부르자, 내 머리를 잡은 페르디난드의 손에 힘이 들어갔다.

  "몇 번 말해야 알아듣겠나? 앉아서, 잠자코, 들어."

  페르디난드에게 머리를 잡혀 짓눌리는 내 모습을 보고, 아이들이 고개를 돌려 키득키득 웃는다. "왜 모르는 걸까?" "얘기만 들으면 될 텐데." 라는 목소리가 들린다.

  "드, 들을 테니까 손 치워!"

  "이젠 의미도 없는 짓에 주변을 귀찮게 하지 마라. 멍청한 녀석."

  홍 하고 콧방귀를 낀 페르디난드가 겨우 손을 치워 주었다. 머리에는 아직 손자국이 남았을 것 같은 통증이 계속되었다. 여자의 보고가 끝날 때까지 의자에서 내려가지도 못한 나는 부글부글 끓는 화를 참으면서 곁눈질로 페르디난드를 노려보았다.

  '젠장, 페르디난드 녀석!'

  "이번 달 보고는 이상입니다. 저와 신관장님은 프랑과 의논할 일이 있으니 신전장님은 아이들과 카루타로 놀고 계시면 어떻겠습니까?"

  놀라운 말에 반응한 내가 페르디난드를 쳐다보자, 저쪽 편에 있는 아이들을 본 페르디난드가 "……그래라." 하고 천천히 끄덕였다.

나는 겨우 의자에서 내려올 수 있었다. 가볍게 하품한 뒤, 램프레히트와 다무엘을 데리고 아이들이 모여 있는 곳으로 향했다.

"카루타가 뭐냐?"

"가르쳐 줄 테니까 함께 놀아요."

상대가 어른이면 몰라도 성에 놀러 온 어린애에게는 한 번도 져 본 적이 없는 나다. 조금 전 나를 비웃은 아이들에게 내가 얼마나 대단한지 보여줘야겠다.

"한 명이 이 글자패를 읽어요. 그럼 다른 아이는 바닥에 놓인 그림패에서 글자패와 내용이 똑같고, 첫 글자가 같은 패를 집어요. 가장 많은 패를 집은 사람이 이기는 놀이예요. 신전장님은 처음이시니까 호위 기사님과 함께하셔도 돼요."

그 말대로 처음인 나와 달리 상대는 항상 이걸로 노는 아이들이다. 램프레히트와 함께 싸우는 편이 공평할지도 모른다. 먼저 말을 꺼낸 긴 저쪽이니까 비겁한 것도 아니지. 그런 생각에 램프레히트와 한 팀이 되어 카루타를 시작했다.

다무엘이 패를 읽을 줄 알았더니, 놀랍게도 내 또래 정도로 보이는 아이가 글자패를 읽는 것이다.

"너, 글자를 읽을 줄 아냐? 나도 아직 못 읽는데 대단하네."

감탄하며 칭찬하자, 기뻐할 줄 알았던 아이들이 모두 의아한 얼굴로 고개를 갸웃거렸다.

"……네? 신전장님인데 글자를 못 읽어요?"

"이 카루타와 그림책은 로제마인 님이 만들어 주신 거예요. 고아원에서는 다 읽을 줄 알아요."

"아, 디르크만 혼자 못 읽어요. 아직 아기라서……."

붉은 머리 여자애를 쫓아가려고 바닥을 아장아장 기는 갓난아이를 가리키며 그렇게 말했다. 이곳에는 아이도 글자를 읽는 게 당연하고, 못 읽는 사람이라고는 동생인 멜키오르보다 작은 갓난아이뿐이라고 한다.

'그렇단 말은 내가 저 갓난애랑 수준이 똑같다는 소리잖아?'

너무 큰 충격 때문인지 결국 카루타 승부는 바로 내 눈앞의 패를 램프레히트가 한 장 잡고, 나머지는 전부 다른 아이들에게 뺏긴 채 끝나고 말았다.

"꼴사납게 참패했구나. 부모가 져 주라고 한 아이를 상대한 경우가 아니면 네 실력은 고작 그 정도다."

"페르디난드 님! 말씀이 너무……."

"사실을 직시해라."

콧방귀 낀 페르디난드는 "자, 다음 장소로 이동하자." 라며 걷기 시작했다.

'크으으으으……. 페르디난드, 이놈!'

고아원 남자동을 지나 공방에 갔다. 그곳에는 손과 얼굴이 새까매진 채 뭔가를 만드는 자들이 있었다. 내 또래 정도로 보이는 아이부터 어른까지 모두가 초라한 옷을 입은 모습이 어딘지 이상해 보인다.

"이쪽은 로제마인 님 대신 1일 신전장을 맡으신 빌프리트 님이십니다."

프랑이 소개하자, 두 소년이 앞으로 나와 무릎을 꿇고, 귀족을 대하는 인사를 했다.

"바람의 여신 슈첼리아가 수호하는 결실의 날, 신들의 인도에 의한 만남에 축복을 내려 주시길."

나는 아직 어설프게 마력을 반지에 담았다.

"새로운 만남에 축복을."

오늘은 제법 느낌이 좋다. 내가 만족감에 조그맣게 고개를 끄덕이고 램프레히트를 올려다보자, 램프레히트도 씩 웃으며 가볍게 고개를 끄덕여 주었다.

"루츠, 길. 둘 다 일어나라. 오늘 로제마인을 불렀다던데 무슨 용건이지? 오늘은 빌프리트가 대신 처리해 줄 거다."

"새롭게 완성한 그림책을 증정할 예정이었습니다. 이걸 로제마인 님께 전해 주십시오. 그리고 이건 빌프리트 님께. 만남의 증표로 부디 받아 주십시오."

녹색 눈동자를 가진 아이가 내민 책 두 권을 받아들었다. 종이 뭉치를 엮어 놓은 게 보잘것없어 보인다. 표지도 없고, 얇은 데다 크기도 작다. 도무지 책으로 보이지 않았다.

"그림책? ……이런 물건은 어디 쓰느냐?"

"읽는 겁니다. 로제마인 님께서 처음 제작하기 시작한 물건이고, 완성되길 고대하시던 것입니다."

'이것도 로제마인이 만든 물건이라고?'

나는 흑백 그림이 큼직하게 붙은 그림책을 바라보았다. 그 책에는 카루타와 마찬가지로 글자가 찍혀 있다.

그림책을 대충 훑은 뒤, 두 사람을 힐끗 쳐다보았다. 자신감 넘치는 눈과 태도가 당당한 두 사람은 나와 나이도 거의 비슷해 보였다.

"……너희도 이 책을 읽을 수 있느냐?"

"물론입니다. 읽지 못하면 일을 할 수 없으니까요."

보라색 눈동자를 가진 아이가 "열심히 공부했습니다." 하고 득의양 양하게 웃는다.

"확실히 글을 읽는 평민은 드물지도 모르지만, 업무에 필요하다면 평민이라도 공부합니다. 글자를 못 읽는 분께 그림책을 선물로 드리 면 큰 실례겠지만, 귀족이라면 당연히 읽을 수 있으실 테니 괜찮으시 지요?"

녹색 눈동자인 아이가 쭈뼛거리며 페르디난드에게 확인을 받는다. 페르디난드는 얕보는 차가운 시선으로 나를 힐끗 쳐다본 뒤, 콧방귀 를 뀌었다.

"뭐, 귀족의 교육을 제대로 받았다면 당연히 읽을 수 있고말고. 귀 족에게 실례될 일이 아니지."

"안심했습니다."

'평민이라도 필요하면 공부하고, 귀족이라면 당연하다고?'

나는 뺨을 움찔거리며 그림책을 내려다보았다.

"업무로 돌아가라. 너희가 어떤 일을 하는지 돌아보려고 한다."

페르디난드의 지시에 무릎 꿇던 자들이 몸을 일으키고, 이쪽의 행 동에 신경을 쓰면서 작업을 시작했다. 견학하는 도중에 그림책을 준 아이들이 종이 매수를 세거나, 손이 빈 자에게 다음 작업을 지시하는 모습이 보였다.

"페르디난드, 어른도 이렇게 많은데 왜 저 두 아이들이 지시를 내 리지?"

"한쪽은 시종이고, 한쪽은 상인 수습생인데 두 사람 모두 로제마인 이 키운 심복이다. 로제마인이 내리는 지시를 직접 받고, 공방을 돌리 며 보고하는 위치지. 같은 또래 아이보다 부담이 커서인지, 아니면 로제마인처럼 되는 것이 목표인지 성장이 매우 두드러지는 녀석들이다. 어쩌면 로제마인에게는 사람을 육성하는 재능이 있는지도 모르겠군."

나는 항상 업신여기고 바보 취급만 하는 페르디난드가 공방 아이를 칭찬하고, 그들을 육성한 로제마인을 칭찬한다. 가슴 한구석이 바싹바싹 타들어 가는 느낌이 들었다.

"다섯 점 종이다. 방으로 돌아가자. 모두 솜씨가 훌륭하구나. 앞으로도 힘쓰도록."

페르디난드의 말에 공방에 작업하는 자들 모두가 자랑스러운 미소를 지으며 일제히 그 자리에 무릎을 꿇었다.

나는 선물 받은 그림책을 안고 신전장의 방으로 돌아갔다. 평소에는 다섯 점 종이 울리면 오후 수업이 끝나고 자유 시간이 시작된다. 오늘도 방에 돌아가면 자유 시간을 보낼 줄 알았건만, 프랑이 테이블 위에 목패 몇 개를 쌓아 올리기 시작했다.

"이건 또 뭐냐?"

"가을 수확제에 가시기 전에 꼭 외우셔야 하는 축사입니다. 빌프리트 님은 실제로 갈 일이 없으시므로 주의사항까지는 필요 없겠지만, 축사는 마술을 사용할 때 도움이 될 터이니 외워 주십시오."

목패에 쓰인 축복의 말을 쭉 훑어 본 램프레히트가 눈을 동그랗게 뜨고 목패를 가리켰다.

"……로제마인이 정말 이걸 다 외운다고?"

"당연합니다. 로제마인 님은 신전장이시니까요."

프랑은 표정 변화 하나 없이 정말 당연하다는 얼굴로 고개를 끄덕였다.

"귀족들 사이에서 한 번이라도 나쁜 평가를 받으면 그 평가가 평생 꼬리처럼 따라다니는 사실을 알고 계실 겁니다. 그래서 영주의 양녀가 되신 로제마인 님께 실수는 용납되지 않습니다. 1년 동안 의식이 있을 때마다 새로운 축사를 외우느라 힘드시지만, 끊임없이 노력하고 계십니다."

신전장이 축복을 주는 의식의 수를 프랑이 손가락을 하나씩 접으며 세어 나간다. 한여름에 신전장이 되고 아직 한 계절밖에 지나지 않았다. 그런데도 성결식, 여름 성인식, 가을 성인식을 해내고, 다음은 직할지의 수확제에 간다고 한다. 신전장이 해야 할 일이 이렇게 많다니 믿기지 않았다.

"난 글자를 못 읽으니까 무리다."

축사를 적은 목패를 보면서 나는 고개를 저었다. 로제마인은 업무상 꼭 외워야 하는지 몰라도 내가 외울 필요는 없다. 나는 목패를 프랑에게 돌려주었다. 그러자 목패를 받아든 프랑이 람프레히트에게 건넸다.

"그럼 람프레히트 님이 소리 내어 읽으시면 복창하면서 외워 주십시오. 외우시면 저녁을 드리겠습니다."

"뭐라!?"

"진지하게 마주하시면 이 정도는 외우실 수 있습니다. ……신관장님, 차를 끓여 오겠습니다. 피곤하시지요?"

그렇게 말한 프랑은 얼른 주방으로 향했다. 내 요구를 들어 줄 생각이 없는 프랑에게 화가 난 나는 등을 향해 소리쳤다.

"난 싫다! 절대 이딴 것 외우지 않을 거야!"

바닥을 세차게 구르며 고함치자, 프랑이 조금 난처한 듯 미간을 찌푸리며 돌아보았다. 끽소리 못하게 만들어 주려고 내가 입을 연 순간, 페르디난드의 입에서 억지스러운 큰 한숨이 새어 나왔다.

"하아…… 프랑, 빌프리트는 저녁밥이 필요 없는 모양이다. 여섯 점 종이 울려도 못 외우면 너희부터 저녁을 먹어라. 신의 은총이 늦어 진다."

"알겠습니다."

'페르디난드, 쓸데없는 짓을!'

어금니를 으드득 갈며 노려보아도 페르디난드는 반쯤 감은 냉정한 눈으로 쳐다볼 뿐, 나를 전혀 겁내지 않았다.

'이래서 사생아는 싫어!'

할머님이 자주 말씀하시던 단어를 마음속으로 외쳤다. 아주 조금 가슴이 후련해졌다. 어차피 축사 따위 못 외운다고 정말 저녁을 굶길 리가 없다. 지금까지 글자를 외우지 않아도, 수업을 빠져도, 그런 심 한 벌을 받아 본 적이 없다. 다 쓸데없는 명령이다. 페르디난드가 퇴 실할 때까지 가만히 기다리면 그만이다.

여섯 점 종이 울렸다. 식사 시간이라며 페르디난드가 방을 나갔다. 페르디난드를 배웅한 프랑을 힐끗 쳐다보니, 페르디난드가 퇴실하자 마자 저녁을 준비하며 움직였다.

'그럼 그렇지. 페르디난드의 말보다 당연히 내가 더 중요하지.'

흥 하고 콧방귀를 뀐 나는 식사 준비가 끝날 때까지 기다렸다. 램 프레히트가 "이곳 요리는 기사 기숙사보다 훨씬 맛있습니다."라며 기대했고, 나 역시 맛있는 과자를 먹고 난 후로 기대감이 생겼다.

"기다리셨습니다, 램프레히트 님. 식사 준비가 다 되었습니다. 브리기테 님은 나중에도 괜찮다고 하시니 다무엘 님과 함께라도 괜찮으시겠습니까?"

"그, 그래. 다무엘과 함께라면 상관은 없는데……."

램프레히트의 초조한 시선이 나와 프랑 사이를 이리저리 오간다.

"빌프리트 님은 브리기테 님이 대신 봐 주실 테니 걱정하지 않으셔도 됩니다. 이곳에서 드시면 드시지 못하는 빌프리트 님이 가엾으시니 호위 기사 분들의 식사는 따로 별실에 마련해 두었습니다."

나는 램프레히트의 시선과 프랑의 말에 이루 말할 수 없는 충격을 받았다. 프랑은 페르디난드의 말대로 정말 나를 굶길 생각이다.

"프랑, 네가 내게 이런 짓을 해도 무사할 것 같으냐!?"

"저녁 식사는 축사를 다 외우시면 드리겠다고 말씀드렸고, 페르디난드 님의 명령이기도 합니다."

프랑이 태연한 얼굴로 그렇게 말했다. 성의 시종들이라면 내게 쩔쩔매며 조아릴 텐데 어째서인지 프랑은 내 말을 들으려고도 하지 않았다. 이게 대체 무슨 상황이지?

"넌 나와 페르디난드 중에 누가 더 신분이 높다고 생각하느냐!?"

"당연히 페르디난드 님이시지요."

"뭣!? 난 진정한 영주의 아들이다! 사생아랑 똑같이 취급하지 마!"

성에서는 다들 사생아인 페르디난드보다 내가 더 지위가 높다고 했다. 그런 상식도 모르다니, 하고 생각하면서 고함을 질렀다. 이젠 알았겠지 싶어서 프랑을 올려다보았더니, 프랑은 어이없다는 표정만 지을 뿐, 전혀 의견을 바꾸지 않았다.

"지금 빌프리트 님은 로제마인 님의 대리 신전장님이십니다. 영주의 아들이 아니라 페르디난드 님께 보호받는 로제마인 님과 똑같이

대할 것, 그리고 영주의 아들이라고 절대 투정을 들어 주지 말라는 로제마인 님의 엄명이 있었습니다."

"투정…… 이라고?"

생각지 못한 말에 내 눈이 휘둥그레졌다. 그와 동시에 점심때 "그럼 제 시종이 투정을 들어주지 않아도 아무 문제 없으시죠?" 라던 로제마인의 말이 뇌리를 스쳤다. 나는 "당연하지." 라고 대답했었다. 하지만 전혀 이해할 수가 없다.

"……내가 밥을 먹고 싶다고 말하는 게, 투정이라는 말이냐?"

"높은 신분을 내세우며 주어진 과제와 벌을 피하려는 행동이 바로 투정입니다. 여태껏 그런 투정들이 당연하게 받아들여져 왔다면 빌프리트 님은 지금까지 굉장히 오냐오냐하면서 자라신 겁니다."

그렇게 냉정하게 내뱉은 프랑이 람프레히트를 돌아보았다.

"람프레히트 님, 어서 식사하시지요. 남은 음식을 고아원에 보내 줘야 하니 시간이 너무 늦어지면 곤란해집니다."

"……난……."

"한 번쯤은 빌프리트 님을 다른 이에게 맡겨 보시는 편이 좋습니다. 항상 붙어 다니는 당신이 계시면 아무래도 다시 투정을 부리고 싶어지게 되니까요."

온화한 미소를 지으면서 거절이 통하지 않는 분위기를 풍기는 프랑을 따라 람프레히트가 별실로 끌려가 버렸다. 아는 사람이 아무도 없는 공간에 덩그러니 남겨진 나는 눈앞이 캄캄해졌다.

"빌프리트 님, 제가 목패를 읽어 드릴까요? 이곳 시종은 모두 주인을 끔찍이 생각하고 상냥하지만, 절대 만만하지 않습니다. 빌프리트 님께서는 깜짝 놀라셨겠지요."

브리기테라고 불린 여자 기사가 목패를 들고 내 옆에 섰다. 로제마인의 세례식 때 호위 기사로 임명받은 이자라면 귀족의 눈으로 본 신전을 가르쳐 주리라.

　"여기 시종은 로제마인에게도 엄격한가?"

　"네. 영주의 딸이며 신전장이신 로제마인 님께서 그른 행동을 하지 않도록 엄격하게 모십니다. 호위 기사로 처음 모시게 된 날, 저 역시 프랑에게 로제마인 님의 부담이 너무 크다고 충고를 했습니다. 하지만 그건 잘못된 지적이라고 저를 설득하더군요."

　브리기테가 목패를 손에 들고 쓴웃음을 지었다. 호위 기사가 '부담이 크다'라고 간섭해야 했던 상황이라면 정말 로제마인은 매우 힘든 생활을 보내는 게 분명하다.

　"로제마인은 이것보다 더 많이 외우는가?"

　"네. 이 축사는 물론 의식 진행, 주의사항, 축복을 내릴 대상과 그 인원수까지 정리한 목패를 테이블 위에 쌓아 둔 모습을 보았습니다. ……하지만 당일에는 훌륭하게 임무를 완수하셨지요."

　내 환경과는 하늘과 땅만큼 다른 로제마인을 둘러싼 환경에 깜짝 놀랐다. 정말 내가 이토록 오냐오냐하고 자랐을 줄은 꿈에도 몰랐다.

　"……읽어 줘."

　"알겠습니다."

　브리기테에게 목패를 읽게 하고, 몇 번이나 복창하며 암기했다.

　식사를 마치고 돌아온 램프레히트가 눈을 동그랗게 뜨고 나를 바라보았다.

　"정말 노력하셨군요. 훌륭하십니다."

처음 칭찬을 말한 프랑은 테이블 위에 1인분 식사를 준비해 주었다. 나는 일곱 점 종이 울리기 직전에서야 겨우 축사를 외울 수 있었다. 혼자만 늦은 저녁인데도 요리에서 따뜻한 김이 무럭무럭 올랐다. 맛있게 먹을 수 있게 요리사가 기다려 줬던 모양이다.

'그렇구나. 엄격하지만 상냥하다는 말이 이 뜻이었구나.'

따끈한 요리를 먹으면서 나는 살짝 한숨을 내쉬었다. 미치도록 성에 돌아가고 싶어졌다. 아버님과 어머님께 보고하고 싶었다. '오늘은 축사를 외웠어요' 라고 자랑하고 '잘했다' 라는 칭찬을 듣고 싶었다.

"······혼자 먹으니 조금 재미가 없네."

"로제마인 님도 가끔 그렇게 말씀하십니다."

"그래? 여기서는 로제마인도 혼자 밥을 먹는구나."

식사를 마치면 목욕을 하고, 시종에게 오늘의 업무를 보고받는다. 지금까지 이런 적은 처음이었다. 내 시종은 종일 내 곁에 붙어 다니거나, 나를 찾아 헤매든가 둘 중 하나다. 내가 없는 곳에서 다른 일을 하지는 않는다.

보고가 끝나면 겨우 취침에 들어간다. 너무 피곤하다. 이렇게 피곤해 본 적은 없었다. 머리를 써서 피곤해진 적도 처음이다. 평소보다도 이른 시간이지만 내 의식은 점점 멀어져 갔다.

"빌프리트 님, 아침입니다."

그런 목소리와 함께 누군가가 차양을 홱 열어젖혔다. 눈부시게 밝은 빛이 들어와 나는 눈을 꼭 감았다.

"아직 졸려."

"기상 시간입니다."

"시끄러워! 더 잘 거라고!"

내가 이불을 머리까지 끌어올려서 깊이 파고들자, 누군가가 강제로 이불을 휙 걷어 젖혔다. 대체 누가 이렇게 난폭하게 깨우나 싶어 눈을 떴다. 그곳에는 항상 보던 얼굴과 전혀 다른 얼굴이 있었다. 프랑이 내 몸을 억지로 일으켜서 침대에서 질질 끌어내렸다.

"저는 기상 시간이라고 말씀드렸습니다. 어서 옷을 갈아입으시고 아침 드십시오. 이것도 꽤 기다려 드린 겁니다."

신전의 아침은 빨랐다. 누군가가 억지로 깨운 경험도 처음이다. 프랑이 내 옷을 입혀 주고, 아침 식사를 준비해 주었다. 평소라면 아직 자고 있을 시간이라 조금 멍한 상태로 아침을 먹었다.

"아침을 다 드시면 페슈필 연습입니다."

로제마인의 악사가 그렇게 말하며 페슈필을 가져왔다. 로제마인이 쓰던 것으로 보이는 어린이용 페슈필을 보고 나는 인상을 찌푸렸다.

"난 페슈필은 질색이다. 싫어."

"그럼 지금부터라도 연습하셔서 실력을 쌓으셔야겠군요. 음악은 귀족에게는 필수 교양입니다."

악기 연주가 귀족의 교양인 건 안다. 하지만 모든 귀족이 페슈필을 잘 다루지는 않는다, 조만간 맞는 악기를 찾으면 된다며 피리가 특기인 칼스테드가 조언해 주었다. 내가 그렇게 말하자, 악사는 살짝 고개를 기울였다.

"칼스테드 님은 저도 기원식 때 함께한 적이 있습니다만, 페슈필보다 피리를 더 잘 다루시는 거지, 페슈필을 아예 못 켜지는 않으십니다. 페슈필로 음계와 노래, 곡을 기본적으로 익히신 후에 자신과 맞는 악기를 찾으셔야 합니다. 다른 악기를 찾는다는 말씀이 페슈필 연습을 안 해도 되는 이유는 되지 않습니다."

"그, 그럴 수가."

그런 말은 칼스테드도, 내 전속 악사도 가르쳐 주지 않았다.

"그리고 빌프리트 님은 세례를 받으셨으니 로제마인 님과 똑같이 이번 겨울에 사교회 데뷔가 있지요? 그때 페슈필을 연주하는 공연이 있다고 신관장님께 들은 적이 있습니다. 페슈필 연습을 하지 않고 나중에 빌프리트 님 혼자만 못하시면 주변에 창피를 당하시지 않을까요?"

혼자만 못한다, 라는 악사의 말에 나는 혼자만 글자를 읽지 못했던 어제의 카루타를 떠올렸다. 똑같은 상황이 다른 귀족들 앞에서 반복된다는 생각만 해도 비참하고, 분하고, 얼굴과 머리가 뜨거워지는 매우 불쾌한 기분에 사로잡혔다.

"……로제마인은 매일 연습하나?"

"예정이 있어서 못할 때도 있지만, 신전에 계실 때는 빠지지 않고 연습하십니다. 연습을 잠시라도 쉬면 금방 손이 굳어 버리거든요."

그렇게 말하며 악사가 악보를 가져왔다.

"갑자기 잘하게 되는 일은 아무것도 없습니다. 매일 꾸준한 연습이 중요합니다. 겨울이 되기 전까지 한 곡만 켜실 수 있게 연습해 주십시오. 다른 생각 말고 딱 한 곡이면 됩니다."

'겨울 전까지 딱 한 곡이라면 해볼 만하지.'

그날은 페슈필 연습 시간인데도 페슈필은 건드려 보지도 않고, 악보를 외울 때까지 음계만 온종일 불렀다.

세 점 종이 울려서 연습이 끝나자 악사가 예쁜 미소로 나를 칭찬해 주었다.

"정말 잘하셨어요. 성에 돌아가시면 오늘 외운 음계에 맞춰서 손가락을 움직이는 연습을 해 보십시오. 이렇게 짧은 시간에 외우신 걸 보면 기억력이 좋으신 편입니다."

성이었으면 세 점 종이 울린 후에 오전 교사가 방문한다. 하지만 여기에는 교사가 없다. 이제야 자유 시간이라고 어깨 힘이 빠진 순간, 프랑이 여러 가지 물건을 손에 들고 방에 들어왔다.

"신관장님의 업무를 도울 시간입니다."

"……뭐?"

"의식 축복을 제외한 신전장의 업무는 대부분 신관장님께서 처리하십니다. 그래서 조금이라도 돕기 위해 로제마인 님은 세 점 종부터 네 점 종까지 집무를 도우십니다. 자, 램프레히트 님도 서둘러 주십시오."

프랑이 재촉하며 나와 램프레히트를 페르디난드의 방으로 데리고 갔다. 페르디난드의 방에는 시종 몇 명이 각자 자기 일을 하는 것처럼 보였다. 여기서 다른 사람들처럼 일한다고 생각하니 왠지 어른 대열에 낀 것 같아 약간 우쭐해졌다. 어제 공방에서 본 아이들처럼 일하겠다고 다짐하며 당당하게 입실하자, 페르디난드가 서류에서 고개를 들어 우리를 보았다.

"아아, 왔구나. 빌프리트는 거기에 앉아서 글자 연습을 해라. 글씨본을 준비해 뒀으니 서자판에다 써 보면 된다. 램프레히트는 여기서 계산해라."

페르디난드가 테이블을 가리키자, 주변 시종들이 서자판과 종이, 목패를 가져와서 램프레히트와 내 앞에 쌓아 올렸다. 테이블 위에는 순식간에 목패와 잉크, 계산기가 놓였다.

"글자 따라 쓰기!? 일을 도와주는 거 아니었어?"

"바보 녀석. 글자 하나 읽지도 쓰지도 못하는 녀석이 뭘 도와준다는 말인가?"

서류에 시선을 못 박은 채 페르디난드가 그렇게 말했다.

"로제마인은……."

"로제마인은 내가 가르치기 전부터 기본 글자는 다 뗐다. 단어도 알려주면 금방 외웠고, 도서실에 들어가면 스스로 성경을 읽으며 공부하는 아이라 내가 글자를 가르친 적이 거의 없지."

로제마인은 페르디난드에게 배우지 않고도 글자를 쓰게 됐다고 한다.

'대체 내 여동생은 정체가 뭐지?'

"로제마인은 공방에서 상인과도 접해 왔던 덕분에 계산도 잘한다. 램프레히트 앞에 쌓인 건 평소에 로제마인이 처리하는 업무량이다. 너희가 대신 하겠다고 자청했으니 완벽하게 처리해."

램프레히트는 자기 눈앞에 쌓인 목패에 눈이 커졌다. 공부하기 싫어하는 내게 "하기 싫은 마음은 이해하지만, 그래도 하셔야 합니다."라고 말하던 램프레히트다. 필시 계산을 싫어하리라.

"일인 줄 알았더니 글자 연습이라고!? 그런 걸 내가 왜 하냐. 난 모른다."

의자에서 뛰어내려서 평소처럼 도망치려던 순간, 페르디난드가 슈타프를 꺼내고 빠르게 무어라 말했다. 슈타프에서 튀어나온 빛의 끈이 내 몸을 칭칭 감았다. 절대 풀리지 않는 마법의 끈에 묶인 나는 꼼짝달싹 못 하고 보기 흉하게 바닥에 나뒹굴었다.

"페르디난드 님!? 대체 무슨!?"

안절부절못하는 램프레히트의 목소리를 가로막듯 페르디난드가 성큼성큼 걸어와 나를 짐짝처럼 들어 의자 위에 난폭하게 앉혔다.

"도망치게 둘 것 같은가. 그대 입으로 로제마인과 하루 교대하겠다고 했다. 영주의 아들이라면 자기가 한 말에 책임을 져라."

마력으로 칭칭 감은 채 의자에 앉힌 내 몸을 실제 끈으로 의자에 묶은 후에 빛의 끈을 풀었다.

너무나 난폭하고 무례한 대우에 어안이 벙벙했다. 어떻게 내게 이런 짓을 할 수 있는지, 왜 주변에서는 아무 말도 하지 않는지 전혀 모르겠다.

"램프레히트, 멍청히 있지 말고 어서 계산해라. 시간이 아깝다."

화들짝 놀라 자리에 앉아서 계산하기 시작한 램프레히트도 페르디난드를 이기지 못했다. 하는 수 없이 나도 석필을 손에 집었다. 페르디난드의 집무실은 펜을 움직이는 소리, 계산기를 두드리는 소리, 그리고 작은 목소리로 페르디난드에게 허락을 구하거나, 완성된 자료를 제출하는 조용하고 긴박한 공간이었다. 숨이 턱턱 막혔다.

하여튼 시키는 대로 글자 연습을 해 보다가 손이 피곤해져서 석필을 놓았다. 내가 펜을 내려놓았음을 눈치채고 자리에서 일어난 페르디난드가 가까이 다가와 석판을 내려다본다.

"……고작 그 정도인가."

"빌프리트 님도 나름 매우 노력하시고 계십니다, 페르디난드 님."

'그래. 평소의 나라면 생각할 수도 없을 정도로 열심히 연습한 거다. 더 강하게 몰아붙여.'

내가 마음속으로 램프레히트를 응원하는데, 페르디난드가 내게 보내던 차가운 시선을 램프레히트에게 보냈다.

"그대들이 그렇게 응석을 받아 주니까 빌프리트가 이렇게 태만하고 멍청하게 자란 거다."

램프레히트가 숨을 삼키고 놀란 눈을 크게 떴다. 그리고 반론하려고 몇 번 입술을 옴짝달싹하면서도 어금니를 꽉 깨물었다. 그런 램프레히트를 내려다보며 콧방귀를 뀐 페르디난드는 차갑게 식은 금색 눈동자로 나를 보았다.

"빌프리트, 성에서는 그대에게 말해 주는 사람이 없을 테니 내가 현실을 알려주마. 그대는 영주의 자식이 가져야 할 마음가짐도, 각오도, 노력도 전혀 없고, 그저 영주의 피만 물려받은 어리석고 버릇없는 어린애다."

나 역시 영주의 아들로서 각오와 마음가짐 정도는 있다. 그리고 페르디난드 외에는 아무도 나를 '어리석고 버릇없는 어린애'라고 말하지 않는다. 틀린 쪽은 페르디난드다.

"페르디난드, 무례하다!"

"무례? 당연한 사실을 말했을 뿐이다. 세례식이 끝났음에도 읽고 쓰기도, 계산도 못 하고, 영주의 자식이라는 신분을 내세워 모든 일에서 도망치기만 하는데 무능하지 아니한가. 영주의 업무를 맡기지도 못할 정도로 도움이 안 되고 무능하다면 더는 응석 부리지 마라."

나는 크으으으, 하고 신음하면서 페르디난드를 노려보았다. 그렇지 않다고 큰 소리로 반론하고 싶었지만, 반론할 말이 떠오르지 않는다.

"페르디난드 님, 그 정도면……."

"램프레히트, 뭘 질질 끌고 있는가? 로제마인이라면 그 정도 양은 이미 끝내고도 남았다. 느려. 주인 따라 종도 똑같이 쓸모없군."

페르디난드가 그렇게 말하며 램프레히트의 말을 잘라 버리고, 정면에서 나를 보았다.

"빌프리트, 그대의 아버지는 자신이 후계자 문제로 겪은 끔찍한 경험 때문에 마력의 양에 특별한 문제가 없다면 장자인 그대를 영주로 삼고 싶어 한다."

그건 알고 있다. 할머님도 아버님도 나를 후계자로 삼겠다고 하셨다.

"높은 지위에 앉은 자가 무능해도 주변을 인재로 채우면 문제없다고 질베스타는 생각하는 것 같다만, 우수한 자를 모으는 것과 우수한 자가 모여서 그대를 지지하고 돕는 건 다른 문제다. 질베스타처럼 인재를 끌어모으는 능력이 그대에게 있을 것 같진 않군."

"페르디난드 님, 이렇게 어린 분께 말씀이 너무 지나치십니다."

"어린애라고 해도 이미 세례식도 끝난 나이다. 그리고 평범한 어린애기 아닌 영주의 자식이지. 원래라면 양녀인 로제마인보다도 빌프리트가 자각과 책임감이 있어야 마땅하다. 그런데 봐라. 빌프리트에게 로제마인을 이길 자각과 책임감이 있어 보이는가? 내 눈에는 전혀 안 보이는데."

정론이다. 이곳에 있으면 로제마인이 얼마나 우수하고 매일 노력하는지 가만히 있어도 알게 된다. 시종이 하나가 되어 신전장으로서, 영주의 딸로서 부끄럽지 않게 무수한 과제를 낸다. 그런데 나는 대체 뭘 했나. 과제에서 도망쳤던 일밖에 떠오르지 않는다.

"페르디난드 님, 그 말도 맞습니다만……."

램프레히트의 말을 들은 순간, 페르디난드가 번쩍이는 날카로운 시선을 던졌다. 페르디난드의 눈빛은 나를 깔봤을 때보다 훨씬 큰 분노에 차 있었다. 옅은 금색 눈동자의 색깔이 조금 바뀐 것 같다고 생각한 순간, "큭." 하고 램프레히트가 신음했다. 마치 시선으로 결박당한 것처럼 딱딱하게 굳어서 꼼짝하지 않더니, 몸을 바들바들 떨었다. 페르디난드가 조금씩 몸을 내밀며 다가가자 램프레히트는 더욱 괴로운 듯 신음을 흘렸다.

"노력하지 않는 무능한 자는 빌프리트만이 아니다. 그대도 마찬가지다. 주인을 생각한다면 의자에 묶어서라도 가르쳐라, 램프레히트. 이제 베로니카는 없다."

대체 무슨 말을 하는 건지. 내가 눈을 크게 뜬 순간, 페르디난드가 나를 힐끗 쳐다보았다.

"여러 가지 의미로 특수해서 비교 대상이 되지 않는 로제마인과 똑같은 결과를 내라고 할 수도 없는 노릇이다. 허나 영주의 자식이라고 당당하게 말하고 싶다면 주변 사람에게 인정받으려고 로제마인과 비슷한 노력은 해야 하지 않겠는가. 내 말이 틀렸는가?"

"……맞는 말씀입니다."

램프레히트가 괴로워하며 쥐어짜듯 말했다. 페르디난드가 저주라도 건 것 같았지만, 지금 페르디난드는 슈타프도 들고 있지 않았다. 페르디난드가 램프레히트에게 무슨 짓을 했는지 모른 채 형용할 수 없는 공포만이 마음속에 쌓여 갔다.

"어젯밤에 축사를 외우고, 페슈필의 악보를 외우는 과제를 전부 달성했다고 프랑에게 보고받았다. 뿌리부터 어리석은 건 아니라고 다시 생각하게 됐다. 마음만 먹으면 할 수 있고, 노력도 아예 못 하는 건 아니란 말이지. 그렇다면 오냐오냐 봐주며 주인을 어리석게 만든 건 바로 주변 녀석들이다. 그대들에게 죄가 있음을 자각해라!"

페르디난드가 휴 하고 한숨을 내쉬며 눈을 감은 순간, 램프레히트가 테이블 위로 풀썩 쓰러졌다.

"램프레히트! 페르디난드, 넌 대체……."

"빌프리트."

내 말을 가로막은 페르디난드가 무게감이 느껴지는 묵직한 목소리로 내 이름을 불렀다. 목소리에 무게가 느껴지다니 이상하게 들릴지도 모른다. 하지만 정말 어깨와 배에 강한 압력이 느껴지는 무거운 목소리였다.

냉혹하고, 인정미 있는 감정은 전혀 느껴지지 않는 어둡고 차가운 금색 눈동자가 나를 쳐다보자, 나는 숨을 꿀꺽 삼켰다. 지금까지 누구에게도 느껴 보지 못한 무서운 눈빛을 정면에서 응시하는 동안 저도 모르게 이가 딱딱거리며 맞부딪쳤다.

"나는 아무런 노력도 하지 않고, 어려움도, 고생도 모르는 그대 같은 자를 주인으로 섬기는 건 딱 질색이다. 만약 그대가 지금 이 상태로 영주의 지위에 앉겠다고 한다면 나는 그대의 동생들을 키워서 전력을 다해 그대를 후계자 자리에서 끌어내릴 것이다."

아버님과 할머님은 항상 "후계자는 너다." 라고 했고, 나만이 절대적인 후계자라고 생각했다. 그 말을 거스르려는 사람이 존재하리라는 생각조차 한 적이 없다. 지금 내 위치가 절대적이지 않다는 말에 눈물이 날 것만 같았다.

"영주가 되는 사람은 원래 정처의 자식 중에서 마력의 양이 가장 많은 자다. 기억해 둬라."

내가 마른침을 꼴깍 삼켰을 때, 네 점 종이 울렸다.

역할 바꾸기를 약속한 하루가 끝났다.

핫세의 고아

"숲에 가는 날 맑아서 다행이야, 토르."

아침을 먹은 뒤, 숲에 갈 때 입는 누더기를 입은 릭이 크게 하품하면서 말했다. 공방에서 하는 종이 제작 작업도 끝났는데 이틀이나 비가 내리는 바람에 바깥에 나가지 못했다. 나도 후다닥 옷을 갈아입으면서 동의했다.

"나도 한숨 놨어. 온종일 예의범절만 배우는 것도 슬슬 질리던 참이었거든. ……물론 필수인 건 알겠지만."

핫세 마을의 고아였던 우리는 행동 하나부터 말투까지 익혀야 할 것들이 쌓여서 심심할 틈이 없다. 하지만 모두에게 똑같은 행동을 요구하는 폐쇄적인 에렌페스트 신전은 가슴이 답답해질 때가 많았다.

'사치스러운 고민인 건 나도 알긴 하는데.'

스스로 원하지 않는 이상, 누나와 마르타가 팔려 나갈 가능성도 없어졌다. 밥도 촌장의 고아원에서 지내던 때와 달리 서열로 양이 달라지거나 서로 뺏을 필요도 없었다. 신입인 우리까지 모두와 똑같이 먹을 수 있었다. 불합리한 폭력을 당할 일도 없어졌다.

로제마인 님을 따라오길 잘했다고 생각하고, 고마웠다. 굉장한 행운인 줄도 안다. 머리로는 알지만, 지금까지와 너무 다른 신전 생활에 위화감이 커서 적응이 되지 않는다.

신전에 박혀 지내는 생활이 익숙한 신관들과 달리 우리는 딱딱한 회색 신관복을 입고, 글자와 말투를 배우는 일보다 여기저기 기운 데 투성이라도 활동하기 편하고 익숙한 누더기를 입고 숲에서 채집하는 쪽이 마음이 편하다. 여태껏 계속 핫세에서 농사를 지으며 살아서인지 맑은 날이면 공방에 박혀서 작업하기보다 바깥에 나가고 싶어서 몸이 근질근질했다. 매일 숲에서 채집과 작업할 날만을 손꼽아 기다렸다.

남자동 계단을 내려가서 지층에 있는 공방에 갔다. 로제마인 님의 시종인 길이 채집 팀에게 칼과 바구니를 건네주고 있었다. 각자 들고 가면 되지 않느냐고 했더니, 길은 "그럼 관리하기 힘들어져." 라며 꼭 직접 건네주었다.

"자, 토르. 그리고 이건 릭."

나와 릭은 길에게 건네받은 등에 메는 바구니와 나이프를 들고 밖으로 나왔다. 태양은 뜨거운데 다가오는 겨울의 방문이 느껴질 만큼 바람이 쌀쌀했다. 하지만 이 정도 추위는 숲에서 채집하다 보면 그렇게 춥게 느껴지지 않을 터이다.

"토르, 릭."

원래라면 이곳에 있을 리가 없는 누나의 목소리에 깜짝 놀라 뒤돌아보았다. 등에 지게를 멘 누나와 바구니를 멘 마르타가 있었다. 둘은 회색 무녀 견습복 대신 우리처럼 숲에 나가는 차림이었다.

"식당 외에 너희와 함께 행동하는 것도 오랜만이네."

핫세의 작은 신전에 있을 때는 글자 연습도 신전 청소도 네 사람이 함께였다. 하지만 에렌페스트의 고아원으로 오고부터는 사람이 많아서인지 남녀로 역할이 나누어진 탓에 네 사람이 예전처럼 함께 다닐 수 없었다. 남자는 공방과 숲에서 일하고, 여자는 고아원과 식사 준비, 신전 청소를 할 때가 많다.

"오늘은 우리도 숲에 가, 오빠. 빌마가 겨울 준비에 쓸 땔나무와 나무 열매를 많이 가져와 달래. 그치, 노라?"

그렇게 말한 마르타가 웃으면서 누나를 올려다보았다. 지금 고아원은 겨울 동안 먹을 보존식품 만들기에 정신이 없다. 그래서 조금이라도 많이 채집하려고 회색 견습 무녀 몇몇도 숲에 가게 되었다고 한다.

"나와 마르타는 요리든 청소든 아직 신전 방식이 서툴잖아. 그리고 채집이라면 신전에 있는 것보다 도움이 될 테니까 마음도 좀 편하구."

그렇잖아도 신전 고아원에는 사람이 넘치는데 갑자기 늘어난 우리 네 사람 몫까지 겨울 준비량을 늘려야 했다. 한 사람만 늘어도 준비가 힘든데 네 사람이나 늘어난 셈이다. 우리가 어떤 고아들보다 열심히 하지 않으면 겨우내 식충이 취급을 당하며 눈칫밥 먹으면서 지내야 할지도 모른다. 그리고 만약 겨울 막바지에 식료가 떨어지면 갑자기 들어온 신입부터 제일 먼저 굶게 될 터이다.

'누나나 마르타가 괴로운 일을 당하지 않으려면 내가 힘내야 해.'

나는 등에 멘 바구니를 잡은 손에 힘을 주었다.

"차아……. 바깥에 나오니까 안심돼."

"나도 그래."

남문을 나오자마자 농경지와 숲, 파란 하늘이 눈앞에 펼쳐지고, 공기가 단숨에 맑아졌다. 문 바깥은 우리가 자랐던 핫세와 비슷했다. 눈에 익은 풍경에 몸에 들어간 힘이 스르륵 빠졌다. 신전의 풍경도 에렌페스트의 평민촌에서 맡은 공기도 아직 어색하다. 문을 나가면서부터 돌바닥이던 길이 흙길이 되었다. 회색 신관들은 빗물을 먹고 질퍽거리는 길을 인상을 쓰며 걷기 시작했다.

"문 바깥도 돌바닥이면 좋을 텐데…… 영주님의 힘은 마을 안에서만 한정되거든."

신전에서 자라서 돌바닥이 당연한 녀석들은 그렇게 말하지만, 나는 비가 갠 후에 물이 증발하면서 심해지는 평민촌의 쉰내가 더 싫다.

"……저기 잡초가 자란 가장자리 쪽을 걸으면 덜 질척거릴 텐데 말이지."

"깨끗한 신전에서 자란 사람들이라서 흙탕길을 걷기 힘든 모양이야. 우리가 깔끔한 신전에 적응 못 하는 것과 똑같아. 신관들은 밭일도 못 할 걸?"

누나가 키득키득 웃었다. 하긴 신관이라면 밭을 갈러 들어가면서부터 인상을 찌푸릴 것 같다. 밭을 갈면서 부드러워져 가는 흙을 보는 것도 꽤 재미있는데, 그렇게 말해 봤자 고아원에서는 아무도 안 알아주겠지.

"네 점 종이 울리면 강가로 집합해 주세요."

숲에 도착하면 길이 각자에게 작업을 분담해 준다. 종이 만들기, 땔나무 줍기, 채집으로 팀을 나눈다. 우리 네 사람은 나무 열매와 버섯 채집 팀이 되었다. 가장 좋아하는 작업이다.

작업개시를 알리는 호령에 나는 헤헷 웃으며 뒤돌아서 "우리도 가자." 라고 말했다. 대답한 사람은 릭도 누나도 아닌 아직 이름도 외우지 못한 회색 신관이었다.

"토르, 모두가 함께 행동하면 비효율적이에요. 그리고 말투에도 신경을 쓰세요. 이럴 때는 '갑시다' 라는 말을 써야 합니다."

'내가 말한 우리에 너희는 없어!'

반발하고 싶었지만 설교가 길어질 것 같아서 "앞으로 조심하겠습니다." 라고만 말하고, 누나의 손을 잡고 걷기 시작했다. 뒤돌아보니 릭과 마르타도 종종걸음으로 쫓아왔다. 오랜만에 네 사람이 함께 있는 기회를 방해받고 싶지 않았던 나는 회색 신관을 향해 소리쳤다.

"우린 저쪽에서 라펠 열매를 따고 오겠습니다!"

"하긴 토르는 나무타기가 특기니까요. 그럼 우리는 이쪽에서 타니에를 주울까요?"

회색 신관은 점잖은 말투로 그렇게 말하고 몇 명씩 짝을 지어 숲으로 들어갔다. 1년 정도 전까지 숲에도 들어간 적 없는 회색 신관들은 솔직히 느려 터졌다. 달리기도 느리고, 나무도 못 타고, 버섯도 제대로 구분 못 한다. 저런 사람들을 숲에 보낼 결심을 한 로제마인 님도 참 독특한 사람이라고 생각했다. 그런 이상한 명령을 받고 인솔하는 루츠는 얼마나 힘들까. 나였다면 사양했을 텐데.

"앗, 라펠 발견."

조금 떨어진 곳에서 라펠 나무를 발견한 마르타가 활짝 웃으며 달려갔다. 라펠 열매는 가을의 진미다. 여름이 제철인 람셸과 생김새는 비슷하지만 좀 더 아삭하고 산미가 강하다. 라펠을 따서 꿀에 담가 두면 겨울에 맛있게 먹을 수 있다.

"……아."

갑자기 마르타가 걸음을 멈췄다. 우리는 서둘러 마르타에게 다가갔다.

"마르타, 왜 그래?"

"이틀간 내린 비 때문에 땅에 엄청 떨어졌어. 델리아한테 한가득 따서 오겠다고 약속했는데……."

마르타가 라펠 나무 주변에 떨어져서 뭉개진 열매를 가리키면서 어깨를 축 떨구었다. 델리아는 고아원에 디르크라는 남동생이 있고, 가족과 붙어 있고 싶은 우리의 기분을 이해해 주는 몇 없는 사람이다.

가끔 말투가 과격해질 때도 있지만, 남을 잘 챙기고, 나이가 비슷해서 마르타가 제법 잘 따른다. 마르타가 디르크를 귀엽다고 말한 것을 계기로 친하게 지내게 됐다고 들었다.

"델리아랑 라펠 꿀절임을 잔뜩 만들기로 약속했단 말야. 델리아는 고아원에서 못 나가니까 내가 대신 따다 준다고 했는데……."

반년 전 늦봄에 델리아는 큰 죄를 지었고, 로제마인 님의 자비로 목숨만은 구했지만, 평생 고아원에서 나가지 못하는 처벌을 받았다고 했다. 델리아 본인은 "디르크와 함께 있을 수 있다면 충분해."라며 처벌을 받아들이며 사는 듯했지만, 숲에 바람을 쐬러 가지도 못하는 델리아가 가여웠다.

릭이 마르타의 어깨를 토닥이며 라펠 나무 위를 가리켰다.

"너무 풀 죽지 마, 마르타. 잘 봐. 위쪽에는 아직 남아 있어. 그리고 라펠 꿀절임은 덜 익은 게 맛있잖아. 델리아를 위해서도 가득 따가자."

릭은 여전히 마르타에게 다정하다. 마르타를 달래면서 열매를 받을 천을 마르타의 바구니에서 꺼냈다. 릭이 아래에서 받을 준비를 한다면 위에서 열매를 떨어뜨리는 역할은 내 몫이다. 나는 허리춤에 찬 나이프를 확인하고, 꿀에 절일 만한 커다란 열매가 있는 쪽을 목표로 라펠 나무를 타기 시작했다.

"어~이, 떨어뜨린다!"

"잠깐만, 잠깐만. 토르. 너무 빨라!"

천을 넓게 펼치며 마르타가 웃으면서 위를 올려다본다. 받을 준비를 마치는 모습을 보고, 나는 라펠 열매를 나이프로 따서 떨어뜨렸다.

"꺅!"

즐거운 비명을 지르며 마르타가 릭과 함께 라펠을 받았다. 누나는 떨어진 라펠 중에서 먹을 만한 부분만 나이프로 잘라냈다. 잘 익은 라펠은 점심때 강물에 씻어서 먹으면 맛있을 것 같다.

"토르, 토르. 좀 많이 떨어뜨려 봐!"

"나한테 맡겨!"

넷이 함께 일하니 마치 핫세에 돌아온 기분이 들었다. 다 함께 시끄럽게 떠들면서 라펠을 딴 뒤에는 메릴을 채집했다. 메릴은 제철이 거의 끝나가는 시기인지 남은 열매가 거의 없었다.

"아, 네 점 종이다. 강가에 가자."

점심 먹을 시간이다. 채집물을 담은 바구니를 안고 강가로 향했다. 그곳에는 나뭇가지와 함께 감자를 찌며 수프를 만드는 회색 신관들이 보였다. 우리는 곧장 강으로 가서 도려낸 라펠을 씻었다.

"오, 그건······?"

강에서 손을 씻던 신관 한 명이 누나의 손에 들린 라펠을 눈여겨보았다.

"점심때 먹으려고 땅에 떨어진 라펠에서 먹을 만한 부분만 도려냈어······요."

"그거 좋군요. 전부 나눠주기에는 부족할 테니 큰 덩어리는 작게 자릅시다."

누나가 네 사람이 나눠 먹으려고 잘라 온 거라 양은 많지 않았다. 그걸 이곳에 있는 신관들과 나누라는 말에 눈이 휘둥그레졌다.

'이걸 왜 너네한테 나눠줘야 하는 건데!?'

울컥한 나를 제지하듯 릭이 내 팔을 잡아당겼다.

"토르는 칼 들고 있지? 노라, 우리도 같이 자를게."

릭이 얼른 잘라서 나누기 시작했다. 신관이 냄비 쪽으로 가자, 나는 릭을 노려보았다.

"릭, 왜 저 녀석의 말을 순순히 듣냐? 이건 우리가 주운 거잖아. 저 사람들이랑 나누면 한 입도 못 먹어."

"그게 신전의 방식이니까 그렇지. 저 사람들은 신입인 우리한테도 음식을 나눠주잖아. 그러니까 우리 몫도 다 같이 나눠야 해. 여기서 라펠을 아끼려다가 나중에 겨울 식량을 못 받게 되면 우리만 곤란해져."

릭의 말을 듣고 아차 싶었다. 이곳은 모두가 평등하니까 어쩔 수 없다. 나도 칼을 꺼내서 라펠을 자르기 시작했다.

"넷이서 신나게 떠들 때 핫세로 돌아간 것 같았거든. 오랜만에 느낀 즐거운 기분까지 뺏기는 것 같아서 조금 화가 났었어."

"네 마음도 이해해. 사실은 나도 조금 분해."

잘게 잘게 잘린 라펠 조각을 보면서 릭도 가볍게 한숨을 쉬었다.

"다음부터는 몰래 먹어 버리는 편이 좋겠네."

누나가 장난스럽게 웃으며 던진 말에 네 사람 모두 키득거렸다. 땅에 떨어진 라펠을 어떻게 몰래 먹을까, 미리 가죽 주머니에 물을 담아서 갈까, 같은 사소한 계획을 짜는 동안 답답했던 마음이 조금 풀렸다.

"오늘은 오랜만에 다 같이 모여서 재밌었지?"

취침 시간이 되어 나는 릭의 옆 침대에서 몸을 뒹굴었다.

"응. ……그런데 우리, 앞으로 어떻게 될까?"

"어떻게 되다니?"

"아, 아니. 핫세의 고아였을 때는 성인이 되면 땅을 받으니까 그때까지 참으면 됐었잖아? 같은 고아지만 여기 고아들과는 전혀 달랐어. 노라와 마르타가 팔릴 위험은 없으니까 다행이지만 우리, 앞으로 어떻게 될까 싶어서……."

그건 내 가슴속에 있던 불안도 마찬가지였다. 누나와 마르타가 그 촌장의 손에 팔려가지 않아서 다행인 건 분명하다. 몇 번이고 과거로 돌아간다 해도 나는 누나를 지키기 위해 로제마인 님을 따라갈 결정을 하겠지.

'우릴 구해 주신 로제마인 님이 고맙긴 해. 그래도 우리의 미래는?'

고아인 이상 어디를 가든 마찬가지라고 생각했었다. 하지만 큰 착각이었다. 신전 고아는 성인이 되어도 밭을 받지 못할 뿐더러 고아원에서 나갈 수 없다. 오직 회색 견습 신관이나 회색 신관이 될 뿐이다. 청색 신관의 시종으로 뽑혔을 때, 귀족에게 팔렸을 때, 죽었을 때 말고는 고아원을 나갈 길이 없다. 지금까지 그려 왔던 미래의 희망이 완전히 무너져 내렸다. 앞으로 우리가 걷게 될 미래가 캄캄해서 보이지 않는다.

"……수확제에도 참가 못 할 줄은 몰랐어."

수확제는 1년에 가장 큰 축제다. 이날만큼은 농촌에서 돌아온 녀석이든 고아든 관계없이 모두 하나가 되어 신나게 놀 수 있는 최고의 날이다. 누구나 즐기는 축제가 근처에서 열리는데 참가하면 안 된다는 말을 들었을 때는 신관과 무녀가 대체 무슨 말을 하는지 금방 이해되지 않았다. 하지만 우리의 불만을 이해하지 못하기로는 신관들도 마찬가지였다. 의아한 얼굴을 하며 아주 진지한 어투로 "어떻게 우리가 참가할 수 있죠?" 라고 말했다.

"우리는 농사에 관여하지도 않았고, 수확한 작물도 없습니다. 그리고 이 작은 신전은 핫세가 아닙니다. 로제마인 님의 작은 신전입니다. 핫세 주민도 아닌 우리가 왜 핫세의 수확제에 참가할 수 있다는 말인가요? 수확제는 청색 신관과 청색 무녀가 수확을 축복하고, 지방 의식을 지내는 행사이지, 우리가 참가할 행사가 아닙니다."

그 한 마디에 지금까지 살았던 세계와 완전히 동떨어진 전혀 다른 세계가 찾아왔음을 실감했다. 핫세의 촌장에게서 벗어날 수 있어 다행이라고 생각한 마음의 크기만큼 앞날이 불안해졌다.

로제마인 님은 다정하신 분이니까 가족을 팔고 싶지 않다는 우리를 구해 주셨다. 하지만 고아는 모두 평등하므로 가족이라도 가족 같지 않은 관계를 강요하는 회색 신관들의 방식에는 아무 말 하지 않으셨다. 고아원 안에서 형제만 붙어 있을 수 있게 배려해 주지 않으셨다. 고아원에서는 모두 평등해야 하니까.

"빨리 봄이 왔으면 좋겠다……. 적어도 작은 신전으로 돌아가고 싶어."

이불 속에 파고들면서 중얼거리자, 릭한테서 "나도." 라는 짧은 대답이 돌아왔다.

작은 신전에 있던 때와 다르게 이곳 신관들은 신전 생활에 익숙지 않은 우리에게 맞춰 주지 않았다. 우리가 모두에게 맞춰야 했다. 바깥을 나가도 낯선 풍경, 누나와 마르타와도 식사 때만이 함께 있는 유일한 시간이었다.

넓은 농경지와 코 닿는 곳에 있던 숲, 하늘이 넓던 핫세가 너무 그립다. 아직 겨울은 멀었지만, 핫세에 돌아가고 싶다. 높은 벽에 둘러싸여 좁은 하늘밖에 보이지 않는 신전에서 뛰쳐나가고 싶다. 우리는 에렌페스트의 고아가 아니라 핫세의 고아라는 생각이 강하게 들었다.

'꿈에서만이라도 핫세에 돌아갔으면.'

그렇게 생각하면서 나는 눈을 감았다.

유
스
톡
스
의

평
민
촌

잠
입

대
작
전

"유스톡스, 평민촌에 가 본 적 있나?"

에크하르트와 함께 페르디난드 님께 불려가서 그런 질문을 받았던 게 작년 초여름의 일이다.

"소재를 채집하러 여행객인 척 농촌에 드나든 적은 몇 번 있습니다만, 이곳 평민촌은 없습니다. 딱히 희귀한 소재도 없으니까요. …… 평민촌에 무슨 용무 있으십니까?"

"마인이라는 평민 신식 아이를 청색 견습 무녀로 신전에 들이게 되었다. 최대한 많은 정보를 모아 줬으면 한다. 여기 상업 길드에서 보낸 조사 결과가 있다. 공방 상황 외에는 마인에 관한 자세한 정보가 전혀 없더군."

나는 페르디난드 님이 내민 공방 보고서를 받아들고 쭉 훑어 보았다. 한 달에 한 번 제출하는 경영 보고서 사본과 상업 길드가 보관하는 공방장의 저축액, 공방의 주요 거래처 등이 실려 있다.

"공방장은 마인. 종업원은…… 없음? 식물지 협회 소속이라고 나와 있는데 식물지 협회란 게 뭘까요?"

"그래서 그런 의문점을 해소할 정보와 마인 개인의 정보가 필요하다. 내가 아는 마인의 정보는 밤하늘 같은 남색 머리에 금색 눈동자를 가졌고, 세례를 받아도 성장이 더뎌서 다섯 살 정도로밖에 보이지 않는다. 몸이 약해서 매일 신전에 오지는 못한다면서도 대금화 1닢을 내놓으며 책을 읽고 싶으니 견습 무녀로 삼아 달라고 신전장에게 직접 제안할 정도로 책밖에 모르는 책벌레로…… 어쨌든 독특한 아이다. 어떤 정보든 좋다. 찾아봐 다오."

'책을 읽으려고 대금화를 미끼로 신전에 돌진하는 아이라고? 말도 안 돼.'

귀족의 상식으로는 신전행을 원하는 부분부터가 믿기지 않는다. 나는 페르디난드 님의 말을 듣고 머리가 혼란스러웠다. 동시에 흥미를 느꼈다. 이렇게 독특한 아이는 처음 듣는다. 뭐든지 좋으니까 정보를 구해 달라는 페르디난드 님의 명령에 내 입꼬리가 자연스레 올라갔다. 재미있는 일이 시작될 것 같은 예감이 가슴속에서 끓어올랐다.

"정보를 얻으려고 상업 길드와 마인 공방이 거래하는 상점에 출입하려면 시종과 호위가 필요할 거다. 그때는 에크하르트의 도움을 받았으면 하는군. 에크하르트, 평민촌에 갈 수 있겠는가?"

"페르디난드 님의 명령이시라면……."

에크하르트는 싱긋 웃으며 무릎 꿇었다. 부인인 하이데마리가 죽은 후부터 시체처럼 일하던 그가 오랜만에 의욕을 보였다. 그 모습에 동료로서 조금 안심했다.

"그럼 평민촌에 잠입할 준비를 해라. 신전까지는 내 마차로 이동하고, 신전에서 옷을 갈아입은 후에는 하인이 통과하는 길을 따라 평민촌으로 들어가면 될 것이다. 평민촌으로 통하는 뒷문까지는 신전 시종이 안내해 줄 거다."

"감사합니다."

귀족은 평민촌에 잠입하기가 쉽지 않다. 귀족의 마차는 평민촌에서 멈추지 않고, 구매는 상점에 가지 않고 상인을 직접 집으로 부른다. 귀족 마을에서 나온 화려한 마차에서 농민이나 여행객 같은 차림을 한 자가 내리는 장면도 어딘가 부자연스럽다. 페르디난드 님의 마차로 신전까지만 이동해서 평민촌에 들어간다면 잠입은 훨씬 쉬워진다.

나는 집에 돌아와서 소재를 채집하러 돌아다니면서 모은 의상을 꺼내 보았다. 농민과 여행객이 입는 옷이다. 거기에 귀족 마을에 찾아오는 상인의 의상도 넣어 보았다. 이 옷은 조금 격이 떨어지는 귀족의 의상과 별다른 바 없다. 에크하르트에게는 집안에 출입하는 상인의 옷을 참고하라는 전언을 남기고 올도난츠를 날려 보냈다.

잠입 당일은 귀족 차림으로 페르디난드 님의 저택에 들어갔고, 저택 시종인 라자팜에게 부탁해서 상인 의상으로 갈아입었다.

"아, 그렇지. 라자팜. 적당한 자루에 채소를 준비해 주게."

"이미 준비해 뒀습니다. 올도난츠가 날아왔을 때는 또 무슨 꿍꿍이인가 깜짝 놀랐습니다."

라자팜이 준비해 둔 채소가 든 자루와 갈아입을 옷가지를 넣은 자루를 안고 마차에 탔다. 마차가 천천히 움직였다.

"유스톡스, 에크하르트. 이건 이번 활동비다. 슬슬 다섯 점 종이 울릴 시간이니 숙소를 잡든 정보를 얻을 때 쓰든 마음대로 해라."

찰랑거리는 소리가 나는 작은 가죽 주머니를 건네받았다. 안에는 소금화 여섯 닢과 대은화 여섯 닢이 들어 있다. 숙소를 잡는 데 이만한 금액은 필요 없지만, 평민촌 잠입이라는 특수한 업무의 수당일 터이다. 나는 가죽 주머니를 집어서 절반을 에크하르트와 나눴다.

마차가 귀족문에 도착하고, 신전으로 들어간다. 페르디난드 님께서 오지 말라고 신신당부하셨던 터라 신전에 들어오는 건 처음이다. 혹시나 들어갈 수 있을까 기대했지만, 페르디난드 님은 마차를 뒷문 쪽으로 이동시켰고 거기에 우리를 내렸다. 신전 내부와 페르디난드 님을 모시는 자가 어떤 자인지 궁금했는데, 베제반스 신전장에게 발견되면 귀찮아진다는 말에 포기했다.

"문지기, 이 두 사람을 도보로 이어지는 뒷문까지 안내해라."

마차 전용 문을 열려던 문지기가 우리를 안내해 주었다.

"이 문을 넘으면 평민촌입니다."

다섯 점 종이 울리는 가운데, 신전 뒷문에서 한 걸음 나아가 평민촌에 들어갔다. 그 순간, 코를 찌르는 악취와 더러움에 놀라 무심코 인상을 찌푸렸다. 소재를 채집하며 간간이 드나들던 농촌도 이 정도까지 더럽지는 않았고 냄새도 없었다.

"마차로 지나다닐 때보다 몇 배는 심각한걸. 유스톡스, 정말 이런 곳에 가야 하나?"

"윽, 페르디난드 님의 명령이니까 어쩔 수 없지."

우선은 마인의 아버지가 일하는 남문에 가야겠다고 생각했다. 기수를 타고 상공 위의 조사도 끝나서 길을 전혀 모르지는 않았다. 나는 에크하르트와 큰길에서 남쪽으로 내려갔다. 귀족 마을과 달리 좁은 땅에 여러 색깔이 섞인 높은 고층 건물이 빽빽하고, 많은 마차와 짐차가 복잡하게 오갔다. 놀랄 만큼 걷는 사람도 많은데 귀족 마을과 달리 질서가 없다.

"흠. 남쪽에 갈수록 격이 떨어지는 건 귀족 마을이나 평민촌이나 똑같구나……."

남쪽으로 큰길을 쭉 내려와서 분수대가 있는 중앙광장까지 왔다. 이곳은 행색이 지독하게 초라한 사람과 여행객 같은 차림을 한 사람, 나름 깔끔한 옷을 입은 자까지 섞여 있다. 하지만 상인의 의상에 맞춘 우리는 이곳에서 완전히 눈에 띄었다.

"……옷을 갈아입는 편이 좋겠어. 숙소부터 잡자."

"그것참 반가운 말이야. 악취에 두통까지 심해졌어. 이 임무는 소재 채집 때 겪은 노숙보다 혹독해."

에크하르트를 데리고 남문에 가긴 어려울 듯하다. 이젠 이보다 더 초라한 옷도 없고, 귀족 특유의 태도를 버리지 못하는 에크하르트는 북쪽 외에는 움직이지 못하리라.

여행객 차림이 많은 동쪽에서 중앙 광장에 가깝고, 그나마 깨끗해 보이는 숙소를 잡기로 했다. 건물 안으로 들어가자, 숙소 여주인이 우리를 아래위로 지그시 훑어보더니 눈을 동그랗게 떴다.

"아이고, 손님 같은 거상이 마차도 안 타고 오다니 깜짝 놀랐수다. 꼭 귀족님한테 가는 차림새 같은데 마차가 고장이라도 났수?"

'오호라. 상인은 귀족 마을에 갈 때와 평민촌에 있을 때의 의상이 다르구나.'

이쪽저쪽 농촌에 드나든 적은 있지만, 평민촌을 갔던 적이 없는 폐해를 실감했다. 내가 여행을 다니며 농촌에서 길러 온 평민 위장은 그다지 도움이 되지 않을지도 모른다. 그런 생각을 하면서 멍하니 서 있는 에크하르트의 앞으로 나와서 여주인과 대화했다.

"마차도 고장이 났지만, 평상복이 더러워지는 바람에 소중한 비싼 옷을 입을 수밖에 없었거든. 우리 주인님께 어울리는 큰 방을 하나 내주게."

"여기 있수다. 오늘 참 운도 없었구려. 세탁할 생각이면 우물을 쓰시오. 지금 이 날씨라면 저녁 동안 마를 거요. 만약 지금 당장 옷이 필요하다면 여기 뒷길 두 개를 건너면 헌 옷 가게가 있으니까 가보든지."

"그거 다행이군. 조금 뒤에 가 보도록 하지."

여주인에게 고맙다는 말과 함께 열쇠를 받고, 방에 들어갔다. 넓은 방을 주문했는데 상당히 방이 좁았다. 평민의 숙소니까 어차피 다 비슷비슷하겠지.

"에크하르트, 짐을 두고 옷부터 해결하자."

우리는 여주인이 알려준 헌 옷 상점으로 뛰어들어가서 "다른 옷이 전부 더러워져서 지금 입은 이 한 벌밖에 없네. 이 마을에서 내일 거래하러 나갈 때 입을 만한 옷을 골라 주게."라고 부탁했다. 점주는 우리가 입은 옷을 보고 "잘도 그런 옷으로 마을을 돌아다닐 생각을 했네그려. 그냥 더러워진 옷을 입고 다니는 편이 좋지 않았겠소?" 하고 어이없는 듯이 말하면서 민첩하게 옷을 골라 주었다. 상점에서 옷을 갈아입고 나서야 겨우 주변 시선 걱정 없이 마을을 거닐 수 있게 되었다.

"이봐, 마인 공방이라고 아나? 식물지 공방이라던데 잘 몰라서 말이야."

"……마인 공방? 모르겠는데. 들은 적이 없어."

헌 옷 상점이라면 몰라도 이해가 간다. 정보 수집에 실패했지만, 딱히 낙심하지 않고 우리는 일단 숙소로 돌아갔다.

"에크하르트, 이왕 상인 옷으로 갈아입었는데 길베르타 상회에 가 볼까?"

"속이 안 좋아서 못 움직이겠어. 조금만 쉬게 해 줘."

평민촌의 악취를 참지 못한 에크하르트는 옷에서도 냄새가 난다며 세척 마술을 썼다. 그런데 세척 마술을 쓴 탓에 겨우 악취에 익숙해지기 시작한 후각이 다시 원래대로 돌아간 모양이다. "큭." 하고 에크하르트가 신음하며 코를 막았다. 토할 것 같다는 에크하르트를 곁눈질로 바라보면서 나는 얼른 농민 의상으로 갈아입었다.

"그럼 나는 먼저 남문으로 갈게. 내일까지 익숙해져 봐."

"미안하군."

나는 채소가 든 자루를 들고 숙소를 나왔다. 남문에서 귄터를 찾고, 미행해서 사는 집을 알아낼 생각이다. 그리고 생활 범주에서 꾸밈 없는 마인의 진짜 모습과 정보를 얻는다. 나는 남문으로 가는 큰길을 걸으면서 주변을 관찰했고, 내 걸음걸이와 자세를 평민촌과 조화되도록 하나씩 바꿔 갔다.

'남쪽이 말투는 거칠지만, 이 정도면 농촌에서 익힌 말씨로 어떻게든 될 것 같군.'

주변을 둘러보면서 천천히 걸었기 때문이리라. 남문이 눈앞에 보일 때는 이미 폐문할 시간대가 가까워진 모양이다. 바구니를 등에 진 열댓 명의 아이들 무리가 남문을 통해 평민촌으로 들어오는 모습이 보였다. 마침 잘 됐다 싶어서 마인의 정보를 모으기로 했다.

나는 '예전에 마인한테 도움을 받아서 직접 캔 채소를 답례로 주려고 가져온 농부'라는 설정으로 아이들에게 말을 걸었다.

"어이, 얘들아. 남색 머리의 마인이라는 여자애 몰라? 얼마 전에 도움을 받아서 답례를 하려고 찾고 있다만……."

그렇게 말하며 채소가 든 자루를 살짝 들어 보였다.

"잘 모르겠는데? 처음 듣는 이름이야. 우리 집 주변에는 없어."

또 다른 무리가 문에서 들어왔다. 나는 똑같이 물어보았다. 그러자 마인을 아는 무리였는지 "마인? 투리가 아니라?" 하고 한 아이가 고개를 갸웃거렸다.

"투리?"

"마인의 언니야. 누가 도와줬다면 마인이 아니라 투리일 거야. 아저씨가 잘못 안 거 아냐?"

마인에게는 투리라는 언니가 있다는 사실을 알아냈다. 그 뒤부터는 투리에 관련된 정보만 들어왔다. 착하고, 누구에게나 친절하고, 병약한 동생을 잘 돌보는 아이인 모양이었다. 그런데 투리 얘기만 나오고, 중요한 마인의 정보는 전혀 나올 기미가 없다. 정말 자매냐고 묻고 싶을 정도로 나오지 않았다.

"……아~, 그래서 마인은 어떤 아이냐?"

"글쎄? 항상 몸이 아파서 집 밖으로 안 나오는 애라 얘기해 본 적도 거의 없어."

마인이 굉장히 허약하다는 사실은 알아냈다. 필시 내가 찾는 마인이 틀림없다는 확신을 가질 수 있어 다행이었다. 하지만 허약하다는 정보는 이미 페르디난드 님께 들어서 알던 내용이다. 내게는 새로운 정보가 필요하다.

"그렇게 궁금하면 투리한테 물어보면 되잖아. 저기, 저쪽에 있어. 투리!"

어린아이를 데리고 걸어오는 청록색 머리의 여자아이가 눈을 끔뻑이며 다가왔다. 누더기 차림에 마을 밖에 나갔다 와서인지 꾀죄죄하지만, 주변 아이들보다 머리에 윤기가 흘러서 조금 달라 보인다.

"전에 날 도와준 마인이라는 아이를 찾고 있어. 인사 대신 채소를 주고 싶어서 말이야. 다들 네 여동생이라던데……."

"마인은 내 여동생이긴 한데 마인이 친절하게 대해 줬다고? 사람 잘못 본 게 아니야?"

언니인 투리까지 매우 의아한 표정을 지었다. 마인은 농부를 도와

주거나 하지 않는 아이인 걸까. 나는 앞으로 청색 견습 무녀로 신전에 들어와서 페르디난드 님이 돌봐주게 될 마인의 성격이 심각하게 걱정되었다.

"……이름을 잘못 들었을 수도 있는데 분명 자기 이름이 마인이라고 했거든. 혹시 네 동생이라는 마인은 불친절하고, 성격이 나쁘고 그러냐?"

"아니. 그런 건 아니지만……. 아저씨랑 마인이랑 만났을 때 마인 옆에 또 누구 없었어?"

너무 쓸데없는 거짓말을 하면 나중에 곤란해진다. 탄로 나지 않게 "혼자였는데." 라고 대답했다. 그 순간 투리가 웃으면서 "그럼 분명 다른 사람이야."라고 말했다.

"마인이 혼자 집 밖을 나갈 리가 없는걸. 너무 위태로워서 주변에선 다 마인이 혼자 못 돌아다니게 해."

마인이 혼자 바깥을 나가지 못할 정도로 허약하다는 사실을 알아냈다. 하지만 허약하다는 점 외에 다른 정보가 모이질 않는다. 그리고 언니인 투리가 다른 사람이라고 단정해 버린 이상 이 설정으로 마인의 정보를 모으기란 어려울 듯했다. 작전 변경이 필요하다.

"그럼 마인 공방이라고 몰라? 거기 공방장이라던데……."

"처음 듣는데. 그거 무슨 공방이야? 이 주변에는 없지 않아?"

아이들은 입을 모아 모른다고 했고, 투리는 경계하는 눈빛으로 나를 보았다. 아무래도 가족들만 아는 극비 정보라서 경계심을 품게 해 버린 모양이다.

"종이 공방이라던데 자세히는 몰라. 아무도 모른다면 됐어. 역시 잘못 들었나 보지. 바쁜데 잡아서 미안했다. 이걸 줄 테니까 얼른 집에 가렴."

이 자리는 얼른 피하는 편이 좋을 것 같다. 나는 내일이면 상한다며 가져온 채소를 아이들에게 나눠주고, 등 뒤로 투리의 시선을 여러 차례 느끼면서 남문을 향해 걸어갔다. 뒤돌아보니 아이들이 막 골목길로 들어가려던 참이었다.

얼른 발걸음을 돌려 골목길을 꺾은 아이들 일행을 미행해서 마인의 집 위치를 일단 확인했다. 도무지 신전에 들어가겠다고 대금화 1닢을 낼 만한 집이 아니었다.

그 뒤에 남문에도 가 봤지만, 귄터는 아침 근무라 부재중이었다. 대신 병사들에게 귄터의 딸에 관해 질문해 봤지만 귄터가 얼마나 딸바보인지라거나, 가족을 끔찍이 아낀다는 정보밖에 얻지 못했다.

"귄터 씨한테 가족 얘기는 안 꺼내는 게 좋을 걸? 귀여운 딸과 마누라 자랑 얘기를 질리도록 듣게 되든지, 자기 가족한테 뭔가 무례한 짓이라도 저지를 속셈이냐고 위협하든 둘 중 하나니까."

몇 명이나 되는 병사가 굉장히 걱정스러운 표정으로 그런 충고를 해 줬다.

'가족 구성은 확정했는데, 여기에도 제대로 된 마인의 정보가 없어. 대체 어떤 생활을 보내기에 공방장이라면서 생활 범주 내에 전혀 정보가 없는 거냐.'

"집 위치와 가족 구성만 알아냈다고?"

"그래. 설마 생활 범주 내에서 이렇게 정보가 없을 줄이야. 집에 콕박혀 살면서 나갈 때는 보호자가 반드시 있어야 할 정도로 허약하다더군. 이 상태로 정보를 모으려고 해 봤자 결국 똑같겠지."

"어쩔 셈이야?"

에크하르트의 질문에 나는 농민 옷차림에서 상인의 옷으로 갈아입으면서 창밖을 힐끗 보았다.

"저녁이 깊어지면 상업 길드에 몰래 들어가자. 마인 공방에 관한 정보가 분명 더 있을 거다."

생활 반경에 정보가 없다면 직장 쪽을 찾아볼 수밖에 없다.

이런 더러운 곳에선 밥도 제대로 못 먹겠다는 에크하르트의 주장에 동의하고, 우리는 기사단 식량으로 저녁을 때운 뒤 짧게 눈을 붙이기로 했다.

일곱 점 종이 울리고 조금 지나자 소란스러웠던 큰길에 고요함이 내려앉는다. 술주정뱅이의 쾌활한 목소리와 시비조의 고함에, 치안을 유지하는 병사들의 발소리와 중재하는 목소리가 조금씩 사라졌다. 그쯤 되니 에크하르트의 코도 적응한 모양이다.

우리는 조용해진 거리를 달려 상업 길드로 향했다. 도중에 시비를 거는 주정뱅이는 에크하르트가 재빨리 물리쳤다.

"마술 열쇠로 잠겨 있긴 한데, 이렇게 단순한 열쇠로 괜찮나?"

"마력이 없는 평민에게는 상당히 강력한 열쇠인지도 모르지."

금속 열쇠였다면 에크하르트에게 힘으로 부수게 할 생각이었다. 그런데 상업 길드의 문은 마법의 열쇠로 잠겨 있었다.

'하급 문관이 한 거로군. 이 정도라면 간단하지.'

슈타프로 재빠르게 열쇠를 풀고, 안에 미끄러지듯 들어갔다. 초와 조명을 증폭하는 마술구로 발밑을 비추며 계단을 올라갔다. 위층으로 올라가니 끝에 또다시 마술구가 보였다. 이 상업 길드는 마술구를 몇 개나 설치해 놓은 듯하다. 이런 곳까지 흘러온 마술구는 대체로 하급 문관의 마력이 담긴 마석으로 조달한다. 하급문관의 중요한 수입원인 셈이다.

"유스톡스, 이 마술구는 뭐지?"

나는 슈타프를 마술구의 마석 부분에 대고, 거기에 새겨진 마법진을 자세히 관찰했다.

"간단한 인식 기능이군. 마법진에 마력을 등록하면 문제없이 들어갈 수 있을 거다."

두 사람의 마력을 등록하자 위층으로 이어지는 계단 앞을 가로막은 울타리가 눈 녹듯이 사라진다.

위층은 재력이 있는 상인만 출입하는 곳인 듯했다. 발밑에는 두툼하고 폭신한 카펫이 깔려 있고, 전체적으로 넓다. 우리는 자료실을 찾아서 닥치는 대로 문을 열어 보며 자료를 찾았다. 공방 이름별로 자료를 깔끔하게 정리해 둔 덕에 작업이 수월했다. 상당히 우수한 직원이 있나 보다.

"마인 공방의 주요 거래처는 길베르타 상회인데, 목공방이나 세공 장인과도 거래가 있어. 내일은 길베르타 상회와 이 주변부터 찾아보자."

다음 날, 우리는 상인 옷차림을 하고 길베르타 상회로 향했다. 가까이 다가가자 상점 앞에 서 있던 경비원 같은 자가 안에 무언가를 전했다. 그러자 금방 짙은 갈색 머리에 노련미 넘치는 종업원이 나오더니 가슴 앞에서 오른쪽 주먹을 왼쪽 손바닥에 갖다 댔다.

"길베르타 상회의 마르크라고 합니다. 저희 상점에는 무슨 용건으로 방문하셨습니까?"

온화한 미소에서 강한 경계심이 느껴졌다. 적어도 손님을 맞이하는 태도는 아니었다. 그 강한 경계심에 어제 투리의 모습을 떠올렸다. 혹시 우리가 마인 공방의 뒤를 캔다는 말을 들은 걸까. 길베르타 상회를 힐끗 보았다. 식물지를 취급하는 상점일 거라고 생각했건만, 주요 업종은 의복과 장신구 계통인 듯하다.

'어제의 그 헌 옷집인가.'

섣불리 접근해서 경계심만 키우지 말고 차라리 다른 정보를 손에 넣는 편이 좋을 성싶다.

"밖에서 신기한 머리 장식이 보이기에 조금 궁금해졌을 뿐이다. 안에 들어갈 생각은 없어."

"그러십니까. 그럼 천천히 구경하시길."

길베르타 상회의 손님과 드나드는 손님을 잠시 바라본 뒤, 나는 그 자리를 떠났다.

"안에 들어가 보지 않아도 되겠나, 유스톡스?"

"길베르타 상회가 경계하고 있어. 다른 곳에 가자."

마인 공방이 주문한 적이 있는 장인들을 돌아보기로 했다. 그들이라면 거래해 본 상대에 관해서 뭔가 다른 정보가 나올 터이다.

"마인? 누구지? 내 기억에는 없는데?"

고개를 갸웃거리는 목재상이 어떻게든 기억해 내도록 나는 마인의 특징을 꼽아 보았다.

"길베르타 상회와 연결고리가 있고, 조금 독특한 작은 여자애다. 공방장이라 이곳과 거래가 있었을 텐데……."

"아아, 벤노네 꼬맹이 말이군! 평소에는 이름을 부르지 않으니까 딱 안 떠올랐네."

"반장님이 서류 작업을 내팽개치니까 그렇죠."

"시끄러. 너야말로 일이나 해!"

어이없어하는 어투로 너스레를 떠는 남자의 머리를 얼른 주먹으로 쥐어박고, 반장이란 사람이 우리 쪽을 돌아보았다.

"그런데 그 꼬맹이는 왜 묻지?"

"우리 쪽에도 거래를 제안해 왔는데 불안해서 말이지. 공방장으로 자질이 어떤지 궁금해서 알아보는 중이야."

아무리 공방장이라지만 어린아이와 거래하기 불안하다며 푸념하자, 반장은 "하긴 걱정되긴 하겠지." 하고 동의를 표해 주었다.

"그래도 걱정 붙들어 매. 벤노가 후견인이고, 자기가 필요한 물건도 확실히 알고 있어. 겉보기와 언행이 맞지 않는 이상한 꼬맹이지만, 우수한 애다. 바로 그 자리에서 주문표를 술술 적더군. 어른 뺨칠 정도로 장사꾼이야. 지불도 정확해."

지금까지 중에서 가장 제대로 된 정보가 나왔다. 아무래도 '길베르타 상회가 뒤를 봐주는 이상한 꼬맹이'라고 말해야 업무 관계자도 이해하기 편할 듯하다. 아니나 다를까 내 감은 옳았다. 장인이나 관련된 상점에서 '길베르타 상회가 뒤를 봐주는 이상한 꼬맹이'라고 말하고, 공방장이 너무 어리다는 고민을 흘리면 대개 생각난 것들을 얘기해 주었다.

세례를 받은 나이로 보이지 않는데 다른 어디에서도 본 적이 없는 물건을 주문하러 온다. 협상하는 방법이 평범치 않다. 손재주가 없다. 실을 대량으로 샀다. 길거리에서 갑자기 쓰러져서 길베르타 상회 쪽 남자가 서둘러 데리고 돌아갔다 등등, 지금까지의 고생이 마치 거짓

말이었던 것처럼 정보가 한꺼번에 들어왔다.

"다들 이상한 아이라고 하는데 듣다 보니 이상하다기보다 우수하다는 표현이 맞을 것 같다. 일처리도 확실하고, 우수한 아이라면 페르디난드 님께서 청색 견습 무녀로 받아들여도 문제없지 않을까?"

내 말에 에크하르트도 동의했다.

"그래. 이제 페르디난드 님께도 보고드릴 수 있겠어."

에크하르트의 말에 끄덕인 나는 후련한 마음으로 시장을 둘러보았다. 오늘은 서문 근처에 장이 서는 날이었는지, 희귀한 노점이 줄을 이었다. 귀족 마을에는 노점을 찾아볼 수 없고, 농촌에서도 이렇게 많은 노점이 줄을 잇는 광경을 본 적이 없다.

"이왕이니 조금 구경하고 가지 않겠어?"

"……빨리 돌아가지 않고?"

나는 싫은 얼굴을 하는 에크하르트에게 먼저 숙소에 돌아가서 짐을 정리하라고 말하고, 신기한 광경을 구경하며 이리저리 돌아다녔다. 시장 안에 내 눈에는 용도를 알 수 없는 물건이 어지러이 쌓인 잡화상이 있었다. 너저분한 물건들 사이에서 책이 들어 있는 몹시 훌륭한 케이스를 발견했다. 원래 이런 곳에 있을 만한 물건이 아닌 화려한 책이다.

"이봐, 주인장. 이건 이런 곳에 둘 만한 물건이 아닐 텐데, 무슨 사연이 있는가?"

내가 책을 가리키며 묻자, 점주는 책을 보며 어깨를 떨구었다.

들자 하니 2년 정도 전에 갑자기 상업 길드장이 자기를 호출하더니 귀족에게 다녀오라고 했다고 한다. 상점을 차릴 때 후견인이 되어 줄 하급 귀족과 만나게 해 주겠다는 말을 들은 점주는 좋아서 시키는 대로 돈을 가지고 갔다. 그런데 "당신이 돈을 빌려줄 사람인가." 라며 그 자리에서 귀족에게 돈을 빌려주라는 명령을 들었고, 전당물이라 며 억지로 이 책을 받아 왔다고 한다. 변제 기간이 다 차서 찾아가 봤 더니 그 집이 다른 귀족의 집이었는지, 처음 보는 귀족이 나와서 "당 신 같은 상인은 모른다." 라며 문전박대당했다고 점주가 분해하며 말 했다.

"이렇게 도망치려고 일부러 우리 같은 상인을 부르는 게야. 큰 상 점 주인은 계약 마술을 사용하니까 우리처럼 언젠가 상점을 차리려고 아득바득 사는 장사치 나부랭이를 표적으로 삼는 거지."

참다못한 점주는 상업 길드의 길드장에게도 호소했다. 하지만 길드 장도 귀족에게 상점 투자 의뢰라고 들었다며 약간의 위문금만 내줬다 고 한다.

"귀족님들끼리 짜고 우리 같은 평민을 속이기도 해. 뭐, 드문 일도 아니지……."

같은 귀족이지만 그런 귀족을 옹호할 마음은 전혀 들지 않았다. 나 는 남자의 불평에 맞장구를 치면서 책 장식을 바라보았다.

'그나저나 이게 하급 귀족의 책이라고? 그것치고는 지나치게 화려 한데.'

상급 귀족이 들고 다녀도 어울릴 정도의 장식이다. 이런 식으로 꾸 민 책은 대부분 마술 관련일 경우가 많다. 돈에 쪼들린 귀족이 마술 관련 책을 평민에게 팔았다면 회수해야 하지 않을까. 책 속에는 보통 귀족 가문의 문장이 들어가 있다. 속을 확인한다면 빈곤한 평민에게 얍삽한 수단으로 돈을 탈취하는 비열한 귀족을 특정해낼 수 있을지도 모른다.

"이봐, 점주. 우리 주인님은 책을 정말 좋아하셔서 소유하지 않은 책을 모으는 취미가 있으시거든. 만약 괜찮다면 좀 봐도 되겠나? 일단 담보로 이걸 주지."

혹시나 책을 뺏어갈까 경계하는 주인의 속을 들여다본 나는 주인 앞에 소금화 1닢을 올려두었다. 점주는 한 줄기의 빛을 발견한 사람처럼 조심스럽게 케이스 문을 열고 책을 꺼냈다.

"자네 주인이 제발 이 책을 가지고 있지 않기를 빌지. 살다 보니 이런 책에 흥미를 느낀 사람이 또 있군. 이 책이 아직 전당물일 때 보여 달라고 조르던 이상한 아이가 있었거든."

"이상한 아이라니, 어떤 아이였나?"

오늘은 몇 번이고 이상한 꼬맹이 얘기를 한 탓인지 자연스럽게 되물어 버리고 말았다.

"처음 책을 본다더니 갑자기 땅에 엎드려서 책을 얼굴에 비비고 싶다질 않나, 냄새를 맡게 해 달라는 이상한 소리를 하더군. 얼마나 놀랐는지. 참 이상한 아이였어."

무심코 푸핫 하고 침이 튀어나왔다. 페르디난드 님이 말씀하시던 마인의 행동과 정확하게 일치해서다.

'마인이냐? 진짜 마인이야? 보고 싶다. 그런 이상한 애를 직접 보고 싶어.'

"왜 그래? 아는 애요?"

"아니, 비슷하게 이상한 애 얘기를 들은 적이 있어서. 동일인물인지 아닌지는 모르지만, 대금화 한 닢을 낼 테니 책을 보여 달라고 신전에 직접 담판을 걸어 온 애가 있었다더군."

"허. 아무리 그래도 그렇지 한 닢은 너무 부풀렸네그려. 그렇게 돈이 많으면 차라리 사면 되지 않은가?"

"그래도 잉크 냄새를 맡고 싶어 한다는 말은 처음 들으니 딴사람이겠지."

그렇게 말하며 점주와 마주 보고 웃었지만, 나는 속으로 동일인물이라고 확신했다. 그런 묘한 언행과 책에 집착을 보이는 이상한 아이가 몇이나 있을 턱이 없다.

"그럼 한번 볼까."

책을 손에 들고 조심스럽게 펼쳤다. 문장이 그려져 있어야 할 마지막 페이지는 깨끗하게 찢겨나가 있었다. 문장을 보면 곤란한 사람에게 팔았던 모양이다. 어쩌면 도난품일지도 모른다. 예상대로 마술 관련 책이었고, 평민의 노점에 놓아둘 만한 물건이 아니었다.

'사고 싶긴 한데 돈이 모자라진 않을까?'

나는 페르디난드 님께 받은 가죽 주머니 속을 힐끗 쳐다보았다. 담보로 낸 소금화를 제외하면 소금화 2닢이 남았지만, 이 책을 사기에는 부족하리라.

"어때? 자네 주인한테 없는 책이야?"

"음. 가지고 있지 않은 책이네. 사고 싶긴 한데 가진 게 지금 이것밖에 없어서 말이지."

나는 가죽 주머니에서 소금화 2닢을 꺼냈다. 지독한 귀족에게 사기당한 금액 정도는 채워 주고 싶지만, 귀족 마을에 돌아가기 전까지는 수중에 돈이 없다.

"노점은 장이 서는 날에만 팔지? 나도 오늘 이곳을 나가야 해서……."

"충분하고말고! 평생 못 팔 줄 알았던 놈이니까."

이 책의 가치를 고려했을 때 소금화 3닢은 너무 저렴한데도 점주는 뛸 듯이 기뻐하며 책을 팔아 주었다.

다음 날, 나는 페르디난드 님의 지택에 가서 평민촌에서 모은 정보를 보고했다.

"……그래서 생활 범주에서는 허약하다는 정보 외에는 얻을 수 없었습니다. 하지만 마인 공방의 활동 범위에서는 우수하고 이상한 아이로 통하는 듯했습니다."

내 보고에 페르디난드 님은 "이상한 건 처음부터 알고 있다." 라고 중얼거렸다.

"그리고 이것은 아마도 마인이 냄새를 맡고 싶어 하던 책이라고 추측합니다."

내기 잡화상에서 손에 넣은 '책에 흥미를 보인 이상한 아이' 이야기를 하자, 페르디난드 님의 시선이 조금 먼 곳을 바라보았다.

"그러고 보니 첫 대면 때도 성경에 얼굴을 가져가서 잉크 냄새를 맡았었지."

'페르디난드 님 앞에서도 그랬다니! 정말 마인은 어떤 아이야?'

"페르디난드 님, 이 책은 신전 도서실에 둘까요?"

"마술책이라지 않았는가. 이 집 도서실에 놔둬."

그렇게 말하며 페르디난드 님은 소금화 3닢을 내 앞에 두었다.

잡화점에서 산 책은 페르디난드 님의 저택의 책장에 꽂히게 되었고, 안타깝게도 마인이 냄새를 맡을 수 없는 책이 되어 버렸다.

◆

"유스톡스가 로제마인과 가기로 한 징세관이라니……. 원래는 문관도 아니고 페르디난드 님의 시종이면서 잘도 징세관으로 끼어들었구나."

에크하르트의 어이없는 목소리에 나는 피식 웃으며 고개를 저었다.

"난 문관 자격도 있고, 페르디난드 님이 신전에 들어가신 이후부터 성에서 문관 업무도 맡아 왔어. 페르디난드 님은 신용할 만한 문관이 없다고 말씀하시고, 아우브가 명령하는데 누가 거절할 수 있겠어? 네 아버님까지 찬성하셨으니 두말할 나위가 없지."

우리는 회의실에서 페르디난드 님과 로제마인 공주님이 오시길 기다리는 참이다. 이제 곧 만나게 된다. 마력의 양으로 평민에서 청색 견습 무녀로 발탁되고, 베제반스 신전장을 물리쳐서 영주의 양녀가 된 마인을.

'이상한 아이라는 건 알지만, 과연 어떤 공주님이 되었을까.'

"그 페르디난드 님이 보호하고, 정보 수집에도 그렇게 고생시킨 아이야. 대체 어떤 아이인지 궁금해 미치겠군. 오빠가 된 자네 눈에는 어때?"

"무엇보다 페르디난드 님께서 재미있어 하시니 그걸로 충분해. ……가능하다면 두 번 다시 평민촌에 조사하러 가고 싶진 않아."

평민촌에서 정보 수집을 도왔던 때를 떠올렸는지 에크하르트가 인상을 찌푸린 그때, 문이 열렸다.

"기다리게 했구나, 에크하르트, 유스톡스."

후기

오랜만입니다, 카즈키 미야입니다.

이번 「책벌레의 하극상~사서가 되기 위해서라면 뭐든지 할 수 있어~제3부 영주의 양녀 II」를 구입해 주셔서 감사합니다.

이번에는 작은 신전 고아원에 핫세 출신 고아 네 사람이 늘었습니다. 에렌페스트의 마을과는 또 다른 삶을 살아온 그들과 핫세에 관련해서 사건사고가 일어납니다. 로제마인은 영주의 양녀가 되어 권력을 얻습니다. 하지만 주변에 끼칠 영향을 모른 채 권력을 쓰는 바람에 지독한 환경에 처한 고아를 구하려던 로제마인의 의도가 핫세 주민의 눈에는 사리사욕으로 마을의 공유 재산을 차지한 탐욕스러운 권력자의 이미지를 얻게 되어버리고 말았습니다.

페르디난드에게 누군가를 계약에 빠뜨리라는 과제를 받고, 길베르타 상회 사람들에게 애원해서 협력을 얻습니다. 징징거리는 로제마인을 구해 주는 사람은 역시 루츠였죠.

하기 싫은 일을 억지로 노력해야 할 때 '치사하다'를 연발하는 빌프리트에게 로제마인은 한 가지 제안을 하고, 하루 역할을 바꾸면서 얻게 된 성내 도서실에서 행복한 한때를 보내게 되지요. 대신 신전에 간 빌프리트는 개고생을 하게 되지만요.

그리고 제3부의 큰 목적인 유레베라는 약의 소재 채집이 시작되었습니다. 이번에는 슈첼리아의 밤이라는 1년에 한 번 있는 신기한 밤에 맺히는 보라색 루엘 열매를 따러 갑니다. 판타지다운 분위기가 독자 여러분께 전해졌길 바랍니다.

　그리고 선전이지만, TO북스 온라인스토어 한정 판매로 「책벌레의 하극상~오피셜 팬북」과 「로제마인 공방 문장 키홀더」가 2016년 12월 20일에 발매하게 되었습니다. 궁금하신 분은 꼭 공식 홈페이지에서 확인하세요.

　http://www.tobooks.jp/booklove/

　이번 표지는 질베스타와 빌프리트 부자가 등장했습니다. 질베스타는 그렇게 멋있는 성격은 아니지만, 표지에는 영주다운 질베스타를 부탁드려버렸지요. 표지잖아요? 시이나 유우님, 감사합니다.

　마지막으로 이 책을 구입해 주신 여러분께 최상급의 감사를 바칩니다.

　제3부 Ⅲ은 초봄에 나올 예정입니다. 거기서 다시 만나요.

2016년 10월　카즈키 미야

에너지

신전장
직무

각종
보고
회의

수확제

비틀...

루츠

성장 중

로제마인 님

척

어, 음 시, 신들의
인도...에?...의

만남에 의한?

더듬더듬
더듬더듬

축복을
기도함을...

허가해
주십찌오

쿠...응

아앗

음~
이래저래
아깝다

이제
내가 해야 해?

조금 더
노력
합시다

허
깽꼉헝어

신전장다워

루츠의
꼬옥~이
필요해…

책벌레의 하극상

사서가 되기 위해서라면
뭐든지 할 수 있어

제3부 영주의 양녀 III

카즈키 미야
miya kazuki

일러스트 : 시이나 유우
you shiina

번 역 : 김 봄
kim bom

3부 3권
절찬 판매중!

책벌레의 하극상 관련 문의는
edit01@imageframe.kr